HEDWIG COURTHS-MAHLER
DORA LINDS GEHEIMNIS

BASTEI-LÜBBE-TASCHENBUCH
Band 11 540

1. Auflage Febr. 1990
2. Auflage Sept. 1991

Copyright © 1990 by Gustav Lübbe Verlag GmbH,
Bergisch Gladbach
Printed 1991
Einbandgestaltung: Roland Winkler
Titelfoto: Eigenproduktion Bastei Verlag
Satz hanseatenSatz-bremen, Bremen
ISBN 3-404-11540-6

Der Preis dieses Bandes versteht sich
einschließlich der gesetzlichen Mehrwertsteuer

I

Fräulein Barbara von Buchenau stieg mit großen Schritten in ihren schweren, nichts weniger als zierlichen Wasserstiefeln über den Buchenauer Gutshof hinweg.

Mit einer wahren Befriedigung trat sie mitten in die tiefsten Wassertümpel, die der ausgiebige Landregen gebildet hatte. Ihre Brust sog in tiefen Atemzügen die herbe, feuchte Vorfrühlingsluft ein, die von allerlei landwirtschaftlichen Düften durchzogen war. Der Regen war zur rechten Zeit gekommen. Die Erde brauchte das segenspendende Naß.

Fräulein Barbara machte selten ein vergnügtes Gesicht, aber heute sah sie lachend zu, wie der Märzwind die offenstehenden Stalltüren zuwarf und alle Ecken ausfegte.

Sie sah prüfend zum Himmel hoch: »Heute und morgen hält der Regen bestimmt noch an, und dann ist es vorläufig genug«, sagte sie vor sich hin. Sie pflegte sich häufig mit sich selbst zu unterhalten. Auf ihren weiten einsamen Ritten durch Feld und Wald hatte sie sich das angewöhnt.

Buchenau war von ihrem Vater auf ihren einzigen Bruder vererbt worden. Ihr Anteil an dem väterlichen Erbe blieb als Hypothek auf dem Gut stehen, und der Bruder war verpflichtet, ihr die Zinsen zu zahlen.

5

Das geschah aber leider recht unregelmäßig; denn der Bruder führte mit seiner hübschen Frau ein flottes, leichtes Leben als Offizier eines Regiments. Sehr gut waren die Verhältnisse auf Buchenau schon nicht, als der Vater starb; der Bruder aber brachte es vollends herunter, und es kam unter den Hammer. Barbaras Erbteil, als letzte Hypothek eingetragen, war so gut wie verloren. Aber gerade in jener Zeit machte sie eine Erbschaft von einer männerfeindlichen Tante, die ihren Bruder im Testament übergangen hatte und Barbara ihr ganzes Vermögen hinterließ unter der Bedingung, daß sie selbst Buchenau kaufen und bewirtschaften sollte. Sie möge, so hieß es in dem Testament, beweisen, daß die Buchenauer Frauen »mehr Grütze im Kopf« hätten als die Männer, und daß sie tüchtiger und zuverlässiger wären.

Diesen Beweis hatte Barbara von Buchenau allerdings mit den Jahren erbracht. Ihr Bruder verlor in jener Zeit auch noch seine heißgeliebte Frau, und in der Verzweiflung schoß er sich eine Kugel durch den Kopf. Er hinterließ nichts als eine kleine Tochter, und dieses hilflose Wesen nahm Barbara zu sich.

Barbara, die in Buchenau aufgewachsen war und es nie auf längere Zeit verlassen hatte, hing mit allen Fasern ihres Seins an der Heimatscholle. Sie löste die Hypotheken von Buchenau und übernahm die Verwaltung des Gutes. Mit solcher Energie ging sie an die Arbeit, schaffte und arbeitete so unermüdlich, daß sie wirklich in einigen Jahren das heruntergewirtschaftete Gut wieder zum Blühen und Gedeihen gebracht hatte.

Freilich hatte sie darüber ihre Jugend versäumt und ihr Glück vergessen. Einmal hatte auch für sie trotz allem die Stunde geschlagen, wo ihr Herz laut und rebellisch nach seinem Recht verlangte. Das war, als auf dem Nachbargut, dem Majorat Reckenberg, ein neuer Majoratsherr seinen Einzug hielt.

Ihm, Georg von Reckenberg, flog ihr Herz entgegen, und sie verliebte sich in ihn sogleich beim ersten Sehen, ohne mehr von ihm zu wissen als seinen Namen.

Erst einige Zeit darauf erfuhr sie, daß er schon seit Jahren verheiratet war und bereits einen zwölfjährigen Sohn besaß, obwohl er noch nicht vierzig Jahre zählte. Als seine Familie ihm einige Wochen später nach Reckenberg folgte, war Barbara von Buchenau schon innerlich mit ihrer Enttäuschung fertiggeworden Sie war keine heiße leidenschaftliche Natur,und es gelang ihr, sich im Zaum zu halten. Aber eine gewisse stille Neigung hatte sie stets für Georg von Reckenberg behalten.

In der Folge hatte sich zwischen ihr und der Familie von Reckenberg ein freundschaftlich-nachbarlicher Verkehr herausgebildet. Barbara gab an Georg von Reckenbergs Frau und Sohn etwas von der warmen Zuneigung ab, die sie für ihn empfand, und diesen drei Menschen gegenüber zeigte sie sich freundlicher und zugänglicher als anderen.

Da Frau von Reckenberg eine stille, sanfte Frau war, die sich der schroffen Art Barbaras freundlich anpaßte, so bestand auch zwischen den beiden Frauen eine Art Freundschaftsverhältnis.

Als Barbaras Bruder sich erschossen hatte, erschien es ihr selbstverständlich, daß sie sich seines verwaisten Kindes annehmen mußte. Sie nahm es zu sich und zog es auf. Aber sie tat es in ihrer schroffen, unliebenswürdigen Art, wenn auch in strenger Pflichterfüllung. Und sie sah in der kleinen Raina auch ihre einstige Erbin, da sie nicht mehr daran dachte, sich zu verheiraten. Sie hätte sich in ihrer energischen selbstherrlichen Art auch schwerlich einem Mann anzupassen vermocht.

Dafür, daß sie Raina aufzog und in ihr ihre Erbin sah, maßte sie sich aber auch das Recht an, das Kind ganz nach ihrer Willkür zu formen und in die ihr genehme Schablone zu pressen. Vielleicht glaubte Barbara dadurch etwaige erbliche Anlagen in Rainas Charakter zuersticken. Aber statt diese zu einem energischen, zielbewußten Menschen zu erziehen, lähmte sie von Anfang an fast despotisch jede Willensregung, und so wuchs Raina zu einem unselbständigen, zaghaften Geschöpf heran, das ängstlich bedacht war, die Tante nicht zu erzürnen, und ein bedauernswertes Schattendasein führte.

Selbst in bezug auf ihr Äußeres mußte Raina sich den Befehlen ihrer Tante fügen. Sie durfte sich nur nach Tante Barbaras Geschmack kleiden und frisieren und bekam dadurch, trotz ihrer Jugend, einen entschieden altjüngferlichen Anstrich.

Als Raina siebzehn Jahre alt war, kam Tante Barbara mit Herrn und Frau von Reckenberg überein, daß Raina die Gattin des einzigen Sohnes von Georg von Reckenberg werden sollte. Die beiden jungen Leute kannten sich wenig, waren nie viel zusammengewesen. Aber Raina wagte kein Wort des Widerspruchs, als ihr Tante Barbara, sobald sie die Zeit gekommen glaubte, die Mitteilung machte, was sie über sie beschlossen hatte. Nur ein feines Rot huschte über ihr stilles Gesicht. Tante Barbara hätte auch keinen Widerspruch gelten lassen.

Arnulf von Reckenberg hatte sich gleichfalls den Wünschen seiner Eltern gefügt. Er war zehn Jahre älter als Raina und durchaus nicht streng und sklavisch erzogen wie diese. Auch liebte er sie keineswegs, und der Gedanke an eine Ehe mit ihr war ihm gleichbedeutend mit der Aufgabe aller sonnigen Lebensfreuden. Aber da er einsah, daß er eines Tages würde heiraten müssen, so erschien ihm Raina als eine bequeme Lebensgefährtin, fügsam und anspruchslos. Und die Hauptsache war, daß Buchenau an Reckenberg grenzte und, da Raina die Erbin ihrer Tante war, sich dadurch sein Besitz hübsch abrunden würde.

Arnulf war zwar durchaus kein berechnender junger Mann. Das hätte seinem vornehmen Charakter widerstrebt. Aber seine Eltern stellten es ihm vor wie eine Art Pflicht, seinen Besitz zu vergrößern, und es war in diesen Kreisen üblich, solche Heiraten zu schließen, daß er an einen ernsthaften Widerstand nicht dachte. Er machte nur zur Bedingung, daß man ihm noch einige Jahre Freiheit gönnte. Das gestand man ihm gerne zu, da die beiden jungen Leute noch nichts zu versäumen hatten.

Arnulf und Raina betrachteten sich also schon mit einem Gefühl der Unabwendbarkeit als Verlobte und künftige Ehegatten, obwohl sich in ihrem Verhältnis zueinander gegen früher nicht das geringste geändert hatte.

Seit kurzem hatte sich Arnulf in die nahe Garnison versetzen lassen. Sie lag nur zwei gute Stunden von Reckenberg und Buchenau entfernt, und er war jetzt öfter an dienstfreien Tagen daheim. Aber in Buchenau machte er nach wie vor nur seine kurzen, formellen Besuche; denn »Tante Barbara« ließ in ihrer Nähe nicht viel Behagen aufkommen, und Raina zog ihn keineswegs an.

Mit einem gewissen Mitleid sah er auf Raina und gelobte sich gutmütig, daß er ihr ein behaglicheres Leben schaffen wollte, wenn sie erst seine Frau sei. Aber zu sagen hatte er ihr nichts, und ihr unbeholfenes Wesen machte ihn verlegen.

Es hätte wohl kaum zwei Menschen geben können, die so schlecht zueinander paßten, wie der schneidige, elegante Reiteroffizier und die linkische, altjüngferlich wirkende Raina.

Arnulf dachte oft bei ihrem Anblick mit einem gelinden Grauen: »Wenn sie erst meine Frau ist, muß ihr Mama beibringen, sich anders zu kleiden. Dann wird sie vielleicht etwas präsentabler aussehen, denn jetzt ist sie einfach unmöglich.« Er war immer sehr froh, wenn er nach einem Pflichtbesuch Buchenau verlassen konnte.

Weder Raina noch Arnulf von Reckenberg sehnten sich nach einer baldigen Vereinigung, aber da

Raina inzwischen einundzwanzig Jahre alt geworden war, sollte nun zu Pfingsten die Hochzeit stattfinden.

Jetzt war es März, und der Frühling wollte ins Land ziehen. Da gab es in Buchenau alle Hände voll zu tun; denn die Felder mußten bestellt werden.

Fräulein Barbara von Buchenau war eben von einem langen Ritt durch den Regen nach Hause zurückgekehrt. Nun sehnte sie sich nach trockenen Kleidern.

Befriedigt, daß sie ein schweres Stück Arbeit hinter sich hatte, stapfte sie dem Haus zu, nachdem sie einem Knecht ihr Pferd übergeben hatte mit der Weisung, es gut trockenzureiben.

Raina stand nun unter der Tür und sah mit ihren großen, tiefblauen Augen zaghaft in Tante Barbaras Gesicht.

»Arme Tante, du bist so naß geworden. Ich habe schon trockene Sachen für dich zurechtlegen lassen. Tina erwartet dich oben in deinem Zimmer, um dir beim Umkleiden behilflich zu sein«, sagte sie in einer seltsam stillen, leblosen Art, die so wenig zu ihrer kräftigen Jugend paßte.

Fräulein Barbara schüttelte ihr nasses Kleid aus und sah zu Raina empor.

»Ja, schaden kann es nichts, wenn ich trockenes Zeug auf den Leib kriege. In zehn Minuten bin ich umgezogen. Sorge, daß dann der Tee fertig ist. Ich freue mich auf einen warmen Trunk, der Märzwind bläst verteufelt frisch«, sagte sie ohne Freundlichkeit.

»Es wird alles bereit sein, Tante Barbara.«

Das alte Fräulein stapfte durch den mit Steinfliesen ausgelegten weiten Flur, der durch das ganze Haus lief, bis zu dem vorderen Portal, und stieg die schwere, breite Eichentreppe zum ersten Stock empor. Dabei rief sie der Mamsell und einem Hausmädchen, die aus den im Erdgeschoß liegenden Wirtschaftsräumen kamen, mit ihrer lauten, herrischen Stimme einige Befehle zu.

Raina blieb noch eine Weile an der offenen Tür stehen und sog mit tiefen Atemzügen die frische Luft ein.

Jetzt röteten sich die Wangen freilich etwas lebhafter, und man sah nun erst, was sie für eine außerordentlich schöne Hautfarbe hatte. Und wer sich die Mühe nahm, dies junge Gesicht mit Aufmerksamkeit zu betrachten, der konnte wohl noch manchen feinen, stillen Reiz darin entdekken.

So aber, wie Raina jetzt aussah, bekam sie nur der liebe Gott zu sehen. Und als jetzt Schritte hinter ihr laut wurden und sie sich umwandte, da hatte sie das Gesicht schon wieder in den starren, scheuen Ausdruck gezwängt, der ihm meist eigen war. Im Hausflur stand ein sauber gekleidetes Mädchen mit einem Tablett, auf dem Teegerät stand.

Raina schloß hinter dem Mädchen die Tür und ging hinauf in ihr Zimmer, um die praktische Arbeitsschürze gegen ein etwas zierlicheres weißes Stickereischürzchen umzutauschen

Ohne sich aufzuhalten, strich sie mit einer Bürste sorgsam das Haar glatt zurück, daß ja nicht ein widerspenstiges Löckchen hervorstrebte. Tante Barbara liebte das nicht und nannte es unordentlich. Dann eilte Raina ins Wohnzimmer hinab, rückte auf dem sauber gedeckten Teetisch alles ordentlich zurecht und nahm dann eine Handarbeit, um nicht müßig zu sitzen, wenn Tante Barbara kam.

Diese hatte sich schnell umgekleidet. Statt des durchnäßten Reitkleides trug sie ein ebenso derbes, praktisches Hauskleid wie Raina und darüber eine schwarzseidene Schürze. Ihr noch sehr starkes, graumeliertes Haar war glatt und straff aus der Stirn zurückgestrichen und zu einem festen unkleidsamen Knoten am Hinterkopf aufgesteckt.

Genau auf die gleiche Art war auch Rainas reiches, blondes Haar geordnet, nur stand der Flechtknoten, weil er viel größer war, noch unkleidsamer vom Kopf ab. Man ahnte nicht, welch eine herrliche, leichtgelockte Flut dieses goldschimmernden Haares in dieser barbarischen Frisur gewaltsam zusammengedrängt war.

Die beiden Damen nahmen nun am Teetisch Platz. Meist wurden beim Tee allerlei hauswirtschaftliche Fragen besprochen, und Raina mußte berichten, was in Abwesenheit der Tante geschehen war.

Heute hatte sie von einem Besuch zu melden. »Als du nach Tisch kaum fortgeritten warst, kam Herr Kommerzienrat Planitz. Er wollte dich in geschäftlicher Angelegenheit sprechen«, sagte sie.

Fräulein Barbara machte ein schlaues Gesicht. »Aha! Er will natürlich Abschlüsse machen für seine Konservenfabrik. Schon im Februar ist er mir damit gekommen. Alles will er haben, was an Obst und Gemüse auf Buchenauer Boden wächst, nicht eine Mohrrübe will er sich entgehen lassen. Ich möchte doch wissen, was er damit bezweckt. In Reckenberg hat er auch schon seine Fühler ausgestreckt, und Baron Kranzau hat ihm sicher schon die ganze Ernte versprochen, ehe sie ausgesät ist. Er kann ja dieses Jahr scheinbar die Zeit gar nicht erwarten.«

»Ich dachte, er macht seine Abschlüsse immer schon im Frühjahr«, erwiderte Raina.

Tante Barbara zog nachdenklich die Stirn zusammen.

»Hm! 1912 schloß ich im Mai mit ihm ab und 1913 Ende April. Dieses Jahr kommt er nun gar schon im März. Und er ist so dringlich. Während er uns sonst an sich herankommen ließ, damit er die Preise recht drücken konnte, kommt er dieses Jahr von selbst und so zeitig! Da steckt etwas dahinter. Sein Eifer ist mir verdächtig. Er ist ein schlauer Fuchs, der nichts ohne Berechnung tut.«

»Vielleicht hat er jetzt nur gerade Zeit zu den Abschlüssen, Tante Barbara.«

Die alte Dame schüttelte den Kopf: »Nein, nein, er muß etwas Besonderes im Auge haben. Sogar bei den Kleinbauern ist er persönlich gewesen. Das tut er doch sonst nicht. Sie haben ihm die ganze Ernte verschreiben müssen. Er hat etwas vor, und ich werde nicht weniger schlau sein. Hofft er auf großen Gewinn, so will ich auch davon profitieren.«

»Du könntest ihn ja fragen, weshalb ihm so viel daran liegt.«

Tante Barbara lachte auf: »Meinst du, er würde mir reinen Wein einschenken? Er wird sich hüten! Aber jedenfalls werde ich meine Bedingungen stellen. Ich habe es Herrn von Reckenberg auch schon gesagt, daß er gut auf Preise halten soll, wenn er mit dem Kommerzienrat abschließt. Wann will er denn wiederkommen?«

»Morgen nachmittag, Tante Barbara. Ich sagte ihm das er zur Teestunde kommen solle; dann seiest du bestimmt zu Hause. Er fragte, ob er seine Frau und seine Tochter mitbringen dürfe, und ich habe gesagt, wir würden uns freuen. Es ist dir doch recht so?«

»Natürlich. Eine andere Antwort konntest du ja gar nicht geben, und der gute Kommerzienrat ergreift nun einmal jede Gelegenheit, sich auf einen gesellschaftlichen Stand mit der Aristokratie zu stellen, obwohl man doch nur Geschäfte mit ihm abschließt.

Na — zum Glück ist seine Frau eine ganz nette Person, mit der man ein Wort reden kann. Sie ist mir zwar nicht sonderlich sympathisch, und ihr Toilettenaufwand ist mir zuwider, aber auf eine Stunde kann man sie ertragen. Die Angenehmste von der Familie ist die Tochter. Sie protzt wenigstens nicht mit dem Reichtum ihres Vaters, und im Vergleich zu ihrer Mutter wirkt sie in ihrem Äußeren direkt bescheiden.«

»Ja, Tante Barbara, Dora Planitz und ihre Mutter sind grundverschiedene Charaktere. Sie gefällt mir auch sehr gut.«

»Das habe ich gemerkt. Du hast dich in letzter Zeit ein wenig mit ihr angefreundet.«

15

Eine feine Röte stieg in Rainas Wangen.

»Dora Planitz ist sehr lieb zu mir. Sie ist mir mehr entgegengekommen als sonst eine junge Dame. Es wäre doch unhöflich, wollte ich das nicht freundlich erwidern.«

»Nun ja, ich habe nichts dagegen. Sie hat ein feines, vornehmes Wesen, und es ist mir kaum verständlich, wie Planitz zu so einer Tochter kommt.«

»Ja, sie gleicht ihrem Vater in keiner Weise. Ihrer Mutter sieht sie wenigstens äußerlich ähnlich.«

»Der Kommerzienrat ist aber sehr stolz auf seine Tochter, und er hat sicher die Absicht, sie mit einem Aristokraten zu verheiraten. Ich glaube, sie soll Baronin Kranzau werden. Erst hat Planitz entschieden Absichten auf Arnulf gehabt. Er bemühte sich auffallend, seine Tochter mit ihm zusammenzubringen. Aber da habe ich ihm eine Andeutung gemacht, daß Arnulf mit dir versprochen ist, und er hat seine Bemühungen eingestellt. Nun wendet er Kranzau sein Interesse zu, und da hat er wohl mehr Glück. Der Baron braucht Geld.«

Rainas Gesicht war still und unbewegt. Sie mußte nur denken, daß Dora Planitz ihrer Meinung nach viel zu schade sei für einen Mann wie Baron Kranzau.

Erst nach einer Weile fragte sie leise: »Du hast dem Kommerzienrat gesagt, daß ich mit Arnulf versprochen bin?«

Die Tante nickte energisch: »Jawohl, ich hielt es für nötig. Übrigens wird ja jetzt zum Osterfest euere Verlobung ohnedies bekanntgegeben. Ich habe mit Arnulfs Eltern besprochen, daß wir am ersten Ostertag eine kleine Verlobungsfeier veranstalten. Die Einladungen dazu habe ich bereits herumgeschickt, gestern vormittag. Und für dich habe ich ein weißes Kleid bestellt. Arnulfs Mutter hat mir diese Bestellung abgenommen. Sie fährt dieser Tage in die Stadt, um Besorgungen zu machen, und da will sie bei Keller und Reiner etwas für dich aussuchen. Ich kann mich jetzt ohnedies nicht darum kümmern, und so ein Festkleid kann man nicht im Haus arbeiten lassen.«

Auch diese Nachricht nahm Raina anscheinend gleichmütig auf. Sie war es gewöhnt, daß Tante Barbara in allen Dingen über ihren Kopf hinweg Verfügungen traf, auch wenn es ihren persönlichsten Angelegenheiten galt.

Daß Frau von Reckenberg sich bereit erklärt hatte, das Kleid zu Rainas Verlobungsfeier zu besorgen, hatte einen besonderen Grund. Arnulf hatte seiner Mutter gegenüber geäußert, daß er sich über Rainas geschmacklose Anzüge ärgere. Und da Frau von Reckenberg selbst schon die Beobachtung gemacht hatte, daß Tante Barbara für Raina ganz unmögliche Kleider arbeiten ließ, hatte sie es diplomatisch angefangen, um Raina zu einem etwas kleidsameren Gewand für ihre Verlobung zu verhelfen. Ganz freie Hand hatte ihr aber Barbara nicht gelassen; sie hatte ihr genaue Angaben gemacht und den Preis bestimmt. Von alldem wußte Raina aber nichts.

Tante Barbara kam nun auf ein anderes Thema.

»Es ist mir doch sehr lieb, daß Arnulf sich in unsere Garnison hat versetzen lassen. Wenn ihr ja auch über kurz aber lang nach Reckenberg übersiedelt, da Arnulf nur noch einige Jahre Offizier bleiben soll, so wäre es mir doch nicht recht gewesen, wenn du ihm in die ferne Garnison hättest folgen müssen, zumal in seinem alten Regiment viel Aufwand getrieben wurde und immer einer den anderen überbot. Hier in unserer Garnison geht es bescheidener zu. Und ich kann dann jede Woche einmal mit dem Wagen hinüberkommen und bei euch nach dem Rechten sehen.

Euren Haushalt richte ich so ein, daß ihr die Möbel dann, wenn Arnulf den Dienst quittiert, mit nach Reckenberg nehmen könnt. Dort sollen eure Zimmer damit ausgestattet werden, die jetzt leer stehen. Ich habe das alles mit Arnulfs Eltern besprochen. Die Möbel sind bereits bestellt. Sie sollen sich den Räumen des Schlosses anpassen. Für eure Stadtwohnung werden sie wohl ein bißchen schwer und massig sein, aber das ist ja doch nur vorübergehend.«

Raina saß mit gesenkten Kopf da und hörte an, was die Tante sprach. Ein scharfer Beobachter hätte vielleicht an dem leisen Beben ihrer Lippen und an der kleinen Falte zwischen den schön gezeichneten Brauen gesehen, daß sie nicht ruhig und gleichmütig war, wie sie scheinen wollte. Aber Tante Barbara war in diesem Fall kein scharfer Beobachter. Sie gestand Raina überhaupt kein Recht zu, selbst etwas zu wollen oder zu wünschen. Fest war sie davon überzeugt, daß sie für Raina immer das Beste und Wünschenswerteste traf. Raina war es auch wirklich so ziemlich gleichgültig, was die Tante über ihr Leben beschloß, sie war stumpf und willenlos geworden. Nur über Arnulf und ihr Verhältnis zu ihm grübelte sie oft. So fragte sie sich schon seit einiger Zeit, warum Arnulf aus seinem alten Regiment, wo er sich so wohl befand, nach D. hatte versetzen lassen, da er doch ohnedies in einigen Jahren den Dienst quittieren wollte.

Darauf kam sie nicht, daß er es nur getan hatte, um die unbeholfene, unscheinbare Raine nicht als seine Frau unter die durchweg sehr eleganten und weltgewandten Damen seines Regiments zu verpflanzen. Es waren darunter einige, mit denen Arnulf recht lebhaft geflirtet hatte, und deren Spott er nun fürchtete.

In D. war Rainas Erscheinung schon bekannt. Mit den Damen dieser neuen Garnison war sie schon oft zusammengetroffen, und die waren nicht so anspruchsvoll und weltdamenhaft. Zwar stach Raina auch von ihnen gewaltig ab, aber sie wußten doch alle, daß Raina sich unter Tante Barbaras Zepter so unvorteilhaft entwickelt hatte, und waren an ihren Anblick gewöhnt.

Arnulf hätte ja vielleicht vorgezogen, nach seiner Verheiratung sogleich für immer nach Rekkenberg zu gehen. Aber ihm graute davor, sich mit der »langweiligen Raina« dort festzusetzen. Er hielt es für besser, diese erst einmal ein bißchen aufzumuntern und vom Einfluß ihrer Tante zu lösen. Vor allen Dingen wollte er aber sich selbst in dieser Zwischenstation auf die beschauliche Stille des Landlebens vorbereiten.

19

II

Am nächsten Nachmittag traf zur Teestunde der Kommerzienrat Robert Planitz mit Frau und Tochter in Buchenau ein.

Der Kommerzienrat liebte es, sich mit den Aristokratenfamilien der Garnison und der Umgegend auf einen vertraulich gesellschaftlichen Fuß zu stellen, und war nicht feinfühlig genug zu merken, daß diese mehr oder weniger deutlich einen gewissen Abstand hielten. Liebenswürdig kam man höchstens seiner Frau entgegen, und unbedingte Gleichberechtigung erkannte man nur seiner Tochter zu.

Daß man den Kommerzienrat trotz seiner Unbeliebtheit mit in Kauf nahm, lag daran, daß er mit den Gutsbesitzern der ganzen Umgegend in reger Geschäftsverbindung stand. Er hatte in D. vor fast zwanzig Jahren seine ersten großen Konservenfabriken bauen lassen. Von Jahr zu Jahr hatte er diese vergrößert und den Betrieb erweitert. So war er schwerreich geworden.

Sein Ehrgeiz ging dahin, seine Tochter mit einem Vollblutaristokraten zu verheiraten.

Als er nun von Fräulein von Buchenau erfuhr, daß Arnulf von Reckenberg als künftiger Gatte ihrer Nichte ausschied, wandte er sein Interesse auf Baron Kranzau.

Dieser war in den dreißiger Jahren, ein stattlicher, echter Junker. Allerdings genoß er nicht den besten Ruf. Er galt für ziemlich brutal, trank und spielte, stellte in wenig vornehmer Weise den Frauen nach und pochte auf seine Herrenrechte.

Aber das störte den Kommerzienrat nicht. Er war selbst ein ziemlich derber und roher Genußmensch und nannte den Baron lachend einen »ganzen Kerl«.

Baron Kranzau war auch scheinbar durchaus nicht abgeneigt, Dora Planitz zu seiner Frau zu machen. Das schöne stolze Mädchen reizte seine Sinne, und der Reichtum ihres Vaters sollte ihm sehr zustatten kommen, da er mit schwierigen Verhältnissen zu kämpfen hatte und Kranzau nur noch mit großen Anstrengungen halten konnte. So kamen sich der Baron und der Kommerzienrat in ihren Wünschen entgegen, ohne sich vorläufig darüber auszusprechen.

Wie aber stand Dora Planitz diesen Plänen gegenüber?

Sie begegnete Baron Kranzau genauso stolz und unnahbar, wie allen anderen Herren, die sich werbend in ihre Nähe drängten. Ihr Vater hatte wohl bereits durchblicken lassen, daß er wünsche, Dora möge sich Baron Kranzau gegenüber nicht so ablehnend verhalten wie gegen die anderen Herren; aber wie Dora diesen Wink aufgenommen hatte, wußte er nicht.

Zwischen Vater und Tochter herrschte ein seltsames Verhältnis. Der Vater war sichtlich stolz auf seine schöne Tochter und erfüllte ihr jeden Wunsch, ehe sie ihn ausgesprochen hatte. Wenn er hätte warten wollen, bis sie einen Wunsch aussprach, so hätte er ihr wohl nie einen erfüllen können; denn Dora war gegen keinen Menschen so kalt und zurückhaltend wie gegen ihren Vater. Sie hatte eine ganz eigene, seltsame Art, über ihn hinwegzusehen und ihm auszuweichen. Nie richtete sie ungefragt das Wort an ihn, noch viel weniger brachte sie ihm eine töchterliche Zärtlichkeit entgegen.

Auch für ihre Mutter hatte Dora nicht viel Zärtlichkeit. Es war eine sonderbare Fremdheit im Verkehr zwischen beiden; denn auch die Mutter brachte der Tochter nicht viel Liebe entgegen.

Sah man diese drei Menschen zusammen, so hatte man das Gefühl, als fehle zwischen ihnen jede Harmonie.

Als der Kommerzienrat mit seinen Damen am Portal des Buchenauer Herrenhauses vorfuhr, das mit seiner schmucklosen, grauen Fassade ziemlich nüchtern aussah, kam ihnen Raina von Buchenau in einem ihrer »unmöglichen« Kleider entgegen. In ihrer stillen, scheuen Art begrüßte sie Doras Eltern, während sie dieser selbst mit einem schüchternen, freundlichen Blick die Hand reichte.

Dora umfaßte Rainas Hand mit warmem, festem Druck und sah mit einem herzlichen, mitleidigen Blick auf das schlechtgekleidete Mädchen.

Raina führte die Herrschaften in das Empfangszimmer.

Der Kommerzienrat, der im vornehmsten Teil der Stadt eine palastähnliche Villa bewohnte, fand die Einrichtung von Buchenau wenig kostbar. Aber Vornehmheit ließ sich diesen Räumen nicht absprechen. Und davor beugte sich der Kommerzienrat widerstandslos.

Im Empfangszimmer kam ihnen Fräulein Barbara von Buchenau entgegen. Sie hatte auch heute, wie Raina, nur eines ihrer derben, schlichten Hauskleider an. Es sah fast aus, als wolle sie damit gegen die kostbare, hochmoderne Besuchstoilette der Kommerzienrätin Protest erheben.

In ihrer wenig verbindlichen Art bewillkommnete sie ihre Gäste. Dem Kommerzienrat sah sie sogar ein wenig kampfbereit entgegen. Nur Dora begrüßte sie um einen Ton freundlicher.

Man plauderte fünf Minuten in formeller Weise miteinander. In Doras Gesicht zuckte es dabei wie leiser Spott. Aber als Raina einmal in ihre Augen sah, leuchtete ihr eine warme, echte Güte entgegen. Die beiden jungen Mädchen waren etwa im gleichen Alter, doch Dora in ihrer sicheren, weltgewandten Art wirkte entschieden älter und reifer als Raina.

Nun bat Fräulein Barbara ihre Gäste hinüber ins Wohnzimmer, wo der Teetisch bereitstand. Man ließ sich nieder und setzte beim Tee das belanglose Gespräch fort. Als aber Tante Barbara ihre zweite Tasse Tee geleert hatte, sah sie der Kommerzienrat mit seinen kleinen, schlauen Augen erwartungsvoll an. Sie nickte ihm zu, als habe sie ihn verstanden.

»Ja, Herr Kommerzienrat, dann können wir wohl an unsere Geschäfte gehen«, sagte sie in einem fast kriegerischen Ton.

Er verneigte sich mit einem Lächeln, das seinem Gesichte etwas Faunisches gab.

»Wenn es Ihnen recht ist, mein gnädiges Fräulein, ich bin bereit.«

Sie erhob sich zu ihrer stattlichen Höhe: »So kommen Sie, Herr Kommerzienrat. In meinem Arbeitszimmer sind wir ungestört. Ihre Damen nehmen inzwischen mit der Gesellschaft meiner Nichte fürlieb.«

Der Kommerzienrat sprang auf. Seine untersetzte, behäbige Gestalt war sehr beweglich. Mit einem verbindlichen Lächeln und einer etwas komisch wirkenden Verbeugung ließ er Fräulein Barbara an sich vorüber zur Tür hinausgehen.

Im Arbeitszimmer der Hausherrin begann nun ein wahrer Kampf. Der Kommerzienrat war schlau und gerieben, Fräulein Barbara hartnäckig und gleichfalls auf ihren Vorteil bedacht.

Er wollte so ziemlich alle Erzeugnisse des Buchenauer Bodens mit Beschlag belegen, außer der Getreideernte, und sie sagte ihm auf den Kopf zu, daß er mit ganz besonderen Absichten in diesem Jahr so enorme Abschlüsse zu machen gedenke.

Damit traf sie allerdings den Nagel auf den Kopf. Der Herr Kommerzienrat hatte eine Spekulation vor durch allerlei geschäftliche Beziehungen, die bis in die höchsten militärischen Kreise reichten. Seit Jahren war er Armeelieferant, und in der letzten Zeit hatte er besonders große Vorbestellungen erhalten. Und er war nicht der Mann, solche Anzeichen ungenützt zu lassen.

Natürlich fiel es ihm nicht ein, Fräulein von Buchenau oder sonst einen Menschen in seine Karten sehen zu lassen, und deshalb sagte er auch jetzt mit dem harmlosesten Gesichte der Welt:

»Was soll ich für einen besonderen Grund haben, mein gnädiges Fräulein, als für meine Arbeiter Arbeit und für meine Fabriken genügend Material zu schaffen?«

Aber Fräulein Barbara glaubte nicht an diese Harmlosigkeit. Sie hob abwehrend die Hand.

»Mir machen Sie nichts vor, Herr Kommerzienrat! Ich weiß, daß Sie ein gutes Geschäft mit unseren Erzeugnissen machen wollen.«

Er lachte biedermännisch, aber seine Augen funkelten wie die eines Fuchses.

»Ja doch, mein gnädiges Fräulein, das leugne ich gar nicht! Gute Geschäfte wollen wir doch schließlich alle machen, Sie, ich und meine anderen Lieferanten. Das ist doch nichts Besonderes. Also — gehen Sie auf mein Angebot ein? Alles, was in Buchenau wächst und ich in meinen Fabriken verwerten kann, sichern Sie mir vertraglich zu. Ich zahle Ihnen dafür dieselben Preise wie im Vorjahre.«

Fräulein Barbara sah ihn spöttisch an:

»Das möchten Sie wohl, Herr Kommerzienrat! Aber darauf gehe ich nicht ein. Soll ich Ihnen alles zusichern, dann tue ich es nur unter der Bedingung, daß Sie zwanzig Prozent Aufschlag zahlen.«

Sie mußte ganz genau, daß der Kommerzienrat von diesen zwanzig Prozent die Hälfte abhandeln würde. Im Grunde rechnete sie nur mit zehn Prozent; deshalb forderte sie zwanzig.

Der Kommerzienrat fuhr auf, wie von der Tarantel gestochen: »Zwanzig Prozent! Aber meine Gnädigste, wo denken Sie hin? Das ist ganz ausgeschlossen! Solch eine Preiserhöhung ist doch in keiner Weise gerechtfertigt. Da müßte ich zusetzen. Ich will doch auch leben«, ereiferte er sich.

25

Er wußte zwar, daß er bei zwanzig Prozent Aufschlag auch noch ein ganz gutes Geschäft machen würde; aber er wollte eben ein noch besseres machen. Und so begann nun zwischen ihm und Fräulein Barbara ein hartnäckiges Feilschen und Handeln. Schließlich einigten sich beide Parteien auf zwölf Prozent Preiserhöhung.

Fräulein Barbara triumphierte, daß sie statt zehn zwölf herausgehandelt hatte, und der Kommerzienrat triumphierte, daß er nicht teurer hatte kaufen müssen. So waren beide Teile mit dem Ergebnis der Schlacht sehr zufrieden und verließen den Kampfplatz in bester Stimmung.

Fräulein Barbara nahm sich vor, sofort nach der Entfernung des Kommerzienrats hinüber nach Reckenberg zu telephonieren. Mit ihrem Freund Reckenberg hatte sie ausgemacht, daß sie die Preise um zehn Prozent erhöhen und davon nicht abgehen wollten. Nun sie aber zwölf Prozent erhalten hatte, sollte Georg von Reckenberg auch davon profitieren. Das gab immerhin einen hübschen Extranutzen, den sie ihm gönnte, wie sich selbst.

Jetzt gesellte sie sich mit dem Kommerzienrat zu den drei Damen und ließ sich von Raina noch eine Tasse Tee kredenzen.

Dora Planitz hatte sich beim Eintritt ihres Vaters erhoben und war an das Fenster getreten. Die Sonne schien siegreich zwischen den Regenwolken.

»Es ist jetzt wunderschön draußen, und ich möchte sehr gern in Ihrem schönen Park spazieren gehen, gnädiges Fräulein. Dürfte mich wohl

Fräulein Raina ein wenig begleiten?« wandte sie sich an die Hausherrin.

»Gewiß kann Raina mit Ihnen gehen«, erwiderte diese.

Raina erhob sich und verließ mit Dora den Raum.

Im Park schoß schon überall der grüne Rasen empor, und die Vögel zwitscherten eifrig in den blätterlosen Bäumen, als wollten sie den warmen Sonnenschein begrüßen, der sich nach dem Regen schüchtern hervorwagte.

Die beiden jungen Damen sahen sich lächelnd an, als ein Vogel plötzlich dicht vor ihrem Gesicht vorbeiflog.

»Es will Frühling werden«, sagte Dora, und Raina nickte aufatmend.

Dann gingen sie wieder schweigend weiter.

»Warum sehen Sie mich so forschend an, Fräulein Raina?« begann Dora auf einmal.

»Ich muß Sie bewundern, Fräulein Dora — Sie sind so schön«, sagte Raina, ihre Schüchternheit bezwingend.

Mitleidig und voll echter Güte sah Dora in Rainas Augen. »Das könnten Sie auch sein, wenn Sie nur wollten. Sie wissen wohl gar nicht, daß Sie sehr schöne Augen und noch manche andere Schönheit besitzen. Zum Beispiel Ihr herrliches Haar. Aber Sie machen sich ja gewaltsam unschön und unansehnlich. Verzeihen Sie mir, wenn ich das ausspreche, aber ich meine, man müßte Ihnen das einmal vor Augen halten. Ich wollte es schon längst tun. Es ist ein Unrecht, was Sie an sich selbst und an dem lieben Gott begehen. Die

27

Gaben, die er Ihnen verliehen hat, müßten Sie besser ausnützen.«

Ganz erschrocken starrte Raina in Doras Gesicht.

Sie wurde dunkelrot vor Verlegenheit: »Tante Barbara will es so«, sagte sie ängstlich.

»Aber es kommt doch nicht auf Ihr Fräulein Tante an, sondern auf Sie.«

Raina schüttelte hilflos den Kopf. »O nein, da irren Sie; in Buchenau geschieht nur, was Tante Barbara will, und ich darf ganz sicher nichts gegen ihren Willen tun. Ich möchte es auch nicht. Sie müssen wissen, daß ich Tante alles verdanke und von ihr in jeder Beziehung abhängig bin. Das ist ganz anders als bei Ihnen. Sie haben Ihre Eltern, deren Pflicht es ist, für Sie zu sorgen, und die Ihnen liebevoll Ihren freien Willen lassen.«

So viel und so lebhaft hatte Raina wohl noch nie zu einem Menschen gesprochen, aber Doras gütig-verständnisvolle Art löste ihr immer ein wenig die Zunge, und ihr gegenüber war sie schon manchmal aus ihrer scheuen Art herausgetreten.

Doras Stirn hatte sich finster zusammengezogen. Dann sagte sie bitter: »Sie halten mich wohl für sehr glücklich, Fräulein Raina? Der Schein trügt! Glauben Sie mir, ich bin nicht viel besser daran als Sie, wenn ich auch ein wenig energischer meine Freiheit wahre als Sie.«

Ganz betroffen sah Raina in ihre traurigen Augen. »Ach — sind Sie nicht glücklich? Ich habe Sie immer ein wenig beneidet. Ihr Herr Vater scheint mir so stolz auf Sie, und Ihre Frau Mutter hat Sie doch auch gewiß sehr lieb.«

Dora preßte den Mund fest zusammen. Ihre Augen sahen mit einem düsteren Ausdruck vor sich hin. Dann wandte sie sich Raina wieder zu. Ohne auf ihre Worte einzugehen, sagte sie leise:

»Ich glaube, es gibt kaum einen Menschen auf der Welt, der einsamer in seinem Herzen ist als ich. Bisher glaubte ich, Sie seien vielleicht ebenso einsam, und deshalb fühlte ich mich zu Ihnen hingezogen. Ich habe immer die Absicht gehabt, Sie zu bitten, mir eine Freundin zu sein. Andere junge Damen sind meinem Herzen so fremd, und alle haben Eltern, Geschwister und Verwandte. Sie allein schienen mir so einsam wie ich. Aber ich fand nie eine Gelegenheit, Sie um Ihre Freundschaft zu bitten. Und nun ist es ja wohl zu spät.«

Mit klopfendem Herzen hatte ihr Raina zugehört. Alles, was Dora sagte, rüttelte an der Stumpfheit ihres Wesens und berührte sie wie ein warmer, lebendiger Quell. Sie drückte in ihrer Erregung die Hände aufs Herz und sah Dora mit glänzenden Augen an.

»Warum — warum ist es zu spät?« fragte sie atemlos.

Dora strich sich über die Stirn. »Ich habe gehört, daß Sie mit Herrn von Reckenberg versprochen sind und daß demnächst Ihre Verlobung offiziell wird. Eine Braut hat anderes zu tun, als Freundschaft zu schließen mit einer Einsamen.«

Raina schüttelte mit einer bei ihr befremdlichen Energie den Kopf. »O nein, glauben Sie das nicht. Es würde mich sehr — oh, sehr freuen, wenn Sie mich Ihrer Freundschaft für wert halten

29

würden. Aber ich fürchte, ich bin zu unbedeutend, um Ihnen etwas sein zu können.«

Dora blieb stehen, sah sie groß und ernst an und faßte ihre Hand. »Man hat Ihnen wohl eine sehr bescheidene Meinung über sich selbst beigebracht?« fragte sie mitleidig.

Raina atmete tief auf. »Ich weiß selbst, daß ich sehr unbedeutend bin und gar nicht liebenswert.«

»So? Und das sagt eine Braut — die Braut eines unserer glänzendsten und schneidigsten Offiziere? Ich denke, Herr von Reckenberg hat einen besseren Blick dafür. Er wird sicher wissen, wie liebenswert Sie sind und welch ein Kleinod sich in einer so bescheidenen Hülle birgt.«

Raina schüttelte mit schmerzlichem Unwillen den Kopf. »Bitte, sagen Sie so etwas nicht! Ich bin ein ganz armseliger, bescheidener Kieselstein, kein Kleinod. Und das weiß Arnulf von Reckenberg ganz genau. Das heißt, im Grunde kennt er mich überhaupt nicht, und es lohnt ihm auch nicht die Mühe. Er weiß ganz sicher noch viel weniger von mir als andere Leute.«

»Und hat sich doch mit Ihnen verlobt?« fragte Dora und sah Raina noch viel mitleidiger an.

Diese sah wieder scheu und befangen zu Boden. »Er hat sich nur dem Willen seiner Eltern gefügt, wie ich mich Tante Barbaras Willen fügen mußte. Wir sind ja nur füreinander bestimmt worden, damit Buchenau an die Reckenbergs kommt, weil ich doch Tante Barbaras Erbin sein werde«, sagte sie tonlos, in ihr Schicksal ergeben. Und doch hörte Doras feines Ohr aus diesen resignierten Worten einen heimlich quälenden Schmerz herausklingen.

»Ach, deshalb allein wird Sie Herr von Reckenberg nicht zu seiner Frau machen. Sicher sind Sie ihm lieb und wert«, sagte sie tröstend.

Raina schüttelte den Kopf. »Nein, nein, glauben Sie das nicht, ich bin ganz Nebensache bei diesem Plan.«

Etwas in diesen Worten griff Dora ans Herz. Wieder faßte sie Rainas Hand mit festem, warmem Griff. »Arme Raina! Mir scheint doch, daß Sie noch beklagenswerter sind als ich. Meinen Willen habe ich mir wenigstens nicht knebeln lassen, und nichts und niemand könnte mich zwingen, einem ungeliebten Mann meine Hand zu reichen.« Ganz verzagt sah Raina in Doras Gesicht. Sie seufzte.

»Ich habe, glaube ich, keinen Willen mehr, er ist mir zerbrochen worden. Ich habe immer nur tun müssen, was Tante Barbara über mich beschlossen hat, und bin wohl nie eine Kampfesnatur gewesen.«

Dora sah sie lange an. Dann streckte sie ihr impulsiv die Hand hin. »Lassen Sie uns Freundinnen sein, Raina — wollen Sie?«

Rainas tiefblaue Augen leuchteten in jäher Freude auf, und Dora sah, wie schön diese Augen sein konnten.

»Ob ich will? Ach — so von ganzem Herzen gern, liebe Dora!«

Sie sahen sich beide eine Weile groß und ernst in die Augen und hielten sich bei den Händen. Hier wurde nicht eine jener oberflächlichen Mädchenfreundschaften geschlossen, die so leicht vergessen und gelöst werden. Es war ihnen beiden ernst mit dem Gelöbnis der Treue, das sie tauschten.

Nach einer Weile atmete Dora tief auf und legte den Arm vertraulich um Rainas Gestalt. »Ich will dir sogleich einen großen Beweis meiner Freundschaft geben, Raina. Daß ich dir unbedingt vertrauen kann, weiß ich. Du wirst nicht ausplaudern, was ich dir unter dem Siegel der Verschwiegenheit enthüllen will und was für andere Menschen ein Geheimnis bleiben muß. Willst du mir das versprechen?«

Raina fühlte sich so glücklich und gehoben durch Doras Freundschaft, daß es in ihrer einsamen jungen Seele sang und klang.

»Du kannst gewiß sein, liebe Dora, daß mir jedes deiner Worte heilig sein wird. Was du mir sagst, bleibt unser Geheimnis, solange du es willst.«

Dora drückte ihr die Hand. Dann zog sie Raina zu einer Bank und begann: »Wenn ich dir meine Eröffnung gemacht habe, wirst du mich besser verstehen und wissen, saß ich recht habe, wenn ich mich einen einsamen Menschen nenne. Du wirst erschrecken, wenn ich dir sage, daß es auf der ganzen Welt keinen Menschen gibt, den ich mehr hasse und verachte, als den Mann, der sich mein Vater nennt!«

Raina zuckte zusammen bei diesen düster hervorgestoßenen Worten Doras. Sie erschrak bis ins Herz hinein. »Um Gottes willen, Dora — das ist ja schrecklich«, sagte sie fassungslos.

Dora richtete sich auf, als habe sie eben eine schwere Last von sich geworfen.

»Ach, Raina, wenn du wüßtest, was es für eine Wohltat für mich ist, daß ich es einmal aussprechen konnte! Mir war immer, als müsse ich daran ersticken und als wüchse mein Groll immer größer, je länger ich ihn in mir verschließen mußte. Schon als Kind empfand ich eine tiefe, quälende Abneigung gegen ihn, die ich mir nicht erklären konnte. Mir war immer, als müsse ich entsetzt seine Hand von mir stoßen, wenn er mich anfaßte, und daß ich es nicht durfte, machte mich ganz elend. Ich kam mir falsch und heuchlerisch vor, daß ich ihn meine Abneigung nicht merken lassen durfte. Und doch schämte ich mich furchtbar dieses Hasses, weil ich mir das Gefühl nicht erklären konnte. Zwar sah und hörte ich mancherlei von ihm, was mir mißfiel. Ich merkte, daß er hart und mitleidlos mit Menschen verfuhr, die von ihm abhängig waren, sah, daß er wehrlose Tiere mit Fußtritten bedachte, und anderes mehr; aber das gab mir noch kein Recht, meinen Vater zu hassen! Dabei überhäufte er mich mit Geschenken und tat alles, was er mir an den Augen absehen konnte. Das beschämte mich namenlos. Er warb förmlich um meine Zuneigung, die er doch als sein gutes Recht hätte fordern können. Es verursachte mir nur Pein. Du kannst mir glauben, daß ich namenlos litt; denn ich hielt mich für schlecht und undankbar. Wie eine schwere Last schleppte ich diese unerklärliche Abneigung mit mir herum.

Zu meiner Mutter konnte ich mich nicht flüchten mit diesem Zwiespalt meines Herzens; denn ich wagte nicht, mich ihr anzuvertrauen. Sie war ja stets von der lebhaftesten Geselligkeit in An-

spruch genommen, und ich merkte, daß ich ihr
lästig fiel, wenn ich nur einmal eine Frage an sie
richtete, die sie zum Nachdenken zwang oder sie
von ihren geselligen Freuden ablenkte. Kinder
sind feinfühlig, und ich merkte, daß meine Mutter mich nicht sehr liebhatte und zufrieden war,
wenn ich sie nicht in Anspruch nahm. Das ent-
fremdete mich auch meiner Mutter, die ich so
gern voll Zärtlichkeit geliebt hätte, weil mich
mein Herz dazu trieb. Siehst du, liebe Raina, so
war auch ich ein sehr einsames Kind und wäre
auch viel einsamer gewesen, wenn sich nicht in
unserm großen, glänzenden Haushalt wenigstens
ein Mensch gefunden hätte, der mir Liebe und
Verständnis entgegenbrachte, und dem ich Liebe
geben konnte. Das war eine alte treue Dienerin —
meine Christine! Nein, Raina, sieh mich nicht so
entsetzt an und verurteile mich nicht, ehe du
mich ganz zu Ende gehört hast. Du wirst dann
manches begreiflich finden. Aber — ich langweile
dich doch nicht?«

Raina sah mit atemlosen Interesse in das schöne
Mädchenantlitz, das die Erregung bleich gemacht
hatte. Unwillkürlich faßte sie beruhigend nach
Doras Hand und streichelte sie in schüchterner
Zärtlichkeit. Diese Berührung löste zwei funkeln-
de Tropfen aus Doras Augen. Sie wischte sie hastig ab und fuhr fort: »Als ich mich mit dieser
fürchterlichen, mir unverständlichen Abneigung
nicht mehr allein abfinden konnte — es war an
meinem sechzehnten Geburtstage —, da flüchtete
ich mich in meiner Herzensnot zu meiner alten
Christine, die mich von Kind auf an gewartet und

gepflegt hatte und auch in Krankheitsfällen an meinem Bett saß, wenn meine Mutter keine Zeit für mich hatte. Ich war wieder, wie stets, sehr reich beschenkt worden und konnte doch keine Dankbarkeit empfinden. Ich beichtete Christine rückhaltlos meine Gefühle und klagte mich verzweifelt an, daß ich schlecht und undankbar sei. Sie hörte mich seltsam ergriffen an und streichelte mein Haar mit bebenden Händen. Als ich zu Ende war, sagte sie leise:

›Es gibt eine Gerechtigkeit im Himmel, mein armes Dorchen! Ich sehe, wie du dich quälst, und das kann und will ich nicht mit ansehen, ohne dir zu helfen. Man hat mir zwar verboten, dir ein Geheimnis zu verraten, das außer mir nur der Herr Kommerzienrat und die Frau Kommerzienrätin wissen; aber ehe ich es zulasse, daß du dich so marterst, will ich dir alles sagen. Ich hab' dich viel zu lieb, mein Dorchen, als daß ich dir nicht helfen sollte. Du brauchst dir keine Vorwürfe zu machen, daß du den Herrn Kommerzienrat nicht lieben kannst. Das hat der liebe Gott nicht zugelassen, mein Dorchen, weil er gerecht ist. Der Herr Kommerzienrat ist gar nicht dein Vater!‹

Ich schrie auf vor Erregung und schüttelte Christine wie im Fieber.

›Nicht mein Vater? Nicht mein Vater?‹ rief ich und fühlte, daß eine Last von mir abfiel, die mich fast zu Boden gedrückt hatte.

›Nein, Dorchen, du bist die Tochter von Hans Lind, deiner Mutter erstem Mann,‹ sprach Christine feierlich. Und dann erzählte sie mir, daß meine Mutter zwei kurze Jahre mit einem jungen, vermögenslosen Kaufmann verheiratet gewesen war. Dieser hatte eine Anstellung gehabt im Geschäft meines Stiefvaters. Damals lebte dieser noch in einer großen süddeutschen Stadt und hieß noch nicht Herr Kommerzienrat, obwohl er schon ein reicher Mann war.

Meine Eltern lebten in sehr schlichten Verhältnissen; denn meine Mutter war eine ganz arme Waise gewesen, als sie mein Vater heiratete, und dieser hatte auch nur sein auskömmliches Gehalt, von dem er noch kleine Ersparnisse machen konnte. Christine war damals als einzige Bedienung bei meinen Eltern, die ein kleines, aber behagliches Heim hatten. Mein Vater hat meine Mutter namenlos geliebt. Sie soll damals wunderschön gewesen sein. Aber obwohl ihr mein Vater am liebsten die Sterne vom Himmel geholt hätte, mußte er ihr manchen Wunsch versagen. Sie liebte Glanz und Wohlleben und verlangte von meinem Vater mehr, als er schaffen konnte, obwohl sie aus viel bescheideneren Verhältnissen stammte.

Als meine Eltern ein Jahr verheiratet waren, kam ich auf die Welt, und mein Vater mußte nun sein Einkommen noch besser zusammenhalten, damit ein Notgroschen übrigblieb. Das gefiel aber meiner Mutter nicht. Sie verlangte nach kostspieligen Zerstreuungen, und obwohl mein Vater, um sie zufrieden zu stellen, sich noch einen Nebenverdienst schaffte und bis in die Nacht hinein arbeitete, konnte er den unersättlichen Vergnügungsdurst und die Putzsucht meiner Mutter nicht befriedigen. Sie verlangte mehr und mehr!

Eines Tages holte meine Mutter meinen Vater vom Geschäft ab, und bei dieser Gelegenheit erblickte sein Prinzipal meine Mutter zum ersten Mal. Sie muß auf ihn wohl einen großen Eindruck gemacht haben; denn als meine Eltern nach Hause kamen, hörte Christine, wie meine Mutter im eitlen Gefallen darüber scherzte, wie sprachlos sie Herr Planitz angestarrt habe und wie seine Augen sie angefunkelt hätten.

Seit jenem Tag stellte Robert Planitz meiner Mutter nach. Er besuchte sie sogar in meines Vaters Abwesenheit unter den nichtigsten Vorwänden und machte ihr den Hof in einer Weise, daß Christine meinen Vater aufmerksam machen wollte. Aber meine Mutter verbot ihr plötzlich, meinem Vater etwas von diesen Besuchen zu erzählen. Christine schwieg schweren Herzens. Mein Vater tat ihr leid. Sie wußte, wie sehr er seine Frau liebte.

Dann kam der Karneval. Meine Mutter wurde immer unzufriedener mit ihrem Schicksal, weil sie bedachte, daß sie es besser haben könnte, wenn sie nur wollte. Der Chef ihres Mannes bedrängte sie mit glänzenden Verlockungen, und sie lauschte mit glühenden Wangen den Versprechungen von Glanz und Wohlleben.

Sie verlangte dann von ihrem Mann, daß er mit ihr einen Maskenball besuche. Mein Vater mußte es ihr verweigern, da solch kostspielige Vergnügungen über seine Verhältnisse gingen. Sie trotzte und grollte, und in dieser Stimmung gab sie dem Versucher Gehör und ließ sich bereden, mit diesem hinzugehen.

37

Damit der Gatte nichts merke, schickte ihn sein Prinzipal auf eine Geschäftsreise. Wahrscheinlich war aber meinem Vater doch mancherlei aufgefallen, was sein Mißtrauen weckte. Das Wesen meiner Mutter erschien ihm sehr verändert, und irgendeine Ahnung beeinflußte ihn, seine Geschäfte schneller zu erledigen, um am Abend, wo der Ball stattfinden sollte, zurück sein zu können. Vielleicht wollte er auch dennoch den Wunsch meiner Mutter erfüllen. Er kam jedenfalls mit zwei Dominos, die er geliehen hatte, nach Hause, fand aber seine Gattin — nicht daheim!

Christine, die bei mir zurückgeblieben war, erschrak sehr, als mein Vater plötzlich vor ihr stand und nun ein Verhör mit ihr anstellte. Sie erzählte ihm nun alles, was sie selbst wußte; denn es hatte ihr ohnedies schon das Herz abgedrückt, da sie meinem Vater sehr ergeben war. So erfuhr er auch, daß am Nachmittag ein eleganter, rosaseidener Domino abgegeben worden sei mit allem Zubehör zu einer Toilette für den Ball. Meine Mutter hatte alles am Abend angelegt und war eine halbe Stunde früher, als mein Vater heimkam, in einem eleganten Wagen abgeholt worden.

Mein Vater«, fuhr Dora Planitz in ihrer Schilderung fort, »war wie von Sinnen. Er ließ sich von Christine den Anzug meiner Mutter genau beschreiben. Dann warf er den einen der Dominos über, die er mitgebracht hatte, und raste davon. Wie Christine später von meiner Mutter erfuhr, war mein Vater auf den Ball geeilt, hatte wohl eine Stunde lang meine Mutter dort gesucht und sie schließlich in einer Loge gefunden, zusammen mit seinem Prinzipal und in einer Situation, die ihm wohl die Untreue meiner Mutter bewiesen hatte. Er schlug in seinem maßlosen Zorn seinen Prinzipal mit der Faust zu Boden, daß er blutend zusammenbrach, und wandte meiner Mutter mit einem stummen Blick der Verachtung den Rükken. Ehe ihn jemand aufhalten konnte, hatte er sich entfernt und kam totenbleich vor Erregung nach Hause. Er sagte Christine, zwischen ihm und seiner Frau sei alles aus, und er habe seinen Chef niedergeschlagen. Ob er noch am Leben sei, wisse er nicht. Aber er wolle nicht abwarten, bis man ihn ins Gefängnis stecke. Er habe sich sein Recht genommen und den Räuber seiner Ehre gezüchtigt. Und nun wolle er Deutschland verlassen und nach Amerika gehen, um sich eine neue Existenz zu gründen. Gefangennehmen lasse er sich nicht für eine Tat, die er nicht bereuen könne. Und er riß mich aus meinem Bettchen und wollte mich mitnehmen. Christine, die mich sehr liebhatte und meinen Vater sehr wohl verstehen konnte, hielt mich fest und bat ihn, so ein zartes Kind nicht in eine ungewisse Zukunft mit sich zu nehmen. Und was meine Mutter auch getan habe, ein so zartes Kind gehöre zu seiner Mutter. Sie bat ihn flehentlich, mich zu lassen, wo ich sei.

Mein Vater herzte und küßte mich in seiner Verzweiflung heiß und innig und legte mich Christine in die Arme. Sie mußte ihm schwören, mich nicht zu verlassen, bis er mich zu sich rufen könne in ruhige, sichere Verhältnisse. Dann gab er Christine von seinen kleinen Ersparnissen alles, was er entbehren konnte, mit der Weisung, das

Geld für mich zu verwenden und für mich treulich zu sorgen, bis er von sich hören lassen würde.

Christine versprach ihm alles, um ihn zu beruhigen. Er tat ihr furchtbar leid in seiner Verzweiflung. Aber trösten konnte ihn die treue Seele nicht. Noch einmal küßte mich mein Vater, dann eilte er davon.

Eine Stunde später kam meine Mutter furchtsam nach Hause. Sie glaubte, mein Vater sei noch anwesend. Weinend erzählte sie, was auf dem Ball geschehen war, und als sie von Christine hörte, daß mein Vater für immer fort sei und nach Amerika wolle, brach sie schluchzend zusammen und schalt sich selbst aus wegen ihres Leichtsinns.

Der Mann, den mein Vater zu Boden geschlagen hatte, war durch diesen Schlag nur betäubt gewesen. Als er zu sich kam, fuhr er nach Hause. Er hütete sich, Anzeige zu erstatten, und erfand ein Märchen, wie er zu der Verwundung gekommen war. So blieb mein, armer Vater unverfolgt. Er hätte nicht nötig gehabt, die Heimat zu verlassen. Aber ihn hatte wohl noch mehr der Schmerz um die Untreue seiner Frau davongetrieben als die Sorge um seine Sicherheit.

Auf meiner Mutter Bitte hatte dann der Prinzipal meines Vaters Erkundigungen einziehen lassen nach dessen Verbleib. Und er brachte in Erfahrung, daß mein Vater von Hamburg aus mit einem Schiff abgereist sei, das drei Tage später mit Mann und Maus untergegangen war. Niemand hatte sich retten können, außer einem Steward und einem Heizer, die man von einer Planke aufgefischt hatte, nachdem sie fast zwei Tage auf dem Meer getrieben waren. Diese beiden Männer erstatteten Meldung von dem Schiffbruch und bezeugten, daß außer ihnen niemand mit dem Leben davongekommen sei.

Da die Schiffspapiere bewiesen, daß mein Vater als Passagier die Reise mit diesem Schiff gemacht hatte, erhielt meine Mutter die Bestätigung, daß sie Witwe sei. Sie war einige Zeit sehr bedrückt und hat sich wohl ernste Vorwürfe gemacht. Aber der Mann, der meines Vaters Glück vernichtet und ihn dadurch in den Tod getrieben hatte, ließ nicht von meiner Mutter ab. Und da er ihr ein glänzendes Los bieten konnte und sie in einer keineswegs beneidenswerten Lage war, nahm sie seine Werbung schließlich an. Es war noch kein Jahr vergangen seit jenem Ballabend, als meine Mutter die Gattin von Robert Planitz wurde!

Christine hatte meiner Mutter alles berichtet, was sie mit meinem Vater gesprochen hatte. Sie hatte ihr auch das Geld übergeben, das mein Vater zurückgelassen hatte, und ihr gesagt, daß sie meinem Vater versprochen habe, mich nicht zu verlassen, bis er mich zu sich rufen könne.

Es war wohl das Schuldbewußtsein, das meine Mutter und ihren zweiten Gatten bestimmte, Christine nicht mir zu trennen. Christine ging also mit mir und meiner Mutter in das Haus meines Stiefvaters und dann mit hierher nach D., wo niemand ahnte, daß meine Mutter schon einmal verheiratet war. Alle hielten mich hier für das Kind von Robert Planitz. Er hatte mich adoptiert und gab sich für meinen rechten Vater aus. Chris-

41

tine mußte versprechen, gegen jedermann zu schweigen, vor allen Dingen auch gegen mich.

Dies Versprechen hat sie gehalten bis zu jenem Tag, als sie mich so elend und verzweifelt sah, daß ich den Mann, den ich für meinem Vater hielt, hassen mußte.

Ich hatte also gefühlt, daß er mir fremd war, daß ich nicht Blut von seinem Blut war. Es empörte mich, daß er mir seinen Namen aufgezwungen, daß man in meiner Seele das Andenken an meinen armen Vater ausgelöscht hatte. Und doch war es mir eine unsägliche Wohltat, daß ich in ihm nicht mehr meinen Vater zu sehen brauchte. Nie habe ich ihm seither mehr den Namen Vater gegeben, nie hat er mich wieder berühren dürfen, ohne daß ich mich ihm entzogen hätte. Ich hasse den Namen, den er mir aufgezwungen hat. Ins Gesicht möchte ich ihm schreien: ›Ich heiße Dora Lind und habe nichts mit dir gemein!‹ Meinen Namen möchte ich von ihm zurückfordern und seinen Reichtum ihm vor die Füße werfen.

Meiner Mutter bin ich im tiefsten Herzen entfremdet. Ich kann es nicht verstehen und nicht verzeihen, daß sie dieses Mannes Gattin wurde und es duldete, daß ich ihn Vater nennen muß und von meinem Vater nichts höre.

Ich bin kein sanfter, fügsamer Charakter wie du, meine liebe Raina! Als mir Christine das alles erzählt hatte, wollte ich vor meiner Mutter und vor diesen Mann hintreten, meinen Namen von ihnen fordern und ihnen sagen, wie empört ich sei, daß sie das Andenken an meinen Vater in mir getötet hatten. Aber Christine flehte mich an zu

schweigen, weil sie sonst sicher aus dem Haus ge-
wiesen würde und von mir gehen müsse. Am liebsten wäre ich mit ihr gegangen, aber ich war
noch ein halbes Kind, unfähig, mir selbst mein
Brot zu verdienen, viel weniger noch imstande,
für Christine zu sorgen, wenn ich sie um ihre
Stellung brachte. Das zwang mich, zu schweigen
und alles gehen zu lassen, wie es ging. Aber ich
war nun eine Fremde im Hause des Kommerzienrats Planitz.

Mit der Zeit wurde ich ruhiger und suchte meiner Mutter gerecht zu werden. Christine redete
mir zu, meine Mutter nicht zu verdammen. Sie sei
nun einmal ein Charakter, der am Äußerlichen
hänge, und damals wohl leichtsinnig, aber nicht
so schuldig gewesen, daß ich ihr nicht verzeihen
könne. Und dann, nach meines Vaters Tod, habe
sie eben das gute Leben gelockt. Ich wisse nicht,
wie schwer die Armut zu tragen sei.

Siehst du, meine Raina, so half mir Christine
wenigstens, daß ich meiner Mutter wieder wie
früher begegnen konnte. Sie ahnt nicht, daß ich
alles weiß. Aber meinen Stiefvater kann ich nun
mit dem Bewußtsein hassen, daß ich ein Recht
dazu habe, und ich ginge lieber heute als morgen
von ihm fort. Seit dem Tag, da ich erfuhr, daß ich
nicht seine Tochter bin, habe ich unablässig darüber nachgedacht, wie ich mich vor seinen Wohltaten schützen kann. Alle Welt hält mich für seine
Erbin, und von allen Seiten bewirbt man sich um
mich, aber sie können sich alle die Mühe sparen,
die auf die reiche Erbin spekulieren! Ich weiß,
daß ich lieber sterben als dieses Erbteil antreten

würde. Mein Sinnen und Denken ging unablässig dahin mich unabhängig zu machen von dem Reichtum dieses Mannes. Und gottlob — es ist mir gelungen! Ich kleide mich zum Ärger meiner Mutter und meines Stiefvaters viel schlichter, als sie es wünschen. Du wirst nie kostbaren Schmuck oder dergleichen an mir sehen. Weißt du, warum das geschieht? Ich will dir auch das anvertrauen: Um nichts von meinem Stiefvater annehmen zu müssen! Seit gut zwei Jahren verdiene ich mir selbst, was ich brauche, heimlich, ohne daß ein Mensch außer meiner Christine etwas davon ahnt. Das Geld, das mir mein Stiefvater für meine Toiletten anweist, benütze ich, um arme, bedürftige Menschen zu unterstützen.«

Raina staunte sie mit großen Augen an: »Wie verdienst du denn Geld, Dora?«

Ein leises Lächeln zuckte um Doras Mund.

»Ich bin sozusagen ein Sprachgenie, meine kleine Raina. Es gelang mir, einem großen Verlag Übersetzungen von Romanen zu verkaufen, und dann versuchte ich mich auch selbst mit einigen Novellen, die gut gefielen und mir noch mehr einbrachten. Das alles geht durch Christines Hand über eine Deckadresse. Niemand ahnt, daß ich für Geld schreibe. Wenn ich stundenlang an meinem Schreibtisch sitze, glauben meine Mutter und mein Stiefvater, ich beschäftige mich mit Brief- oder Tagebuchschreiben. Sie machen ihre Scherze darüber und ahnen nicht, wie ernsthaft mir das alles ist.

Ich schreibe natürlich unter einem Decknamen. So verdiene ich mir meine Kleider und dergleichen selbst. Wenn ich Schmuck geschenkt bekomme, lege ich ihn in eine Schatulle. Ich trage ihn niemals. Fragt man mich, warum ich es nicht tue, dann sage ich, daß ich es nicht liebe, wenn sich junge Mädchen mit Schmuck behängen. Mein Stiefvater lacht dann über diese Marotte, wie er es nennt, aber er meint stolz und befriedigt, ich hätte das auch nicht nötig und sähe auch ohne Schmuck stolz und vornehm genug aus. Seither verschont er mich etwas mit seinen Geschenken und läßt mich gewähren, wenn ich mich einfach kleide. Meine Mutter repräsentiert ja genügend den Reichtum ihres Gatten. Ich aber bin froh, daß ich mir einigermaßen meine Unabhängigkeit wahren kann, und wäre es nicht um Christine und meine Mutter, ich ginge noch heute aus seinem Haus und verdiente mir selbst mein Brot, obwohl die Schriftstellerei ein schweres und mageres Brot ist.

So, meine Raina, nun habe ich mir einmal alles von der Seele gesprochen, was ich noch nie einem Menschen offenbart habe. Ich danke dir, daß du mich so geduldig und teilnahmvoll angehört hast, und bitte dich nochmals, alles in deiner Seele zu verschließen, was ich dir anvertraute.«

Raina richtete sich auf. Mit großen bangen Augen hatte sie dieser Beichte gelauscht. Zum ersten Mal sah sie in eine »Welt voll Sünd' und Fehle«. Und wenn sie auch nicht alles so recht erfassen und verstehen konnte, meinte sie doch, daß Dora fast bedauernswerter war, als sie selbst. Sie faßte die Hände der Freundin und sah ihr voll warmer Teilnahme in die Augen:

45

»Arme Dora — arme, liebe Dora, — du mußt viel gelitten haben«, sagte sie leise und streichelte dann schüchtern ihren Arm.

Dora strich sich über die Stirn: »Ja, Raina, ich habe gelitten, und ich leide noch. Du ahnst nicht, wie sehr sich alles in mir gegen den Gedanken empört, daß ich im Haus dieses Mannes leben muß. Er ist schlecht — schlecht und niedrig, glaube es mir. Ich kenne ihn, ich habe ihn mit scharfen Blicken beobachtet und weiß mehr von ihm, als ihm lieb ist. Er ist einer jener Menschen, die über Leichen gehen, wenn es ihr Vorteil heischt. Und ich bin froh, daß er nicht mein Vater ist. Aller Welt möchte ich es künden, und es ist eine große Sehnsucht in mir, frei zu sein von dem Zwang, in seiner Gesellschaft leben zu müssen. Ich warte auf den Tag, wo ich sein Haus verlassen kann.«

Raina seufzte: »Du bist aus dem anderem Holze geschnitzt als ich Dora. Ich glaube, du bist sehr mutig und energisch und würdest vielleicht dein Leben zwingen, wenn du allein den Kampf damit aufnehmen müßtest.«

Hoch und stolz richtete sich Dora auf: »Ja, das würde ich Raina.«

»Ich könnte es nicht«, erwiderte diese bedrückt. »Weißt du, manchmal, wenn Tante Barbara mich gar zu arg duckt, dann regt sich leise ein Gefühl in mir, als dürfe ich es mir nicht gefallen lassen. Zum Beispiel damals, als sie mir so kurz und bündig sagte, ich müsse Arnulf von Reckenbergs Frau werden, da war ich einen Augenblick drauf und dran, lieber davonzulaufen. Aber dann

46

wagte ich doch kein Wort des Widerspruchs und fügte mich.«

»Du armes Ding! Weil heute deine energische Tante allen Willen in dir totgeschlagen hat! Wir sind wirklich zwei bedauernswerte Geschöpfe. Mir hilft ja auch all meine Energie nichts. Es gibt eben Dinge, gegen die man mit aller Willenskraft nicht entkommen kann. Aber eins weiß ich sicher: An einen Mann, den ich nicht liebe, ließe ich mich sicher nicht binden!«

Raina senkte die Augen und machte ein scheues, ängstliches Gesicht: »Ach, Dora!«

Diese zog sie in ihre Arme. »Nein, nein, ich will dich nicht quälen. Du mußt tun, wozu dich deine Wesensart treibt, und ich muß tun, was mir die meine vorschreibt. Aber von heute an wollen wir einander ehrlich helfen und uns unser Schicksal dadurch erleichtern, daß wir einander alles anvertrauen, was uns drückt.«

Mit einem lieben, zaghaften Lächeln sah Raina in Doras Gesicht: »Das wird schon werden, Dora! Ich habe ja noch nie eine Freundin gehabt, und zu dir habe ich so großes Vertrauen! Aber — nur in einer Sache kann ich mich dir nicht mitteilen. Das will ich dir gleich ehrlich sagen. Da ist etwas in mir, das ich am liebsten auch mir selbst nicht eingestehe, weil es mich so sehr beschämt und demütigt. Das muß ich also für mich behalten. Sonst will ich in allen Dingen ganz offen und ehrlich zu dir sein, nach echter Freundesart.«

Forschend sah Dora in Rainas gerötetes Gesicht. Sie war klug und feinfühlig und ahnte, was Raina am liebsten sich selbst verschwiegen hätte.

47

Sicher liebte sie heimlich im tiefsten Herzen den Mann, den man ihr ausgewählt hatte, und da sie nicht wiedergeliebt wurde, schämte sie sich dieser Liebe.

›Arme kleine Raina‹, dachte sie mitleidig. Und der Wunsch wurde stark und lebendig in ihr, Raina zu helfen, sie gewissermaßen unter ihren Schutz zu nehmen. Arnulf von Reckenberg war blind und taub, wenn er dieses liebenswerte Geschöpf gleichgültig übersah. Sie war es wert, daß man unter dem vernachlässigten Äußeren nach dem echten Gold ihres Charakters suchte. Vielleicht konnte man ihm ein wenig die Augen öffnen. In der Gesellschaft sprach man darüber, daß er einer reizenden jungen Witwe, die sehr kokett und oberflächlich war, den Hof machte. Die Baronin Gundheim — so hieß die junge Witwe — bevorzuge ihn, hatte Dora gehört. Wenn Raina etwas merkte, dann mußte es sie sehr kränken, sofern sie Arnulf von Reckenberg liebte.

Aber diese Gedanken behielt Dora für sich.

Die beiden jungen Damen plauderten noch über mancherlei und kamen sich in dieser Stunde näher, als sonst Menschen im jahrelangen Verkehr.

Als sie dann wieder ins Haus zurückgekommen waren, brach der Kommerzienrat alsbald mit seinen Damen auf.

In ihrer guten Laune über das vorteilhaft abgeschlossene Geschäft forderte Tante Barbara Dora auf, recht oft nach Buchenau zu kommen. Raina werde sich sehr freuen, sie zu sehen, da sie wenig Umgang mit jungen Damen habe.

Diese Einladung nahm Dora dankend an, und

ein Blick in Rainas Augen und ein warmer Händedruck verrieten dieser, daß Dora oft davon Gebrauch machen würde. Vorläufig vermieden es die beiden jungen Damen wie auf Verabredung, sich im Beisein der anderen du zu nennen.

Die arme Raina war froh und glücklich. Doras so herzlich gebotene Freundschaft tat ihr wohl und schien ihr wie ein köstliches Geschenk.

Was Dora ihr über ihr Aussehen gesagt hatte, klang in ihr nach. Als sie am Abend allein in ihrem Zimmer war, löste sie ihr reiches Haar, das wie ein goldschimmernder, welliger Mantel ihre Gestalt umgab, und versuchte, es in ähnlicher Weise zu ordnen, wie Dora das ihre. Aber das war für ihre ungeübten Hände nicht so einfach. Es mißlang ihr vollständig. Die reiche Haarfülle ließ sich nicht so leicht auf andere Weise frisieren.

Aber Raina fand, daß sie selbst mit wirrem, ungeordnetem Haar hübscher aussah, als mit dem straff und glatt zurückgenommenen und dem dikken, abstehenden Knoten. Ja — sie fand sogar, daß sie in ihrem weißen Nachthemd und den locker für die Nacht eingeflochtenen Zöpfen viel besser aussah, als in ihrem besten Staatskleid mit der gräßlichen Frisur, die Tante ein für allemal befohlen hatte. Aber vor diesen Gedanken errötete sie schon, als seien sie ein schlimmes Unrecht gegen Tante Barbara.

Mit einem tiefen Seufzer ging sie zu Bett und streckte sich aus. Sie faltete die Hände über der blütenweißen Decke und sah mit großen Augen in das Dunkel der Nacht. Heute war ein ereignisreicher Tag für sie gewesen. Aber schließlich dachte sie doch, wie jeden Abend, vor dem Einschlafen an Arnulf von Reckenberg und wünschte sich sehnlichst, daß sie so schön und elegant sein möge wie Dora, damit sich Arnulf ihrer nicht zu schämen brauchte.

Tante Barbara legte sich an diesem Abend mit einem sehr befriedigten Gefühl zu Bett. Sie freute sich, daß sie dem Kommerzienrat statt zehn Prozent zwölf abgeknöpft hatte und daß ihr Freund Georg von Reckenberg ihren Weisungen einen gleichen Erfolg zu danken haben würde. Dieser hatte ihr am Telephon gesagt, daß sich der Kommerzienrat für den nächsten Vormittag bei ihm angemeldet habe.

Ja — Fräulein Barbara war sehr mit sich zufrieden. Sie ahnte nicht, daß, wenige Zimmer von ihr entfernt, ein junges Menschenkind gegen den harten, unbeugsamen Willen rang, der es gebunden und geknebelt hatte.

Und draußen rüttelte der Frühlingssturm an den Fensterläden, als wolle er eine junge Seele befreien.

III

Arnulf von Reckenberg machte wieder einmal in Buchenau den pflichtschuldigen Besuch. Er brachte Raina einen Blumenstrauß, erkundigte sich artig nach ihrem und Tante Barbaras Befinden und quälte sich, eine Unterhaltung mit Raina in Gang zu bringen.

50

Aber das gelang ihm nur schwer. Ihm gegenüber war Raina noch viel schüchterner und unbeholfener als gegen andere Menschen. Sie wurde abwechselnd rot und blaß, sah scheu an ihm vorbei und gab ihm nur einsilbige Antworten auf seine Fragen.

Dabei merkte sie nur zu gut, wie es ungeduldig in seinen Augen aufzuckte und sein Blick mißbilligend über sie glitt. Als er sich so eine Weile abgequält hatte, seufzte er verstohlen, sah nach der Uhr und wünschte sehnlichst, sich wieder entfernen zu können. Das machte Raina noch viel befangener.

Daß Tante Barbara dieser Unterredung als Anstandsdame beiwohnte, erleichterte die Sache für beide Teile nicht. Man sprach auch über das bevorstehende Verlobungsfest, das am ersten Ostertag stattfinden sollte. Natürlich traf Tante Barbara alle Bestimmungen darüber allein. Raina wurde nicht gefragt. Nur Arnulf fragte sie schließlich, ob sie mit allem einverstanden sei, was beschlossen worden war.

Da warf sie einen scheuen Blick in seine Augen, und als sie darin die brennende Ungeduld sah, stotterte sie heftig hervor, es sei ihr alles recht so. Und dabei schrie es doch in ihrem Herzen verzweifelt: Nein, ich bin mit alledem nicht einverstanden, es quält mich namenlos, daß ich wie eine seelenlose Ware behandelt werde. Es ist mir furchtbar, daß ich einem Mann aufgedrängt werde, dem ich nur eine Last bin, der in mir nur ein überflüssiges Anhängsel an Buchenau sieht und der keine Ahnung hat von dem, was in meiner

51

Seele lebt. Sie mußte denken, was Arnulf wohl für Augen machen würde, wenn sie so zu ihm sprechen würde.

Scheu sah sie zu ihm hinüber, und da er gerade mit Tante Barbara sprach und seine Augen nicht mit dem kritischen, ungeduldigen Blick auf ihr ruhten, der sie so einschüchterte, betrachtete sie ihn mit forschenden Augen.

Ihr Herz klopfte rasch und laut dabei: Dora hatte ihn einen der schneidigsten und glänzendsten Offiziere genannt, und damit hatte sie recht gehabt. Er war eine bezwingende, strahlende Erscheinung. Auf seiner schlanken, sehnigen Gestalt saß ein schmaler, rassiger Kopf mit ausdrucksvollen, stahlblauen Augen. Warmes, sprühendes Leben leuchtete aus diesen Augen, und um den schmallippigen Mund lag ein energischer, fester Zug, der davon zeugte, daß Arnulf auch in ernsten Dingen seinen Mann stellte.

Wie mochten ihn die Damen in seiner alten Garnison umschwärmt und verwöhnt haben! Hier in D. war er ja auch bereits der Liebling der Gesellschaft. Ja, er hatte es leicht — alle Herzen flogen ihm zu. Ihr aber blieben alle verschlossen, zumal das seine!

Wie weh war ihr ums Herz, wenn sie daran dachte, daß sie dieses Mannes Gattin werden sollte! Er konnte ja nicht einen Funken Zuneigung für sie empfinden. Und diese Gewißheit bedrückte sie unsäglich.

Jetzt wandte sich Arnulf wieder Raina zu und sah sie an. Sie senkte erschrocken die Augen und sah vor sich hin.

»Herrgott im Himmel — sie ist noch langweiliger geworden, man sollte es nicht für möglich halten«, dachte Arnulf ungeduldig.

Er küßte Tante Barbara höflich die Hand, und um Raina legte er flüchtig seinen Arm, berührte ihre blassen, kühlen Lippen mit einem kaum fühlbaren Kuß. Sie gab ihn nicht zurück und machte sich schnell wieder los. Arnulf dachte bei sich, daß seine Braut Fischblut in den Adern haben müsse. Er wußte sehr wohl, daß er auch auf sehr verwöhnte und kühle Frauen Eindruck zu machen pflegte, und meinte, eine andere an Rainas Stelle hätte längst Feuer gefangen.

Er warf noch einen unbehaglichen Blick auf sie, auf ihr scheinbar unbewegliches Gesicht, ihre so reizvolle, »unmögliche« Erscheinung.

›Seelenlos, indolent und beschränkt‹, dachte er, ›aber sie wird eine sehr bequeme Frau sein.‹

Schnell verließ er das Zimmer.

Raina trat ans Fenster, da Tante Barbara das Zimmer verlassen hatte. Hinter der Gardine verborgen sah sie Arnulf nach. Er sprang draußen mit einem elastischen Satz in den Wagen, nahm dem Stallknecht die Zügel ab und fuhr davon, ohne noch einen Blick nach dem Fenster zu werfen.

Am Nachmittag traf das weiße Gesellschaftskleid ein, daß Arnulfs Mutter in Tante Barbaras Auftrag für Raina bestellt hatte. Es lag weich, weiß und duftig in dem Karton, und Tante Barbara nahm es mit spitzen Fingern heraus. Es gefiel ihr gar nicht. »Das ist viel zu plunderig, und der Stoff wird nicht lange halten. Wenn man nicht alles besorgt«, sagte sie mißbilligend.

Raina gefiel das Kleid, als Tante Barbara es ihr zeigte, sehr gut. So ein schönes und feines hatte sie noch nie getragen. Wie heimlich liebkosend strich sie über die weiche, duftige Seide. Und ihr Herz klopfte unruhig. Wie sie wohl in diesem schönen Kleid aussehen würde?

Aber ach — dies Kleid war auch nicht imstande, Raina sonderlich zu verschönen, weil es nicht in Einklang gebracht wurde zu ihrer Erscheinung. Es saß auch nicht sehr gut und hätte von einer geschickten Zofe abgeändert werden müssen.

Arme Raina! Wie unvorteilhaft sah sie am Tag ihrer Verlobung in diesem Kleid aus, als sie ihr Zimmer verließ. Sie trug es so unbeholfen und unpersönlich, es stimmte nicht zu ihrer Persönlichkeit und sah aus, als gehöre es ihr nicht.

Arnulf begrüßte seine Braut mit einem hoffnungslos ergebenen Gesicht und warf seiner Mutter einen Blick zu, als wollte er sagen: Das ist ein ganz verzweifelter Fall; hier nützen alle Verschönerungsversuche nichts.

Auch Frau von Reckenberg war entsetzt. Sie hatte das Kleidchen mit viel Liebe und Sorgsamkeit ausgesucht, und die junge Modistin, die es für Raina anprobiert hatte und dieselbe Gestalt besaß, hatte recht reizend darin ausgesehen. Aber Raina hatte wirklich kein Geschick, sich anzuziehen! Frau von Reckenberg zupfte vergeblich noch ein wenig an dem Kleid herum und fuhr über das straffe Haar, um ein paar lose Löckchen hervorzustreifen. Raina war ihr lieb, und, weil sie in ihr die künftige Gattin ihres Sohnes sah, sie hätte es so gern gesehen, wenn Arnulf etwas wärmer für

54

seine junge Braut empfunden hätte. Aber sie kannte Raina so wenig, wie alle Menschen in ihrer Umgebung. Niemand ahnte, welch ein reiches Gefühlsleben in dem stillen Geschöpf wohnte, und welche tiefen Gedanken und Empfindungen ihre Seele belebten.

Befriedigend sah Frau von Reckenberg, daß die lose hervorgebrachten Löckchen Raina sehr gut kleideten. Aber als gleich darauf Tante Barbara eintrat, die in der Küche noch einmal nach dem Rechten gesehen hatte, sagte sie zu Raina:

»Mein Gott, Raina, wie unordentlich siehst du um den Kopf herum aus! Schnell, geh auf dein Zimmer und bürste dein Haar glatt. Ich höre schon die ersten Gäste kommen.«

Arnulf und seine Mutter sahen sich sprachlos an, und Raina ging gehorsam auf ihr Zimmer, bürstete mit einer nassen Bürste das Haar glatt und straff zurück und starrte ihr eigenes erbarmungswertes Spiegelbild fast mit haßerfüllten Augen an.

Wenige Minuten später stand sie an Arnulfs Arm neben Tante Barbara und begrüßte die Gäste. Sie mußte viele Glückwünsche über sich ergehen lassen und hatte dabei doch die schmerzliche Gewißheit, daß all diese Glückwünsche nie in Erfüllung gehen würden.

Und sie fühlte, daß viele Augen im mitleidlosen Spott zwischen ihr und ihrem glänzenden Verlobten Vergleiche zogen.

Unter den Gästen befand sich auch Kommerzienrat Planitz mit Frau und Tochter, Baron Kranzau und die amüsante und pikante Baronin Sundheim.

Der Kommerzienrat, wie immer fast stutzerhaft elegant gekleidet, was seiner gewöhnlichen untersetzten Erscheinung durchaus nicht zum Vorteil gereichte, unterhielt sich sehr lebhaft bald mit diesem, bald mit jenem der anwesenden Gutsbesitzer. Meist sprach man mit ihm nur von Geschäften. Auf eine andere Art der Unterhaltung legte er auch nicht viel Wert.

Als die Gäste vollzählig versammelt waren, ging man zu Tisch. Arnulf führte natürlich seine Braut und fing einen spöttisch mitleidigen Seitenblick der Baronin Sundheim auf. Viel lieber hätte er die reizende, amüsante junge Witwe zur Nachbarin gehabt, die so entzückend mit ihm kokettierte und so lustig zu plaudern verstand. Aber leider hatte man ihr ziemlich entfernt von ihm einen Platz angewiesen.

»Warum sehen Sie mich so seltsam an, gnädige Baronin?« fragte er, sie forschend und eroberungslustig anblickend.

»Habe ich Sie angesehen, Herr von Reckenberg?«

»Ja, das haben Sie getan. Und in Ihren Augen steht etwas geschrieben, was mich beunruhigt — und mich nicht losläßt. Ich habe immer wieder Ihre Augen sehen müssen.«

Mit einem koketten, schelmischen Lächeln erwiderte sie: »Ist es so furchtbar, daß Sie mir in die Augen sehen müssen?«

Seine Augen erwiderten die Funken, die ihm aus den ihren entgegensprangen. »Im Gegenteil, gnädige Baronin, ich wüßte nichts, was ich lieber täte«, versicherte er ihr kühn.

»Nun also – weshalb beklagen Sie sich dann?«

»Ich beklage mich nicht. Nur möchte ich wissen, welchem Umstand das Interesse gilt, das mir aus Ihren bezaubernd schönen Augen entgegenleuchtet.«

Sie lachte und warf ihm einen so heißen Blick zu, daß ihm, der die Frauen kannte, klar wurde, daß er auf sie Eindruck gemacht hatte.

»Muß ich durchaus beichten?« fragte sie neckend.

»Sie müssen nicht – aber ich bitte darum«, flehte er, wärmer werdend.

Er war so recht in der Stimmung, sich die Langeweile seiner Verlobungszeit durch einen amüsanten Flirt mit der reizenden Baronin zu vertreiben. Früher hatte er sie wenig beachtet, und auch sie hatte sich nicht um ihn gekümmert, weil sie in einen anderen Flirt verstrickt gewesen war. Aber dessen Gegenstand, ein hübscher, junger Rittmeister, war versetzt worden, und sie sah sich nun nach Ersatz um.

Arnulf von Reckenberg schien ihr dafür geeignet. Sie hatte durchaus nicht die Absicht, sich wieder zu verheiraten, denn ihr verstorbener Gemahl hatte ihr reiche Einkünfte hinterlassen, die erloschen, sobald sie sich wieder vermählte. Und die Baronin hatte keine Lust, sich selbst um die Einkünfte zu bringen.

Der schneidige, glänzende Arnulf von Reckenberg reizte sie. Er schien ihr so recht für einen Flirt geeignet, denn seine reizlose, uninteressante Braut fesselte ihn sicher nicht. Und so erkor sie ihn sich als Opfer und kokettierte mit ihm. Er fing auch entschieden Feuer.

Eine Weile sah sie ihn noch an, erprobend, ob ihre frische, reife Schönheit Eindruck auf ihn machte. Und da sie ein heißes Flämmchen in seinen Augen aufzucken sah, war sie befriedigt.

»Also — ich sah Sie an, weil ich zu ergründen suchte, warum der hübscheste und interessanteste Mann in dieser Gesellschaft, der heute das Fest seiner Verlobung feiert, so wenig froh und glücklich aussieht.«

Er warf einen fast tragischen Blick zu Raina hinüber, die steif und gezwungen zwischen einigen Damen stand. »Ist das für eine so scharfsichtige und kluge Frau wie Sie, gnädige Baronin, so schwer zu erraten?« fragte er leise.

Sie zuckte die Achseln: »Der künftige Majoratsherr von Reckenberg hat es doch wohl nicht nötig, sich in der Wahl einer Lebensgefährtin Zwang aufzuerlegen.«

Er seufzte vernehmlich. »Das sagen Sie, verehrteste Baronin. Es gibt eine Art Zwang, dem man sich beugt aus einer gewissen Gedankenlosigkeit. Gerade der Majoratsherr von Reckenberg hat die Verpflichtung, eine Familie zu gründen.«

Sie machte ein drolliges Gesicht. »War denn zu diesem Zweck nicht noch eine andere junge Dame in erreichbarer Nähe?« neckte sie.

Er machte eine tragikomische Miene. »Buchenau und Reckenberg liegen so verführerisch nahe beieinander. Und außerdem — außerdem hat man mir einmal gesagt, daß Sie, gnädige Baronin, sich nicht zum zweitenmal verheiraten würden.«

Sie blitzte ihn an. »Ah — gut gebrüllt, Löwe!

Bleiben Sie doch ehrlich! Sie haben mich bis vor kurzem kaum beachtet.«

Seine Augen flammten in die ihren: »Wer sagt Ihnen das? Ich habe mich schon immer für Sie interessiert, aber Sie hatten keine Augen für mich.«

Sie bewegte kokett den Fächer. »Sie sind inkonsequent.«

»Wieso?«

»Nun — erst behaupten Sie, daß ich Sie zuviel angesehen habe, und jetzt beschweren Sie sich, daß ich keine Augen für Sie hatte. Ich glaube Ihnen nicht, daß Sie sich je für mich interessiert haben.«

»Jetzt tue ich es aber — sehr sogar.«

»Ei — wenn das Ihre Braut hörte!«

Er machte eine Bewegung mit der Hand, als lohne es nicht davon zu sprechen. »Lassen wir das Thema. Jetzt möchte ich von Ihnen sprechen, nicht von meiner Braut.«

Die Baronin merkte, daß Dora Planitz auf sie zukam. »Dazu ist heute nicht Zeit und Gelegenheit. Aber vielleicht besuchen Sie mich morgen zur Teestunde. Es würde mich interessieren, zu hören, was Sie mir von mir zu sagen haben.«

Er faßte ihre Hand und küßte sie mit einem heißen Blick. »Ich danke Ihnen für diese Erlaubnis und werde pünktlich sein.«

In diesem Augenblick trat Dora an die beiden heran. Sie hatte vom Nebenzimmer aus mitangesehen, wie angelegentlich sich Arnulf mit der Baronin beschäftigte, und hatte dann einen gequälten Blick Rainas aufgefangen, den diese auf ihren Verlobten und die Baronin warf. Da trieb

59

Dora ein heißes Mitleid mit Raina dazu, diese Unterhaltung zu stören. Sie wandte sich mit einer belanglosen Frage an die Baronin und sah dabei Arnulf groß und ernst in die Augen. Dieser achtete zum erstenmal auf Dora Planitz, und ihr schönes Gesicht, und ihre ernsten Augen fesselten ihn plötzlich.

Aber dann ging man zu Tisch. Und Arnulf von Reckenberg achtete weder auf seine Braut noch auf Dora Planitz, sondern entschädigte sich für die Langeweile an der Seite seiner Braut durch fleißige Augensprache mit der Baronin Sundheim.

Das bemerkte niemand außer Dora. Sie war zu ihrem Leidwesen von Baron Kranzau zu Tisch geführt worden und konnte von ihrem Platz aus sowohl das Brautpaar wie die Baronin Sundheim sehen. Sie beobachtete diese und Arnulf von Reckenberg. Rainas wegen interessierte sie sich für ihn.

Voll Mitleid sah sie auf Raina, die blaß, scheu und beklommen neben ihrem Verlobten saß. Wie wenig hatte sie es wieder verstanden, ihre Vorzüge zur Geltung zu bringen. Sie hatte wohl keine Ahnung, wie unvorteilhaft sie aussah. Es war wirklich kaum zu verwundern, daß ihr Verlobter lieber nach anderen Frauen sah. Und wenn, wie es den Anschein hatte, sich die Baronin Sundheim für ihn interessierte und ihn zu fesseln vermochte, dann war die arme Raina vollends für ihn erledigt. ›Wenn man ihr nur helfen könnte — ich würde es so gern tun‹, dachte sie.

Über alledem vernachlässigte sie entschieden ihren Tischherrn, der sich eifrig bemühte, sie durch seine Unterhaltung zu fesseln, und der mit begehrlich funkelnden Augen in ihr schönes, stolzes Gesicht blickte.

Baron Kranzau hatte sich ernstlich vorgenommen, sich um die Tochter des reichen Kommerzienrats zu bewerben, und er wollte heute die Gelegenheit wahrnehmen, ihr etwas näher zu kommen.

Dora machte ihm das aber recht schwer, und er überlegte bei sich, ob es nicht ratsamer und bequemer war, sich mit seinen Wünschen zuerst an den Kommerzienrat zu wenden.

Seiner Zustimmung war er ziemlich sicher. Dora Planitz wollte sich offenbar erst noch ein wenig rar machen.

Dora ahnte sehr wohl, welche Gedanken der Baron hegte. Und sie fühlte seine begehrlichen Blicke wie eine Beleidigung und gab sich unnahbarer als je, obwohl ihr Stiefvater sie zuweilen auffordernd ansah, als wolle er sie bestimmen, sich ihrem Tischherrn gegenüber liebenswürdiger zu zeigen. Als Antwort für diese Blicke hatte sie nur ein stolzes, abschweifendes Gesicht, und um ihren Mund grub sich ein fester, herber Zug.

Baron Kranzau war gewöhnt, daß ihm die Damen, mit denen er sich beschäftigte, sehr entgegenkamen. Da er einer der wenigen heiratsfähigen Männer in diesem Gesellschaftskreis war, sahen Mütter und Töchter erwartungsvoll nach ihm. Immerhin war er ein stattlicher, ansehnlicher Mann, und sein forsches Junkertum wirkte auf viele eher bestechend als abstoßend. Man hielt ihn für eine gute Partie. Daß sein Besitz stark verschuldet war, wußten nur wenige Eingeweihte. So hätte er fast bei allen jungen Damen als Freier anklopfen können. Aber ihm lag natürlich nur an einer sehr reichen Partie.

Daß Dora Planitz außerdem noch schön war und seinen Sinnen begehrenswert erschien, ließ ihn sein Ziel mit großem Eifer verfolgen, und Doras Zurückhaltung steigerte sein Begehren.

Dabei sprach er bei Tisch den guten Weinen fleißiger als nötig zu, und wenn er auch viel vertragen konnte, so wurde sein Wesen doch reichlich lebhaft. Er spielte seine kraftvolle Männlichkeit als Trumpf aus und kam sich sehr unwiderstehlich vor.

Dora kostete es viel Überwindung, neben ihm auszuharren. Seine stark aufgetragenen Schmeichelleien und Aufmerksamkeiten verletzten ihr Feingefühl, und je feuriger und lebhafter er wurde, desto stiller und unnahbarer wurde sie.

Nach Tisch benützte sie die erste Gelegenheit, um sich seiner Gesellschaft zu entziehen. Das mißfiel dem Kommerzienrat.

Als Dora eine Weile allein in einem Nebenzimmer am Fenster stand, trat er zu ihr.

»Nun, Töchterchen, amüsierst du dich gut?« fragte er und legte seine Hand auf ihren Arm.

Dora machte eine hastige Bewegung, so daß seine Hand von ihrem Arm herabglitt. Mit einem kalten, stolzen Blicke sah sie in sein Gesicht, daß ihr so widerwärtig und häßlich schien, wie kein anderes Menschenantlitz.

»Ich danke«, erwiderte sie kurz.

»Das freut mich, Töchterchen. Aber ich wünsche sehr, wie ich dir schon sagte, daß du Baron Kranzau etwas mehr Entgegenkommen zeigst. Bei Tisch habe ich dich an seiner Seite beobachtet und habe gefunden, daß du noch viel zurückhaltender warst als sonst. Du solltest meinen Wünschen mehr Beachtung schenken.«

Das sagte der Kommerzienrat ganz gemütlich, aber in seinen Augen lag etwas, was diesen Ton Lügen strafte.

Doras goldbraune Augen flammten auf, daß sie fast schwarz erschienen.

»Du irrst dich sehr, wenn du annimmst, daß ich irgendeinem Mann Hoffnungen machen könnte.«

»Wer spricht denn davon, Töchterchen?« erwiderte er in dem schmeichlerischen Tone, den er oft für Dora hatte. »Das hat mein schönes, stolzes Töchterchen nicht nötig, zumal sich ihre Schönheit von einem goldenen Hintergrund wirkungsvoll abhebt, den ich ihr geschaffen habe.«

Er belachte diesen Ausspruch wie einen guten Scherz und fuhr dann mit einem ungeduldigen Aufzucken seiner Fuchsaugen fort: »Versteh mich doch recht, Dora, du bist doch sonst nicht schwer von Begriff. Ich liebe es, wenn du stolz und unnahbar bist. Kommerzienrat Planitz' Tochter kann sich das leisten. Aber Baron Kranzau muß doch wenigstens merken, daß er einige Hoffnung hat auf deine Hand. Ein bißchen zappeln lassen kannst du ihn immerhin; aber gar zu abweisend solltest du nicht sein. Das will ich nicht, hörst du?«

Es lag in den letzten Worten eine Schärfe und Bestimmtheit, die mit dem vorherigen, schmeichlerischen Ton nicht im Einklang stand. Dieser Ton

63

trieb Dora das Blut ins Gesicht. Sie richtete sich stolz auf.

»Du mußt es mir überlassen, wie ich mich Baron Kranzau gegenüber benehmen will. Ich lege keinen Wert darauf, daß er sich um mich bewirbt, und werde sicher nicht Hoffnungen erwecken, die ich nicht erfüllen will«, sagte sie schroff.

Er fuhr auf, und in seinen Augen funkelte es böse und unheimlich. Aber es mußte doch eine geheimnisvolle Macht in Doras Augen liegen. Unter ihrem großen, ruhigen Blick zwang er gleich wieder ein Lächeln in sein Gesicht.

»Mädchenlaunen! Nun, meinetwegen sperre und ziere dich ein wenig. Aber — schieß nicht über das Ziel hinaus. Das eine behalte im Auge: Ich will, daß du Baronin Kranzau wirst, verstanden? Und daß ich meinen Willen stets durchzusetzen weiß, solltest du wissen.« Fast wie eine Drohung klang es.

Dora antwortete nicht. Aber als er sich nun schnell mit einer jovialen Biedermannsmiene von ihr abwandte, weil andere Herrschaften ins Zimmer traten, sah ihm Dora mit düsteren Augen nach.

›Und ich will nicht und werde mich ganz sicher nicht zwingen lassen‹, dachte sie.

Sie blieb Baron Kranzau gegenüber in ihrer reservierten Haltung und wich ihm aus, wo sie nur immer konnte. Im Verlauf des Festes fand Dora auch endlich Gelegenheit, einige Minuten ungestört mit Raina zu plaudern. Diese saß neben Frau von Reckenberg, die sich ihrer ein wenig angenommen hatte.

»Darf ich mich ein wenig zu Ihnen setzen?« fragte Dora artig. Frau von Reckenberg, die Dora gut leiden mochte, rückte bereitwillig zur Seite und erhob sich nach einer Weile.

»Ich lasse dich in guter Gesellschaft, liebe Raina, und will einmal nach Papa sehen«, sagte sie, strich Raina freundlich über die Wange und ging, den beiden jungen Damen zunickend, davon.

Besorgt sah Dora in Rainas Gesicht. »Du siehst so blaß und ernst aus, Raina. Wenn man es nicht wüßte, würde man dich sicher nicht für den Mittelpunkt dieses Festes halten«, sagte sie leise.

Raina seufzte: »Ach, ich bin auch ganz sicher nicht der Mittelpunkt, sondern eine ganz überflüssige Nebensache. Das kannst du mir glauben, liebe Dora. Ich wünschte dieses Fest wäre zu Ende.«

Dora faste liebevoll ihre Hand: »Quält man dich, armes Ding?«

Ein Blick aus Rainas Augen enthüllte der Freundin ihr ganzes Elend. »Ja, man quält mich, weil man mir immer vorredet, daß dieser Tag der glücklichste meines Lebens sein soll. Du weißt, daß dieser Tag kein Glück für mich birgt.«

Das klang so schmerzlich, daß Dora voll zarten Mitgefühls ihre Hand streichelte. »Mein armes, schüchternes Reh, weißt du nicht, daß auch ein wenig Mut und Selbstvertrauen zum Glück notwendig sind?«

Raina sah sie mit einem wehen Blick an. »Wo soll ich Mut und Selbstvertrauen hernehmen, Dora? Und mir könnten auch Mut und Selbstvertrauen ganz sicher nicht zum Glück verhelfen.«

Dora preßte fest ihre Hand: »Doch Raina. Du mußt nur wollen, mußt lernen, zu wollen! Reiß dich doch heraus aus deiner niederdrückenden Willenlosigkeit. Weißt du, was ich vor allen Dingen möchte?«

»Nun?«

»Ich möchte dich aufrütteln, daß du dich nicht wie eine Sache hin- und herschieben läßt. Wenn du nun einmal eingewilligt hast, Arnulf von Rekkenbergs Frau zu werden, so solltest du wenigstens alles tun, was in deinen Kräften steht, um die dir zukommende Stellung an seiner Seite zu sichern. Glaube mir, eine Frau, die sich selbst rechtlos macht, wird es auch immer sein.«

Hilflos sah Raina die Freundin an: »Ach, Dora — was soll ich denn tun?«

Dora blickte sie energisch an mit ihren stolzen, wundervollen Augen.

»Du sollst dich aufraffen aus diesem tatenlosen Hindämmern, sollst dir bewußt werden, daß du ein Mensch bist mit einem eigenen Leben, daß du Anrecht hast auf deine Persönlichkeit, darauf, dein Schicksal selbst nach Kräften zu beeinflussen. Du sollst und mußt dir Geltung verschaffen, mußt deinem künftigen Gatten zeigen, daß du eine wertvolle Persönlichkeit bist. Besinne dich doch auf dich selbst. Es ist nicht nur dein Recht, sondern auch deine Pflicht, deinen künftigen Gatten an dich zu fesseln mit allem, was dir zu Gebote steht. Wenn du fortfährst, dich mit einem so vernachlässigtem Äußeren zu zeigen, dich willkürlich häßlich zu machen, so versündigst du dich an dir und an ihm. Er ist ein Mann von gutem Geschmack und kann so, wie du dich ihm zeigst, keinen Gefallen an dir finden. Und so wirst du ihn zwingen, sich von dir ab- und anderen Frauen zuzuwenden.«

Raina saß ganz erschrocken da über die Energie Doras, und ihre Augen flogen hinüber ins Nebenzimmer. Da stand Arnulf über den Sessel der Baronin Sundheim gebeugt und plauderte angeregt mit dieser.

»Das hat er schon getan, Dora! Ich gelte ihm nichts — gar nichts.«

»So verschaffe dir Geltung! Es ist dein Recht und deine Pflicht! Selbst wenn du deinen Verlobten so wenig liebst wie er dich: Er ist dein Eigentum jetzt, das du verteidigen mußt.«

Dora sah an Rainas Zusammenzucken, daß sie recht hatte, wenn sie annahm, Raina liebe Arnulf. Und da sie nun einmal den brach liegenden Schatz an Liebe und Güte, den ihr Herz verbarg, der armen kleinen Raina zugewandt hatte, so lag es in ihrer willensstarken, tatkräftigen Natur, sich zu deren Nutz und Frommen zu betätigen.

Raina hatte sich gefaßt. Sie seufzte: »Du meinst es gut, Dora, aber das wird mir nie gelingen! Arnulf ist in bezug auf Frauen sicher sehr verwöhnt. Wie soll ich mir vor seinen Augen Geltung verschaffen?«

Dora faßte ihre Hand: »Das will ich dich lehren. Es ist gar nicht so schwer, wie du denkst! Morgen komme ich heraus nach Buchenau, und da werde ich dir einmal zeigen und begreiflich machen, was ein geschickter Anzug aus einem Menschen machen kann und was ein ungeschickter an ihm

67

verdirbt. Aber still — da kommt deine Tante Barbara auf uns zu. Barbara — weißt du, einen treffenderen Namen konnte sie gar nicht bekommen, denn sie geht mit dir armem Ding barbarisch um.«

Über Rainas Gesicht huschte ein mattes Lächeln, und dies Lächeln war reizend, so reizend daß es Dora hätte festhalten mögen.

»Tante Barbara meint es gut mit mir, du mußt sie nicht schelten.«

Dora nickte lachend. »Ja der Storch meinte es auch gut mit dem Frosch, als er ihn verschlang. Aber ich werfe deiner Tante Barbara hiermit den Federhandschuh hin. Ich setze es mir in den Kopf, einen anderen Menschen aus dir zu machen. Und Arnulf von Reckenberg soll sich eines Tages die Augen reiben und erkennen, was für eine reizende Frau ihm das Schicksal an die Seite gestellt hat. Und dann — dann wollen wir weitersehen.«

Ach, was hätte Raina darum gegeben, wenn sie Doras Zuversicht hätte teilen können!

Mit einem eifersüchtigen Gefühl sah sie, daß Arnulf soeben der Baronin mit aufflammendem Blick die Hand küßte.

Auch Dora bemerkte das. Und sie sah mit ihren großen, ernsten Augen zu dem jungen Offizier hinüber, so fest und zwingend, daß er ihren Blick zu fühlen schien. Er wandte seine Augen von der Baronin ab und zu beiden jungen Damen hinüber. Und da begegnete er Doras Augen. Er verabschiedete sich nun plötzlich von der Baronin Sundheim.

»Ich muß einmal wieder den Pflichten dieses

Tages gerecht werden, gnädige Baronin«, sagte Arnulf. »Bedauern sie mich ein wenig, und nehmen Sie sich bitte vor, mich morgen für heute zu entschädigen.«

Dann kam er schnell auf Dora und Raina zu. Aber ihn zog nur die schöne, stolze Dora Planitz an, die ihn heute zu interessieren begann, weil er merkte, daß auch sie ihm ihre Aufmerksamkeit zuwandte.

Raina wäre am liebsten vor ihm geflüchtet, als sie ihn kommen sah. Und doch flog ihm ihre ganze junge Seele mit einer heißen, innigen Sehnsucht entgegen.

Dora sah unzufrieden, wie starr und leblos Rainas Gesicht wurde, wie linkisch und befangen sie sich benahm. Sie hätte sie an den Schultern wachrütteln mögen.

damit Arnulf nicht zur Baronin Sundheim zurückkehrte, fesselte sie ihn mit ihrer Unterhaltung. Sie merkte sehr wohl, daß sie sein Interesse erweckte. Und plötzlich schoß ihr ein Gedanke durch den Kopf: Wie, wenn ich den Kampf mit dieser gefallsüchtigen Baronin Sundheim aufnähme, die Herrn von Reckenberg sichtlich in ihre Netze ziehen will? Gelingt es ihr, dann ist Rainas Glück ernstlich gefährdet. Um Rainas willen werde ich einmal ein wenig mit ihrem Verlobten kokettieren, um ihn von der Baronin abzulenken.

Anstandshalber wechselte Arnulf auch ein einige Worte mit seiner Braut. »Unterhältst du dich gut, Raina?« fragte er förmlich.

Ihr Herz zuckte, aber sie blieb ganz gelassen. »Ich danke, sehr gut, Arnulf.«

Er suchte nach einem Gesprächsstoff. »Das Kleid, das du heute trägst, ist sehr hübsch«, fuhr er fort.

Scheu blickte Raina zu ihm auf. »Ja, gefällt es dir?« fragte sie.

»Gewiß, viel besser als all deine anderen Kleider. Finden Sie nicht auch, gnädiges Fräulein?« wandte er sich an Dora.

Diese sah ihn an: »Ich finde das Kleid ein wenig zu farblos für Raina. Und vor allen Dingen vermisse ich einen bräutlichen Blumenschmuck daran. Sie sollten Ihrem Fräulein Braut einige von den roten Rosen dort aus der Vase herüberreichen, damit sie diese am Gürtel befestigt.«

Wohl oder übel mußte Arnulf aus der Vase, die auf dem Tisch neben ihm stand, einige Rosen lösen. Er tat es und überreichte sie Raina mit einer Verbeugung.

»Das gnädige Fräulein hat recht, Raina, es wird sehr gut aussehen«, sagte er.

Ein jähes Erglühen lief über Rainas Gesicht. Sie blickte einen Moment mit einem so leuchtenden, warmen Blick in Doras Gesicht, daß Arnulf ganz erstaunt in ihre Augen sah und bei sich dachte: ›Das sehe ich heute zum erstenmal, daß Raina sehr schöne Augen hat. Es ist töricht von ihr, sie immer niederzuschlagen und zu verbergen.‹

Während Raina sich mit bebenden Hände mühte, die Rosen am Gürtel zu befestigen, trat Tante Barbara herzu.

»Du wirst dir Flecken an dein neues Kleid machen, Raina; die Rosen sind feucht, und die Stengel werden abfärben«, sprach sie unwillig.

Raina erschrak und wollte die Rosen entfernen. Da stach sie sich in einen Dorn, und ein Blutstropfen quoll aus der kleinen Wunde.

Arnulf sah das. Er ärgerte sich über Tante Barbaras Bevormundung, und Raina tat ihm leid. In der ihm ritterlichen Art erfaßte er die verletzte schlanke Hand und nahm behutsam mit seinen Lippen den Blutstropfen fort. »Hat es sehr weh getan?« fragte er, wie man wohl zu einem weinenden Kind spricht.

Raina war zusammengezuckt, als Arnulfs Lippen den kleinen Blutstropfen fortsaugten, und ihre Hand bebte leise in der seinen.

Das war das erste Zeichen einer seelischen Erregung, das Arnulf bei seiner Braut wahrnahm. Er sah ihr forschend in das erglühte Gesicht. War sie doch nicht ganz so stumpf und seelenlos, wie er bisher gemeint?

Aber Raina hielt die Lider gesenkt und saß da, als sei sie versteinert. Da wandte sich Arnulf aufs neue Dora zu. Tante Barbara hatte sich schon wieder entfernt.

Er plauderte noch eine Weile angeregt mit Dora, nur zuweilen ein flüchtiges Wort an Raina wendend, die seine Rosen noch krampfhaft in der Hand hielt.

Als er dann von seinem Vater auf einige Minuten abgerufen wurde, wandte sich Dora mit einem schelmischen Lächeln an Raina.

»Nun ist er dir mit Leib und Seele verfallen, Raina.«

Diese schrak empor: »Wer?«

»Dein Verlobter natürlich! Er hat dein Blut getrunken. Kennst du nicht das Märchen von dem Blutzauber? Nein? So höre. Zu einer gütigen Fee kam weinend ein junges Mädchen und klagte ihr, daß ihr Schatz sie nicht mehr liebe und anderen Mädchen nachlaufe. Da gebot ihr die Fee, sie möge dem Ungetreuen von ihrem Blut zu trinken geben. Ein Tropfen davon genüge. Das Mädchen tat es, und ihr Schatz trank ihr den Blutstropfen von der Hand. Von dieser Minute an war er dem Zauber verfallen und konnte nicht mehr von seinem Mädchen lassen. Wie gefällt dir das Märchen?«

Und konnte nie mehr von seinem Mädchen lassen«, wiederholte Raina träumend. Aber dann richtete sie sich auf und seufzte. »Das ist eben nur ein Märchen, liebe Dora!«

In Doras Augen leuchteten Güte und Hilfsbereitschaft. Und ihr Wille, Raina zu helfen, wurde noch stärker und fester.

IV

Dora hielt Wort. Sie kam am nächsten Tag nach Buchenau − zu einer sehr frühen Stunde, gleich nach Tisch, weil sie wußte, daß Tante Barbara um diese Zeit nicht zu Hause war. Ohne Umschweife ging sie auf ihr Ziel los.

»Ich versprach dir gestern, Raina, dir zu beweisen, daß ich nicht schöner bin, wenn ich mich nicht vorteilhafter kleide, als du. Komm, laß uns auf dein Zimmer gehen; ich will den Beweis antreten«, sagte sie munter und zog Raina mit sich fort.

Oben in Rainas Zimmer begann nun ein seltsames Treiben. Zuerst sah Dora prüfend über Rainas Gestalt. »Ich glaube wir haben beide so ziemlich die gleiche Figur. Jetzt werden wir die Kleider tauschen.«

Raina wollte unbehaglich abwehren: »Du meinst es gut Dora, das weiß ich, und ich bin dir sehr dankbar für deine Güte. Aber es hat doch alles keinen Zweck! Du bist schön, ich bin häßlich — daran läßt sich nichts ändern.«

Dora begann jedoch schon, sich ihres Kleides zu entledigen. Es war ein schlichtes, aber elegantes Frühjahrskostüm.

»Wir werden sehen, ob sich nichts daran ändern läßt. Du mußt jetzt tun, was ich dir sage. Schnell, leg dein Kleid ab.«

Raina fügte sich zögernd Doras energischen Gebot. Und nun standen sich die beiden Mädchen in den weißen Unterkleidern gegenüber. Die Doras waren fein und mit Spitzen besetzt, während die Rainas Tante Barbaras Vorliebe für praktische, feste Stoffe und ihre Abneigung gegen alles »Fludderige« zeigten. Aber die schlanken, runden Arme, die jugendschönen Schultern, die weißen, festen Nacken waren bei beiden schön und edel geformt.

»So«, sagte Dora lachend, »jetzt werde ich dich einmal frisieren! Setz dich vor deinen Toilettentisch. Und nun halt still; denn es ist nicht leicht, so üppiges, schweres Haar in die rechte Form zu bringen.«

Ergeben hielt Raina still. Dora stand hinter ihr, und es war ein reizendes Bild, das die beiden schön gewachsenen Mädchen boten.

Eifrig kämmte und bürstete Dora Rainas wundervolles, goldig flimmerndes Haar und wog es immer wieder staunend und wohlgefällig in den Händen.

»Und diese Pracht hat deine barbarische Tante Barbara in so gräßliche Fesseln gezwängt! Ich möchte wohl wissen, was Arnulf von Reckenberg sagen würde, könnte er diese goldige Flut einmal gelöst sehen!«

Raina errötete. Sie wagte gar nicht in den Spiegel zu sehen und hielt die Augen gesenkt. Gegen Doras Beginnen vermochte sie sich nicht zur Wehr zu setzen; aber sie glaubte fest daran, daß es nutzlos sei.

Dora war es ganz lieb, daß Raina jetzt nicht in den Spiegel blickte. Es dauerte eine gute Viertelstunde, bis sie so frisiert war, wie Dora gewöhnlich ihr Haar trug. Zufrieden betrachtete diese ihr Werk; die Frisur war famos gelungen, und Raina sah mit dem goldschimmernden Haar mindestens ebenso schön aus wie Dora.

Als sie fertig war, band sie Raina lachend ein Tuch vor die Augen.

»So, jetzt bleibst du mit verbundenen Augen sitzen, bis ich mich anders frisiert habe. Dann wechseln wir die Kleider und erst, wenn ich mit unserer Verwandlung fertig bin, darfst du das Tuch abnehmen«, sagte sie, Raina in einen anderen Sessel drückend.

Mit flinken Händen löste sie nun ihr eigenes, dunkles Haar. Sie kämmte und bürstete es ganz glatt zurück, wie Raina, eine nasse Bürste zu Hilfe nehmend, zwang es in stramme, feste Flechten

74

und steckte diese genau zu dem steifen, unschönen Knoten auf, der weit und häßlich von dem
Kopf abstand.

›Wie eine Aztekenfrau‹, dachte sie amüsiert, als
sie sich im Spiegel betrachtete.

Nun warf sie Raina ihr eigenes Kleid über. Es
zeigte sich, daß die beiden jungen Damen ganz
gleich gewachsen waren. Doras Kleid saß Raina
ganz vorzüglich. Sie selbst schlüpfte lachend in
Rainas Kleid und ahmte vor dem Spiegel deren
unbeholfene, ängstliche Haltung nach. Sie mußte
hell auflachen über sich selbst.

Schnell trat sie nun vor Raina hin, zog sie vor
den hohen Ankleidespiegel und löste ihr die Binde von den Augen.

Sogleich ahmte sie selbst dann Rainas Haltung
nach.

Diese stieß einen überraschten Ruf aus, und
ungläubig blickte sie von sich auf Dora und wieder von Dora auf sich.

Diese ließ das Bild eine ganze Weile auf Raina
wirken. Endlich rief sie lachend: »Nun, Raina,
welche von den beiden jungen Damen ist nun die
Schönste, du oder ich?«

Da flog über Rainas Gesicht ein Lächeln, das sie
noch viel reizender erschienen ließ.

»Ach Dora — wie verändert siehst du aus!«

Dora lachte: »Und du? Nicht wahr? Wenn ich
mir Mühe gebe, kann ich ebenso unvorteilhaft
aussehen, wie du es gewöhnlich tust! Wenn du
nur willst, kannst du eine sehr reizende und hübsche junge Dame sein! Bitte, halte dich mal ein
wenig ungezwungener — sieh, so mußt du das

75

machen! Und die Arme darfst du nicht immer so steif und hilflos an dich andrücken. Gib deinen Händen etwas zu tun, so, als faßtest du nach dem Gürtel oder der Uhrkette. Nur nicht immer beide Hände so schlaff herabhängen lassen! Nimm ein Taschentuch oder eine Blume, irgend etwas zur Hand, bis du dich daran gewöhnt hast, eine ungezwungene Haltung anzunehmen. Du darfst dich auch gern etwas mehr bewegen!«

So belehrte Dora die Freundin, zeigte es ihr an Beispielen und hatte ihre Freude, wie leicht Raina begriff.

Raina sah noch immer ganz benommen auf ihr eigenes Bild. Aber sie gefiel sich sehr gut und konnte es nicht begreifen, daß sie so aussehen konnte.

»Wenn dich dein Verlobter so sehen würde — unvorbereitet —, dann würde er nicht glauben wollen, daß du es bist«, sagte Dora.

Raina seufzte: »Du hast mit deinen geschickten Händen und mit deinem Kleid ein Wunderwerk an mir vollbracht, Dora! Aber so geschickte Hände wie du habe ich nicht. Ich könnte mir das Haar unmöglich so ordnen.«

Dora schlang den Arm um sie. »Das kommt nur auf einen Versuch an!«

Raina schüttelte den Kopf. »Nein, nein, ich bin zu ungeschickt. Ich will es dir nur gestehen, Dora, daß ich schon neulich einmal versucht habe, mein Haar so ähnlich zu frisieren wie du. Aber es mißlang mir vollständig.«

»So wirst du es lernen, oder du läßt dich frisieren. Kannst dir doch eine Jungfer halten.«

Erschrocken abwehrend hob Raina beide Hände: »Was denkst du, Dora! Tante Barbara würde glauben, ich sei von Sinnen, wenn ich ihr damit käme! Und sie würde überhaupt furchtbar schelten, wollte ich mich anders kleiden und frisieren, als sie es bestimmt.«

Unwillig sah Dora sie an: »Ja, freilich, wen du dich weiterhin von deiner Tante Barbara tyrannisieren lassen willst!« rief sie ärgerlich.«

Raina faste ihre Hand: »Nicht böse sein, gute Dora! Ich bin dir so dankbar — du bist so gut zu mir, so gut —, aber siehst du, ich bin von Tante Barbara abhängig, lebe von ihren Wohltaten. Sie ist wohl reich, aber sehr sparsam und hat auch Sinn für alles, was praktisch und haltbar ist. Und wenn ich ihr nun plötzlich mit solchen Toilettenwünschen käme — nein, soviel Mut habe ich wirklich nicht.«

»Obwohl du nun siehst, wie man sich an dir versündigt hat?«

»Ja — trotzdem, ich bin schrecklich mutlos.«

Da zog Dora die Freundin in die Arme.

»Ach, du armes, ängstliches Ding, soll dir denn gar nicht zu helfen sein? Willst du es tatenlos geschehen lassen, daß man dich weiter als eine kleine Vogelscheuche herumlaufen läßt und daß dein künftiger Gatte nach anderen, gutgekleideten Frauen sieht und dich unbeachtet läßt?«

Raina atmete erregt und sah mit großen Augen auf ihr eigenes Spiegelbild. Dora fuhr fort:

»Ich will dir helfen, du armer kleiner Angsthase. Wenn ich dich auch am liebsten jetzt gleich vollständig ummodelte, so sehe ich doch, daß mit dir nichts anzufangen ist, solange Tante Barbara das Zepter über dir schwingt. Aber das sage ich dir gleich, ich nehme dich von heute an in eine ernste Schule. Sooft wir jetzt zusammen sind, bekommst du Unterricht von mir, wie man sich geschmackvoll frisiert und kleidet, wie man sich ungezwungen bewegt und leicht und sicher Konversation macht. Du hast von Mutter Natur alles, was du brauchst, und wirst eine gelehrige Schülerin sein. Weißt du, ich werde deiner gestrengen Tante die Erlaubnis abschmeicheln, daß du mich jede Woche zweimal nachmittags besuchst. Die anderen Tage komme ich zu dir hinaus. Und da wird tüchtig gelernt. Wenn du bei mir bist, probierst du all meine Kleider an, damit wir sehen, was dich am besten kleidet. Wir ziehen die Zofe meiner Mutter zu Rate, die ist unglaublich geschickt. Dann werden wir schnell zu einem günstigen Ergebnis kommen.«

Dora hatte Tante Barbara wirklich die Erlaubnis abgeschmeichelt, daß Raina sie jede Woche auf zwei Nachmittage besuchen dürfe. Das alte Fräulein hatte an Dora Gefallen gefunden, und diese wußte sie so zu nehmen, daß sie mancherlei bei ihr erreichte. Freilich mußte Dora äußerst diplomatisch vorgehen.

Raina hatte immer ein wenig Herzklopfen, wenn sie Dora besuchte. Bei diesen Besuchen wurde das aufgestellte Programm durchgeführt.

Raina mußte alle Kleider Doras anprobieren, mit allem Zubehör an Hüten, Mänteln und dergleichen. Und immer wieder mußte sie sich unter

Doras Leitung frisieren. Das ging mit jedem Male besser, und schließlich brachte Raina wirklich die reizende Frisur ohne weitere Beihilfe zustande.

Es ging zuweilen sehr ernsthaft zu bei diesem »Grazienkursus«, wie Dora den Unterricht scherzend nannte. Sie war eine strenge und unerbittliche Lehrerin. Hundertmal mußte Raina eine Geste, eine Verbeugung oder dergleichen probieren, bis Dora ganz zufrieden war. Außerdem mußte Raina mit Dora Tennis spielen und turnen, damit sie die Gewalt über ihre Glieder bekam.

Zuweilen wurde auch in diesen Unterrichtsstunden herzhaft gelacht und gescherzt. Es gelang Dora sehr gut, Rainas Selbstbewußtsein zu wekken und ihr einige Energie und Lebensfrische beizubringen.

Sie weckte den weiblichen Stolz in ihr und das in jeder Frau schlummmernde Bestreben, zu gefallen.

Und wie sie Rainas Körper in Pflege nahm und ihm zur Gewandtheit und Elastizität verhalf, so wirkte sie auch auf ihren Geist befruchtend ein. Sie plauderte mit ihr, gab ihr gute Bücher zu lesen, über die sie nachher debattierten, und lehrte sie, sich leicht und gewandt auszudrücken.

Und Raina war eine gelehrige Schülerin. Dora förderte viel verborgene Schätze zutage, die Raina in sich verschlossen hatte.

Es wurde Raina immer schwerer, nach diesen Stunden wieder in ihre alten, häßlichen Kleider zu schlüpfen und das Haar in der alten barbarischen Weise zusammenzuzwängen, ehe sie nach Buchenau zurückkehrte.

79

Immer inniger schlossen sich die beiden jungen Mädchen einander an. Raina lernte es, sich mitzuteilen und unbefangen alles mit Dora zu besprechen, was sie bewegte. Nur über ihre Liebe zu Arnulf schwieg sie sich aus.

Auch Dora gab sich Raina gegenüber immer rückhaltloser und offener. Sie vertraute der Freundin alle heimlichen Kämpfe an und gab Raina ihre literarischen Erzeugnisse zu lesen, die Raina sehr schön und bewundernswert fand.

Zur Bedienung der beiden jungen Damen erschien nur Doras treue alte Dienerin Christine, und dieser gegenüber war Dora sehr freundlich und liebevoll.

Jetzt arbeitete Dora schon seit längerer Zeit an einem großen Roman, den sie bald zu beenden hoffte. Raina durfte zuweilen eine Szene daraus lesen und war dann immer des Staunens voll.

»Ach, Dora, wie du das nur alles so wundervoll beschreiben kannst. Es muß herrlich sein, so etwas leisten zu können. Ich sehe es kommen, daß du eines Tages eine sehr berühmte Schriftstellerin sein wirst«, sagte sie einmal.

Dora lächelte: »Mit der Berühmtheit wird es nicht weit her sein, meine Raina. Aber danach steht auch gar nicht mein Sinn. Ich bin so froh, daß ich mir alles vom Herzen schreiben kann, was mich bewegt. Und wenn ich für diesen Roman einen Verleger finde, der ihn mir leidlich gut bezahlt, dann will ich mich freuen und werde das kleine Talent, das mir der liebe Gott gegeben hat, fleißig ausnützen, damit ich mich befreie von den Wohltaten des Mannes, dem ich dafür nicht danken kann.«

80

»Und wirst du dann mit deinem eigenen Namen an die Öffentlichkeit treten?« fragte Raina.

Dora schüttelte den Kopf: »Wenn ich mich Dora Lind nennen könnte, würde ich es tun. Aber den mir aufgezwungenen Namen unter meine Arbeiten zu setzen, das widerstrebt mir.«

So gingen die Wochen schnell dahin. Dora hatte noch oft Gelegenheit, Arnulf und die Baronin Sundheim in Gesellschaft zu beobachten. Und sie merkte nur zu gut, daß diese Arnulf gegenüber Rainas Aussehen bespöttelte. Auch das wußte sie, daß Raina darunter litt, daß Arnulf der schönen Witwe den Hof machte und sie selbst darüber vernachlässigte.

Deshalb tat Dora alles, was in ihrer Macht stand, um Raina zu helfen.

Sie merkte, daß Arnulf doch nicht so ganz dem Zauber der Baronin verfiel, sosehr sich diese auch mühte, ihn fest in ihre Netze zu ziehen. Und die Baronin erkannte scharfsichtig, daß nur Dora Planitz schuld war, wenn Arnulfs Interesse sich immer wieder von ihr abwandte. Sie hielt Dora für ihre Rivalin um die Gunst Arnulf von Reckenbergs. Und gewissermaßen war es auch so, nur daß Dora nicht für sich Arnulfs Interesse von der Baronin abwenden wollte, sondern für Raina. Ihr Verlobter sollte nicht rettungslos dem Zauber verfallen, aus dem er dann schwer zu lösen sein würde.

Daß es ihr nicht schwerfallen würde, Arnulf von Reckenberg so weit zu fesseln, als es ihr nötig schien, wußte sie. Er liebte die Baronin keineswegs — Frauen wie sie liebte ein richtiger Mann

81

überhaupt nicht —, sondern er spielte nur mit einer leichten Verliebtheit, um sich die Langeweile zu vertreiben.

Und so trat Dora mit bewußtem Willen auf den Plan und hatte die Genugtuung, daß Arnulf ihr mehr und mehr sein Interesse zuwandte.

Um Raina Unruhe zu ersparen, falls diese merken sollte, daß Arnulf sich mehr als nötig mit ihr beschäftigte, sagte sie ihr offen und rückhaltlos, daß sie vorhätte, ihn von der Baronin zu lösen.

Raina sah sie ängstlich an: »Ach, liebste Dora, wenn sich Arnulf aber nun in dich verlieben würde? Ich könnte das so gut verstehen.«

Da lachte Dora: »Keine Angst, meine kleine Raina, es gibt Mittel, allzu feurige Gefühle abzukühlen. Lieben wird er mich so wenig wie die Baronin, denn wir sind bisher ganz gleichgültig nebeneinander hergegangen, und er wird bei mir nur suchen, was er bei der Baronin sucht, eine angenehme Unterhaltung, einen leichten Flirt. Und so abhold ich allen Flirts bin, dir zuliebe werde ich mich einmal damit befassen. Die Baronin schlagen wir aus dem Felde, und ich kämpfe mit List und Tücke für dich, bis du selbst wirksam eingreifen kannst. Habe ich meinen Zweck als Blitzableiter erfüllt, dann trete ich vom Kriegsschauplatz zurück, und dann wird alles gut. Willst du mir vertrauen und mich gewähren lassen?«

Raina küßte sie dankbar: »Mein Vertrauen in dich ist schrankenlos, liebe Dora — so schrankenlos, wie meine Dankbarkeit.«

»Es braucht keinen Dank, mein liebes Herz. Ich bin reich belohnt dadurch, daß ich mit meinem inhaltlosen Dasein jemand nützen kann. Bis ich dich fand, glaubte ich oft, ein ganz herzloses Geschöpf zu sein. Nun weiß ich wenigstens, daß ich noch gut und warm empfinden kann. Glaube mir, du tust mindestens so viel für mich, wie ich für dich, und deine Liebe und Freundschaft tut mir so wohl — wir wollen nicht miteinander rechten, wer mehr Dank schuldig ist.«

V

In Buchenau wurde mit fieberhafter Hast zum Hochzeitsfest gerüstet. Tante Barbara hatte die Vorbereitungen soweit wie möglich hinausgeschoben, weil ihr andere Arbeiten wichtiger erschienen. Nun mußte alles Nötige in Eile geschehen.

Arnulf hatte jetzt etwas mehr Zeit als sonst für seine Braut. Er war öfter in Buchenau. Aber Raina merkte sehr wohl, daß er sich immer die Zeit herauszusuchen pflegte, in der er Dora in Buchenau zu treffen hoffte. Und war er dann mit den jungen Damen zusammen, so galt seine Aufmerksamkeit natürlich in erster Linie Dora. Diese wußte es aber immer geschickt so einzurichten, daß er sich auch zuweilen mit Raina beschäftigen mußte.

Entschieden spielte Raina jetzt ihrem Verlobten mit echt weiblicher Verstellungskunst eine kleine Komödie vor, wenn sie sich ihm noch so unbeholfen und scheu zeigte wie früher. Gar so schüchtern und verzagt war sie jetzt auch in seiner Anwesenheit nicht mehr. Dank Doras Bemühungen hatten sich ihr Stolz, ihr Selbstbewußtsein gehoben, und in ihrem Herzen war etwas erwacht, was einer gewissen Kampfesfreude ähnlich sah.

Dora stärkte noch immer ihren Willen, und Raina war nun ernstlich entschlossen, sich von ihrem Hochzeitstag an Tante Barbaras Terrorismus zu entziehen und das Recht an ihrer eigenen Persönlichkeit geltend zu machen.

Dora hatte Raina ihre Rolle genau und fest einstudiert. Arnulf sollte mit Rainas Umwandlung so überrascht werden, daß kein Interesse für sie erwachen mußte.

Vorläufig schien er freilich für nichts mehr Interesse zu haben als für Dora. Diese hatte wirklich die Baronin Sundheim aus dem Felde geschlagen.

Sie hatte auch noch ein Wunderwerk vollbracht, nämlich Tante Barbara bewogen, Rainas Aussteuer in einem von Dora empfohlenen Modemagazin zu bestellen, und hatte es bei der Arbeitsüberhäufung der alten Dame nicht schwer gehabt, dahin zu wirken, daß diese sich um die Ausführung ihres Auftrags nicht weiter kümmerte.

»Ich nehme Ihnen das gern alles ab, gnädiges Fräulein, und begleite Raina zu den Anproben, denn Sie haben ohnedies jetzt so viel zu tun«, sagte sie zu ihr.

Tante Barbaras Zeit war wirklich knapp. Und ahnungslos, was Dora vorhatte, ließ sie diese gewähren.

So ging Dora mehrere Male mit Raina in das Modemagazin, und da Tante Barbara nur bestimmt hatte, daß alles recht solid und haltbar und nicht zu teuer sei, so machte es Dora keine Schwierigkeiten, Tante Barbaras Bestellung zu korrigieren.

Rainas Ausstattung war bedeutend anders ausgefallen, als Tante Barbara sich träumen ließ. Diese fand die Rechnung wohl ein wenig höher, als sie erwartet hatte, aber sie machte sonst nicht viel Einwendungen.

Dora sorgte aus »praktischen Gründen«, wie sie sagte, dafür, daß die ganze Ausstattung mit Ausnahme der Kleidungsstücke, die Raina am Hochzeitstag tragen sollte, nach der Stadtwohnung des jungen Paares gebracht wurde.

»Sie brauchen nicht deshalb zur Stadt zu fahren gnädiges Fräulein, ich kann ja die Sachen in Rainas Wohnung in Empfang nehmen und gleich von den Dienstboten, die schon da sind, einräumen lassen«, hatte sie gesagt.

Tante Barbara nahm es dankend an, wie sie auch angenommen hatte, daß Dora zuweilen in Rainas neuer Wohnung nach dem Rechten sah und die Dienstboten und Dekorateure überwachte.

Die Wohnung des jungen Paares lag in nächster Nähe von Villa Planitz, und Dora hatte Gelegenheit, mancherlei in dieser Wohnung geschmackvoller und schöner zu gestalten, als es ohne ihr Dazutun wohl geschehen wäre. Sie verstand es außerordentlich gut, Tante Barbara nach ihren und Rainas Wünschen zu beeinflussen, ohne daß das

85

alte Fräulein es merkte. So war Rainas Wohnung und Ausstattung viel mehr nach Doras Angaben, als nach denen Tante Barbaras ausgefallen.

Arnulf von Reckenberg berührte es ganz seltsam, daß Dora sich so sorglich um das künftige Heim, das er mit Raina bewohnen sollte, mühte. Und verwöhnt, wie er von den Frauen war, fragte er sich, ob Doras Interesse daran nicht ihm ebensoviel galt wie Raina.

Jedenfalls frohlockte Dora, daß die Baronin Sundheim aus dem Felde geschlagen war; denn Arnulf hatte sich auffallend von ihr zurückgezogen. Die Baronin wußte sehr wohl, daß sie diese Niederlage Dora zu danken hatte, und in ihrem Ärger darüber machte sie Arnulf gegenüber eine Bemerkung, daß Dora ihn in ihre Netze ziehen wolle.

Das war sehr unklug von ihr und unterstützte nur Doras Bemühungen; denn gerade dadurch wurde es Arnulf zur Gewißheit, daß er Dora Planitz nicht gleichgültig sei.

Seine männliche Eitelkeit und das unbefriedigte leere Gefühl in seinem Herzen taten das übrige. Das schöne, geistvolle Mädchen fesselte ihn mehr und mehr, und er merkte gar nicht, daß sie klug und gewandt stets das Gespräch auf Raina lenkte und ihn so immer wieder zwang, sich mit dieser zu beschäftigen.

Daß Dora mit Raina sehr befreundet war, merkte er, und es erstaunte ihn, daß dies elegante kluge Mädchen am Verkehr mit Raina Gefallen fand. Eines Tages sprach er das auch ihr gegenüber aus.

Da sah ihn Dora seltsam an: »Glauben Sie doch

nicht, Herr von Reckenberg, daß ich im Verkehr mit Raina die Gebende bin. Sie werden ja selbst wissen, welch ein wertvoller, kluger und gütiger Mensch Raina ist. Wenn sie ihre Vorzüge auch scheu und ängstlich vor fremden Augen verbirgt, Ihnen wird sie dieselben doch enthüllen, so gut, wie der Freundin oder nein — noch viel mehr. Und so werden Sie begreifen, daß Raina mir mindestens so viel gibt wie ich ihr.«

Arnulf machte ein verblüfftes Gesicht. Es war wohl das erstemal, daß er in dieser Weise von Raina sprechen hörte. Seine Eltern und Tante Barbara sahen in Raina ein sehr unbedeutendes Geschöpf, wie er selbst, und die Baronin Sundheim hatte Raina stets lächerlich gemacht. Sonst sprach selten jemand mit ihm über seine Braut mehr, als einige konventionelle Worte, denn man bemitleidete ihn ihretwegen von allen Seiten und wollte ihn das nicht merken lassen.

Was Dora über Raina sagte, verstand er nicht und konnte nicht begreifen, daß sie von dieser so hoch eingeschätzt wurde.

Mit Raina war in diesen Wochen unter Doras Einfluß eine tiefgreifende Veränderung vor sich gegangen.

Solange sie willenlos vor sich hingedämmert hatte, nahm sie die Vernachlässigung Arnulfs auf wie etwas Unabwendbares und Selbstverständliches. Es schmerzte sie zwar, daß er sie kaum beachtete, aber es erschien ihr ganz in der Ordnung, daß er sie nur duldete. Nun war sie aber durch Dora aus ihrem geistigen Schlaf, aus ihrer willenlosen, niederdrückenden Bescheidenheit geweckt worden. Selbstbewußtsein und Selbstvertrauen regten sich in ihr, und sie begann über sich selbst und über ihre Umgebung nachzudenken und die Werte gegeneinander abzumessen.

Das alles bewirkte eine Umwälzung in Rainas Innerem, die in kurzen Wochen Erstaunliches zutage förderte. Raina begann nun auch ihr Verhältnis zu Arnulf mit anderen Augen zu betrachten und es umzuwerten. Sie begann zu fühlen, daß man ein Unrecht an ihr begangen hatte.

Daß man sie wie eine Ware verhandelt hatte, war ihr schon immer bitter und kränkend gewesen, wenn sie sich auch nicht dagegen zur Wehr zu setzen wagte. Aber sie hatte Arnulf fast noch mehr bedauert als sich selbst. Nun aber änderte sich ihr Empfinden. Warum — so fragte sie sich — hatte sich Arnulf eine ungeliebte Braut aufzwingen lassen? Er war doch ein Mann und nicht so abhängig von seinen Eltern, wie sie von Tante Barbara. Ganz sicher hätte er sich dagegen zur Wehr setzen können, wenn er nur ernstlich gewollt hätte.

Da er sich aber bereit erklärt hatte, sie zu seiner Frau zu machen, mußte er ihr auch mit der nötigen Hochachtung und Aufmerksamkeit begegnen, die er seiner künftigen Gattin schuldig war. Und unter diesen Umständen war es ein Unrecht von ihm, daß er sie so offenkundig vernachlässigte und sich um die Gunst anderer Damen bewarb, gewissermaßen unter ihren Augen.

Ja, Raina hatte viel von Dora gelernt, und wenn auch dabei ihre Liebe zu Arnulf nicht geringer wurde, so verlor sie doch die große Scheu vor seiner Überlegenheit und lernte es, ihre Augen freier und ungezwungener zu ihm zu erheben, wenn es sie auch im Anfang noch einige Überwindung kostete. Es regte sich in ihr die Lust, sich ihm gegenüber die ihr zukommende Stellung zu erobern. Trotzdem sah sie ihrem Hochzeitstag mehr mit Furcht als mit Sehnsucht entgegen. Und auch Arnulf erwartete diesen Tag mit wenig erhebenden Gefühlen.

Sein leicht entflammtes und ebenso leicht ernüchtertes Naturell, dem bisher eine echte, tiefe Liebe fremd geblieben war, hatte sich von der Baronin Sundheim energisch wieder abgewandt, als er erkannte, welch ein oberflächlicher Charakter sie war, und nun beherrschte ihn eine rasch auflodernde Leidenschaft für Dora Planitz.

Es war am Tag vor Rainas Hochzeitsfest. Dora trat am frühen Morgen aus ihrem Schlafzimmer hinaus auf den davor befindlichen Balkon und sah hinab in den großen, schön gepflegten Garten, der etwas Parkähnliches hatte. Er umgab die vornehme Sandsteinvilla von allen Seiten.

An ihrer schlanken Gestalt fiel ein weißes, duftiges Morgenkleid ganz schlicht, aber sehr kleidsam herab und ließ die schöngeformten Unterarme frei. Hinter ihr im Zimmer hantierte ihre alte Dienerin Christine und sah zuweilen mit wohlgefälligem Stolz auf ihre schöne, junge Herrin.

›Das reine Gotteswunder ist mein Dorchen‹, dachte sie andachtsvoll.

Prüfend flog nun Doras Blick zum Himmel empor. Nicht das leiseste Wölkchen war zu sehen.

89

Tiefblau und klar spann er sich über die Welt. ›Raina wird die helle Sonne in den Brautkranz scheinen, das Wetter ist beständig‹, dachte sie.

Als sie den Blick wieder senkte, wich plötzlich der frohe Ausdruck aus ihren Zügen. Sie hatte unten auf dem breiten Kiesweg ihren Stiefvater entdeckt, der seine Morgenpromenade durch den Garten machte. Hastig trat sie zurück ins Zimmer.

»Ein herrlicher Morgen, mein Dorchen, nicht wahr?« sagte Christine.

Dora nickte und legte den Arm um die Schulter der alten Dienerin. »Ja, Christine, echtes Hochzeitswetter.«

Christine sah zärtlich in das schöne, junge Gesicht.

»Bin nur gespannt, wann mein Dorchen einmal Hochzeit halten wird.«

Dora lachte leise. »Wer weiß, wie lange du noch darauf warten mußt.«

»Nun, eines Tages kommt auch für mein Dorchen der Rechte. Da ist mir nicht bange.«

»Laß dir nur die Zeit bis dahin nicht lang werden, Christine. Heute ist es übrigens so schön warm und sonnig, daß du nachher gut ein Stündchen auf dem Balkon mit deiner Näharbeit sitzen kannst.«

Dora unterbrach sich, da unten in der Vorhalle der Gong angeschlagen wurde, das zum Frühstück rief. Sie ging hinab und betrat ein helles, großes Zimmer im Parterre der Villa, in dem das Frühstück eingenommen wurde.

Als sie eintrat, fand sie ihre Mutter bereits dort vor, die gerade verstohlen gähnte. Anscheinend hatte sie erst vor kurzer Zeit ihr Lager verlassen. Aber sie hatte doch schon eine verführerische Morgentoilette gemacht.

Dora begrüßte ihre Mutter, wie sie es gewohnt war, mit einem Handkuß. Gleich darauf trat der Kommerzienrat ein. Mit seiner zur Schau getragenen falschen Jovialität begrüßte er Mutter und Tochter. Seiner Frau küßte er die Hand und sah sie dabei mit einem Blick an, der verriet, daß er für seine schöne Frau auch heute noch eine starke Leidenschaft empfand.

Nun betrachtete er Dora, das schöne, stolze Mädchen mit eitlem Wohlgefallen.

»Wie der leibhaftige Frühling siehst du aus, Dora! Ich bin immer wieder erstaunt, wie prachtvoll du in deinen einfachen Roben aussiehst, für die du nun einmal eine so große Vorliebe hast. Es ist auffallend, Helene, wie sehr dir Dora gleicht. Ja, ja, Dora, Mama kann es heute noch mit dir aufnehmen. Ich kann getrost behaupten, daß ich die schönste Frau und die schönste Tochter in dieser Stadt habe.«

Eine satte, prahlerische Eitelkeit lag auf seinem Gesicht, und mit einem verliebten Blick küßte er seine Frau auf den schönen, entblößten Unterarm. Dann wollte er Dora neckend am Kinn fassen, aber sie bog sich schnell zurück.

»Nun, nun«, schalt er lachend, »wirst dich doch wenigstens von deinem Vater streicheln lassen.«

Doras Lippen zuckten: »Meine Haut ist so empfindlich«, sagte sie abwehrend.

Er lachte: »O du liebe Eitelkeit! Aber recht hast du, wenn du sorgsam auf deine Schönheit achtest.«

91

Ein Diener in einer etwas zu auffallenden Livree trat ein und brachte auf einem Tablett verschiedene silberne Kannen. Dora nahm sie ihm ab und füllte die Tassen.

Frau Helene Planitz hatte mit einem forschenden Blick zu ihrer Tochter hinübergesehen, als sie sich vor der Hand des Kommerzienrats ausweichend zurückbog. Sie hatte immer ein etwas unbehagliches Gefühl, wenn Dora ihrem Vater so fremd begegnete. Aber sie sagte nie etwas darüber. Vielleicht empfand sie mit feinem Instinkt, daß Dora nicht viel Zuneigung für ihn hatte. Sie sagte nur, als der Diener wieder hinausgegangen war, mit einem leichten Lächeln:

»Du weißt ja, Robert, Dora ist nicht sehr zärtlich veranlagt, und man muß keinen Menschen zu Zärtlichkeiten zwingen. Es gibt Naturen, die um keinen Preis ihren Gefühlen Ausdruck geben können. Dazu gehört Dora. Sie ist ja selbst mir gegenüber so zurückhaltend.

Dora saß mit niedergeschlagenen Augen, und in ihr Antlitz stieg dunkle Glut. Aber sie erwiderte kein Wort. Der Kommerzienrat wechselte den Gesprächsstoff:

»Eben fällt mir ein, daß wir in diesen Tagen einen Gast bekommen, dessen wir uns ein wenig annehmen müssen. Ich erhielt von einem Geschäftsfreund in Kalifornien die Nachricht, daß sein Sohn für einige Zeit nach Deutschland kommen wird. Die Firma Marlow und Sohn ist so ziemlich in der ganzen Welt bekannt. Ich beziehe von ihr meine kalifornischen Konserven.«

»Marlow ist doch wohl ein deutscher Name?«
fragte Frau Helene.

Ihr Gatte nickte: »Jawohl der jetzige Besitzer
ging schon als Knabe mit seinem Vater nach Kalifornien. Dieser wurde erst Farmer, dann ein großer Plantagenbesitzer und gründete schließlich
seine Konservenfabriken. Sein Sohn und einziger
Erbe setzte das Werk seines Vaters fort und ist
jetzt ein schwerreicher Mann. Vor etwa zehn Jahren soll es einmal nicht gut mit ihm gestanden
haben infolge einer schlechten Geschäftslage.

Aber es ist ihm wohl von irgendeiner Seite Hilfe gekommen, und danach blühte die Firma noch
mehr auf als zuvor und wird jetzt im großartigen
Stil betrieben.

Nun schreibt mir also der Inhaber, daß sein
Sohn auch einige Zeit hier in D. Aufenthalt nehmen will. Er bittet mich, ihn hier in einige gute
Familien einzuführen, denn sein Sohn bereise
Deutschland zwar auch in Geschäften, aber er habe auch die Absicht, sich hier nach einer deutschen Frau umzusehen, weil seine Mutter eine
Deutsche ist und auch sein Vater, obwohl jetzt
Amerikaner, von einem Deutschen abstammt. Es
wird uns also nichts anderes übrigbleiben, als
dem jungen Mann unser Haus zu öffnen.«

Frau Helene sah nicht sehr erfreut aus: »Wird
das nicht eine etwas lästige Verpflichtung sein,
Robert? Man weiß doch nicht, ob der junge Mann
salonfähig ist.«

Der Kommerzienrat lachte: »Du denkst, er ist
so eine Art Halbwilder, Helene? Da kannst du ruhig sein. Marlow schreibt mir, daß sein Sohn eine

ausgezeichnete Erziehung genossen hat, schon vor einigen Jahren Europa bereist, sich längere Zeit in London, Paris und Berlin aufgehalten und da das Leben studiert hat. Jetzt will er aber deutsche Provinzstädte besuchen. Der Hauptgrund scheint der zu sein, daß er hier eine Frau zu finden hofft.«

»Nun, wenn er ein gebildeter junger Mann ist und als Heiratskandidat kommt, dann wird es ja nicht schwer halten, ihn hier in Familien einzuführen.«

Frau Helene fragte nun ihren Gatten, wie alt wohl der junge Marlow sei.

»Er ist zweiunddreißig Jahre alt. Falls er also in meiner Abwesenheit seinen ersten Besuch macht — das kann schon in diesen Tagen geschehen, denn er muß bereits in Deutschland sein —, so nehmt ihn unbedingt auf und kommt ihm liebenswürdig entgegen, soweit es tunlich ist. Wenn wir seine Bekanntschaft gemacht haben, dann wollen wir sehen, wo wir ihn einführen können.«

Damit war dies Thema erledigt, und der Kommerzienrat verabschiedete sich von seinen Damen. Draußen vor dem Portal stand bereits ein elegantes Automobil, in dem er in seine Fabriken fuhr, die draußen vor der Stadt lagen.

Dora und ihre Mutter blieben noch eine Weile am Frühstückstisch sitzen, und Frau Helene sagte nach einer kleinen Pause:

»Liebes Kind, ich wollte schon lange einmal mit dir darüber sprechen, daß es mir gar nicht gefällt, wie du dich Papa gegenüber verhältst. Es liegt in deinem Wesen etwas so Schroffes und Abweisen-

94

des ihm gegenüber, daß es mich wundert, das Papa sich noch nicht verletzt gefühlt hat. Du bist ja auch mir gegenüber sehr wenig zärtlich und anschmiegend, und ich verlange auch nicht, daß du deinem etwas schroffen und unzugänglichen Charakter Gewalt antust. Aber Papa gegenüber zeigst du dich oft in einer Art, die mir sehr mißfällt. Ich fürchte immer, daß Papa einmal die Geduld verliert und es dann zwischen euch zu einer Szene kommt. Warum bist du nur so abweisend?«

Dora war bleich geworden. Sie hob die Augen und sah die Mutter mit einem so ernsten Ausdruck an, daß dieser, wie schon oft, unter diesem Blick ganz unbehaglich zumute wurde.

»Ich tue nur, was ich meinem Charakter nach tun muß, Mama, und ich bitte dich, nicht in mich zu dringen, daß ich mich ändern soll. Ich kann nicht!«

Die letzten Worte stieß Dora in leidenschaftlicher Heftigkeit hervor.

Frau Helene spielte nervös mit ihren Taschentuch. »Du kannst nicht? Das ist sehr unrecht von dir. Ist Papa nicht gut zu dir? Sieht er dir nicht jeden Wunsch von den Augen ab? Müßtest du ihm nicht dankbar sein für alles, was er für dich tut, für das glänzende Leben, das er dir schafft?«

Dora erhob sich und sah die Mutter mit großen, brennenden Augen an: »Bitte, quäle mich nicht Mama. Ich tue, was ich muß. Und jetzt gestatte mir, daß ich mich zurückziehe, ich will in Rainas Wohnung hinüber.«

Frau Helene sah mit einem unbehaglichen Ausdruck zu ihr empor. »Diese Raina scheint deinem

Herzen teurer zu sein als Vater und Mutter«, sagte sie vorwurfsvoll.

Dora blieb hierauf die Antwort schuldig. »Darf ich nun gehen, Mama?« fragte sie nur.

Ihre Mutter seufzte. »So geh! Aber beherzige meine Mahnung«, erwiderte sie.

Dora ging schnell hinaus, nachdem sie ihrer Mutter die Hand geküßt hatte. Diese sah ihr etwas beklommen nach und versank in ein düsteres Grübeln, das ihrer Natur sonst fernlag.

Sie fühlte, daß Dora ihrem Stiefvater mit kaltem Herzen gegenüberstand, aber sie ahnte nicht, daß Dora wußte, daß er nur ihr Stiefvater war.

»Es sind nicht Bande des Blutes, die Dora mit Robert verbinden, und deshalb kann sie ihm keine töchterliche Zärtlichkeit entgegenbringen. Vielleicht hätten wir doch besser getan, ihr die Wahrheit zu sagen, daß wir ihr diesen Umstand verheimlichten, um eine Entfremdung zu vermeiden, hat vielleicht eine solche begünstigt. Wüßte Dora, daß Robert ihr Stiefvater ist, der freiwillig in dieser freigebigen Art für sie sorgt und sie zu seiner Erbin einsetzen will, müßte sie ihm doch dankbarer sein als jetzt, da sie das für seine Pflicht hält.

Aber nun ist es wohl zu spät. Jetzt würde eine solche Enthüllung vielleicht die Entfremdung bestärken. Ich muß das einmal mit Robert besprechen, wenn ich auch nur ungern an die vergangenen Dinge rühre.«

So dachte die schöne Frau. Und sie besprach tatsächlich diese Angelegenheit mit ihrem Gatten und fragte ihn, ob er es nicht für besser halte, wenn Dora die Wahrheit über ihre Abstammung erführe. Aber Planitz wehrte heftig ab. Vielleicht klagte ihn doch eine Stimme an, daß er schuld sei am Tod und am Untergang von Doras Vater. Wenn er auch die Schuldfrage stets weit von sich wies, so fürchtete er doch, daß Dora unbequeme Fragen an ihn richten könne.

Er liebte es nicht, sein Tun und Denken kritisch zu beleuchten, und folgte in allen Dingen nur dem Grundsatz: Was mich hindert, meine Wünsche zu erfüllen, muß mir aus dem Weg.

Auf Christines Verschwiegenheit glaubte er fest bauen zu dürfen, denn er hatte ihr angedroht, daß sie sofort sein Haus verlassen müsse, wenn sie plauderte. Und Christine genoß eine sehr behagliche Ausnahmestellung in seinem Haus und hatte es so gut, daß sie sich gewiß nicht fortsehnte. Sie würde sich hüten, zu schwatzen, und sonst wußte kein Mensch um das Geheimnis.

Dora hatte sich zum Ausgehen fertig gemacht. Einen Diener mit einem großen Korb voll Blumen hatte sie vorausgeschickt zu der Wohnung des jungen Paares.

In einem vornehmen schlichten Straßenanzug verließ sie die Villa Planitz.

Kurz vor ihrem Ziel mußte sie eine Promenadenanlage durchkreuzen, in deren Mitte ein Kinderspielplatz lag. Gerade, als sie diesen Platz überschritt, kam ihr von der anderen Seite ein schlankgewachsener junger Herr entgegen. Er war elegant, aber nicht auffällig gekleidet und machte einen vornehmen Eindruck. Sein Gesicht hatte einen warmen Bronzeton, wie ihn Menschen haben, die sich viel in Luft und Sonne aufhalten. Aus diesem Gesicht leuchteten die warmgrauen Augen hell und scharf hervor. Das bartlose Antlitz zeigte edle Züge. Energisch schob sich das breite Kinn etwas vor, und um den Mund lag ein Zug, der von festem Willen zeugte. Doras Augen wurden durch diese Erscheinung gefesselt. Es war sonst nicht ihre Art, aber dieser fremde junge Mann forderte beim ersten Blick ihre Aufmerksamkeit. Das schien übrigens auf Gegenseitigkeit zu beruhen. Der Fremde stutzte bei Doras Anblick und sah ihr scharf und forschend entgegen.

Während sie sich einander so näherten, kam zwischen ihnen ein kleines Mädchen zu Fall, das mit einem Ball spielte. Zur selben Zeit beugten sich die beiden jungen Menschen hinab, um dem weinenden Kind aufzuhelfen. Dabei berührten sich ihre Hände, und als die Kleine durch eine hastige Bewegung dem jungen Mann den Hut vom Kopf streifte, fing Dora diesen Hut auf und reichte ihn dem Fremden.

Sie mußten sich unwillkürlich dabei anlachen. Dora tröstete das kleine Mädchen, der Fremde holte ihm den Ball herbei und sprach ihm auch mit einer sehr warm und herzlich klingenden Stimme zu. Und als die Kleine, schnell getröstet, wieder davonsprang, zog der Fremde artig vor Dora den Hut und ging langsam weiter.

In diesem Augenblick war, unbemerkt von den beiden Samaritern, eine junge Dame herbeigekommen. Es war eine Schulfreundin Doras. Sie rief diese lachend an.

»Ei, Dora, du spielst wohl hier Kinderwärterin!«

Der Fremde warf bei diesen Worten noch einen schnellen Blick zu Dora zurück, und dieser Blick traf in Doras Augen, die ihrerseits dem Fremden nachgesehen hatte. Er merkte, daß sie leicht errötete und sich nun rasch abwandte, der jungen Dame zu. Zögernd ging er weiter.

Dora erklärte der Schulfreundin die Sache, aber sie sah dabei doch wieder hinter dem Fremden her, dessen hohe, schlanke Gestalt jetzt hinter einer Gebüschgruppe verschwand. Die Art seiner Aussprache hatte ihr, trotz des tadellosen Deutsch, verraten, daß er ein Ausländer war, und auch die Art seiner Kleidung bestätigte das.

Sie sprach noch einige Worte mit der jungen Dame und verabschiedete sich dann, ahnungslos, daß der Fremde hinter der Gebüschgruppe stehengeblieben war und sie durch eine Lücke in dieser beobachtete.

Als Dora dann weiterging, kehrte er kurz entschlossen um und folgte ihr in einiger Entfernung. Er tat das zögernd, wie von einem drängenden Entschluß getrieben. Dora hatte sichtlich einen starken Eindruck auf ihn gemacht.

Nach kaum fünf Minuten hatte Dora das Haus erreicht, in dem sich Rainas künftige Wohnung befand. Es war ein hübsches, villenartiges Gebäude, nur aus Erdgeschoß und erstem Stock bestehend. Im Erdgeschoß wohnte die Besitzerin, die Witwe Hermine Gorlitz; der erste Stock, aus sechs Zimmern bestehend, war für das junge Paar gemietet und ausgestattet worden. Das Gebäude lag in einem mäßig großen Garten, und als Dora durch diesen im Haus verschwunden war, ging

99

der Fremde langsam vorüber, so langsam, daß er feststellen konnte, daß auf dem blanken Messingschild neben dem Gartentor der Name Hermine Gorlitz und über diesem die Hausnummer fünf zu lesen war.

Nun ging er weiter und durchkreuzte planlos einige Straßen. Schließlich zog es ihn doch noch einmal nach dem Haus zurück, in dem die schöne, junge Dame verschwunden war. Sichtlich war er bemüht, ihre Spur nicht zu verlieren. Als er an dem Haus vorüberging, fügte es ein günstiger Zufall, daß Dora gerade oben auf den Balkon heraustrat und einen großen Fliederstrauß in eine Vase steckte, die auf einem Tischchen vor einer Korbmöbelgruppe stand.

Mit einem aufleuchtenden Blick umfaßte der junge Mann das anmutige Bild, und sein Auge schien eine geheime Anziehungskraft zu besitzen. Dora wandte sich um und blickte hinab auf die Straße. Da sah sie den Fremden, der zu ihr emporschaute. Ehe sich dieser entschließen konnte, ob er hinaufgrüßen sollte oder nicht, war Dora schon errötend in das Zimmer zurückgetreten. Der Fremde ging nun schnell davon.

›Ich werde morgen wiederkommen und zu erfahren suchen, wer die schöne, junge Dame ist‹, dachte er.

Dora aber stand hinter der Gardine am Fenster und sah ihm nach, bis er verschwunden war. Ihr Herz klopfte dabei so unruhig, als habe sie etwas Besonderes erlebt.

Und doch war es ganz sicher nicht zum ersten Mal, daß sie in dieser Weise bewundert worden war.

Während Dora nun Rainas Wohnung mit Blumen schmückte und hier und da noch ordnend und verschönernd Hand anlegte in dem hübsch ausgestatteten Heim, folgten ihre Gedanken noch immer dem Fremden. Sie wurde erst abgelenkt, als plötzlich draußen auf der Diele ein sporenklirrender Schritt laut wurde und gleich darauf Arnulf von Reckenberg auf der Schwelle des Zimmers stand.

Dora war gerade dabei, einige Lieblingsbücher Rainas auf ein Tischchen zu legen.

Arnulfs Augen leuchteten auf, als er Dora erblickte.

»Ah, das nenne ich Glück, mein gnädiges Fräulein! Ich finde in meinem künftigen Heim die holde Fee, die es mit ihrem Zauberstab berührt, damit es mich festhält«, sagte er, bewundernd auf das schöne Mädchen blickend.

In Doras Augen blitzte es schelmisch auf.

»Das Festhalten überlasse ich Raina, und wenn ich hier einige Verschönerungsversuche vorgenommen habe, so gelten diese natürlich Rainas zukünftigem Heim, nicht dem Ihren.«

Vorwurfsvoll sah er sie an. »Warum wollen Sie mich so grausam ausschließen?«

»Ich wollte nur einen Irrtum richtigstellen, Herr von Reckenberg. Sie wissen doch, daß ich nur Rainas wegen hier bin.«

Er glaubte das nicht, weil er hoffte, daß Doras Sorgsamkeit auch ihm zugute kommen sollte. Und als er sie nun so vor sich sah in ihrer jugendfrischen Schönheit, da war ein tiefes Bedauern in ihm, daß er als Majoratserbe von Reckenberg gezwungen war, eine Frau heimzuführen, die eine entsprechende Ahnenzahl besaß. Wieviel lieber hätte er morgen mit Dora hier seinen Einzug gehalten, als mit Raina!

Er nahm die Bücher auf, die sie auf den Tisch gelegt hatte. Und es blitzte in seien Augen auf. Diese Bücher konnte Dora unmöglich Rainas wegen hierhergelegt haben. Das war Leitstoff für einen reifen Geist, aber nicht für die geistesträge, unbegabte Raina. Und eines dieser Bücher hatte er, das wußte er ganz genau, neulich im Gespräche mit Dora als sein Lieblingsbuch bezeichnet.

»Mein gnädiges Fräulein — haben Sie diese Bücher auch für Raina hiehergelegt?« fragte er, seinen Blick tief in ihre Augen senkend.

Sie hielt seinen Blick ruhig aus: »Ja, Herr von Reckenberg.«

Er lächelte in mitleidigem Spott: »Die arme Raina — sie würde sich mit so schwerer Lektüre schauderhaft quälen.«

Nun zuckte es fast übermutig in Doras Gesicht: »Sie irren, Herr von Reckenberg. Dies alles sind Lieblingsbücher von Raina, die sie schon oft gelesen hat und in denen sie immer wieder sehr gern liest.«

Er lachte ungläubig: »Aber mein gnädiges Fräulein, Sie belieben zu scherzen! Das weiß ich nun besser. Eine solche Lektüre ist Raina total unverständlich.«

Sie sah ihn seltsam an. »Meinen Sie? Nun vielleicht unterhalten Sie sich gelegentlich einmal mit Raina über diese Bücher. Dann erleben Sie vielleicht eine Überraschung.«

Er glaubte nur, sie wolle ihn irreführen. Und als er seinen Blick umherschweifen ließ, sah er die blumengeschmückten Vasen.

»Ah — auch Blumenschmuck hat die gütige Fee mit ihren schönen Händen ausgestreut! Dafür wenigstens darf ich Ihnen doch danken — natürlich zugleich in Rainas Namen?«

Ihr Blick war noch rätselhafter als zuvor. »Nun ja, das will ich Ihnen großmütig gestatten. Aber ich bin nun fertig hier und will mich entfernen.«

»O wie schade!« sagte Arnulf zu Dora. »Schon fertig? Ich hoffte, ich dürfte Ihre Gesellschaft noch ein Weilchen genießen. Offen gestanden, kam ich in der Hoffnung hierher, Sie zu treffen.«

Sie sah ihn jetzt wieder groß und ernst an. »Haben Sie mir etwas zu sagen, Herr von Reckenberg?«

Er seufzte tief auf: »Ach, zu sagen hätte ich Ihnen viel — sehr viel! Aber ich darf es nicht tun! Sie würden mir zürnen, und dann würden Sie vielleicht nie mehr hierherkommen.«

Sie richtete sich auf: »Dann sprechen Sie lieber nicht, Herr von Reckenberg; denn ich möchte nicht gezwungen werden Raina zu meiden. Sie wissen doch, daß Raina meine einzige Freudin ist, die ich sehr liebe.«

»Ist das wirklich wahr — kein Vorwand?«

»Wie meinen Sie das?«

»Ich meine, Raina kann Ihnen unmöglich etwas sein.«

Sie atmete tief auf.

»Raina ist mir viel — sehr viel! Und wir sind einander echte, rechte Freudinnen. Und — sie ver-

103

traut mir, fest und schrankenlos, wie sie auch Ihnen muß vertrauen können.«

Er machte eine ungeduldige Bewegung. »Wenn ich nur verstehen könnte, was Sie, ein so hochgeistiges und lebenswarmes Geschöpf, an Raina fesselt!«

Sie strich wie liebkosend über die Lehne eines Sessels, der mit dem Tischchen, auf dem die Bücher lagen, eine gemütliche Leseecke bildete. Und dann sagte sie ernst und warm:

»Oh, Sie werden es schon noch verstehen lernen, Herr von Reckenberg! Ich fürchte, Sie haben sich noch wenig Zeit genommen, Rainas vollen Wert zu ergründen, obwohl sie morgen Ihre Gattin wird. Männer sind manchmal blind. Ich hoffe, daß Sie recht bald sehend werden. Und wenn Sie eines Tages verstehen werden, was mir Rainas Freundschaft so wertvoll macht und wie sehr sie die meine verdient — dann sagen Sie es mir offen und ehrlich. Wollen Sie mir das versprechen?«

Er verstand ihre Erregung nicht und trat dicht vor sie hin. »Wenn Sie mir dafür ein anderes Versprechen geben«, sagte er rasch.

»Welches?«

»Daß ich Sie recht oft als Gast unseres Hauses betrachten darf.«

Sie sah jetzt wieder schelmisch lächelnd zu ihm auf. »Das will ich gern versprechen. Aber in der Regel pflegen junge Eheleute über Besuche wenig erfreut zu sein.«

Er machte eine hastige abwehrende Bewegung. »Bei uns brauchen Sie das nie zu fürchten. Ich werde Ihnen immer dankbar sein, wenn Sie uns Ihre Gesellschaft schenken. Raina natürlich auch.«

104

»Zur Sicherheit werde ich warten, bis Raina mir sagt, daß ihr meine Besuche willkommen sind.«

Er faßte ihre Hand und preßte sie an seine Lippen.

»Mein gnädiges Fräulein, wenn ich Ihnen doch sagen dürfte, was ich in meiner Brust verschließen muß. Zuweilen habe ich das Empfinden, daß Sie mich ohne Worte verstehen. Wollen Sie mir nicht sagen, ob es so ist«, bat er dringend.

Eine Weile zögerte Dora. Noch war es nicht geraten, Arnulf von Reckenberg zu zeigen, daß sie nur mit ihm gespielt hatte. Sie mußte die kleine Komödie noch kurze Zeit fortsetzen. Mit einem vollen und doch rätselhaften Blick sah sie ihn an. »Wenn es so wäre − dann dürfte ich es Ihnen gewiß nicht sagen.«

Wieder preßte er seine Lippen heiß und erregt auf ihre Hand. »Was kann ich tun, um Ihre Gunst, Ihr Wohlwollen zu erhalten?« fragte er mit verhaltener Stimme.

Mit einem seltenen Blick sah sie in sein erregtes Gesicht. »Versuchen Sie, Raina glücklich zu machen, versuchen Sie, ihr Gerechtigkeit widerfahren zu lassen. Ich möchte so gern gut und groß von Ihnen denken dürfen, Herr von Reckenberg; es würde mich froh und glücklich machen. Aber das kann ich nicht, wenn ich sehe, wie wenig Sie sich bemühen, Raina ein Schutz und ein Hort zu sein. Haben Sie wohl schon einmal darüber nachgedacht, in welch unglücklichen Verhältnissen Ihre Braut bisher vegetieren mußte?«

Er sah sie unbehaglich an. Was sie sagte, war so gar nicht nach seinem Wunsch. Und doch machte

105

es auf ihn tiefen Eindruck, daß Dora groß und gut von ihm denken wollte.

»Mein gnädiges Fräulein, ich weiß nicht recht, was ich zu alledem sagen soll. Ich —«

»Sie brauchen nichts, gar nichts dazu zu sagen. Aber vielleicht denken Sie einmal über meine Worte nach.«

Arnulf biß sich auf die Lippen und strich sich über die Stirn. In all seiner sieghaften Männlichkeit, rank und schlank, eine prachtvolle, bezwingende Erscheinung in seiner glänzenden Uniform, stand er vor ihr und fühlte doch, daß es nicht so einfach war, ein Mädchen wie Dora zu besiegen. Seine Augen hefteten sich brennend auf ihr schönes, ernstes Gesicht. Aber seine leichtfertigen Eroberergefühle wollten nicht standhalten vor ihren großen, ernsten und doch so gütigen Augen. Zum erstenmal zwang ihm eine junge Dame, um deren Gunst er sich bewarb, Hochachtung und Verehrung ab. Dies Gefühl war ihm fast unbequem, es paßte gar nicht in seine nach Zerstreuung und Ablenkung suchende Stimmung. Und doch fesselte ihn Dora mehr denn je.

›Mit einer Frau wie Dora Planitz hätte ich vielleicht eine sehr glückliche Ehe führen können‹, dachte er. Und in seinem Herzen erwachte im verstärkten Maße eine unbestimmte Sehnsucht, die ihn schon oft beschlichen hatte, wenn er einmal Einkehr bei sich selbst hielt, die Sehnsucht nach einer starken, reinen, erlösenden Frauenliebe, die in der Brust eines jeden echten Mannes schlummert, bis er sie gefunden hat.

Dora sah es seltsam in seinem Anblick zucken,

106

und es fiel ihr auf, daß seine Augen jetzt einen anderen Ausdruck bekamen.

Eine Antwort fand er jetzt nicht, er sah sie nur bittend an und hielt ihr seine Hand hin. Sie legte die ihre hinein. »Wir wollen gute Freunde sein Herr von Reckenberg!«

Er atmete auf: »Gute Freunde? Glauben Sie an eine Freundschaft zwischen Mann und Frau?« fragte er zögernd.

Klar und offen blickte sie ihn an: »In besonderen Fällen gewiß! Und ich hoffe, daß in Zukunft eine echte, rechte Freundschaft zwischen uns sein wird. Der Gedanke an Raina wird uns dazu helfen.«

Er richtete sich straff auf. Der Gedanke an Raina ernüchterte ihn nur. Er wollte etwas sagen, preßte aber die Lippen zusammen, um das schnelle Wort zurückzudrängen, das sein Empfinden zum Ausdruck gebracht hätte. Ein Blick in Doras reine stolze Augen schloß ihm den Mund.

Er zog ihre Hand an seine Lippen. »Mein gnädiges Fräulein, manchmal ist man nicht Herr über seine Stimmung, und ich bin heute ein wenig aus dem Gleichgewicht. Da mir das Schicksal nicht gestattet, Sie um ein anderes Gefühl für mich zu bitten, so nehme ich dankbar die mir gebotene Freundschaft an. Ich will sie zu verdienen suchen.«

Freundlich, voll echter Güte sah sie ihn an. »Sie werden sie verdienen, dessen bin ich ganz sicher. Und ich freue mich schon auf die Stunden, die ich hier mit Raina und Ihnen verplaudern darf. Wir wollen uns rechte Mühe geben, Ihnen jede andere Gesellschaft zu ersetzen — Raina und ich!«

Er lächelte: »Sie übernehmen Versprechungen für meine Braut; glauben Sie, daß Raina sehr unterhaltend sein wird?«

Sie nickte munter: »Raina wird dies Versprechen einlösen, und Sie werden staunen, wie reizend sie zu plaudern versteht, wenn man ihre Scheu besiegt hat. Aber nun muß ich mich beeilen. Ich habe noch Vorbereitungen für Ihren Polterabend zu treffen. Heute abend also auf Wiedersehen in Buchenau.«

»Sie müssen gestatten, daß ich Sie begleite, mein gnädiges Fräulein.«

»Nun gut, wenn Sie nichts anderes vorhaben, so kommen Sie.«

An Arnulfs Seite trat sie gleich darauf aus dem Haus. Sie gingen nebeneinander den kurzen Weg bis zur Villa Planitz und plauderten von Alltäglichem. Am Gartentor verabschiedeten sie sich mit einem warmen Händedruck.

Als Dora nach Hause kam, hatte sie sich rasch umgekleidet, und nun wußte sie nicht recht, was sie mit ihrer Zeit anfangen sollte. Sonst hatte sie jede freie Stunde über ihrem Roman gesessen, diese liebgewordene Beschäftigung fehlte ihr nun, und sie fühlte die Leere, die sie in diesem Haus umgab, wie einen körperlichen Schmerz.

Eine Weile ging sie im Garten umher, und dabei dachte sie an Arnulf und Raina. Wenn diese beiden Menschen sich, wie sie hoffte, in Liebe fanden, dann würde sie Raina nicht mehr so notwendig sein wie bisher. Dann würde sie abseits stehen vom Glück der Freundin. So, wie ihr die liebgewordene Arbeit an ihrem Roman fehlte, so würden ihr auch die Stunden fehlen, da sie aus der kleinen, schüchternen, unbeholfenen Raina einen fertigen Menschen gebildet hatte. Sie mußte sich dann nach einer anderen Aufgabe umsehen.

›Ich werde mich bald mit einem zweiten Roman beschäftigen‹, dachte sie.

Und dann waren plötzlich ihre Gedanken wieder bei dem jungen Fremden, der ihr heute begegnet war und der dann an Rainas Wohnung vorüberging.

›War das Zufall oder Absicht?‹ fragte sie sich.

Im Geiste hörte sie wieder seine warme, weiche Stimme mit dem fremdartigen Tonfall und sah sein ausdrucksvolles, energisches Gesicht vor sich.

Sie konnte den Gedanken an ihn nicht wieder loswerden.

Das quälte sie fast, weil es ihr unangenehm war, daß ein fremder Mann ihr Interesse so sehr in Anspruch nahm. Und doch war ein Gefühl des Bedauerns in ihr, daß die Begegnung so flüchtig gewesen war und daß sie ihn wohl nie wiedersehen würde. Langsam ging sie ins Haus zurück und wollte ihre Mutter aufsuchen. Es tat ihr nun doch leid, daß sie heute morgen so schroff gegen sie gewesen war. Sie hätte sich überhaupt mit der Mutter gern auf einen besseren Standpunkt gestellt, aber es lag nicht an ihr allein, wenn das nicht möglich war. Heute glaubte sie aber zu schroff gewesen zu sein, und deshalb wollte sie jetzt zu ihr gehen und es gutzumachen suchen. Aber die Mutter war, wie sie von dem Diener hör-

109

te, ausgefahren und wollte erst zur Besuchsstunde zurück sein.

Dora schritt langsam durch die Parterräume. Sie waren alle sehr kostbar ausgestattet. Ihr Blick glitt über die etwas zu reichlich aufgestellten Kunstgegenstände und Nippes. Ihrem feinen Geschmack schien der Prunk, der sie umgab, überladen. Aber ihr Stiefvater konnte sich nicht genug tun, um in seiner Umgebung seinen Reichtum zu betonen, und auch ihre Mutter hatte viel übrig für übergroßen Glanz.

Vor dem kostbaren Flügel im Musikzimmer blieb sie eine Weile gedankenverloren stehen. Dann setzte sie sich nieder und ließ die Finger über die Tasten gleiten. Eine weiche, träumerische Melodie glitt unter ihren Fingern hervor, und es war, als zauberten ihr diese Töne ein Bild vor.

Sie schrak auf aus ihren Sinnen. Da war sie wahrhaftig schon wieder bei dem fremden jungen Mann! Ärgerlich über sich selbst, schlug sie mit voller Kraft einen Schlußakkord an und erhob sich.

›Was tue ich nur? Dieser Tag wird mir endlos lang werden‹, dachte sie und nahm die Wanderung durch die Zimmer wieder auf. Gerade, als sie das große Empfangszimmer betrat kam ein Diener herein und reichte ihr auf dem Tablett eine Visitenkarte. Zerstreut nahm sie dieselbe auf. »Frank Marlow«. So stand auf der Karte, ganz schlicht dieser Name. Sie erinnerte sich, daß ihr Stiefvater heute morgen den Namen Marlow genannt hatte. Das war also der Sohn des kalifornischen Geschäftsfreundes, dem der Kommerzienrat

110

den Kreis seiner »aristokratischen Freunde« er-
schließen wollte. Dora wollte ihn erst abweisen,
weil ihre Mutter noch nicht da war. Aber dann
überlegte sie, daß diese jeden Augenblick nach
Hause kommen mußte und daß der Stiefvater gesagt hatte, der junge Mann solle freundlich empfangen werden. Da Dora außerdem Langeweile
hatte, entschloß sie sich, das zu tun.

»Melden Sie meiner Mutter bei ihrer Heimkehr
sofort, daß Herr Marlow hier ist, und lassen Sie
ihn jetzt eintreten.«

Dora blieb mitten im Zimmer stehen in Erwartung des Besuchers. Die Tür öffnete sich, und auf
der Schwelle erschien — der junge Fremde, der
Dora heute schon begegnet war!

Einen Augenblick standen die beiden jungen
Menschen einander in sprachloser Überraschung
gegenüber.

Erstaunt, als traue er seinen Augen nicht, sah
Frank auf Dora, in deren Antlitz helle Röte gestie-
gen war bei seinem Anblick.

Noch nicht ganz Herr über sich selbst, ging er
endlich einige Schritte vorwärts und sagte mit einer vor Erregung bebenden Stimme:

»Sie — Sie, mein gnädiges Fräulein —, Sie sind
Dora Lind?«

Dora zuckte betroffen zusammen, als er diesen
Namen aussprach. Alles Blut wich aus ihrem Gesicht, und ihre Augen weiteten sich. Mit vorge-
streckten Händen trat sie ganz nahe an den jungen Mann heran.

»Was nannten Sie da für einen Namen, mein
Herr? Sagten Sie nicht Dora Lind?«

Frank Marlow richtete sich nun, wie sich besinnend, empor. In seine Stirn, die etwas heller war als das bronzefarbige Gesicht stieg die Röte der Verlegenheit. Dabei ließ sein Blick aber nicht von dem schönen, blassen Gesicht der jungen Dame.

»Ja — allerdings, diesen Namen nannte ich. Es ist doch der Ihre, mein gnädiges Fräulein?«

Dora stützte sich auf die Lehne eines Sessels.

»Wer sagte Ihnen, daß ich so heiße?« fragte sie mit bebender Stimme. Daß sie von diesem fremden jungen Mann mit dem Namen angeredet wurde, den man ihr verheimlicht und unterschlagen hatte, erschien ihr so seltsam und unbegreiflich, daß sie nicht wußte, was sie davon denken sollte.

Frank Marlow wurde noch verlegener.

»Wer mir das sagte — vermutlich der Diener, der mich hieherführte«, sagte er hastig.

Sie schüttelte heftig den Kopf und sah ihn mit brennenden Augen an. »Das ist ganz bestimmt ein Irrtum. Der Diener hat Ihnen diesen Namen ganz sicher nicht genannt; denn niemand in diesem Haus nennt mich so. Hier heiße ich Dora Planitz, und noch nie hat mich jemand Dora Lind genannt. Das wird Ihnen meine Überraschung erklären, und ich muß Sie nochmals fragen, wer Ihnen sagte, daß ich diesen Namen führe.«

Unschlüssig und sichtlich betreten sah der junge Mann in ihr Gesicht. Aber dann warf er seine Verlegenheit entschieden von sich. Er richtete sich straff empor.

»Ich sehe zu meinem großen Bedauern, mein gnädiges Fräulein, daß ich mich in meiner Überraschung, Sie hier zu sehen, sehr ungeschickt benommen und bei Ihnen eingeführt habe. Ich weiß nicht, ob Sie sich erinnern, daß wir heute morgen schon einmal zusammengetroffen sind.«

Sie neigte den Kopf, und die Farbe kam wieder in ihr Antlitz. »Ja — ich erinnere mich«, sagte sie leise.

Seine Augen leuchteten auf, so freudig, daß sie dieser Blick bis ins Herz traf. »Das freut mich — freut mich sehr! Ich sah Sie nachher auf dem Balkon eines Hauses und glaubte, das sei Ihre Wohnung. Und als sie nun hier plötzlich als Tochter des Hauses vor mir standen, war ich so überrascht, daß ich eine Unklugheit beging. Freilich konnte ich nicht ahnen, daß Sie diesen Namen sonst nicht führen. Ich hätte ihn nicht nennen dürfen, hätte nicht verraten dürfen, daß er mir bekannt ist. Aber da es nun einmal geschehen ist, bitte ich Sie, nicht weiter in mich zu dringen, woher ich diesen Namen kenne. Vielleicht ist es mir später vergönnt, Ihnen alles zu erklären. Jetzt bitte ich ergebenst darum, schweigen zu dürfen. Ich müßte sonst ein gegebenes Wort brechen.«

Dora strich sich wie im Traum über die Stirn. Es berührte sie ganz wunderbar, daß gerade dieser Mann sie zum erstenmal bei ihrem rechten Namen nannte.

»Ich will Sie natürlich nicht verleiten, ein gegebenes Wort zu brechen. Aber Sie können schwerlich ermessen, wie es auf mich wirken mußte, daß Sie mich Dora Lind nannten. Es ist das erstemal, daß ich so genannt wurde, denn ich heiße hier für alle Welt Dora Planitz. Daß ich auf einen

113

anderen Namen Anrecht habe, erfuhr ich nur unter strengster Verschwiegenheit von einer alten Dienerin. Niemand außer ihr weiß, daß ich meinen richtigen Namen kenne. Das gebe ich ihnen zu bedenken. Meine Eltern wollen aus irgendeinem Grund nicht, daß ich davon weiß. Ich sage Ihnen das, damit Sie nicht meinen Eltern gegenüber in eine ähnliche Lage kommen, wie jetzt mir gegenüber.«

Frank Marlow verneigte sich tief aufatmend. »Ich danke Ihnen für diese Mahnung, mein gnädiges Fräulein. Sie ist mir sehr wertvoll, und ich werde sie beherzigen. Es ist mir sehr peinlich, daß mir der Name entschlüpft ist, aber noch peinlicher wäre es mir in Gegenwart Ihrer Eltern gewesen, da es ein Geheimnis bleiben soll. Davon hatte ich keine Ahnung. Ich glaubte, wie ich schon sagte, daß Sie auch hier Dora Lind heißen.«

Die junge Dame schüttelte den Kopf. »Nein, Kommerzienrat Planitz hat mich adoptiert und mir seinen Namen aufgezwungen«, sagte sie hart und schwer, und ein herber Zug legte sich um ihren Mund.

Frank Marlow sah mit warmem Interesse und großer Teilnahme in ihre Augen, so daß sie sich seltsam von ihm angezogen fühlte.

Brennend gern hätte sie gewußt, wie es kam, daß er ihren Namen kannte. Das erschien ihr so eigenartig, daß sie es nicht fassen konnte.

Frank Marlow schwieg eine Weile. Es war, als kämpfe er mit sich, als überlege er, was er ihr sagen sollte. Wie gern hätte er ihr reinen Wein eingeschenkt. Aber er konnte diesem Wunsch nicht nachgeben, weil er nicht von dem sprechen durfte, was ihn in dieses Haus führte.

Endlich sagte er, sie mit ernstem Blick ansehend: »So haben wir also, kaum, daß wir uns kennengelernt haben, ein kleines Geheimnis miteinander. Halten Sie es, bitte, nicht für zu kühn, wenn ich Ihnen sage, daß dieser Gedanke etwas sehr Liebes für mich hat. Mir ist nicht zumute, als sähe ich Sie heute zum erstenmal, denn ich habe schon sehr viel von Ihnen gehört — kenne gewissermaßen Ihr ganzes Leben, soweit es Äußerlichkeiten betrifft. Aber auch das muß unter uns bleiben.«

Sie sah ihn fassungslos erstaunt an. »Wie ist das nur möglich? Soviel ich weiß, kommen Sie aus einem fernen Weltteil. Ich habe von Ihnen bis heute nichts gesehen und gehört. Und nun treten Sie plötzlich in mein Leben in einer ganz seltsamen Art, nennen mich mit einem Namen, den außer mir nur meine Eltern und eine alte Dienerin kennen. Sie werden verstehen, daß mir das unbegreiflich ist.«

Bittend sah er sie mit einem so guten, warmen und offenen Blick an, daß sie meinte, diesem Mann ihr unbeschränktes Vertrauen schenken zu können.

»Ich flehe Sie an, mein gnädiges Fräulein — grübeln Sie nicht über das alles nach! Die rechte Erklärung finden Sie doch nicht.«

Sie atmete gepreßt. »Ich werde aber darüber nachgrübeln müssen, ob ich will oder nicht. Ihr Herr Vater und Kommerzienrat Planitz stehen in reger geschäftlicher Verbindung. Ich kann mir

115

aber nicht denken, daß mein Stiefvater Ihrem Vater über mich irgendwelche Mitteilungen gemacht hat. Alfo wie haben Sie sonst etwas von mir erfahren können?«

Frank Marlow lächelte. Es war ein gutes, warmes Lächeln.

»Nochmals bitte ich Sie, grübeln Sie nicht. Durch den Herrn Kommerzienrat erfuhren wir sicher nichts über Sie. Er darf auch nicht wissen, daß wir etwas über Sie wußten.«

Sie preßte die Hände an die Schläfen. »Das steht wie eine dunkle, undurchdringliche Wand vor mir. Werde ich niemals erfahren, was Sie mir jetzt verschweigen wollen?«

Er zögerte. »Verschweigen müssen, mein gnädiges Fräulein! Aber ich denke, es wird Ihnen alles erklärt werden – wenn nicht durch mich, dann durch eine andere Person –, dieselbe, der ich mein Wort verpfändete, zu schweigen. Wenn Sie mir eine sehr indiskrete Frage beantworten würden, könnte ich Ihnen heute schon mit Bestimmtheit sagen, ob Ihnen dies Geheimnis gelöst wird.«

»So fragen Sie«, forderte sie rasch.

»Sie dürfen mich aber nicht für unangebracht neugierig halten.«

»Nein, nein, das brauchen Sie nicht zu fürchten. Mein Gefühl sagt mir, daß Sie mir nicht in feindlicher Absicht gegenüberstehen und daß ich Ihnen vertrauen kann.«

Seine Augen strahlten so froh und sonnig in die ihren, daß ihr ganz warm ums Herz wurde.

»Ich danke Ihnen für dieses gute Wort, und Gott weiß, daß ich in bester Absicht hier vor Ihnen stehe. Ihr Vertrauen ehrt mich, und Sie sollen nie bereuen, daß Sie es mir geschenkt haben. Auch ich vertraue Ihnen rückhaltlos, und deshalb kann ich Ihnen sagen, daß ich nur unter einem gleichgültigen Vorwand in dieses Haus kam. Der Hauptgrund meines Hierseins ist, zu ermitteln, ob Sie sich glücklich fühlen, so glücklich, daß Sie sich noch nie hinausgesehnt haben in andere Verhältnisse. Ich sollte das diplomatisch ergründen. Aber mein erster Schritt war schon ein Fehlgriff — ich habe keine andere Entschuldigung, als daß ich ahnungslos war, daß Sie einen anderen Namen als den Ihren führen. Nun sehe ich mein Heil und meine Hoffnung auf Erfolg nur in dem Umstand, daß ich Sie offen selbst darum frage, und dann, wenn Sie mir die Frage beantwortet haben, kann ich Ihnen auch sagen, ob Sie eine volle Erklärung alles Unbegreiflichen erhalten werden. Also bitte, sagen Sie mir: Sind Sie ganz glücklich und zufrieden in diesem Haus, so daß Sie keinerlei Veränderung Ihrer Verhältnisse für wünschenswert halten?«

Doras Augen weiteten sich. Sie sah ihn eine Weile forschend an. Dann atmete sie auf und zeigte auf einen Sessel.

»Bitte, lassen Sie uns Platz nehmen — ich vergaß —«

Sie setzten sich nieder. Dann fuhr Dora fort: »Wenn ein anderer Mensch nach so kurzer Bekanntschaft diese Frage an mich gerichtet hätte, wäre ich ihm ganz sicher die Antwort schuldig geblieben. Aber Ihnen gegenüber ist es mir wie ein Zwang, daß ich Ihnen antworten muß. Mir ist,

117

als bestehe zwischen uns irgendein geheimnisvoller Zusammenhang.

Und ich halte Sie für einen guten Menschen. Sie sprachen heute morgen so lieb mit einem kleinen Mädchen und trösteten es so herzlich. Ob ich recht und klug handle, wenn ich mich Ihnen anvertraue, weiß ich nicht. Ich weiß nur, daß ich es tun muß, entgegen meiner sonstigen Zurückhaltung. Also: Nein, ich bin nicht glücklich in diesem Haus, war es nie und werde es nie sein! Schon als Kind fühlte ich mich hier bedrückt und unfroh, und als ich ein denkender Mensch geworden war, wurde das noch viel schlimmer. Mir war oft zumute, als ziehe mich eine geheimnisvolle Macht in eine unbegrenzte Ferne. Ich quälte mich unsagbar damit, daß ich gegen den Mann, den ich für meinen Vater hielt, eine fast krankhafte Abneigung empfand, die sich von Jahr zu Jahr verstärkte. Auch meine Mutter stand mir nie so nahe, daß ich mich in meiner inneren Not hätte zu ihr flüchten können. Ich war in einer schlimmen Gemütsverfassung; denn ich bin stets bemüht gewesen, mir Rechenschaft über mich zu geben.

Schließlich flüchtete ich mit meiner Qual zu meiner alten, treuen Dienerin Christine, die mich herzlich liebt. Und da erfuhr ich, daß der Kommerzienrat nicht mein Vater ist, daß mein Vater der erste Gatte meiner Mutter war und bei einer Schiffskatastrophe ums Leben kam. Was ich dabei noch erfuhr, möchte ich für mich behalten. Es befreite mich von meiner Gewissensqual; denn ich wußte nun, daß ich ein Recht hatte, mein Herz vor meinem Stiefvater zu verschließen. Aber froh

118

konnte ich doch nicht werden. Es ist da noch so vieles, was mich drückt und quält. Ich suchte mich damit abzufinden, so gut es ging, aber glücklich war ich hier nie, und wenn mich nicht die Rücksicht auf meine Mutter und meine alte, treue Dienerin hier noch festhielte, dann wäre ich schon längst aus diesem Haus fortgegangen.

So, Herr Marlow, nun habe ich Ihnen Ihre Frage wohl ausführlich genug beantwortet. Um Diskretion brauche ich Sie wohl nicht zu bitten.«

Frank Marlow war sichtlich ergriffen von diesen Ausführungen.

»Nein, gnädiges Fräulein, heißen Dank für Ihr Vertrauen! Und nun kann ich Ihnen bestimmt sagen, daß Sie sehr bald alles erfahren werden, was Ihnen an meiner Sendung geheimnisvoll erscheint. Eigentlich ist sie nun schon erfüllt, und ich hätte nicht nötig, mich noch länger unter allerlei Vorwänden hier aufzuhalten.«

»So wollen Sie schon bald wieder abreisen?« fragte sie hastig.

Er sah sie so seltsam an, daß ihr das Blut ins Gesicht stieg. Dann sagte er halblaut und sichtlich erregt: »Nein, ich werde doch längere Zeit hierbleiben müssen — aber jetzt mehr in meiner eigenen Angelegenheit als in einem übernommenen Auftrag. Jetzt segne ich meine Ungeschicklichkeit; denn sie hat mich schneller zum Ziel geführt als die größte diplomatische Geschicklichkeit. Und — ich bin sehr zufrieden mit mir«, schloß er schalkhaft lächelnd.

Doras Augen blickten aber ernst und groß vor sich hin. »Mir ist zumute, als würde ich mit verbundenen Augen einen unbekannten Weg geführt, und als sei rings um mich her die Luft mit Geheimnissen angefüllt.«

Er beugte sich vor und lächelte ihr beruhigend zu.

»Alle Rätsel werden Ihnen gelöst werden«, sagte Marlow zu Dora Lind, »und ich denke, zu Ihrer vollen Zufriedenheit. Und da ich hoffe, noch recht oft das Vergnügen zu haben, mit Ihnen zusammenzutreffen, bitte ich Sie, mir Ihr Vertrauen, das mich sehr beglückt, nicht zu entziehen. Auch bitte ich Sie, mir den Vorzug zu erweisen, sich meiner zu erinnern, wenn Sie eines Menschen bedürfen, der bereit ist, mit Gut und Blut für Sie einzustehen. Ich versichere Sie, daß ich von dem heißen Wunsch beseelt bin, Ihnen dienen zu dürfen, Ihnen und einem mir sehr teuren Menschen, der mit Ihnen im Zusammenhang steht.«

In Doras stolzen Augen war ein weicher Schimmer, den nur sehr wenig Menschen zu sehen bekamen. Sie sah wieder sehr nachdenklich aus.

»Sollten vielleicht von meines verstorbenen Vaters Seite Verwandte existieren, die sich meiner Mutter fernhielten und doch für mich Interesse haben?« forschte sie.

Mit einem Gefühl der Rührung sah er auf das schöne Mädchen. Nie war ihm ein weibliches Wesen bezaubernder erschienen als Dora Lind. Und hatte sie schon heute morgen, ehe er wußte, wer sie war, einen tiefen Eindruck auf ihn gemacht, so war dieser Eindruck jetzt noch verstärkt durch die Gewißheit, daß sie Dora Lind war — Dora Lind, der im Grunde allein sein Aufenthalt hier galt.

120

»Wenn Sie diese Annahme beruhigt, mein gnädiges Fräulein, dann nehmen Sie an, es sei so, wie Sie vermuten.«

Sie sahen einander an. Und die beiden Augenpaare redeten in einer wunderbaren Sprache. So blieben sie schweigend eine ganze Weile sitzen, und durch diese stumme Augensprache kamen sie sich noch viel näher als durch das, was sie miteinander gesprochen hatten.

Dann hörten sie draußen einen Wagen vorfahren. Dora schrak empor. »Meine Mutter kommt nach Hause, Herr Marlow.«

Auch er richtete sich auf. »So will ich jetzt Abschied nehmen von Dora Lind. Jetzt müssen Sie mir Dora Planitz sein, nicht wahr?«

Sie nickte. »Ja — aber bitte —, nennen Sie mich nie bei diesem Namen, er ist mir verhaßt. Und für einen Menschen, für den ich Dora Lind bin, möchte ich nicht Dora Planitz sein.«

»Es würde mir auch schwerfallen, Sie mit diesem Namen anzureden. Aber ehe wir gestört werden — es könnte sein, daß ich Ihnen etwas von Wichtigkeit zu sagen hätte —, wie kann das ohne Zeugen geschehen?« Sie überlegte einen Augenblick, dann sagte sie hastig:

»In einem solchen Fall richten Sie Ihre Besuche hier so ein, daß Sie eine Viertelstunde vor der üblichen Visitenzeit hier sind. Der Kommerzienrat ist um diese Zeit fast nie zu Hause, und Mama fährt frühmorgens stets aus und kommt erst, wie heute, zur Besuchsstunde zurück. Ich bin aber meist daheim.«

Er verneigte sich, und sie nahmen nun beide ei-

121

ne konventionelle Haltung an und plauderten, wie es Menschen tun, die sich eben erst kennengelernt haben.

Dann trat die Kommerzienrätin ein. Sie sah mit sichtlichem Wohlgefallen auf Frank Marlow. Seine vornehme Erscheinung und sein formvollendetes Auftreten nahmen ihr die Sorge, daß sie es mit einem unkultivierten Hinterwäldler zu tun hatte.

Sie plauderte liebenswürdig in ihrer oberflächlichen Weltdamenmanier mit ihm. Dora saß fast stumm dabei. In ihrer Seele war ein Aufruhr, der sie ganz aus ihrem seelischen Gleichgewicht gebracht hatte. Fast unverwandt ruhten ihre Augen auf Frank Marlows Gesicht. Und es erging ihr seltsam. Wenn seine Augen in die ihren trafen, hatte sie ein köstliches Gefühl des Geborgenseins. Ihr war zumute, als sei mit Frank Marlow das Glück zu ihr gekommen.

Ihre Mutter sah einmal, daß Frank Marlow ihre Tochter mit bewunderndem Blick ansah. Da schickte sie Dora mit einem Auftrag für einige Minuten aus dem Zimmer und sagte, den Instruktionen ihres Mannes folgend, wie beiläufig: »Wir werden Sie natürlich sehr gern mit einigen uns befreundeten Familien bekannt machen, wo Sie auch Verkehr mit jungen Leuten haben können. Meine Tochter, die sich demnächst verloben wird, übernimmt es sicher gern, Sie in einen jugendlichen Kreis einzuführen.«

Frank Marlow hatte sich in der Gewalt, aber ein wenig zuckte es doch in seinem Gesicht, und im Herzen spürte er ein schmerzhaftes Gefühl. Ihm war, als verschwinde alles Warme und

122

Sonnige aus seinem Leben. Aber mit einer großen, inneren Unruhe sah er Dora entgegen, als sie nach wenigen Minuten zurückkam. Sie bemerkte einen fremden, forschenden Blick in seinen Augen, und da fiel ihr plötzlich ein, daß der Kommerzienrat ihrer Mutter geboten hatte, Frank Marlow einen Wink zu geben, daß sie für ihn nicht zu haben sei. Sie wußte nun, weshalb die Mutter sie aus dem Zimmer geschickt hatte, und richtete ihre Augen fest und klar auf die seinen.

Es war, als verständen die beiden Augenpaare in deutlicher Sprache miteinander zu reden. Dora sah eine unruhige Frage in Frank Marlows Blick, und so lächelte sie, und in ihren Augen stand für ihn zu lesen: Was du auch gehört haben magst, glaube niemand, nur mir!«

Die Kommerzienrätin plauderte liebenswürdig noch eine Weile mit ihrem Gast und sagte ihm, daß ihr Mann vormittags meist draußen in den Fabriken sei. Er werde untröstlich sein, ihn nicht gesehen zu haben, und deshalb möge doch Herr Marlow, wenn es seine Zeit gestatte, am Nachmittag den Tee mit ihnen nehmen, dann sei ihr Gatte bestimmt zu Hause.

Frank Marlow verneigte sich mit einem raschen, aufleuchtenden Blick zu Dora hinüber.

»Ich werde sehr gern von Ihrer liebenswürdigen Einladung Gebrauch machen, gnädige Frau«, erwiderte er und küßte ihr artig die Hand zum Abschied. Vor Dora verneigte er sich nur.

Die Kommerzienrätin trat, als er gegangen war, an das Fenster und sah ihm nach.

»Ein scharmanter junger Mann, dieser Herr Marlow. So hatte ich ihn mir nicht vorgestellt. Ich möchte sagen, er hat etwas Adeliges in seiner Erscheinung. Findest du nicht auch, Dora?«

Diese fuhr aus ihren Gedanken auf.

»Ja — ich glaube, er sieht gut aus«, sagte sie zerstreut.

Die Mutter lachte.

»Das glaubst du nur? Ach, Dora, mir scheint, du hast Fischblut in den Adern. Auf dich macht nie ein junger Mann Eindruck. Nun, in diesem Fall ist es ja sehr gut.«

Dora wandte plötzlich der Mutter das Gesicht zu und sah sie forschend an.

»Sicher hast du ihm schon den bewußten diplomatischen Wink gegeben, daß ich nicht für ihn zu haben bin«, sagte sie entschieden ein wenig spöttisch.

Ihre Mutter wurde ein wenig verlegen, aber dann sagte sie scheinbar gleichmütig: »Ja, das habe ich getan. Er sah dich mit sehr bewundernden Blicken an, und da tut man gut, gleich vorzubeugen. Ich habe es für notwendig gehalten.«

»Und was hast du ihm gesagt?«

»Daß du dich demnächst verloben wirst.«

Doras Stirn zog sich zusammen: »Es war nicht recht, Mama, daß du das getan hast.«

Die Kommerzienrätin zuckte die Achseln. »Mein Gott, Dora, es war ja schließlich keine Unwahrheit. Über kurz oder lang mußt du doch Papas Wunsch erfüllen und dich mit Baron Kranzau verloben. Es wird ja auch Zeit, daß du dich verheiratest. Du wirst bald einundzwanzig Jahre alt

124

sein. Das ist das beste Alter zum Heiraten. Und da dir alle Männer gleichgültig sind, ist es das beste, du erfüllst Papas Wunsch und gibst Baron Kranzau dein Jawort. Er ist doch ein stattlicher, gesunder Mann, und du kommst als seine Frau in die vornehmsten Kreise, wirst vielleicht sogar bei Hofe vorgestellt.«

Dora wollte auffahren und erklären, daß sie niemals ihre Hand ohne ihr Herz verschenken würde und daß sie ganz bestimmt nicht Baronin Kranzau werde. Aber sie hielt dieses Wort zurück und sagte nur ganz ruhig: »Noch hat Baron Kranzau nicht um mich angehalten, und wenn er es tun sollte, dann werde ich seine Werbung so beantworten, wie ich es tun muß nach meinem eigenen Empfinden. Zwingen lasse ich mich zu nichts.«

Frau Helene sah ihre Tochter etwas unsicher an, aber sie hielt es für klug, diesen Gesprächsgegenstand fallenzulassen. Sie hatte ihn nur gestreift, und Doras Entgegnung schien ihr nicht eine direkte Weigerung zu enthalten.

›Sie wird vernünftig sein, wenn man sie gewähren läßt. Man muß sie nur nicht reizen‹, dachte sie; und laut fuhr sie fort:

»Du wirst ja selbst zu der Einsicht kommen, daß Papa nur dein Bestes will.«

VI

Als der Kommerzienrat mittags nach Hause kam, berichtete ihm seine Gattin von Frank Marlows Besuch und schilderte den jungen Mann in sehr günstigen Farben. »Wir werden ihn, wenn es dir recht ist, oft bei uns sehen, Robert. Er ist ein sehr interessanter, hochgebildeter, junger Mann, und man kann sich sehr gut mit ihm unterhalten. Er bringt vielleicht eine neue, interessante Note in unsere etwas eintönige Gesellschaft. Du kannst mir glauben, daß man ihn überall mit offenen Armen aufnehmen wird«, sagte sie lebhaft angeregt.

Der Kommerzienrat lachte. »Du bist ja ganz Feuer und Flamme, Helene. Und unser Töchterchen? Findet sie den jungen Mann auch so interessant?« forschte er scheinbar harmlos, aber doch nicht ohne Hintergedanken.

Doras Gesicht blieb unbewegt, obwohl ihr Herz rebellisch klopfte. Statt ihrer antwortete ihre Mutter.

»Ach, Dora! Du weißt ja, Robert, daß nie ein junger Mann Eindruck auf sie macht. Sie war wieder abweisend und kühl bis ans Herz hinan.«

»Kleine Gletscherjungfrau«, neckte der Kommerzienrat seine Tochter. Sie antwortete nicht.

Der Kommerzienrat achtete nicht weiter darauf. »Er kommt also heute zum Tee?« fragte er.

»Ja. Ich hätte ihn lieber zum Abend gebeten, aber wir sind ja heute zum Polterabend nach Buchenau geladen.«

»Richtig, heute Polterabend und morgen Hochzeit. Na, viel liegt mir nicht an dieser ganzen Schose. Sie kostet mich wieder einen ganzen Arbeitstag.«

»Es lag dir aber doch so viel daran, eine Einladung zu erhalten«, warf Dora ins Gespräch.

Er blinzelte sie schlau an: »Jawohl, Töchterchen, daran lag mir viel. Die ganze aristokratische Gesellschaft ist geladen, und ich wollte dabei sein, wenn ich mir auch kein Vergnügen davon verspreche und lieber meinen Geschäften nachgegangen wäre. Na, vielleicht lassen sich bei dieser Gelegenheit doch noch einige Geschäfte abschließen. Etliche von den Grundbesitzern haben mir ihre Produkte noch nicht vertraglich zugesichert. Vielleicht finde ich sie bei dieser Gelegenheit gefügiger. Ich möchte mir nichts entgehen lassen.«

»Hast du nicht ohnedies in diesem Jahr schon enorme Abschlüsse gemacht?« fragte seine Frau.

Mit schlauem Lächeln nickte der Kommerzienrat. »Ja, ja, Helene, das habe ich, und ich würde das Vierfache aufkaufen, wenn ich es haben könnte.«

»Meinst du denn, daß du für solche Mengen Absatz findest?«

Er kniff die Augen listig zusammen: »Würde ich sonst kaufen? Unbesorgt, liebe Helene, ich weiß, was ich tue, und ich habe eine feine Nase. Ich werde auch dem jungen Marlow eine enorme Bestellung für sein Haus aufgeben und auf sofortige Lieferung dringen. Es ist gut, wenn man mit den maßgebenden Kreisen Fühlung hat, und wenn meine Berechnungen stimmen, verdiene ich in kurzer Zeit ein hübsches Vermögen. Und bisher habe ich mich noch nie verrechnet.«

127

»Was meinst du nur, Robert? Du hast schon so verschiedene Andeutungen gemacht. Hältst du es für möglich, daß wir Krieg bekommen?«

Er schmunzelte: »Nicht neugierig sein, Helene! Und vor allen Dingen reinen Mund halten. Aber du kannst dich freuen, Töchterchen! Wenn meine Vermutungen sich bestätigen, dann wirst du eine noch reichere Erbin als zuvor.«

Dora sah in sein faunisches Gesicht und schauerte zusammen. »Gott mag geben, daß sich deine Vermutungen nicht bestätigen! Es wäre viel besser, du verlörest dein ganzes Vermögen, als daß ein Krieg heraufbeschworen würde«, sagte sie tonlos.

»Na, erlaube mal, mein Töchterchen! Ich rechne bestimmt auf einen frischfröhlichen Krieg; da kommt Geld unter die Leute.«

Doras Gesicht wurde bleich vor Abscheu. »Und die Ströme von Blut, die in einem Krieg vergossen werden, all das Elend und der Jammer, der dadurch heraufbeschworen wird — läßt sich das mit Geld aufwiegen?« fragte sie hart.

Gleichmütig zuckte er die Achseln: »Mit Sentimentalitäten kommt man nicht vorwärts, Töchterchen. Du kannst dich ja ruhig entrüsten über deinen praktischen Vater. Jeder ist sich selbst der Nächste. Mache ich den Profit nicht, macht ihn ein anderer, das ist doch klar. Wenn ein Krieg kommt — ich habe ihn ja nicht herbeigeführt, sondern mache ihn mir nur zunutze. Jetzt kaufe ich billig ein, im Krieg verkaufe ich teuer, das heißt günstige Verhältnisse ausnützen.

Und nun nichts mehr von Geschäften. Im Familienkreis liebe ich das nicht. Draußen in den Fabriken bin ich Geschäftsmann, hier bin ich Familienvater. Aber ich bin heute in freigebiger Stimmung, Töchterchen, kannst dir etwas wünschen — etwas Besonderes. Es kann schon eine fünfstellige Summe kosten.«

»Ich habe keinen Wunsch«, sagte sie mit heiserer Stimme.

Er machte ein ärgerliches Gesicht. »Natürlich, wenn man dir eine Freude machen will, dankst du! Das bin ich ja schon gewöhnt.«

Dora richtete sich plötzlich empor: »Wenn du mir wirklich eine Freude machen willst — einen Wunsch hätte ich«, sagte sie rasch.

Man sah ihm an, daß ihn das freute. »Nun — dann heraus damit, Töchterchen!«

Sie sah ihn fest an: »Bitte, stelle die alte Wendland wieder in deinem Betrieb ein. Sie hat für ihre kranke Tochter und zwei Enkelkinder zu sorgen.«

Sein Gesicht verfinsterte sich: »Torheit! Was gehen dich diese Leute an. Die Wendland hat mir durch ihre Unachtsamkeit für mehrere hundert Mark Konserven verdorben. Sie kann froh sein, daß ich sie nur entlassen und nicht Schadenersatz verlangt habe. Warum achtet sie nicht besser auf ihre Arbeit!«

»Du weißt, daß sie gerade erfahren hatte, daß ihr Schwiegersohn verunglückte.«

»Wahrscheinlich war er betrunken und fiel da von seinem Wagen, der ihm den Brustkasten zerquetschte.«

»Jedenfalls starb er, ob mit oder ohne eigene

129

Schuld, und seine Frau und seine Kinder verloren ihren Ernährer. Als die alte Frau die Unglücksbotschaft erhielt, war sie so fassungslos erschrocken, daß sie eine Weile vergaß, auf ihre Arbeit zu achten.«

»Du bist ja erstaunlich orientiert. Ich kann keine Leute in meinem Betrieb gebrauchen, die ihre Privatgefühle über ihre Arbeit setzen.«

Dora sah ihn groß an: »Es sind doch auch Menschen.«

Er winkte hastig ab: »Unbrauchbare Menschen müssen überall den brauchbaren Platz machen.«

»Du sagtest aber früher einmal, die alte Wendland sei deine tüchtigste und zuverlässigste Arbeiterin.«

Mit einer unwilligen Gebärde schob er seinen Teller zurück. »Ach, laß mich zufrieden und kümmere dich nicht um Sachen, die dich nichts angehen!«

Dora lehnte sich in ihren Sessel zurück: »Ich sollte einen Wunsch äußern — das tat ich. Es liegt in deiner Macht, ihn zu erfüllen oder unerfüllt zu lassen.«

»Solche Wünsche meinte ich nicht.«

»Andere habe ich nicht.«

Er schüttelte den Kopf: »Du bist doch ein sonderbares Geschöpf, Dora! Aber — meinetwegen, wenn es dich nun einmal zufrieden macht: die Wendland soll nächsten Montag wieder anfangen.«

Doras Augen glänzten hell auf: »Ich danke dir.«

Heftig schüttelte er den Kopf. »Nicht nötig. Gern tue ich's nicht. Schlamperei kann ich in mei-

130

nem Betrieb nicht dulden; wo sollte das hinführen? Aber um dir einen Wunsch zu erfüllen, soll sie ihren Posten wiederhaben. Na, und du, Helene? Dir steht natürlich auch ein Wunsch frei. Du hast vielleicht einen kostspieligeren in Bereitschaft?«

Frau Helene machte glänzende, verlangende Augen.

»Ich sah bei Prager im Schaufenster einen aparten Schmuck, ein Kollier mit einem wundervoll eigenartigen Anhänger in Form einer von Blättern umgebenen Weintraube. Die Blätter aus Platin mit Brillantsplittern bedeckt, die Beeren aus rundgeschliffenen Rubinen. Er gefiel mir ausnehmend, und ich fragte nach dem Preis.«

Er lachte laut auf: »Natürlich, du hast ja immer für so etwas Verwendung. Was kostet der Spaß?«

»Fünfzehntausend Mark.«

»Hm — eine teure Weintraube! Aber du sollst sie haben.«

Frau Helene dankte erfreut und reichte ihm die Lippen zum Kuß. Er zog seine Frau verliebt an sich. Dora wandte sich ab. Sie konnte es nie ruhig mit ansehen, wenn ihr Stiefvater die Mutter mit seinen Zärtlichkeiten traktierte.

Frau Helene entwandt sich mit einem lächelnden Seitenblick auf Dora den Armen ihres Gatten. Er blinzelte ihr verstehend zu. Erwachsene Kinder pflegen derartigen Zärtlichkeiten nicht sympathisch gegenüberzustehen.

»Du könntest gleich nach Tisch zu Prager fahren, Dora, und mir das Schmuckstück holen. Ich habe es schon für alle Fälle zurücklegen lassen.

Und da Papa so freigebig ist, möchte ich es gern morgen zum Hochzeitsfest tragen. Es ist sehr eigenartig und schön; jeder wird mich daraufhin ansprechen«, sagte Frau Helene.

»Das will ich gern tun, Mama«, erwiderte Dora.

Der Kommerzienrat füllte einen Scheck über die Summe aus und reichte ihn Dora.

»So Töchterchen, und wenn du was bei Prager findest, was dich reizt, dann kannst du es dir kaufen.«

Dora schüttelte den Kopf. »Ich habe so viel Schmuck, und du weißt, daß ich nicht liebe, welchen zu tragen.«

»Ja, ja, du sagst, es ist unpassend für junge Mädchen, kostbaren Schmuck zu tragen. Aber du wirst ja bald eine Frau sein, und dann bist du froh, wenn du deine Schmuckschatulle gut gefüllt hast.«

Frau Helene warf ihm einen mahnenden Blick zu, und er schwieg.

Dora hatte für ihre Mutter das Schmuckstück beim Juwelier abgeholt. Gerade als sie aus dem Laden trat, ging Frank Marlow vorüber. Er zog den Hut, und seine Augen sahen sie so erwartungsvoll an, daß sie nicht anders konnte, als einen Augenblick stehenzubleiben.

»Der Zufall ist mir heute besonders gewogen, mein gnädiges Fräulein, da er mir schon wieder eine Begegnung mit Ihnen beschert«, sagte er.

Sie lächelte: »Sagen Sie lieber, die Welt ist klein und unsere Stadt nur ein winziges Teilchen der Welt, da ist eine Begegnung nichts Seltenes.«

132

»Sie haben Einkäufe gemacht, mein gnädiges Fräulein?«

»Ja, für meine Mutter einen Schmuck, den sie morgen bei einer Hochzeit tragen will.«

Seine Augen richteten sich unruhig forschend in die ihren. Er konnte die Ungewißheit nicht länger ertragen, und die Gelegenheit schien ihm günstig.

»Ihre Frau Mutter sagte mir, als Sie bei meinem Besuch das Zimmer verließen, daß Sie sich demnächst verloben würden.«

Sie sah die Unruhe in seinem Blick, und ihr Herz klopfte rasch und laut.

»Daß ich mich verloben soll, ist nur der Wunsch meiner Eltern, nicht der meine. Mir stand bisher kein Mann so nahe, daß ich daran denken würde, mich mit ihm zu verloben«, sagte sie fest und bestimmt.

Er atmete tief auf. Aber er erwiderte kein Wort darauf, sondern trat nur an den Wagen heran und öffnete ihr den Schlag.

Sie stieg ein. Leuchtend hingen die beiden Augenpaare ineinander.

Sie neigte das Haupt und sagte lächelnd: »Wir sehen uns ja heute noch einmal — zur Teestunde.«

Er verneigte sich: »Ich bin dem Geschick sehr dankbar. Auf Wiedersehen, mein gnädiges Fräulein.«

»Auf Wiedersehen, Herr Marlow.«

Der Wagen fuhr davon, und Frank Marlow sah ihm mit sonnig strahlenden Augen nach.

Als Dora nach Hause kam, lieferte sie ihrer Mutter das Schmuckstück ab. Sie mußte es erst an

133

ihr bewundern. Frau Helene hatte nun einmal eine große Freude an solchen Dingen, und sie machte der Tochter Vorwürfe, daß diese sich nicht auch einen Schmuck gewünscht hatte.»

Dora ging dann auf ihr Zimmer und setzte sich an das offende Fenster. Mit großen verträumten Augen sah sie vor sich hin. Sie dachte an Frank Marlow.

Seit heute morgen schien ihr die ganze Welt ein anderes Gesicht bekommen zu haben. In ihrer Seele war ein Singen und Klingen und eine erwartungsvolle Unruhe. Nie hätte sie für möglich gehalten, daß ein Mensch auf sie einen solchen Eindruck machen könnte, wie es Frank Marlow getan. Es war, als habe er ihre Seele mit einem Zauberstab berührt. Unfaßbar erschien es ihr, daß sie in so kurzer Zeit so vertraut mit ihm geworden war. Ihr war zumute, als sei sie mit ihm schon seit Jahren bekannt, als sei er immer schon in ihrem Leben gewesen.

Wie seltsam hatte es sie berührt, daß er sie Dora Lind nannte. Sie hörte im Geiste immerfort diesen Namen in dem seltsamen weichen, fremdartigen Tonfall.

»Dora Lind!« Sie sagte es leise vor sich hin. Und dann sprach sie seinen Namen aus, der ihr so gut gefiel und der so gut zu seiner Persönlichkeit paßte: »Frank Marlow«. Das klang fast wie eine leise, scheue Liebkosung aus ihrem stolzen Mund. Ihr war so weich ums Herz, sie war so dankbar und froh, daß sie ihm begegnet war. Und es erschien ihr wie ein schönes Märchen, daß er in dies Haus gekommen war, um zu ergründen, ob

134

sie sich glücklich fühle. Sie erklärte sich die ganze geheimnisvolle Angelegenheit dahin, daß wohl drüben Verwandte ihres Vaters, die ihrer Mutter wegen ihres Treubruches zürnten, für sie ein warmes Interesse hegten. Vielleicht hatte ihr Vater einen Bruder, eine Schwester oder sonstige Verwandte in Armerika gehabt, weil er dorthin hatte auswandern wollen. Denn in Amerika mußte sich doch die geheimnisvolle Persönlichkeit befinden, die so großen Anteil an ihr nahm.

Sie grübelte hin und her und gab es nachher auf. Sie würde doch wohl warten müssen, bis ihr alles erklärt wurde.

Inzwischen war es Zeit geworden, sich für die Teestunde fertig zu machen. Es wallte wie eine heiße Freude in ihr empor, als sie daran dachtc, daß sie Frank Marlow schon wiedersehen sollte.

Mit Sorgfalt und Bedacht wählte sie heute ihren Anzug. Ein schlichtes weißes Kleid legte sie an, ohne jeden Schmuck. Das fiel weich und anschmiegend an ihrem schlanken Körper nieder. Ein schmaler Streifen des herrlichen Nackens und die Unterarme blieben frei.

Als sie fertig war, trat sie vor den Spiegel und sah sich eine Weile mit verträumtem Lächeln an. Heute freute sie sich von Herzen ihrer jungen Schönheit, und es schien ihr selbst, als habe sie noch nie so gut ausgesehen.

So trat sie nach kurzer Zeit Frank Marlow entgegen, und seine aufstrahlenden Augen sagten ihr, daß sie ihm sehr gefiel. Das machte sie glücklich.

Während der Kommerzienrat und seine Gattin angeregt mit Frank Marlow plauderten, wechselte

Dora mit ihm nur wenige Worte. Frank war auf der Hut. Er war klug genug, sich zu sagen, daß Doras Mutter ihm nicht ohne Absicht gesagt hatte, Dora würde sich demnächst verloben. Daß sein Vater dem Kommerzienrat angedeutet hatte, er sei nach Deutschland außer in geschäftlicher Beziehung auch in der Absicht gekommen, sich eine deutsche Frau zu suchen, wußte Frank. Anscheinend wollte man ihm nun zu verstehen geben, daß auf Dora nicht zu rechnen sei, und daß man mit dieser andere Absichten habe. Das kümmerte ihn aber jetzt nicht mehr, er hielt sich an das, was Dora ihm gesagt hatte. Aber er durfte ihren Eltern nun nicht verraten, welch ein großes, warmes Interesse ihm Dora einflößte. So zeigte er sich Dora gegenüber sehr formell, und auch Dora begegnete ihm ebenso. Nur die Augen leuchteten zuweilen ineinander, wenn es unbeobachtet geschehen konnte.

Als sich der junge Mann nach der Teestunde entfernte, wurde er dringend aufgefordert, recht oft wiederzukommen und für eine kleinere Gesellschaft, die demnächst an einem Abend im Haus des Kommerzienrats stattfinden sollte, schon heute eingeladen.

»Da werden wir Sie mit einer Anzahl unserer Bekannten zusammenführen, und dann wird sich leicht ein reger Verkehr für Sie anbahnen. Sie werden auch verschiedene hübsche junge Damen kennenlernen«, sagte der Hausherr heiter.

Frank und Dora wechselten einen schnellen Blick. Dora sah, daß es fast mutwillig um den Mund des jungen Mannes zuckte, und sie mußte

136

ebenfalls ein spöttisches Lächeln unterdrücken. Wußte sie doch, daß zu dem bewußten Gesellschaftsabend gewissermaßen nur die »zweite Garnitur« aus dem Planitzschen Bekanntenkreis geladen war. Für die »erste Klasse« sollte also Frank Marlow nicht in Betracht kommen!

Ach, wie kleinlich erschien Dora diese Vorsicht ihres Stiefvaters! Frank Marlow konnte nur jedem Gesellschaftskreis zur Zierde gereichen. Wenn er auch keinen adeligen Namen hatte, so war er doch ein Adelsmensch im besten Sinne des Wortes. Einen Augenblick ruhte Doras Hand beim Abschied in der des jungen Mannes. Und wieder stieg das herrliche Gefühl des Geborgenseins in ihr auf.

Frank Marlow ging langsam in sein Hotel zurück. Dort nahm er sofort an seinem Schreibtisch Platz und schrieb einen Brief. Dieser wurde ziemlich lang und lautete:

»Meine lieben, teuren Eltern! Gestern abend bin ich erst in D. eingetroffen, und heute kann ich Euch schon berichten, daß ich einen Teil meiner Aufgabe bereits erfüllt habe. Ich war im Haus des Kommerzienrats Planitz, habe vormittags dort Besuch gemacht und war nachmittags zum Tee geladen. Und — ich habe Dora Lind gesehen und gesprochen! Ein glücklicher Zufall wollte es, daß ich sie allein antraf. Ausführlich berichte ich Euch das in meinem nächsten Schreiben. Heute nur soviel: Dora Lind ist ein wundervolles Geschöpf, schön, gut, anbetungswürdig! Und wenn der von Euch als Vorwand benützte Grund meines Hierseins Wahrheit wird und ich mir eine deutsche

137

Frau mitbringe, dann wird es nur Dora Lind sein! Ich habe nie an eine Liebe auf den ersten Blick geglaubt; jetzt weiß ich aber, daß es sie gibt.

Vielleicht wäre das nicht so plötzlich über mich gekommen, wenn Dora Lind nicht schon seit meinen Knabenjahren meine Phantasie beschäftigt hätte. Hat sich mein Herz nur deshalb von keinem anderen Mädchen fesseln lassen, weil es auf Dora Lind gewartet hat?

Und nun eine Botschaft an unseren hochverehrten Freund und Wohltäter, dem wir so viel Dank schulden und für den ich freudig diese Reise übernommen habe: Bitte, gebt ihm meinen Brief zu lesen; jedes meiner Worte ist auch für ihn bestimmt!

Also: Ich habe bereits in der ersten Stunde des Zusammenseins mit Dora Lind ergründet, daß sie nicht glücklich ist im Haus ihres Stiefvaters. Wie ich das in Erfahrung brachte von ihr selbst, berichte ich später ausführlich. Ich weiß von ihr, daß sie nie glücklich war und es auch jetzt nicht ist. Man hat ihr verheimlicht, daß der Kommerzienrat nicht ihr Vater ist; Sie wußte bis vor kurzer Zeit nichts von ihrem rechten Vater, nicht einmal seinen Namen. Sie heißt hier auch nicht Dora Lind, sondern Dora Planitz. Diesen Namen haßt sie, wie sie ihren Stiefvater verabscheut. Sie hat ihm nie Zuneigung entgegenbringen können, und weil sie glaubte, in ihm den leiblichen Vater zu verabscheuen und sich deshalb Vorwürfe schwerster Art machte, hat ihre Dienerin Christine ihr endlich gesagt, daß ihr Vater Hans Lind sei, der bei einem Schiffsunglück ums Lebern gekommen

138

sei. Weder ihre Mutter noch der Kommerzienrat haben eine Ahnung, daß Dora dies weiß. Christine scheint ihr auch von der Schuld der Mutter und des Stiefvaters berichtet zu haben. Jedenfalls wurzelt Dora Lind mit ihrem Herzen nicht in dem Haus, wo sie erzogen wurde, und würde es leichten Herzens verlassen.

Das ist in Kürze, was ich heute erfahren habe, und ich beeile mich, Euch Bericht darüber zu senden. Was ich sonst noch in Erfahrung bringen werde, berichte ich sofort, und sobald ich mir ein Bild von Dora Lind verschaffen kann, sende ich es unserem Wohltäter. Ich freue mich, ihm sagen zu können, daß es Dora Lind als Erlösung betrachten würde, von hier fortzukommen, und bitte auf alle Fälle um weitere Nachrichten. Vielleicht fügt sich alles ganz von selbst.

Nun noch etwas Geschäftliches, lieber Vater. Der Kommerzienrat hat mich morgen früh in sein Fabrikkontor bestellt; er will mir ganz enorme Bestellungen geben, die sofort erledigt werden müssen. Anscheinend hat er Aussicht auf einen ganz besonders starken Absatz; denn ich hörte hier, daß er Riesenlager bauen läßt für Vorräte aller Art. Fast sollte man meinen, daß er auf einen Krieg spekuliert, sonst ist mir das alles unerklärlich. Ich schicke morgen gleich die Order an dich ab.

Ihr wollt nun sicher wissen, was für einen Eindruck der Kommerzienrat und Dora Linds Mutter auf mich gemacht haben. Der Mann hat ein sehr unsympathisches Äußere, kalte, schlaue Augen, ein falsches biedermännisch sein sollendes We-

139

sen, und seine Züge sprechen von niedrigen Eigenschaften. Er würde mir auch mißfallen haben, wenn ich nicht ein Vorurteil gegen ihn gehabt hätte. Seine Gattin ist noch eine schöne Frau; sie scheint eitel und oberflächlich zu sein. Ihr Verhältnis zu ihrer Tochter ist wenig herzlich; diese ist wie ein Fremdling im Haus. Damit für heute genug! Mein Brief soll das morgen abgehende Schiff noch erreichen. Ausführliches später! Ich sende Euch, meine lieben Eltern, und unserem hochverehrten Freund herzliche Grüße. Meiner lieben Mutter küsse ich die Hände. Bleibt alle gesund, bis ich wiederkomme! Euer getreuer Sohn Frank.«

VII

Der Polterabend in Buchenau war wie üblich verlaufen, und gar zu spät hatten sich die Gäste nicht zurückgezogen, da man am nächsten Tag frisch und aufnahmefähig sein wollte.

Raina stand noch eine Weile in ihrem Zimmer am offenen Fenster und sah hinaus in den düfteschweren Frühlingsabend. Ihre Blicke flogen hinüber, wo das Reckenberger Schloß lag. Dort weilte ihr Verlobter in dieser Nacht, damit er morgen keinen zu weiten Weg hatte.

Ein tiefer Seufzer hob ihre Brust. Dieser Abend war eine Qual für sie gewesen. An Arnulfs Seite hatte sie allerlei Anspielungen auf ihr künftiges Glück über sich ergehen lassen müssen, und

140

wenn sie dabei einmal die Augen hob und in Arnulfs Gesicht blickte, dann sah sie darin einen Ausdruck, der sie bis ins Herz hinein frieren machte. Und wie sie jetzt daran dachte, fragte sie sich, ob sie nicht lieber den Mut haben sollte, sich zu weigern, seine Frau zu werden.

Aber wenn sie sich dann ausmalte, welche Wirkung diese Weigerung haben würde, dann sank ihr doch der Mut. Sie stellte sich vor, wie das Tante Barbara, Arnulfs Eltern und Arnulf selbst aufnehmen würden. Arnulf wäre vielleicht am ruhigsten darüber. Aber er würde fürchten, verspottet zu werden, wenn seine Braut in letzter Stunde von dem Verlöbnis zurücktrat. Das wäre ihm sicher das schlimmste dabei. Sonst würde es ihm wohl nur eine Erleichterung bedeuten. Sie sah im Geiste wieder seine Augen mit dem kalten, gleichgültigen Ausdruck auf sich ruhen und erschauerte wie im Frost.

Ach, wie sie das alles quälte, jetzt viel mehr als früher! Seit Dora sie aus ihrem stumpfen Dahindämmern aufgeweckt und zur Erkenntnis ihrer selbst gebracht hatte, litt sie unter alledem noch viel stärker. Zwar hatte Dora ihr auch zugleich ein Gefühl des Selbstvertrauens eingeflößt und ihr gezeigt, daß es in ihrer Macht lag, sich emporzuraffen aus der geistigen und seelischen Sklaverei, die man über sie verhängt hatte. Aber es kostete sie doch noch immer viel Selbstüberwindung, sich davon freizumachen.

Morgen sollte nun der Tag kommen, dem sie mit jauchzender Glückseligkeit hätte entgegenharren können, wenn Arnulf sie aus Liebe zur

Frau begehrt hätte. Aber so, wie die Dinge lagen, konnte sie nur eine tiefe Traurigkeit, einen bangen Schmerz empfinden.

Und von morgen an sollte sie nun beginnen, das Joch von sich abzuschütteln, das man ihr auferlegt hatte. Von morgen an sollte sie auch anderen Menschen die Veränderung zeigen, die mit ihr vorgegangen war! Sie hatte es Dora fest versprechen müssen, diesen Lebensabschnitt mit einer freien Willensbehauptung zu beginnen.

Aufatmend trat sie vom Fenster zurück und begann sich auszukleiden. Mit großen, brennenden Augen starrte sie ihr Spiegelbild an. Noch immer ging sie in Buchenau in den häßlichen Kleidern umher, die Tante Barbara für sie ausgesucht hatte. Heute trug sie allerdings das Kleid, das sie schon an ihrem Verlobungstag getragen hatte. Und noch immer ordnete sie das Haar nach Tante Barbaras Willen: straff, fest und glatt zurückgenommen und zu dem abstehenden Knoten gedreht. Ach, wie häßlich sah das aus! Jetzt empfand sie es erst so recht.

Von morgen an sollte das nun anders werden! Sobald sie ihr neues Heim bezog, sollte die linkische, schlechtgekleidete und barbarisch frisierte Raina der Vergangenheit angehören. Darauf hatte sie Dora ihr Wort gegeben, und das wollte sie halten! Sie wollte Arnulf gegenüber ihre Scheu ablegen, ihm in ruhigem Selbstbewußtsein entgegentreten und ihm zeigen, daß sie die Herrin ihres gemeinsamen Heimes sei, gegen deren Wunsch und Willen so wenig etwas geschehen durfte wie gegen den seinen.

Sie richtete sich hoch und straff auf und löste mit den jetzt so flinken, geschickten Händen ihr Haar, ordnete es noch einmal zur Probe in der Weise, wie es sie Dora gelehrt hatte. Es ging ganz leicht und schnell vonstatten.

Morgen wollte sie sich so frisieren. Unter Brautkranz und Schleier sah es Tante Barbara nicht, hatte wohl morgen auch kaum Zeit, darauf zu achten. Und kam sie dann in die Stadt und entdeckte, wie »unordentlich« sich Raina frisierte, dann würde sie ihre Vorwürfe ruhig anhören, aber nichts an der Frisur ändern.

Mit geröteten Wangen und fast kriegerisch blitzenden Augen sah sie ihr Spiegelbild an.

Was würde Arnulf wohl sagen, wenn er sie so erblickte? Ob er es überhaupt bemerkte, und ob sie ihm so besser gefallen würde?

Sie verschränkte die entblößten, schön geformten Arme im Nacken und lehnte den Kopf dagegen. So blieb sie eine Weile sitzen und sah sich an. Ihr Herz klopfte unruhig. War sie weniger hübsch und begehrenswert als andere Frauen und Mädchen? Besaß sie nicht gesunde, gerade Glieder, ein gutgebildetes Gesicht, klare Augen und eine blühende Farbe? Lebten in ihrer Seele nicht warme und tiefe Empfindungen, war sie nicht fähig, klar und lebhaft zu denken?

Wozu hatte ihr der liebe Gott all die Gaben verliehen, wenn sie diese nicht gebrauchen wollte, um sich ihren Anteil am menschlichen Glück zu erwerben? »Du mußt nur wollen, Raina, fest und ernstlich wollen, dann erringst du dir so viel Glück, wie du haben willst.« So hatte ihr Dora oft in diesen Wochen gesagt. Ach, wie gut und hilfreich war Dora ihr gegenüber gewesen, wieviel Mühe hatte sie sich mit ihr gegeben! Nein, Dora sollte das alles nicht umsonst getan haben, sie wollte ihrem Rat folgen und ernstlich um ihr Glück ringen!

Ihr Glück? – Mit sehnsüchtigen Augen sah sie sich an.

›Was ist dein Glück? Wer kann es dir geben? Nur ein einziger Mensch – der Mann, dem du morgen angetraut wirst! In seiner Hand ruht dein Schicksal, von ihm gehen Glück und Unglück deines Lebens aus.‹

Dieser Gedanke begleitete sie auf ihr Ruhelager, und mit diesem Gedanken erwachte sie am nächsten Morgen. Das erste, was sie vernahm, als sie erwachte, war Tante Barbaras scheltende Stimme, welche die Dienstboten zur Eile antrieb.

Eilig kleidete sich Raina an, schlüpfte in ihr altes »praktisches« Hauskleid und ging hinunter, um der Tante bei der Arbeit zu helfen.

Aber diese trieb sie scheltend in ihr Zimmer zurück mit dem Bemerken, Bräute dürften an ihrem Hochzeitstag keine gewöhnlichen Dinge tun. Sie möge ihr nur aus dem Weg gehen. »Wenn man nicht alles selber tut, wird es doch nicht recht«, sagte sie schlecht gelaunt.

Man merkte der alten Dame an, daß es ihr mehr eine Last als ein Vergnügen war, das Hochzeitsfest ihrer Nichte zu richten.

Die Dienerschaft war auch verdrießlich wegen der vielen Arbeit, die man ihr aufbürdete. Jetzt zur beginnenden Heuernte gab es ohnedies schon alle Hände voll zu tun.

So bekam Raina kein freundliches Gesicht zu sehen, und trotz dem Verbot der Tante hielt sie es auf ihrem Zimmer nicht aus, untätig zu sein. Sie huschte heimlich wieder hinaus und legte überall helfend Hand an, wo sie nur konnte.

Erst als es höchste Zeit für sie war, sich in ihr Festgewand zu kleiden, zog sie sich wieder zurück.

Sie war gerade mit ihrem Anzug fertig, als der erste Wagen mit Gästen vorfuhr.

Unter den ersten Gästen war Dora mit ihren Eltern. Sie suchte Raina sofort auf, denn sie hatte es sich vorbehalten, die junge Braut mit Kranz und Schleier zu schmücken. Und sie waltete liebvoll ihres Amtes und sprach herzliche, innige Segensworte dabei:

»Denke dir, meine Raina, daß ich deine Schwester sei! So herzlich und innig wie eine solche wünsche ich dir Glück auf den Weg, den du heute gehst. Und mit aller Kraft meines Herzens wünsche ich dir, daß du in der Ehe finden mögest, was du nur hoffen und wünschen kannst. Und noch einmal sage ich dir: Kämpfe um dein Glück! Dein Verlobter ist ein Mensch, der nach Idealen sucht. Hilf ihm, daß er sein Ideal in dir findet! Denke immer daran, was ich dir in diesen Wochen so oft gesagt habe: Jede Frau kann den Mann, dem sie angehört, zur Liebe erziehen, wenn sie keine gefährliche Rivalin hat!«

Raina küßte sie unter Tränen lächelnd.

»Ich will alles befolgen, meine Dora. Aber

145

meinst du nicht, daß ich gerade jetzt die gefähr-
lichste Rivalin habe, die ich nur haben könnte?
Du und ich, wir wissen doch beide, daß Arnulf
jetzt mit all seinem Sinnen und Denken bei dir
ist. Und daß er dich liebt, kann ich so gut verstehen. Wie soll ich gegen dich ankommen, gegen
eine Liebe, die einem so herrlichen, vortrefflichen
Mädchen gilt?«

Dora lächelte schelmisch. »Darum mache ich
dir gar keine Sorge. Arnulf liebt mich so wenig,
wie er bisher eine andere Frau wahrhaft geliebt
hat. Sorge dafür, daß du die erste bist, der seine
wahre Liebe gelten wird. All sein Herumflattern
von einer Blume zur anderen war nichts als ein
sehnsüchtiges Suchen nach der einen einzigen,
die ihn wahrhaft beglücken kann. Daß er sich die
Mühe nahm, bei mir zu suchen, was er ersehnte,
kommt uns jetzt zustatten. Ich aber werde ihn
nur so lange beschäftigen, bis er an seiner jungen
Frau liebenswerte Reize entdeckt und ihr sein
Interesse zuwendet. Auf mein Stichwort werde
ich dann sofort von der Szene abtreten und dir
das Feld überlassen. Ich habe ihn schon gestern
schrecklich drangsaliert und abgekühlt mit der
Aussicht auf meine Freundschaft. Wie ich ihn kenne, wird er nun unbefriedigt seine Blicke umherschweifen lassen nach einem neuen Gegenstande
seines Interesses. So ist für dich der günstige Zeit-
punkt gekommen. Merkst du, daß sich von dir
fesseln läßt, dann mache es ihm nur nicht zu
leicht, dich zu erobern. Ein leicht errungenes
Glück ist keines für einen Mann.«

Raina hatte Dora sehr aufmerksam, mit glänzenden Augen zugehört. Nun atmete sie tief auf. »Wie soll ich einen Schmetterling, wie er es ist, fesseln?«

Dora hob Rainas Kopf empor und sah sie liebevoll an. »Das muß dich die Liebe zu ihm lehren, meine Raina.«

Erglühend senkte die Braut das myrtengeschmückte Haupt. »Dora — du weißt?«

Diese zog sie an sich. »Daß du ihn liebst, mehr als dein Leben — ja, meine Raina, das weiß ich — weiß, daß es für dich kein Glück gibt, ohne ihn! Meinst du, mein Bemühen, dich umzumodeln, wäre sonst so erfolgreich gewesen? Die Liebe war eine bessere Lehrmeisterin als ich! Und weil ich wußte, daß du ihn liebst, habe ich dich aufgestachelt, um dein Glück zu kämpfen.«

»Gute, liebe Dora, wenn es mir wirklich gelingen sollte, danke ich es nur dir!«

»Nein, dir selbst. Habe nur den Mut, du selbst zu sein und mit fester Hand nach dem Glück zu fassen! Dann gehört es dir. So — und nun bist du fertig, Bräutchen im Myrtenkranz! Ich lasse dich nun allein, bis dein Verlobter dich abholt. Und nochmals: Alles Glück mit dir auf deinem Weg!«

»Ich danke dir, und wenn es nach Verdienst geht, dann mußt du einmal sehr glücklich werden«, sagte Raina bewegt.

In Doras Gesicht stieg eine rasche, lebhafte Röte, und in ihren Augen leuchteten Goldfunken. Sie dachte an Frank Marlow. »Nach Verdienst geht das Glück eigentlich nicht«, scherzte sie, küßte die Freundin noch einmal und huschte schnell hinaus.

147

Unten mischte sie sich zwischen die übrigen Gäste, die sich inzwischen vollzählig versammelt hatten. Es störte sie heute kaum, daß Baron Kranzau gleich wieder an ihrer Seite war und ihr auf Tod und Leben den Hof machte. Sie ließ ihn freilich nicht einen Schritt weiterkommen als bisher, und sobald er das mit einem Blick oder einem Wort versuchte, sah sie ihn mit ihren stolzen Augen so kalt und abweisend an, daß er sich immer wieder beherrschen mußte.

Arnulf von Reckenberg kam fast zuletzt mit seinen Eltern in Buchenau an. Er sah prachtvoll aus in seiner glänzenden Uniform. Sein gebräuntes Gesicht schien heute etwas fahler als sonst. Sichtlich war ihm nicht froh zumute bei dem Gedanken, daß er heute Hochzeit hielt.

Tante Barbara kam ihm entgegen in starrer, rauschender Seide, wie gewöhnlich das Haar straff und glatt zurückgekämmt. Arnulf sah sie mit Unbehagen an. Im Geiste sah er Raina neben ihr wie eine Kopie in Weiß. Er war ganz sicher, daß Raina selbst im Brautkleid, das doch über jedes Mädchen einen Zauber breitete, unmöglich aussehen würde.

Tante Barbara bedeutete ihm, Raina sei auf ihrem Zimmer, er möge sie dort abholen und hinunterführen. Die Trauung sollte sofort beginnen. Im großen Festsaal war ein Hausaltar aufgebaut.

Gehorsam stieg Arnulf die Treppe empor. Er hatte unten einen brennenden Blick auf Dora geworfen, die dicht neben der Tür mit Baron Kranzau zusammenstand. Sie erschien ihm heute schöner als je. Auf ihrem Antlitz lag ein helles Leuchten.

Wie schwer hatte sich sein Blick von ihr losgerissen!

Aufseufzend und immer langsamer stieg er nun die Treppe empor. Ein Diener, der oben stand, öffnete ihm die Tür zu Rainas Zimmer. Arnulf biß die Zähne zusammen und trat mit festem Schritt über die Schwelle.

Raina stand mitten im Zimmer, bräutlich geschmückt, aber blaß bis in die Lippen und mit niedergeschlagenen Augen. Er starrte fast betroffen auf die lichte, schlanke Erscheinung, die ihm heute mit der langen Schleppe viel größer erschien, zumal sie sich stolz und aufrecht hielt und nicht, wie sonst, zusammengesunken dastand. Wie in Sonnenlicht gehüllt stand die junge Braut, und unter dem Brautkranz flimmerte es wie gesponnenes Gold.

Er atmete tief auf. Gottlob, sie sah heute nicht weniger hübsch aus als andere Bräute! Was doch solch ein duftiger Schleier ausmacht. Wirklich, sie sah sogar ganz passabel aus, nur so furchtbar blaß.

›Armes Ding — ihr ist auch nicht sehr wohl‹, dachte er mitleidig.

Und er wunderte sich, wie reizvoll das goldene, lockige Haar die weiße Stirn umgab. Es war ihm bisher noch gar nicht aufgefallen, daß Rainas Haar einen so satten, warmen Goldton hatte.

Dabei fiel ihm der Ausspruch eines Kameraden ein, der einmal gesagt hatte, im Brautstaat sei jedes Mädchen ein Engel, dem nur noch die Flügel fehlten, selbst wenn es noch so häßlich sei.

Er seufzte leise bei dem Gedanken, daß Raina

morgen mit dem Brautkleid auch den verschönernden Schimmer würde abgelegt haben.

Mit freundlichem Lächeln küßte er ihr die Hand und fand einige gute Worte.

»Ich hoffe, liebe Raina, daß du nie bereuen wirst, mir dein Schicksal anvertraut zu haben. Wir wollen uns beide bemühen, einander nichts schuldig zu bleiben, nicht wahr?« sagte er etwas wärmer als sonst.

Sie sah zu ihm auf, zwang sich, ihn groß und voll anzusehen, obwohl ihr dabei die Röte ins Gesicht stieg. »Mögest auch du nicht zu bereuen haben, daß du dein Geschick mit dem meinen verbindest, Arnulf! Nicht freier Wille stellt uns beide nebeneinander auf den Weg, den wir nun zusammengehen sollen. Wir gehorchen beide einem Zwang. Gott helfe uns, daß er uns nicht zu schwer wird«, sagte sie halblaut, aber mit klarer Stimme.

Er sah ganz überrascht in ihre Augen. Sie schienen ihm heute außerordentlich schön. Ihr Blick berührte ihn ganz seltsam. Und noch tiefer war die Wirkung ihrer Worte, ihrer klaren, weichen Stimme. Zum ersten Mal klang sie voll und klar in sein Ohr. Wenn sie bisher einmal mit ihm gesprochen hatte, dann waren es nur kurze, verschüchterte Antworten auf seine Fragen gewesen. Und was sie da eben zu ihm gesagt hatte, klang weder indolent noch töricht.

Aber es blieb ihm jetzt keine Zeit, darüber nachzudenken oder diese Wirkung in sich ausklingen zu lassen. Er mußte Raina hinabführen. Und er tat es hochaufgerichtet, mit einem er-

150

leichterten Gefühl. Heute hatte er nicht das Empfinden, sich an ihrer Seite lächerlich zu machen.

Als das junge Paar unten ankam, hatten sich die Gäste in zwei langen Reihen aufgestellt. Durch diese Reihen, allen kritischen Blicken ausgesetzt, mußte Raina gehen. Arnulf bemerkte ein Raunen und Tuscheln. Sichtlich waren die Gäste durch Rainas Anblick überrascht. Einige hatten sich schon ein heimliches Amüsement versprochen über den Anblick, den Raina von Buchenau bieten würde. Man hatte im Geiste den Brautkranz in komischer Weise auf dem steifen Haarknoten balancieren sehen. Und nun war das so ganz anders! An dieser Braut gab es heute nichts Lächerliches und Groteskes. Im Gegenteil, sie sah seltsam ergreifend aus, blaß und farblos, aber nichts weniger als häßlich.

Raina hob nur ein einziges Mal den Blick. Sie suchte Dora. Und diese nickte ihr verstohlen zu und richtete sich stolz und straff empor, als wolle sie Raina Haltung geben.

Arnulf sah dies Austauschen der Blicke zwischen Dora und Raina. Er merkte, wie sich Raina neben ihm höher richtete. Doras Augen ruhten mit einem Ausdruck auf Raina und ihm, den er nur mit »gütig« bezeichnen konnte. Und so klug und geistvoll blickten diese Augen! Es fiel ihm wieder ein, was Dora ihm gestern über Raina gesagt hatte. Ein Schutz und Hort sollte er Raina sein. Das wollte er auch. Aber verstehen konnte er nicht, daß die kluge und in geistiger Beziehung ziemlich anspruchsvolle Dora soviel von Rainas Freundschaft hielt.

151

Wie einem Zwang gehorchend, den Doras Blick auf ihn ausübte, sah er auf seine Braut hinab. Zum erstenmal überkam ihn ein Gefühl der Verantwortlichkeit, der Zusammengehörigkeit mit Raina. Und weil er fühlte, daß ihr Arm leise in dem seinen bebte, drückte er ihn fest an sich, als wollte er ihr zeigen, daß sie an ihm nunmehr einen festen Halt haben sollte.

Da sah Raina plötzlich zu ihm auf, und als sie seinem Blick begegnete, schlug die Röte wieder jäh in ihr Antlitz. In ihren Augen lag ein Ausdruck, der ihn rührte.

›Armes Ding‹, dachte er wieder und nahm sich vor, gut und nachsichtig ihr gegenüber zu sein.

Die Trauung wurde schnell vollzogen, und dann fand die übliche Gratulationscour statt. Darauf ging man zu Tisch.

Das Fest verlief programmäßig, und wie gewöhnlich bei einer Hochzeit kamen auch hier die Gäste mehr auf ihre Kosten als das Brautpaar und die nächsten Beteiligten.

Kommerzienrat Planitz war sehr vergnügt, weil es ihm gelungen war, noch einige Abschlüsse zu machen, und auch seine Gattin befand sich in rosigster Stimmung. Man bewunderte ihren neuen Schmuck und machte ihr Komplimente über ihre kostbare, geschmackvolle Robe und ihre schöne Tochter, für deren ältere Schwester man sie halten könne. Das hörte sie immer gern, und deshalb war sie in sehr gehobener Stimmung.

Als sie einige Minuten mit ihrem Gatten allein stand, sagte dieser, sie mit verliebten Blicken betrachtend: »Du siehst blendend aus, Helene, und

152

unser Töchterchen macht einen vornehmeren Eindruck als all diese jungen Aristokratinnen. Ich hoffe, daß auch wir bald ein Hochzeitsfest feiern in unserem Haus. Und dann sollen all diese Herrschaften dabei sein und sollen sehen, daß Kommerzienrat Planitz noch besser als sie versteht, Feste zu feiern! Ich werde Dora eine Hochzeit ausrichten wie einer Prinzessin.«

Frau Helene hörte nur mit halber Aufmerksamkeit zu. Sie hatte darauf zu achten, daß die Schleppe ihres Kleides wirkungsvoll hinter ihr her rauschte. Ihre Antwort fiel ziemlich zerstreut aus.

Ihr Gatte aber sah befriedigt, daß Dora neben Baron Kranzau stand und dieser eifrig auf sie einsprach. Auf Doras Gesicht lag sogar ein Lächeln. Aber er ahnte nicht, daß dies Lächeln durchaus nicht dem Baron galt, sondern Raina von Reckenberg, die sich eben mit einem stummen Blick von Dora verabschiedete.

VIII

Raina hatte sich am ersten Morgen in ihrem neuen Heim so früh erhoben, wie sie es in Buchenau gewöhnt war. Arnulf schlief noch. Sie kleidete sich an und ordnete sich das Haar so, wie es Dora sie gelehrt hatte. Mit einem leisen Erröten schlüpfte sie in die duftige, spitzenüberrieselte Pracht eines weißen Morgenkleides, das Dora für sie ausgesucht und diplomatisch unter der

153

Rubrik »Hauskleider« in Rainas Aussteuer einge-
schmuggelt hatte. Dora hatte Raina auf die Seele
gebunden, daß sie dies zarte, duftige Gebilde aus
Seide und Spitzen unbedingt in den ersten Mor-
genstunden tragen müsse, bis sie gemeinsam mit
ihrem Gatten das Frühstück eingenommen hätte.

Als sie mit diesem, allerdings sehr verführeri-
schen Morgenanzug fertig war, stellte sie sich vor
den Spiegel und sah mit leisem Wohlgefallen auf
die reizende anmutige junge Frau, die ihr mit großen Augen entgegenblickte. Aufmerksam betrachtete sie unter Zuhilfenahme eines Handspiegels
ihre Frisur. Es sah wirklich ganz wundervoll aus,
wie die goldig schimmernden Zöpfe aufgesteckt
waren und das gelockte Scheitelhaar so leicht und
duftig über die Schläfen fiel.

Raina war Evastochter genug, um sich an dem
weichen, eleganten Fall des reizenden Kleides zu
erfreuen, daß in einer Schleppe endete und sie
schlanker erscheinen ließ.

Befriedigt trat sie, tief aufatmend, vom Spiegel
zurück. Nun hatte sie sich wirklich so schön wie
möglich gemacht. Dora würde mit ihr zufrieden
sein. Aber Tante Barbara?

Ein leises Schelmenlächeln huschte über das
Gesicht der jungen Frau. Oh, Tante Barbara! Sie
wäre wohl vor Entrüstung außer sich, könnte sie
ihre Nichte in diesem »fludderigen« Schleppklei-
de sehen. Aber Tante Barbara war, Gott sei Dank,
draußen in Buchenau, und Raina, fühlte sich in
dieser Entfernung von ihr ziemlich sicher und
mutig.

Nun trat sie vor ihren Kleiderschrank, um sich

154

den Anzug zurechtzulegen, den sie nachher anlegen wollte. Dora hatte ihr dafür genaue Weisung gegeben.

›Wenn Tante Barbara in diesen Schrank blicken könnte — das gäbe eine Katastrophe‹, dachte sie, und doch huschte wieder ein Lächeln über ihr Gesicht.

»Gute Dora«, sagte sie und strich wie liebkosend über die weichen, feinen Stoffe, die so gar nicht Tante Barbaras praktischen Wünschen entsprachen.

So — nun war Raina fertig mit ihren Vorbereitungen. Noch einen letzten Blick in den Spiegel, dann raffte sie mit einem sehr geschickten Griff ihre Schleppe und verließ das Umkleidezimmer.

Leise, um Arnulf nicht zu stören, betrat sie das Speisezimmer. Arnulfs Bursche und das Zimmermädchen waren gerade dabei, den Frühstückstisch zu decken. Sie sahen überrascht und erstaunt auf ihre junge Herrin, die sie so früh nicht erwartet hatten.

Das Mädchen fragte, ob sie das Frühstück bringen solle, aber Raina verneinte.

»Ich werde klingeln, wenn es gebracht werden soll«, sagte sie freundlich, aber bestimmt. Sie wollte auf Arnulf warten. Das Mädchen und der Bursche entfernten sich.

Raina ging langsam durch die Zimmer. Sie ergriff gewissermaßen Besitz von ihrem neuen Reich. Überall sah sie voll Dankbarkeit Spuren von Doras liebevollem Walten. Alle Vasen waren mit frischen Blumen gefüllt, und überall gab es mollige Eckchen.

155

Gestern abend hatte Raina das alles nicht beachtet, obwohl Arnulf sie durch alle Zimmer geführt hatte. In seiner Gegenwart war sie zu befangen gewesen. Nun suchte sie sich überall zurechtzufinden. Sie öffnete Schränke und Schubfächer. Vor ihrem Schreibtisch blieb sie stehen. Darauf stand in einem hübschen Rahmen Arnulfs Photographie in Uniform. Raina nahm sie zur Hand und betrachtete sie lange. Ein feuchter Schleier legte sich über ihre Augen. Seufzend stellte sie das Bild wieder an seinen Platz.

Dann ging sie hinüber in den Salon. Zu allen anderen Räumen waren die für Reckenberger Raumverhältnisse passenden Möbel etwas zu massig und zu schwer, obwohl Dora geschickt durch allerlei Arrangements vermittelt hatte. Aber hier im Salon standen zierlichere Möbel, und ein schöner Flügel hatte darin Platz gefunden. Raina war sehr musikalisch; aber in Buchenau durfte sie nur spielen, wenn Tante Barbara abwesend war. Sie ließ sich auch nie vor fremden Menschen hören, und nicht einmal Dora wußte, wie vorzüglich Raina den Flügel beherrschte.

Ihre Noten hatte Raina in eine Kiste gepackt und wollte sie heute im Laufe des Tages in das Notenschränkchen einräumen. In Arnulfs Abwesendheit wollte sie fleißig musizieren. Am liebsten hätte sie jetzt gleich den Flügel probiert; denn sie war immer froh, wenn sie eine Stimmung in Tönen ausklingen lassen konnte. Aber sie fürchtete, Arnulf zu stören, und wollte um keinen Preis von ihm gehört werden. Gerade weil sie all ihr Empfinden beim Musizieren zum Ausdruck brachte, scheute sie sich, vor Zuhörern zu spielen.

Da sie nun mit ihrem Rundgang durch die Zimmer fertig war, ließ sie sich in dem Lese-Eckchen nieder, vor dem Tischchen, auf das Dora ihre Lieblingsbücher gelegt hatte.

Erfreut sah sie auch dieses Zeichen liebvoller Aufmerksamkeit und faßte nach einem der Bücher, um darin zu lesen, bis Arnulf erschiene. Aber heute fesselte sie der Inhalt nicht. Sie legte das Buch vor sich hin und lehnte sich in ihren Sessel zurück. Die Arme hinter dem Kopf verschränkt, wie sie es liebte, wenn sie allein war, saß sie da und träumte vor sich hin. Die weiten Spitzenärmel waren zurückgefallen und ließen die Arme frei, die vollendet schön waren. Durch das neben ihrem Platz befindliche Fenster fiel ein Sonnenstrahl über ihre lichte Erscheinung und warf flimmerndes Licht über das goldglänzende Haar. Heute wurden die widerspenstigen Löckchen nicht ängstlich mit einer nassen Bürste vergewaltigt; sie umgaben das feine Köpfchen wie ein Heiligenschein.

Welch ein reizendes, liebliches Bild die junge, in Träume versunkene Frau abgab, ahnte sie nicht. Sie wußte auch nicht, wie lange sie so gesessen hatte. In Gedanken verloren, hatte sie nicht bemerkt, daß Arnulf sich lautlos auf den weichen Teppichen näherte und unter der Tür des Nebenzimmers stehenblieb. Er hatte geglaubt, Raina schlafe noch, und wollte nun gleichfalls alles Geräusch vermeiden.

Überrascht blieb er nun auf der Schwelle ste-

157

hen und sah mit großen, erstaunten Augen auf die liebliche Träumerin. Ihm war, als dürfe er seinen Augen nicht trauen. Diese schlanke anmutige Frauengestalt in dem eleganten, duftigen Morgenkleid, in dieser reizend ungezwungenen Haltung und mit diesem goldschimmernden, flechtengeschmückten Haupt — das konnte doch unmöglich Raina sein, die ungeschickte, stets schlechtgekleidete und unmöglich frisierte Raina!

Er stand wie erstarrt, sah auf die weißen Arme, die einen Bildhauer hätten begeistern können, und auf die zierlichen, elegant bekleideten Füßchen, die unter dem Rocksaum hervorsahen und leise auf und nieder wippten. War er gestern schon sehr erstaunt gewesen, als er Raina im Brautkleid vor sich sah, so war er jetzt ganz fassungslos. Die junge Dame da drüben war ihm eine Fremde, die nur Rainas Züge hatte. Und diese Züge schienen ihm unter der kleidsamen Frisur verfeinert und veredelt.

Sein Blick vermochte sich nicht von ihr zu lösen. Er stand ganz benommen und rührte sich nicht .

Fühlte Raina den Blick ihres Gatten? Sie atmete tief auf, löste langsam die Hände und ließ die Arme herabgleiten auf die Armlehne des Sessels. Langsam richtete sie sich aus ihrer versunkenen Stellung auf und wollte wieder nach dem Buch fassen.

»Guten Morgen, Raina!« sagte Arnulf endlich, näher tretend.

Sie zuckte leise zusammen. Aber gleich hatte sie sich wieder in der Gewalt. Sie wandte ihm langsam das Gesicht zu und schlug die Augen voll zu ihm auf. »Guten Morgen, Arnulf«, erwiderte sie, so ruhig sie konnte. Nur die aufsteigende Röte in ihrem Antlitz verriet ihre innere Erregung.

Schnell trat er nun an ihre Seite, faßte ihre Hand und führte sie an die Lippen. Dabei ließ er seinen forschenden Blick nicht von ihrem Antlitz, das ihm heute so ganz anders erschien.

»Ich stehe schon eine ganze Weile auf der Schwelle und betrachte dich, Raina. Fast schien es mir, als sitze hier eine fremde Frau, die nur einige Ähnlichkeit mit dir hatte. Du hast dich so seltsam verändert.«

Sie hielt ruhig seinen Blick aus, obwohl ihr das Herz bis zum Hals hinauf klopfte. »Vielleicht nahmst du dir auch nur zum erstenmal Zeit, mich zu betrachten, Arnulf. Ich bin doch dieselbe geblieben, die ich war, wenn ich auch ein anderes Kleid trage. Bisher hast du mich nur nicht beachtet.«

Das klang nicht wie ein Vorwurf, sondern nur wie die einfache Feststellung einer Tatsache. Aber seine Stirn rötete sich jäh, als empfinde er es wie einen Vorwurf.

»Du irrst dich, Raina. Ich habe dich oft genug aufmerksam betrachtet. Aber du hast mir nie einen ähnlichen Eindruck gemacht wie jetzt. Gestern allerdings, als ich dich im Brautschmuck vor mir sah, erschienst du mir auch schon verändert. Aber das schob ich auf den Eindruck von Brautkranz und Schleier. Heute sehe ich dich so ganz anders als sonst – ich weiß nicht –, ich kann dich nur mit fassungslosem Staunen betrachten.«

159

In seiner ganzen Art lag eine so verhaltene Unruhe und Erregung, daß sie sich mühen mußte, ihre Ruhe nicht zu verlieren und wieder ängstlich und scheu zusammenzusinken. Aber sie dachte daran, was sie Dora versprochen hatte, und so blieb sie dann scheinbar ruhig und beherrscht. »Ich bin ganz gewiß keine andere als zuvor. Was dir an mir verändert scheint, ist nichts als die Kleidung und die Frisur.«

Er atmete tief auf und nickte: »Ja, es mag sein. Das Kleid, das du trägst, ist entzückend und kleidet dich wundervoll. Und dein Haar – ich habe noch nie bemerkt, daß du so herrliches Haar hast. Deine alte Frisur – sie kleidete dich gar nicht und ließ dein Haar nicht zur Geltung kommen. Warum hast du dich früher nicht so gekleidet und frisiert?«

Die letzte Frage klang wie ein schwerer Vorwurf.

Raina erhob sich zu ihrer ganzen schlanken Höhe. »Warum? Das will ich dir sagen, Arnulf. Weil es Tante Barbara nie gelitten hätte. Und ich hätte wohl auch früher nicht das Geschick dazu gehabt, weil es mich niemand gelehrt hat. Das habe ich erst von Dora Planitz gelernt. Sie erbarmte sich meiner Hilflosigkeit, meiner bedauernswerten Steifheit und Ungeschicklichkeit. Sie lehrte mich heimlich, damit Tante Barbara es nicht merkte, mein Haar zu ordnen und die Herrschaft über meine Glieder zu erlangen. Dazu hat sich früher niemand Zeit genommen. Tante Barbara würde das verächtlich ›Firlefanz‹ nennen. Und solange ich in Buchenau lebte, hätte ich nicht gewagt, mich so vor ihren Augen zu zeigen.«

Er strich sich über die Stirn. Sie ging in ruhig anmutiger Haltung, die Schleppe hinter sich herziehend, zur Klingel und befahl dem eintretenden Mädchen, das Frühstück zu bringen. Als das Mädchen verschwunden war, ging sie in das nebenan liegende Speisezimmer und trat an den zierlich gedeckten Frühstückstisch, auf den sie ein hohes Kelchglas mit Rosen gestellt hatte. Arnulf war ihr schweigend gefolgt.

»Bitte, nimm Platz, das Frühstück kommt gleich. Du mußt mir sagen, um welche Zeit du es haben willst; dann wird es pünktlich auf dem Tisch stehen«, sagte sie und ließ sich in einen Sessel gleiten.

Das alles geschah mit einer ruhigen, selbstverständlichen Anmut und Sicherheit. Er hatte sie fassungslos beobachtet. Seine Augen staunten sie an wie ein Wunder. War das die linkische, unbeholfene Raina, die er bisher nur mit einem Gefühl spöttischen Mitleids in seinem Dasein geduldet hatte?

Er trat schnell hinter ihren Sessel und beugte sich über sie.

»Raina — ich fürchte, daß wir alle uns an dir versündigt haben. Nicht nur Tante Barbara, auch ich, meine Eltern, wir alle. Nur Fräulein Planitz scheint dich besser erkannt zu haben. Jetzt verstehe ich erst ihre Worte, die sie mir vorgestern hier an dieser Stelle sagte.«

Er hatte ihre Hand ergriffen. Sie entzog ihm diese aber schnell, als jetzt das Mädchen mit dem Frühstückstablett eintrat.

Arnulf nahm seiner jungen Frau gegenüber

Platz. Mit einer selbstverständlichen, ruhigen Anmut waltete sie ihres Amtes als junge Hausfrau. Sie füllte die Tassen, reichte ihm Sahne und Zuckerschale und was er sonst brauchte.

Er sah auf das anmutige Spiel ihrer schlanken, schönen Hände und ließ sich mit einem ganz fremden, wunderlichen Behagen bedienen. Alles an ihr erschien ihm neu, reizend und interessant.

Sie plauderte dabei scheinbar ganz unbefangen, obgleich ihr unter seinem Blick oft der Herzschlag zu stocken drohte. Einmal, als sie ihm die Tasse frisch gefüllt hatte, faßte er ihre Hand und küßte den weißen Arm über dem Handgelenk.

Da zuckte sie zusammen. Ihre Augen blickten ihn fast erschrocken an. Sie sah, daß seine Augen erregt und unruhig in den ihren brannten. So hatte er früher nur andere Frauen angesehen. Das kam ihr zum Bewußtsein und berührte sie seltsam.

War es so leicht, ihn zu entflammen und zu interessieren? Brauchte es dazu nichts als ein elegantes Kleid, eine kleidsame Frisur?

Fast war ein Gefühl des Schmerzes darüber in ihrer Seele. Noch wußte er kaum mehr von ihr als vorher. Nur Äußerlichkeiten zogen ihn an. Das kränkte sie fast mehr als seine Gleichgültigkeit und weckte zugleich in ihr ein Gefühl der Überlegenheit. Dies Gefühl machte sie freier, unabhängiger von ihm. Und sie war genug echte Evastochter, um sich das zunutze zu machen. Jetzt verlangte sie danach, in ihrem vollen Wert von ihm erkannt und gewürdigt zu werden. Und nun wuchsen auch ihr Mut und ihr Selbstvertrauen. Fast

162

fühlte sie sich schon als Herrin der Lage, wenn es sie auch noch einige Überwindung kostete, sich ihm ruhig und beherrscht zu zeigen.

Raina selbst wußte kaum zu beurteilen, wie sehr sie sich verändert hatte, und auf Arnulf wirkte diese Veränderung wie ein unfaßbares Wunder.

Dora hatte das als ziemlich sicher vorausgesehen, und sie hätte helle Freude gehabt, wenn sie gesehen hätte, wie geschickt sich Raina ihre Lehren zunutze machte.

In den nächsten Tagen wuchs Raina über sich selbst hinaus. Ihr Gatte hatte für nichts und für niemand Zeit. Für ihn gab es nur ein interessantes Studium jetzt: seine Frau. Und zu allem Staunen und Bewundern gesellte sich nur zu rasch ein wärmeres Gefühl. Raina konnte sich jetzt wirklich nicht beklagen, daß ihr Mann sie vernachlässige oder nur eine gleichgültige, mitleidige Duldung für sie hätte. Außer seinen Dienststunden war er die ganze Zeit in ihrer Gesellschaft und ließ sie nicht aus den Augen. Sie merkte aus seinem Verhalten, daß sie von seinem Wesen Besitz ergriff, und sie hätte aufjubeln mögen vor Glückseligkeit über diese Erkenntnis.

Aber mit dem Bewußtsein, daß sie wirklich ein heißersehntes und ihr bisher unerreichbar scheinendes Glück errungen habe, zog auch die Furcht in ihr Herz, daß wenn sich ihr Arnulfs Herz jetzt zuwandte in einer flüchtigen Aufwallung, im leicht erweckten Interesse an ihrer Umwandlung, und wenn dies Interesse dann wieder verflog wie ein flüchtiger Rausch? Sie fühlte, das wäre dann tausendfach schlimmer, als wenn er sie nie beachtet hätte. Und deshalb beherzigte sie Doras Mahnung: »Mache es ihm nicht zu leicht, dich zu erobern. Ein leicht errungenes Glück ist keins für einen Mann.«

Und so sehr sich Raina sehnte, Arnulfs deutlichem Werben um ihre Zuneigung entgegenzukommen, bezwang sie sich doch und zeigte sich ihm zurückhaltend und beherrscht.

Aber sie lernte schnell mit dem allen Frauen eigenen Scharfsinn zu erfassen, was sie tun mußte, um das Gefühl, daß in seinem Herzen für sie zu erwachen begann, zu vertiefen und zu verstärken. Und durch ihr ganzes Verhalten, das Arnulf nicht nur Bewunderung und Hochachtung, sondern auch zärtlichere Gefühle abnötigte, gelang es ihr auch, diese Gefühle zu veredeln.

Einige Tage waren vergangen in einem seltsamen Empfinden für die jungen Leute. Arnulf hatte, da sie keine Hochzeitsreise machten, nicht längeren Urlaub genommen. Sein Dienst nahm ihn jeden Tag mehrere Stunden in Anspruch. Aber wenn er zu Ende war, eilte er sehnsüchtig heim. Und wenn er dann plaudernd mit Raina zusammensaß, fühlte er ein nie gekanntes Behagen in sich aufsteigen. Sie plauderte wirklich reizend und anregend, und zu seinem Erstaunen entdeckte er einen ungeahnten Schatz an Wissen in ihrer Unterhaltung.

Einmal kam er früher nach Hause als Raina glaubte. Da vernahm er schon auf der Treppe wundervolles Klavierspiel. Es drang aus seiner Wohnung.

Leise öffnete er mit seinem Schlüssel die Wohnungstür und trat ein. Raina hörte ihn nicht. Er blieb durch einen Vorhang verborgen stehen und lauschte den Klängen, die unter ihren Händen hervorquollen. Wie gebannt schaute er in ihr beseeltes, durchgeistigtes Gesicht. Sie sah in diesem Augenblick wahrhaft schön und bezaubernd aus.

Als sie geendet hatte, trat er vor. »Man erlebt täglich neue Überraschungen an dir, Raina! Du bist ja eine Meisterin auf dem Flügel! Warum hast du mich nie etwas hören lassen?«

Sie war erschrocken emporgefahren: »Ich falle nicht gern jemand lästig mit meinem Klavierspiel«, sagte sie fast schroff; denn sie fürchtete, ihm in ihren Tönen zu viel verraten zu haben.

»Lästig?« fragte er kopfschüttelnd. »Ich habe dir soeben mit großem Genuß eine Weile zugehört. Dein Spiel ist wundervoll, und wenn es nicht unbescheiden ist, bitte ich dich herzlich, mir zuweilen etwas vorzuspielen.«

Sie sah eine Weile schweigend vor sich hin. Gern tat sie es nicht; denn sie wußte: wenn sie musizierte, gab sie etwas von ihrem Inneren preis. Aber sie dachte an Doras Mahnung, ihrem Gatten zu zeigen, was in ihr sei, damit er sie kennenlernte, und schließlich sagte sie zögernd:

»Ich weiß nicht, ob ich vor Zuhörern spielen kann. Bisher spielte ich nur für mich allein. Aber wenn du Nachsicht haben willst und dir wirklich daran liegt, will ich es wohl tun. Doch werde ich nie ohne Aufforderung spielen. Wenn du mich hören willst, mußt du es mir sagen; denn manchmal ist man nicht in der Stimmung, Musik zu hören.«

Er führte ihre Hand an seine Lippen und sah ihr tief in die Augen. »Daß Frauen rätselhaft sind, habe ich schon immer gewußt; aber keine ist mir je ein so großes Rätsel gewesen wie meine eigene.«

Sie zog ihre Hand zurück. Ihr Beben sollte ihm nicht verraten, wie erregt sie war.

»Du kommst heute so früh vom Dienst nach Hause«, sagte sie ablenkend.

»Ist es dir unangenehm?« forschte er.

»Wie sollte es?« fragte sie ruhig.

Er seufzte und zog sich dann zurück, um sich umzukleiden.

So gab es täglich kleine Erlebnisse zwischen dem jungen Paar, die eine verhaltene Erregung auf beiden Seiten zurückließen.

Arnulf bat in der Folge seine Frau fast jeden Abend, ihm etwas vorzuspielen. Immer setzte er sich dann so, daß er ihr Gesicht studieren konnte. Und er fand sie nie schöner und bezaubernder, als wenn ihr Antlitz die Regungen ihrer Seele widerspiegelte, die sie durch ihr Spiel zum Ausdruck brachte. Im Anfang war sie zuweilen etwas unsicher und beklommen, aber das verlor sich immer schnell. Sie vergaß meist schon nach wenigen Minuten, daß sie nicht allein war.

Es war eine ganz wunderliche Zeit für das junge Ehepaar, dies gegenseitige Suchen und Tasten nach gemeinsamen Berührungspunkten. Arnulf war nie in einer ähnlichen Stimmung gewesen wie jetzt. Nie hatte eine Frau ein ähnliches Gefühl in seiner Seele ausgelöst wie Raina. Es wallte oft wie heimliche Rührung in ihm auf, wenn er sah, wie vorzüglich sie sich in den neuen Verhältnissen zurechtfand. Staunend sah er, wie geschmackvoll sie sich jetzt stets kleidete und ihre Unsicherheit im Verkehr mit anderen Menschen überwand. Sie kamen ja nicht viel mit Bekannten zusammen, aber dieser und jener begegnete ihnen doch, und dann sah Arnulf immer mit heimlicher Befriedigung, wie man Raina bewundernd und erstaunt ansah.

Einer von Arnulfs Kameraden sagte eines Tages ganz verblüfft zu ihm: »Donnerwetter, Reckenberg, Ihre Frau Gemahlin ist ja nicht wiederzuerkennen seit Ihrer Verheiratung. Oder ich war früher blind, daß ich nicht gesehen habe, wie schön sie ist.«

Das kam zu impulsiv heraus, als daß Arnulf hätte zürnen können.

»Ja — manchmal ist man eben mit Blindheit geschlagen«, sagte er nur.

Man schob überall Rainas Veränderung auf Arnulfs Einfluß. Und die Bekannten meinten, er habe sicher vorher gewußt, daß sie so entwicklungsfähig sei. Nun wunderte man sich nicht mehr so sehr, daß der glänzende Offizier Raina von Buchenau heimgeführt hatte.

Arnulf konnte sich nicht genug tun, Raina Aufmerksamkeiten zu erweisen. Es war, als wolle er nachholen, was er früher versäumt hatte. Sie freute sich unsagbar darüber, aber sie zeigte diese Freude nur, soweit sie es für gut hielt. Es war wirklich erstaunlich , wie klug die junge Frau nun ihren Vorteil zu nützen wußte.

Und Arnulf warb von Tag zu Tag eifriger um Rainas Gunst — um ihre Liebe. Er ahnte nicht, daß ihm diese schon längst gehörte, sondern glaubte, Raina stehe ihm jetzt noch so gleichgültig gegenüber, wie er ihr gegenübergestanden hatte. Sie verstand es gut, ihre Gefühle zu verbergen.

IX

Es mochten zwei Wochen seit Rainas Verheiratung vergangen sein, als diese das erstemal als junge Frau Dora besuchte. Sie wurde herzlich und freudig von der Freundin begrüßt. Dora brauchte nicht viel zu fragen. Sie sah in Rainas Augen und wußte, daß die Dinge gut standen.

Mit einem schelmischen Lächeln drehte sie Raina ringsum und betrachtete sie befriedigt. Dann sah sie ihr in die Augen.

»Was bist du für eine reizende junge Frau geworden, meine liebe Raina! Ich glaube bestimmt, daß dein Gatte mich jetzt furchtbar vernachlässigen wird«, neckte sie.

Raina küßte sie herzlich: »Ach, liebe, liebe Dora — ich mußte endlich zu dir kommen und dir noch einmal von Herzen danken. Du hast mir wunderbar gut geraten in allen Dingen. Es geht alles nach Wunsch, nein — viel besser, als ich je gehofft habe! Und das danke ich dir, nur dir allein. Ich wollte schon früher kommen, aber es gab doch in diesen ersten Tagen in meinen Haushalt noch allerlei Schwierigkeiten zu überwinden. Doch nun läuft alles am Schnürchen, und du

kannst mir glauben, daß es sehr behaglich bei uns
ist. Du mußt bald kommen und dich überzeugen.«

Dora zog sie neben sich nieder. »Das will ich
gern tun. Und dann wirst du sagen: ›Der Mohr
kann gehen‹!«

Raina schüttelte den Kopf. »O nein, meine Dora. Zwar hast Du viel, viel mehr als deine Schul-
digkeit getan — ach, ich kann dir niemals genug
dafür danken, aber ich glaube doch, daß ich dich
manchmal noch recht nötig brauchen werde. Bis
jetzt habe ich ja glücklich alle Klippen umschifft,
und du kannst mir glauben, daß ich mir keine
Torheit zuschulden kommen ließ, wenn auch
mein törichtes Herz oft rebellierte. Arnulf ist so
gut — so sehr gut zu mir; er ist so aufmerksam, so
rücksichtsvoll! Nicht eine Stunde läßt er mich allein, wenn ihn nicht der Dienst fortruft.«

»Und hat er nun seine Augen weit aufgemacht?
Hat er erkannt, was für ein Kleinod er an dir ge-
wonnen hat?«

Raina errötete jäh. »Ach, Dora — er sagt mir so
viel Schmeichelhaftes, und du kannst dir nicht
denken, wie erstaunt und betroffen er über meine
Veränderung war. Alles an mir ist ihm neu und
interessant. Ich hätte nie zu hoffen gewagt, daß er
mir so viel Aufmerksamkeit entgegenbrächte. Und
— er gibt sich sichtlich Mühe, mir zu gefallen. Ich
könnte sehr glücklich sein, wenn ich nicht Furcht
hätte, daß er mir sein Interesse so schnell wieder
entzieht, wie er es mir zugewandt hat. Es wird
mir herzlich schwer, mich ihm zurückhaltend und
kühl zu zeigen; viel lieber möchte ich mich ihm

auf Gnade und Ungnade ergeben. Aber ich fürchte, daß es eine Torheit wäre; ich weiß, daß ich stark bleiben muß, um mein Glück zu befestigen. Und du mußt mir schon noch ein Weilchen den Nacken steifen, damit ich mich nicht zu früh unter mein neues Joch beuge, wenn ich es auch gern tragen möchte. Ich will ja nichts, als daß es so bleiben möge wie jetzt.«

Dora streichelte ihre Hand. »Es soll noch besser werden, Raina! Dein Arnulf wäre ja ein Tor, wollte er nicht sein Glück mit starken Armen festhalten für alle Zeit. Aber nicht zu früh kapitulieren, kleine Frau, und nie so ganz und gar, daß es nicht noch etwas zu erobern gibt! Die Männer wollen immer etwas zu erkämpfen haben. Das mühelos Erreichte beglückt sie nicht. Danach mußt du handeln, wenn auch dein weiches Herzchen zu gern alles freigebig verschenken möchte.«

Raina nickte eifrig: »Ja, Dora, ich werde das nicht vergessen.«

Sie plauderten lebhaft noch eine ganze Weile. Dann fragte Dora: »Weiß dein Mann, daß du bei mir bist?«

»Ja, ich habe es ihm gesagt. Er hat jetzt Dienst, sonst hätte er mich kaum allein gehen lassen. Und – ich glaube, er wird mich abholen.«

Bei den letzten Worten flog ein helles Leuchten über Rainas Gesicht.

Dora lachte froh: »Das gefällt mir. So soll es sein!«

»Weißt du, was er heute zu mir sagte, Dora?«
»Nun?«
»Wenn ich vom Dienst nach Hause komme und

dich nicht anwesend finde, fühle ich mich so einsam, daß ich gleich wieder umkehren möchte.«

»Das ist ein erfreulicher Standpunkt. Ich wünsche herzlich, daß ihn die Sehnsucht nach dir niemals mehr zur Ruhe kommen läßt.«

Raina drückte Dora die Hand: »Du mußt Arnulf nicht böse sein.«

Dora lachte: »Wenn ich ihm eine ewig ungestillte Sehnsucht nach dir wünsche, dann ist es das beste, was ich ihm wünschen kann, denn nichts macht glücklicher als Sehnsucht.«

Das sagte sie mit einem weichen, sinnenden Ausdruck. Aber Raina war viel zu sehr mit sich beschäftigt, als daß sie darauf geachtet hätte, daß in Doras Augen auch ein Sehnsuchtsflämmchen glimmte.

»Wie ist es denn mit Tante Barbara?« fragte Dora nach einer Weile. »War sie schon bei euch? Hat sie schon den ersten Schreck über deine Veränderung hinter sich?«

Raina schüttelte aufseufzend den Kopf.

»Nein, das steht mir noch bevor. Sie hat für morgen ihren ersten Besuch bei mir angemeldet. Auch meine Schwiegereltern kommen morgen nachmittag zum Tee zu uns. Die werden sich ganz sicher freuen, mich etwas menschlicher zu finden. Aber Tante Barbara? Weißt du, Dora, daß ich eine greuliche Angst vor ihr habe? Wenn ich das doch überwunden hätte. Diese Angst ist mir zu sehr in Fleisch und Blut übergegangen, sie sitzt zu tief.«

»Du mußt auch das noch schaffen, liebe Seele! Nimm nur dein Herz tapfer in beide Hände, und wenn dir Tante Barbara eine Szene macht, weil du dich nicht mehr in ihre Schablone pressen willst, dann bleibe fest. Den Kopf kann es nicht kosten.«

Raina lächelte ein wenig bänglich. »Nein, das nicht. Aber du hast eben keine Ahnung, Dora, daß einen der Respekt vor der Autorität eines anderen Menschen ganz schwach und hilflos machen kann. Doch werde ich deiner Erziehung Ehre machen und mich nicht unterkriegen lassen.«

»So ist's recht! Nur immer tapfer!«

»Deine Eltern sind wohl nicht zu Hause, Dora?«

»Nein, ich bin allein, aber Mama wird bald nach Hause kommen«, erwiderte Dora.

Gleich darauf wurde ein Besuch gemeldet – Frank Marlow.

Dora stieg dabei das Blut so jäh ins Gesicht, daß Raina aufmerksam wurde.

»Führen Sie Herrn Marlow in das Empfangszimmer; ich komme gleich«, gebot Dora dem Diener. Forschend sah Raina in Doras Gesicht, als sie allein waren.

»Wer ist denn das, Frank Marlow?« fragte sie, die Visitenkarte betrachtend. Dora sah die Freundin mit leuchtenden Augen an.

»Ein Mensch, den ich sehr schätze, Raina. Er ist Amerikaner. Sein Vater hat in Kalifornien große Besitzungen und Plantagen sowie ähnliche Konservenfabriken wie der Kommerzienrat. Dieser steht mit Frank Marlows Vater in reger Geschäftsverbindung. Der junge Mann will sich einige Zeit hier aufhalten und soll von uns in die Gesellschaft eingeführt werden. Ich möchte gern, daß du ihn kennenlernst, Raina. Und wenn er dir gefällt, dann würdest du mir persönlich einen Gefallen tun, wenn du ihm den Verkehr in deinem Hause gestatten würdest. Ich muß dir gelegentlich mehr von ihm erzählen. Aber erst sollst du ihn kennenlernen und dir ein Urteil bilden.«

Dora wußte sehr wohl, daß sie gegen den Willen ihres Stiefvaters handelte, wenn sie Frank Marlow den Verkehr im Reckenbergschen Hause ermöglichte und ihm dadurch Einlaß in die aristokratischen Kreise verschaffte. Aber sie kehrte sich nicht daran.

Raina erhob sich bereitwillig.

»Jetzt bin ich schon sehr gespannt auf die Bekanntschaft des jungen Herrn«, sagte sie lächelnd.

»So komm, ich will ihn dir vorstellen.«

Die beiden jungen Damen, die sich in Doras Zimmer befanden, gingen nun hinunter in den Empfangsraum. Dort fanden sie Frank Marlow, der seine Besuche klugerweise immer so einrichtete, daß er Dora wenigstens einige Minuten allein sprechen konnte. Raina sah, daß seine und Doras Augen strahlend ineinander leuchteten, als sie sich begrüßten.

Rainas Interesse für Frank Marlow wurde wach. Er gefiel ihr ausnehmend. Seine Persönlichkeit war ihr sympathisch, und da sie annahm, daß sie Dora damit einen Gefallen tat, so kam sie dem jungen Mann sehr liebenswürdig entgegen.

Dora bezeichnete Raina als ihre beste und treueste Freundin. Das bestimmte Frank Marlow, Sympathie für die junge Frau zu fassen, und so kamen sie sich schnell näher. Liebenswürdig forderte Raina den jungen Mann auf, seine Karte bei ihr abzugeben.

Frank Marlow nahm diese Erlaubnis dankbar an; hoffte er doch, dadurch Gelegenheit zu haben, Dora auch außer diesem Haus zu begegnen.

Er hätte am liebsten jeden Tag, jede Stunde in Doras Gesellschaft verbracht. Sooft wie möglich war er im Planitzschen Hause gewesen. Er hatte hier auch viele Bekanntschaften und im Anschluß daran in einigen Häusern Besuche gemacht. Aber so freundlich er auch überall aufgenommen wurde, so lag ihm doch wenig an einem Verkehr, bei dem er nicht zugleich Doras Gegenwart genießen konnte.

Obwohl es ihm nur selten vergönnt war, einige Minuten ungestört mit Dora zu verplaudern, wußte er doch solche Augenblicke gut auszunützen, und die beiden jungen Menschen waren einander sehr nahegekommen, viel näher, als sonst bei so kurzer Bekanntschaft üblich war. Sie hatten beide das Gefühl einer unbedingten Zusammengehörigkeit.

Raina merkte sehr wohl, daß Dora Frank Marlow nicht so kühl und unnahbar gegenüber stand wie anderen Herren. Und das bestärkte sie, dem jungen Mann freundlich und liebenswürdig zu begegnen.

Etwa zehn Minuten hatten sich die beiden Damen mit Frank Marlow unterhalten, als Frau Helene von einer Wohlfahrtssitzung nach Hause kam. Sie begrüßte Raina sichtlich erstaunt über deren elegantes, hübsches Äußere und Frank Marlow, dem sie ihr Wohlwollen zugewandt hatte, mit wortreichen Liebenswürdigkeiten.

»Es tut mir sehr leid, daß ich Sie warten ließ,

174

Herr Marlow. Leider ist es schon einige Male geschehen. Aber ich bin zu sehr von allen Seiten in Anspruch genommen, und die Sitzung dauerte heute recht lange. Man reibt sich tatsächlich auf im Dienst der Wohltätigkeit, und die Leute danken es einem in keiner Weise.«

So plauderte sie weiter und nahm den jungen Mann wieder ganz für sich in Anspruch. Durch allerlei Nichtigkeiten störte sie die vorher so angeregte Stimmung.

Als Frau Helene im Laufe des Gesprächs erfuhr, daß Frau Raina von Reckenberg Frank Marlow ihren Salon geöffnet hatte, war sie sichtlich erstaunt und betroffen. Auf Wunsch ihres Mannes sollte sich doch der Verkehr des jungen Mannes auf die bürgerlichen Kreise beschränken. Empfing ihn aber die Freifrau von Reckenberg in ihrem Haus, dann war das so gut wie ein Freibrief in die Gesellschaft der Aristokratie für ihn. Ihr Gatte würde ungehalten darüber sein, wenn sie selbst sich auch gestehen mußte, daß der junge Mann in seiner vornehmen Art sehr wohl in die besten Kreise paßte. Dora hatte da sicher eine Torheit gemacht, daß sie den jungen Mann mit Frau von Reckenberg zusammengebracht hatte, und ihr Gatte würde darüber sehr zornig sein.

Überhaupt – diese Frau von Reckenberg trat plötzlich verblüffend sicher und selbständig auf. Lud da ohne weiteres einen fremden jungen Mann in ihr Haus ein. Ob das ihrem Gemahl wohl angenehm sein würde?

Während die Kommerzienrätin noch darüber nachdachte, wie sie ihrem Gatten diese Tatsache erklären könne, ohne seinen Zorn zu erregen, wurde Herr von Reckenberg gemeldet.

›Jetzt bin ich doch neugierig, wie die kleine Frau ihrem Gemahl beibringt, daß sie den jungen Marlow aufgefordert hat, sie zu besuchen‹, dachte sie, und gab das Zeichen, den Gemeldeten eintreten zu lassen.

Rainas Gesicht hatte sich mit einer jähen Röte überzogen, als ihr Mann gemeldet wurde, und ihre Augen glänzten verräterisch.

»Dein Mann will dich uns entführen, Raina«, sagte Dora schelmisch.

Als Arnulf eintrat, suchten seine Augen zuerst seine Frau. Aber artig begrüßte er erst die Kommerzienrätin und Dora, ehe er sich ihr zuwandte. Dann erblickte er plötzlich Frank Marlow. Er stutzte einen Moment, und auch Frank sah ihn einen Augenblick überrascht an. Dann streckte Arnulf dem Kalifornier mit erfreutem Gesicht die Hand entgegen.

»Sehe ich recht? Sie wieder in Deutschland, Frank Marlow? Ich denke, Sie sitzen drüben in Kalifornien auf Ihren Plantagen?«

Frank faßte mit warmem Druck seine Hand. »Nein, Herr von Reckenberg, ich habe mal wieder einen kleinen Abstecher gemacht nach Deutschland.«

»Die Herren kennen sich schon?« fragte Frau Helene, etwas verblüfft der herzlichen Begrüßung zusehend.

Arnulf lachte: »Ja, gnädige Frau, für Herrn Marlow ist die Welt sehr klein. Seine Fahrt über den Ozean scheint ihm nur eine kleine Spazierfahrt.

Ich hatte vor einigen Jahren das Vergnügen, ihn in Berlin bei einem Fest der amerikanischen Botschaft kennenzulernen. Wir hatten dann in den folgenden Wochen Gelegenheit, uns ein wenig näherzukommen, und haben Gefallen aneinander gefunden. Das heißt, eigentlich kann ich nur behaupten, daß ich Gefallen an ihm gefunden habe.«

»O nein, das beruht auf Gegenseitigkeit«, sagte Frank lächelnd.

»Na, um so besser! Ich freue mich jedenfalls herzlich, Sie wiederzusehen.«

»Diese Freude teile ich in gleicher Weise.«

»Aber sagen Sie mal, lieber Herr Marlow, Sie scheinen eine besondere Vorliebe für unsere Provinzstadt zu haben; denn Sie fuhren ja schon damals mit mir von Berlin nach D., nicht wahr?«

Dora und ihre Mutter sahen Frank überrascht an.

»Sie waren schon einmal in D.!« rief die Kommerzienrätin erstaunt.

Frank zögerte nur einen Augenblick; dann sagte er ruhig: »Allerdings, gnädige Frau, aber nur einen Tag, sozusagen auf der Durchreise.«

»Und da haben Sie uns nicht einmal besucht«, erwiderte Frau Helene mit lächelndem Vorwurf.

»Ich hätte es sicher getan, gnädige Frau, und war auch hier vor ihrem Haus. Aber es waren alle Läden geschlossen, und der Gärtner, der am Gartentor stand, sagte mir, die Herrschaften seien auf einige Monate verreist. Es war im Hochsommer.«

»Ach so — da waren wir im Engadin und haben Sie also verpaßt.«

177

Doras Blick war blitzschnell zu Frank hinübergeflogen: Seine Augen sagten ihr: »Ich werde dir das erklären.«

»Hoffentlich nehmen Sie diesmal hier längeren Aufenthalt, mein lieber Herr Marlow, damit wir Gelegenheit haben, unseren freundschaftlichen Verkehr wieder für einige Zeit aufzunehmen«, sagte Arnulf.

Frank Marlow verbeugte sich: »Es soll mich freuen.Voraussichtlich bleibe ich einige Monate hier.«

»Hier in unserem provinzialen D.? Ist Ihnen das nicht langweilig?«

»O nein. Erstens habe ich Geschäfte hier, und zweitens – in so liebenswürdiger Gesellschaft, wie sie mir hier zuteil wird, langweilt man sich nicht. Ihre Frau Gemahlin hat mir schon gütigst die Erlaubnis erteilt, bei Ihnen vorsprechen zu dürfen.«

Arnulf sah seine Frau an. Nur ein sehr aufmerksamer Beobachter hätte bemerkt, daß in seinem Blick eine leise Befremdung lag.

»Du hast ganz in meinem Sinne gehandelt, Raina«, sagte er aber ruhig. Raina neigte ohne eine Spur von Befangenheit das Haupt, auf dem ein reizendes, sehr kleidsames Hütchen saß, das bedeutend gegen die früheren Kopfbedeckungen Rainas abstach.

»Ich wußte natürlich nicht, daß du mit Herrn Marlow befreundet bist, Arnulf; sonst hätte ich es dir überlassen, ihn zu uns zu bitten. Es bleibt dir natürlich unbenommen, Herrn Marlow den Freunden unseres Hauses zuzurechnen, die uns immer willkommen sind.«

Frank verneigte sich, Doras Augen strahlten auf, und die Kommerzienrätin blickte mit einem unsicheren Empfinden auf die jungen Herrschaften. Arnulf aber sah seine Frau wieder einmal staunend an. Sie bestimmte da alles so ruhig und gewandt, als sei sie es immer so gewohnt gewesen. Er beeilte sich aber, Rainas Worten hinzuzufügen:

»Ich betrachte es als selbstverständlich, mein lieber Herr Marlow, daß Sie uns oft das Vergnügen machen. Einen eigentlichen Empfangstag haben wir allerdings noch nicht eingerichtet, da wir erst kurze Zeit verheiratet sind. Aber für gute Freunde sind wir jeden Tag zwischen vier und sechs Uhr zu Hause. Und ich hoffe, Sie schenken uns auch zuweilen einen Abend. Du mußt wissen, Raina, daß Herr Marlow ein sehr interessanter und unterhaltender Gesellschafter ist.«

»Oh, das habe ich schon selbst herausgefunden«, erwiderte Raina sehr liebenswürdig und gab sich Frank Marlow gegenüber so freundlich und herzlich, daß Arnulf plötzlich ein unbehagliches, ängstliches Gefühl beschlich. Er war von Raina gewöhnt, daß sie besonders jungen Herren gegenüber sehr scheu und zurückhaltend war. Jetzt konnte man ihr davon nichts anmerken. Sie plauderte heiter und ungezwungen mit Frank Marlow, neckte ihn sogar schelmischerweise ein wenig, daß er die Bekanntschaft mit ihrem Gatten unterschlagen habe, und zeigte entschieden ein warmes, lebhaftes Interesse an ihm.

Wenn Arnulf nun auch in Betracht zog, daß seine Frau sich in allen Dingen sehr verändert hatte, so wollte es ihm doch scheinen, als sei sie dem jungen Mann gegenüber besonders liebenswürdig.

Das beunruhigte ihn entschieden. Es war ihm jetzt durchaus nicht mehr gleichgültig, ob Raina ein junger Mann besser gefiel als er selbst. Fast war es ein Gefühl der Eifersucht, das ihn beschlich. Er ließ seine Augen kaum von seiner Frau. Als sie nach einer Weile mit Frank Marlow ins Nebenzimmer trat, um mit diesem ein dort befindliches Gemälde zu betrachten, über das sie zu Arnulfs Erstaunen soeben sehr kunstverständig gesprochen hatte, sah er ihr unruhig nach.

Dora fing diesen Blick auf, und sie war scharfsinnig genug, ihn richtig zu deuten.

Als jetzt die Kommerzienrätin ebenfalls ins Nebenzimmer ging, um Frank Marlow und Raina noch auf einige andere Bilder aufmerksam zu machen, sagte sie mit einem munteren Lächeln: »Wollen Sie sich die Bilder nicht auch betrachten, Herr von Reckenberg?«

Er wandte ihr sein Gesicht zu, erhob sich und trat schnell zu ihr.

»Mein gnädiges Fräulein, ich will lieber die Gelegenheit dieses kurzen Alleinseins ergreifen, um Sie zu fragen: Welches Zaubermittel haben Sie angewandt, um Raina derartig zu verwandeln?«

Sie sah in sein erregtes Gesicht: »Gefällt sie Ihnen nicht in der veränderten Gestalt?« fragte sie scherzend.

»Das können Sie nicht im Ernst fragen. Sie wissen ja sehr gut, wie entstellt Raina war in ihrer früheren Art, sich zu kleiden und zu frisieren. Aber das Äußerliche, was an ihr verändert ist, das

180

ist noch das wenigste. Ich staune jeden Tag von neuem. So blind bin ich neben ihr hergegangen? Ihre scharfen Augen haben gleich entdeckt, welch ein kostbares Kleinod die schlichte Hülle barg.«

Ihre Augen leuchteten warm in die seinen.

»Und haben Sie endlich auch den Wert dieses Kleinods erkannt?«

Er faßte ihre Hand und zog sie an seine Lippen.

»Mit staunenden Augen, ja, mein gnädiges Fräulein! Und jetzt verstehe ich erst alles, was Sie mir über Raina gesagt haben — jetzt erkenne ich Ihr ganzes selbstloses Walten! Was Sie an Raina getan haben, das haben Sie auch an mir getan. Ich danke Ihnen dafür von ganzem Herzen.«

Mit einem warmen, gütigen Blick sah sie zu ihm auf.

»Es bedarf keines Dankes, Herr von Reckenberg. Ich habe Raina lieb — das ist alles! Und Sie werden jetzt wohl verstehen, was ich an ihr hatte; denn ich kannte sie ja schon länger in ihrer wahren Gestalt, ohne die Buchenauer Schablone. Und wenn ich ein wenig Komödie mit Ihnen gespielt habe, so verzeihen Sie es mir. Ich sah Rainas Glück gefährdet und wollte nach Kräften helfen, es ihr zu retten. Ob es mir gelungen ist, weiß ich nicht. Das liegt nun bei Ihnen. Wenn es Ihnen gelingt, Rainas Liebe und Vertrauen zu erringen, dann wird alles gut sein. Leicht wird Ihnen das vielleicht nicht werden, sie muß erst mancherlei verwinden. Aber es lohnt sich schon, um eine Frau wie Raina ehrlich zu werben. Meinen Sie nicht?«

Er seufzte: »Ich meine, Sie sind sehr klug — und sehr gut. Und ich bin auf dem besten Wege, mich ganz rettungslos in meine eigene Frau zu verlieben.«

»Das freut mich — freut mich von ganzem Herzen! Und nun wollen wir beide eine ganz ehrliche Freundschaft schließen, ja?«

Sie reichte ihm die Hand. Er küßte sie, und sie merkte, daß er sehr bewegt war, als er sagte:

»Diesmal nehme ich Ihre Freundschaft ohne Vorbehalt an. Ich glaube, Sie haben es mit mir so gut gemeint wie mit Raina.«

Offen und klar sah sie ihn an: »Ja, Herr von Rekkenberg, das habe ich wirklich. Und ich wünsche Ihnen beiden innig ein volles, gemeinsames Glück!«

Wieder seufzte er: »Raina wird mir nicht so leicht vergeben können, daß ich blind und taub neben ihr hergegangen bin. Ich habe sie, als sie meine Braut war, in unerhörter Weise vernachlässigt.«

»Das alles können Sie wiedergutmachen.«

»Glauben Sie? Halten Sie es für möglich, daß Raina mir alles vergibt und vergißt, daß sie lernen wird, mir zu vertrauen? Ich möchte mir so gern ihre Liebe erringen. Leider habe ich das früher versäumt.«

Dora war klug. Sie erkannte wohl, daß Arnulf jetzt in seine Frau verliebt war. Aber verliebt sein, heißt noch nicht lieben. Und nur eine wahre, echte Liebe konnte Raina ganz beglücken. So hielt sie es nicht für klug, ihn wissen zu lassen, daß Raina ihn liebte. Einem Charakter wie dem seinen war solche Sicherheit nicht zuträglich, bevor das Gefühl für seine Frau nicht feste und tiefe Wur-

182

zeln geschlagen hatte. Deshalb sagte sie diplomatisch:

»Daß Raina verzeihen kann, großmütig verzeihen, davon bin ich überzeugt. Ob sie es lernt, Ihnen zu vertrauen, und ob sich Ihnen dann ihr Herz zuwendet, das liegt einzig bei Ihnen.«

Er warf einen unruhigen Blick zu seiner Frau hinüber. »Ich werde alles tun, um sie mir ganz zu gewinnen!«

Jetzt kamen die anderen wieder herüber, und das junge Paar verabschiedete sich. Dora flüsterte Raina, als sie diese zum Abschied umarmte, neckend zu:

»Der Mohr kann gehen! Dein Mann hat mir seine Freundschaft geboten!«

Raina stieg die freudige Röte ins Gesicht. Sie wußte, daß ihr Dora durch diese Worte sagen wollte, Arnulf sei von seiner flüchtigen Neigung für Dora kuriert. Sie drückte der Freundin fest die Hand und lächelte froh.

Frank Marlow wollte sich ebenfalls entfernen, aber Frau Helene hielt ihn noch zurück. Er ließ sich nur zu gern halten.

Ein glücklicher Zufall verhalf ihm noch zu einem kurzen Alleinsein mit Dora. Die Kommerzienrätin wurde auf einige Minuten abgerufen. Als sie allein waren, fragte Dora schnell:

»Waren Sie wirklich vor einigen Jahren schon einmal hier?«

Er neigte das Haupt: »Ja, mein gnädiges Fräulein.«

»In welcher Angelegenheit waren Sie hier, Herr Marlow?« fragte Dora.

183

Er lächelte: »Damals wollte ich nur versuchen, Dora Lind von Angesicht zu Angesicht zu sehen, um mich zu überzeugen, daß sie wohl und gesund war. Ich hätte damals nur wenige Tage hier verweilen können, auch wenn ich Sie angetroffen hätte.«

»Also galt hauptsächlich mir dieser Besuch?«

»Im Grunde nur Ihnen! Aber nun eine Frage, die mir am Herzen liegt, mein gnädiges Fräulein: Werde ich Sie zuweilen im Reckenbergschen Haus sehen?«

Sie errötete, als hätte er ihre Gedanken erraten.

»Das kann wohl sein. Raina von Reckenberg hat mich dringend aufgefordert, sie recht oft zu besuchen, und das werde ich tun — obwohl man eigentlich junge Eheleute nicht so viel stören soll.«

»Die Herrschaften sind jung verheiratet?«

»Ja, kaum seit zwei Wochen.«

»Oh, dann ist es fast ein Unrecht, sie zu belästigen«, scherzte er.

Dora lachte: »Wir müssen uns mit dem Gedanken trösten, daß sie während ihrer Empfangszeit doch nicht ungestört sind.«

»Gut, trösten wir uns damit! Übrigens weiß ich nun auch, wie es kam, daß ich Sie auf dem Balkon des Hauses sah, in dem Reckenbergs wohnen. Ich hatte mir nämlich die Hausnummer gemerkt.«

Sie sah ihn forschend an: »Hatten Sie gesehen, daß ich dieses Haus betrat?«

»Ja! Ich bin Ihnen gefolgt. Bitte, zürnen Sie mir nicht! Es ist sonst nicht meine Art. Aber als ich zuerst in Ihre Augen sah, berührten diese mich so seltsam, als sähe ich sie nicht zum erstenmal. Und mir war gleich zumute, als dürfe ich Sie nicht mehr aus den Augen verlieren. Und doch wußte ich damals noch nicht, daß Sie Dora Lind seien!«

Sie lauschte mit brennendem Interesse. Ihr war, als streiche seine Stimme über sie hin wie eine Liebkosung, als er ihren Namen nannte.

»Und wenn Sie es nun gewußt hätten, was hätten Sie dann getan?«

Er lächelte: »Dann hätte ich Sie ruhig gehen lassen; denn ich hätte ja gewußt, wo ich Sie finden würde.«

Sie stützte den Kopf in die Hand: »Selbst auf die Gefahr hin, Ihnen schrecklich neugierig zu erscheinen, muß ich Ihnen sagen, daß ich doch brennend gern wissen möchte, welch ein Geheimnis Sie vor mir verbergen. Können Sie mir nicht wenigstens eine Andeutung machen?«

Er sah ihr in die Augen mit einem Blick, der ihr tief in die Seele drang.

»Ich möchte Ihnen wohl mancherlei sagen, soweit ich nicht zum Stillschweigen verpflichtet bin. Aber hier kann ich nicht zu Ihnen sprechen; wir sind nie ungestört. Jeden Augenblick kann Ihre Frau Mutter eintreten. Wenn es Ihnen möglich wäre, mir an einem anderen Ort zu begegnen, wo wir uns aussprechen können, würden Sie mich sehr erfreuen. Mir ist, als hätten wir uns mancherlei zu sagen. Sie dürfen mir ganz unbedingt vertrauen.«

Ihre Augen sahen ihn leuchtend an: »Das weiß ich! Ich kenne keinen Menschen, dem ich rückhaltloser vertraute als Ihnen. Und deshalb weigere ich mich auch gar nicht, Ihnen eine Zusam-

185

menkunft zu versprechen. Haben Sie morgen vormittag Zeit?«

»Für Sie immer.«

»Gut! Ich werde morgen vormittag um zehn Uhr im Stadtpark spazieren gehen. Sie wissen doch, wo der Stadtpark ist?«

»Ich werde ihn sicher finden«, sagte er.

Sie lächelte und fuhr fort: »Mitten im Stadtpark, dessen Wege sternförmig zusammenlaufen, ist ein Platz, auf dem ein Goethedenkmal steht. Dort werde ich um zehn Uhr sein.«

Seine Augen strahlten sie an: »Ich danke Ihnen, gnädiges Fräulein, und ich werde pünktlich zur Stelle sein.«

Sie konnten nur noch einige Worte wechseln, weil die Kommerzienrätin wieder eintrat.

Am Nachmittag dieses Tages kam der Kommerzienrat in sehr guter Laune nach Hause. Als er dann mit seinen Damen am Teetisch saß, sagte er mit Behagen:

»Was glaubt ihr wohl, wer mich heute draußen in meinem Kontor aufgesucht hat?«

Dora gab sich keine Mühe, zu raten. Nur ihre Mutter war neugierig.

»Nun — wer denn, Robert? Du mußt es sagen, zum Raten habe ich kein Talent.«

Der Kommerzienrat lehnte sich im Sessel zurück und kniff seine Augen zusammen, als wollte er den Effekt seiner Worte recht genießen.

»Also — Baron Kranzau war bei mir.«

Dora hob die Augen. Es zuckte leise um ihren Mund. Aber sie erwiderte kein Wort.

»Was wollte er denn von dir?« fragte Frau Helene.

Er blinzelte ihr zu und warf einen schlauen Seitenblick auf Dora.

»Na, was wird er gewollt haben? Ahnst du es nicht, Helene?«

Frau Helene sah fragend auf Dora, ohne daß diese es bemerkte.

Ihr Gatte lachte laut auf: »Ja, ja, Helene, du bist schon auf der Fährte. Hast wohl schon schwiegermütterliche Ahnungen! Also kurz und gut, der Herr Baron von Kranzau hat in aller Form um die Erlaubnis gebeten, sich um die Hand unseres Töchterchens bewerben zu dürfen.«

Dora richtete sich langsam in ihrem Sessel empor und sah ihn mit ernsten Augen an.

»Und was hast du ihm geantwortet?«

Er lachte: »Na, Töchterchen, was werde ich wohl geantwortet haben? Du weißt doch, daß es mein Wunsch und Wille ist, daß du Baronin Kranzau wirst. Natürlich habe ich ihm nicht gleich gezeigt, wie sehr mich sein Antrag erfreut. Man muß sich ein bißchen rar machen; da hast du ganz recht. Gerade diesen stolzen Aristokraten muß man zeigen, daß man auch wer ist. Aber dann habe ich ihm gesagt, daß er mir als Schwiegersohn willkommen sein würde, und daß ich ihm meine Einwilligung gäbe. Du würdest dich meinem Wunsch selbstverständlich fügen, er habe keine Abweisung zu befürchten.«

Dora fuhr plötzlich hoch empor und stand schlank und aufrecht vor ihm.

»Damit hast du ein Unrecht getan. Ich habe dich nicht im Zweifel gelassen, daß mir Baron Kranzau unsympathisch ist. Solch eine Versprechung hättest du ihm nicht machen dürfen, und ich ersuche dich dringend, ihm sofort mitzuteilen, daß er seine Bewerbung als völlig zwecklos unterlassen soll.«

Der Kommerzienrat trommelte mit den Fingern auf der Lehne seines Sessels und kniff die Augen zusammen, so daß sie nur durch einen schmalen Spalt funkelten. Aber trotzdem war sein Blick scharf und stechend, und es lag ein Ausdruck von Grausamkeit auf seinem Antlitz.

Seine Stimme klang aber noch auffallend gemütlich, als er erwiderte:

»Setz dich, Töchterchen! Ich liebe die tragischen Posen nicht. Du kannst dir wohl denken, daß ich mir reiflich überlegt habe, ob ich diesen Antrag annehme oder nicht. Daß in deinem Köpfchen allerlei romantische Grillen spuken, weiß ich. Bisher habe ich dich ruhig gewähren lassen. Aber in dieser Sache verstehe ich keinen Spaß mehr, damit ist es genug, verstehst du? Ich will zu bestimmen haben, was für einem Schwiegersohn einmal mein Vermögen zugute kommt. Der Baron ist ein Mann nach meinem Geschmack, kein geschniegelter Zieraffe, ein forscher, gesunder Mensch und der feudalste Kavalier, der als Freier für dich in Frage käme. Einige kleine Junggesellengewohnheiten wirst du ihm schon abgewöhnen. Schloß Kranzau soll deine künftige Heimat sein. Ich werde es glänzend restaurieren lassen, und du kannst dort herrlich und in Freuden leben. Sei froh und dankbar, daß ich eine so gute Wahl für dich getroffen habe.«

Dora war leichenblaß, aber um ihren Mund lag

ein Zug, der ihm hätte zu denken geben müssen, wenn er sich Mühe gemacht hätte, ihn zu beachten.

»Ich erkläre dir nochmals, daß ich die Bewerbung des Barons Kranzau nicht annehmen werde! Auf keinen Fall lasse ich mich zu einer Ehe zwingen, die mir so bis ins Innerste widerstrebt. Wenn ich mich einmal verheiraten werde, kann es nur mit einem Mann sein, den mein Herz sich erwählt«, sagte Dora mit fester Stimme.

Die Kommerzienrätin wollte vermitteln, aber ihr Gatte legte seine Hand auf ihren Arm und schob sie zurück. Er lachte ganz gemütlich, aber seine Augen funkelten härter und schärfer als zuvor.

»Mach doch kein Theater, Töchterchen! Wir wollen ganz gemütlich bleiben und Mama nicht aufregen. Ich habe ja vorausgesehen, daß du dich ein wenig sperren würdest, und habe deshalb den Baron gebeten, dir noch vier Wochen deine Freiheit zu lassen. Du wirst also vier Wochen Zeit haben, dich an den Gedanken zu gewöhnen. Aber heute in vier Wochen spätestens wird Baron Kranzau erscheinen und dir in Frack und Lack und mit dem üblichen Rosenbukett die entscheidende Frage vorlegen, die du hübsch deutlich mit einem Ja beantworten wirst.

Mach nur nicht so ein grimmiges Gesicht, Töchterchen, das hilft dir nichts! Mit so einem trotzigen kleinen Mädel werde ich schon fertig werden, verlaß dich darauf! Du kennst mich ja nur von der gemütlichen Seite, und ich rate dir gut, versuche nicht, mich von einer anderen kennenzulernen. Befasse dich jetzt lieber in Gedanken mit deinem Brautschatz! Mama wird dir gern dabei helfen; das ist ja was für sie! Und nun ist die Sache für heute erledigt. Heute in vier Wochen feiern wir Verlobung. Nun kannst du mir noch eine Tasse Tee geben.«

Frau Helene sah unbehaglich in Doras blasses Gesicht, das wie versteinert schien. Sie beugte sich vor und legte die Hand auf den Arm ihrer Tochter. »Nun sei vernünftig, Dora, Papa meint es so gut mit dir. Du kommst in eine glänzende Position.«

Mit einem dunklen, rätselhaften Blick sah Dora ihre Mutter an. »Um eine glänzende Position verkaufe ich mich nicht, Mama. Wie kannst du mir nur zureden, meine Hand ohne mein Herz zu verschenken?«

Frau Helene wußte nicht, was sie erwidern sollte. Sie hatte nur die eine Sorge, daß ihr Frieden und Behagen gestört werden könne. Ihr Gatte enthob sie einer Antwort. Er hob die Hand.

»Na, nun hast du aber genug Tragik verzapft, Töchterchen. Jetzt wollen wir wieder gemütlich sein und nicht mehr davon sprechen. Gewöhne dich an den Gedanken, und laß dir nicht einfallen, Querspäne zu machen. In dieser Angelegenheit verstehe ich keinen Spaß, und in meinem Hause geschieht mein Wille. Damit basta!«

Die letzten Worte sagte er mit einer so unbeugsamen Härte und Bestimmtheit, daß Dora sich darüber klar wurde, daß es einen erbitterten Kampf mit ihrem Stiefvater geben würde. Sie fürchtete diesen Kampf nicht, aber sie sehnte sich

190

auch nicht danach. Daß es bei diesem Kampf wahrscheinlich zu einem Bruch kommen würde, schien ihr gewiß, und sie dachte darüber nach, was danach kommen würde. Weil sie nun schwieg, glaubte der Kommerzienrat, sie habe das Zwecklose ihres Widerstandes eingesehen.

Als er nachher mit seiner Gattin allein war und diese noch immer ein wenig bedrückt vor sich hinsah, klopfte er ihr zärtlich und beruhigend auf die Schulter.

»Nur nicht verzagen, Helene! Dora wird vernünftig sein.«

Frau Helene seufzte: »Sie sieht nicht so aus, als hätte sie allen Widerstand aufgegeben; sie hat einen harten Kopf.«

Er lachte überlegen. »Meiner ist härter! Und hier verstehe ich keinen Spaß.«

»Was willst du aber tun, wenn sie sich dennoch weigert?«

Seine Augen funkelten böse. »Es gibt Mittel, solchen Trotzkopf zu besiegen.«

»Mein Gott, du kannst doch nicht Gewalt anwenden?«

Er sah sie starr an. »Sie wird sich fügen, wenn ich ihr klarmache, daß sie nicht einen Heller erbt, wenn sie nicht meinen Willen tut.«

Frau Helene sah ihn bestürzt an. »Du würdest sie enterben?«

Er lachte gemütlich. »Nicht doch, Helene! Nur drohen werde ich ihr im schlimmsten Fall damit. Dann wird sie schnell klein beigeben, denn auf ein paar runde Millionen verzichtet sie nicht so leicht. Aber bis zu dieser Drohung wird es gar nicht kommen; glaub mir, ich werde mit dem Trotzkopf schon fertig. Sie denkt nur noch nicht daran, daß ich Ernst mache, weil ich ihr sonst immer allen Willen gelassen habe.«

Frau Helene beruhigte sich auch schnell bei diesen Worten. Unangenehmes schob sie stets weit von sich. Sie ließ sich nicht gern ihr vergnügliches Leben stören, und von der wahren Wesensart ihrer Tochter hatte sie so wenig eine Ahnung wie der Kommerzienrat.

X

Dora verließ am nächsten Vormittag in sehr ernster Stimmung das Haus, um mit Frank Marlow zusammenzutreffen.

Sie hatte am Abend vorher noch eine Unterredung mit ihrer Mutter gehabt und diese gebeten, ihren Einfluß auf den Kommerzienrat geltend zu machen, daß er von seinem Wunsch Abstand nähme und den Baron davon abhielte, seine Werbung anzubringen. Ihre Mutter hatte aber keinen Zweifel gelassen, daß sie nichts tun könne, und hatte ihr mit etwas ärgerlicher Dringlichkeit zugeredet, vernünftig zu sein und den Wunsch des Vaters zu erfüllen. Er würde nicht davon abgehen, und wenn sie sich weigere, könne es zu sehr unangenehmen Auseinandersetzungen kommen.

So wußte Dora nun, daß ihr die Mutter nicht helfen würde und daß sie einzig auf sich selbst angewiesen war.

192

Im Stadtpark angekommen, fand sie Frank Marlow schon ihrer wartend am Goethedenkmal. Der Park war um diese Zeit fast menschenleer. Nur einige Arbeiter sah man hier und da beschäftigt, die Wege sauberzumachen.

Mit leuchtenden Augen kam ihr der junge Mann entgegen. Aber als er ihr ernstes Gesicht sah, war er betroffen. »Tut es Ihnen leid, mein gnädiges Fräulein, daß Sie mir dies Zusammentreffen bewilligt haben?« fragte er besorgt.

Sie schüttelte mit leisem Lächeln das Haupt. »Nein, gewiß nicht; sonst wäre ich nicht gekommen.«

»Gott sei Dank! Ich fürchtete es, weil Sie so ernst aussehen.«

Ein leiser Seufzer entfloh ihren Lippen. Es war ein starkes Verlangen in ihr, ihm ihre Sorgen und Nöte anzuvertrauen. Nach einem kurzen Zögern sagte sie leise, langsam neben ihm hergehend:

»Ich hatte gestern eine sehr unangenehme Szene mit meinem Stiefvater, und ich fürchte, daß mir noch viel schlimmere in nächster Zeit bevorstehen.«

Er blickte sie voll ehrlicher Sorge an. »Ist es sehr unbescheiden, wenn ich Sie bitte, mir zu sagen, was Sie bedrückt?« Dora zögerte noch eine Weile. Aber die Sehnsucht, sich diesem einen Menschen gegenüber alles von der Seele zu sprechen, kam mit Allmacht über sie.

»Nein«, sagte sie endlich, »es ist nicht unbescheiden; denn ich fühle, daß ehrliche, warme Teilnahme aus Ihnen spricht. Sie wissen, daß der Kommerzienrat Planitz nur mein Stiefvater ist. Sie wissen auch, daß ich eine tiefe Abneigung gegen ihn hege, und ich darf sagen, daß diese Abneigung begründet ist. Ich habe, seit ich weiß, daß er nicht mein Vater ist, nur einen großen Wunsch gehabt: mich von ihm unabhängig zu machen und keine Wohltaten mehr von ihm annehmen zu müssen. Dazu verhalf mir ein kleines Talent, das ich ausnützte, um mir zu verdienen, was ich an Kleidern und sonstigen Bedürfnissen brauche. Wenn meine Mutter und meine alte Christine nicht wären, hätte ich längst sein Haus verlassen. Ich müßte lügen, wenn ich sagen wollte, er sei nicht gut zu mir gewesen. Im Gegenteil, er hat mich stets zu verwöhnen versucht, und wenn er auch zu anderen Menschen hart und grausam sein kann, meiner Mutter und mir zeigte er sich, wenn auch oft in täppischer Manier, immer von seiner besten Seite. Aber nun kehrt er mir gegenüber andere Seiten heraus. Er verlangt, trotz meiner energischen Abwehr, daß ich die Bewerbung eines Mannes annehmen soll, der mir im besten Fall — gleichgültig ist.«

Frank Marlow fuhr auf. Aber das schnelle Wort, das ihm von den Lippen wollte, blieb ungesprochen. Er sah Dora nur mit einem brennenden Blick an.

Dora fuhr fort: »Bisher habe ich mich damit begnügt, diesem Mann ruhig ablehnend zu begegnen. Aber gestern nachmittag erklärte mir mein Stiefvater plötzlich, Baron Kranzau habe bei ihm um meine Hand angehalten, und er habe sie ihm zugesagt. Er bewilligte mir noch eine Frist von vier Wochen. Nach deren Ablauf soll meine Verlo-

194

bung unweigerlich stattfinden. Auf meine entschiedene Weigerung erklärte er mir, mit meinem Trotz werde er schon fertigwerden. In seinem Haus geschähe nur sein Wille; danach hätte ich mich zu richten.«

Frank Marlow ballte die Hände und biß die Zähne aufeinander. Ganz wild und zornig sah er aus. »Er soll es nicht wagen, Ihnen Zwang anzutun!« stieß er außer sich hervor.

Dora sah ihn mit großen Augen an. Unwillkürlich waren sie beide stehengeblieben, und rings um sie her war alles still und menschenleer.

»Ich lasse mich ganz sicher nicht zwingen, meine Hand ohne mein Herz zu verschenken«, sagte sie leise, aber fest.

Da faßte er ihre beiden Hände. »Dora — Dora Lind, haben Sie Dank für dieses Wort! Nein — erschrecken Sie nicht vor meiner Heftigkeit! Der Gedanke, daß man Sie zwingen könnte, sich gegen Ihren Willen an einen Mann zu binden, könnte mich rasend machen. Wir kennen uns nur erst kurze Zeit, Dora — es ist wohl vermessen von mir, mit Ihnen von Liebe zu sprechen. Aber ich wußte schon im ersten Augenblick, als ich Sie sah, daß mein Herz Ihnen zuflog. Und ich habe gleich am ersten Tag meines Zusammentreffens mit Ihnen an meine Eltern geschrieben, daß, wenn ich ihren Wunsch erfülle und eine deutsche Frau mit nach Hause bringe, diese Frau nur Dora Lind sein kann. Dora! Darf ich hoffen, daß es mir gelingen wird, Ihre Liebe zu erringen? Ich will Sie nicht drängen, will geduldig warten und Sie mir zu verdienen suchen durch schrankenlose Ergebenheit. Ich habe

Sie so herzlich lieb, Dora! Mag Sie der Kommerzienrat enterben und aus seinem Haus weisen, wenn Sie seinen Willen nicht tun! Sie finden drüben bei uns eine neue Heimat, wo man Sie mit offenen Armen und Herzen liebevoll aufnehmen wird. Meine Eltern werden glücklich sein, wenn ich ihnen gerade Dora Lind als Tochter heimbringe! Ach, Dora, so gut sollen Sie es bei uns haben! Wir wollen Sie für alles entschädigen, was Sie hier aufgeben müssen. Meine Liebe zu Ihnen ist stark und tief, mit meinem ganzen Sein verwachsen. Dora — liebe, liebe Dora!«

Ihre Hände bebten in den seinen. Unter Tränen lächelnd sah sie in sein erregtes Gesicht. Aber dabei brach ein strahlendes Leuchten aus ihren Augen.

»Sie brauchen mir nicht so schön auszumalen, was drüben auf mich wartet, Frank! Ich ginge auch in Not und Tod willig mit Ihnen. Um meine Liebe brauchen Sie nicht erst zu bitten, ich glaube, sie gehörte Ihnen vom ersten Augenblick an, als ich Sie sah. Ja, Frank, ich habe Sie lieb, von ganzem Herzen, von ganzer Seele, und weil ich Sie liebte, schenkte ich Ihnen mein ganzes Vertrauen.«

Flüchtig sah er sich um, ob sie allein waren. Dann riß er sie mit einem halberstickten Laut in seine Arme, an sein laut klopfendes Herz, und seine Lippen preßten sich auf die ihren in einem langen, heißen Kuß. Sie vergaßen alles um sich her; die beiden jungen Herzen hatten sich gefunden im innigen Verstehen.

Als seine Lippen sich endlich von den ihren lösten, sahen sie sich tief in die Augen.

196

»Du — meine Dora, meine schöne, stolze Dora —, wie glücklich machst du mich durch deine Liebe!« sagte Frank mit verhaltener Zärtlichkeit.

Sie lächelte süß und hinreißend, wie noch nie jemand Dora Lind hatte lächeln sehen.

»Du kannst nicht glücklicher sein als ich, mein Frank; denn in dir werde ich alles finden, was ich zum Glücklichsein brauche. Ich habe keinen Menschen auf der Welt, der zu mir gehört; denn selbst meine Mutter ist mir fremd. Ich habe nur dich, und du sollst mir alles — alles sein.«

Er küßte sie wieder und sah sie mit so heißer Zärtlichkeit an, daß sie erschauerte.

»Mein geliebtes Mädchen, du sollst nie mehr einsam sein! Nicht nur mein Herz schlägt in treuer Liebe für dich. Es gibt noch eine andere Person, die dich von ganzem Herzen liebt, der dein Wohl höher gilt als das eigene.«

Sie sah ihn fragend an. »Ist das der geheimnisvolle Unbekannte, der dich mit einer Mission zu mir schickte?«

»Ja, meine Dora.«

Sie schmiegte sich an ihn.

»Nun — wer er auch sei —, ich will ihn lieben und segnen, weil er dich zu mir gesandt hat; denn mit dir kam das Glück zu mir. Aber sag mir, kannst du mir auch jetzt das Geheimnis noch nicht anvertrauen?«

Er küßte ihre Hände, andächtig eine nach der anderen. »Nein, Dora, es ist ja nicht mein Geheimnis. Nur so viel will ich dir sagen, daß du diesem Menschen teuer bist — so teuer, daß du es kaum begreifen kannst. Dieser Unbekannte hat, obwohl er weit von dir entfernt lebte, dein ganzes Leben mit sorgsamen Augen bewacht. Aber er hat sich mit dem äußeren Schein begnügen müssen, hat geglaubt, du seiest glücklich und zufrieden im Haus deines Stiefvaters. Er hat sich dir fern gehalten aus triftigen Gründen, und weil er glaubte, du bedürfest seiner nicht. Dieser Unbekannte hat deiner stets voll Sehnsucht gedacht und hat es doch über sich vermocht, dir fernzubleiben, weil er für deine Ruhe, deinen Frieden fürchtete. Als ich das erstemal in Deutschland war, bat er mich schon, ihm direkte Kunde von dir zu bringen. Ich sollte versuchen, dich zu sehen. Aber leider fand ich dich damals nicht zu Hause. Als ich zu ihm zurückkehrte und keine Nachricht von dir mitbrachte, war er sehr niedergeschlagen. Das tat mir leid; denn er ist mir, uns allen daheim, sehr lieb und teuer. Und schließlich erbot ich mich nun selbst, noch einmal nach Deutschland zu reisen und zu versuchen, einen genauen Einblick in dein Leben zu erhalten und zu ergründen, ob du wirklich glücklich seiest. Inzwischen hat er wohl meine Nachricht erhalten, wie ich dich angetroffen habe. Wie die Dinge liegen, glaube ich, daß er nun aus seiner Zurückhaltung hervortritt. Ich sende ihm noch heute Nachricht, daß du mir angehören willst. Es wird ihn von ganzem Herzen freuen.«

Dora lauschte mit einem seltsamen Gefühl Marlows Worten. Arm in Arm, dicht aneinander geschmiegt, gingen sie tiefer in den Park hinein.

»Der Unbekannte ist mit mir verwandt?«

»Ja, Dora!«

»Von meiner Mutter oder von meines Vaters Seite?«

»Von deines Vaters Seite.«

»Und er steht in keinerlei Verbindung mit meiner Mutter?«

Er zögerte. Dann sagte er ruhig: »Nein — seit deines Vaters Tod nicht mehr; du darfst um keinen Preis mit deiner Mutter davon sprechen.«

»Nein, nein, ich tue es nicht. Wahrscheinlich zürnt er meiner Mutter — weil sie nicht gut an meinem Vater handelte.«

»Das weißt du?«

»Ja, von Christine. Ist es so?«

»Es wird wohl so sein.«

»Dann steht er sicher auch meinem Stiefvater abgeneigt gegenüber.«

Frank nickte. »Sehr, mein liebes Herz. Aber nun frage nicht weiter. Gedulde dich nur noch eine kleine Weile.«

Dora seufzte beklommen. »Das ist alles so seltsam, so rätselhaft, und mir ist, als fühlte ich, daß die Gedanken dieses Unbekannten bei mir sind. Vielleicht war es das, was mich immer mit so unbestimmter Sehnsucht in eine unbegrenzte Ferne zog.«

Frank sah sie liebevoll an. »Das kann wohl sein, meine Dora. Aber nun laß uns von etwas anderem reden!«

Sie richtete sich lebhaft auf. »Ja, Frank — erzähle mir von deinen Eltern, von deinem Leben.«

Er drückte ihren Arm fest an den seinen.

»Ich habe meine Eltern sehr lieb. Mein Vater ist ein Mann, zu dem man in Verehrung aufsehen

199

muß. Meine Mutter — die wird dir gefallen. Sie ist nicht so schön, nicht so jugendlich elegant wie die deine. Sie hat schon graues Haar und ist klein und zierlich, daß du ihr einen so großen Sohn nicht zutrauen würdest. Mein Vater und ich verwöhnen sie, und sie verwöhnt uns.«

Sie lachte. »Erzähle weiter — es klingt so lieb, was du sprichst.«

»Mach dich nur darauf gefaßt«, sagte er, »daß dich meine Mutter die ersten vier Wochen nicht aus ihren Armen läßt. Sie hat sich immer brennend eine Tochter gewünscht, und du bist eine nach ihrem Herzen. Aber nun weiter! Meine Eltern sind jetzt sehr reiche Leute mit einem gesicherten Besitz. Fruchtbare Ländereien, die dir paradiesisch scheinen werden, liefern die Ernte für unsere Konservenfabriken. Deren Ruf reicht über die halbe Welt. Aber vor zehn Jahren etwa, da stand die Firma Marlow und Sohn vor großen Schwierigkeiten. Unglücksfälle aller Art drohten die Existenz meines Vaters zu vernichten. Zum Glück hatte er einen Freund, einen echten, wahren Freund, der ihm ein bedeutendes Kapital vorstreckte und ihn so vor dem Untergang bewahrte. Er ist meinem Vater auch sonst noch mit Rat und Tat hilfreich gewesen, und wenn wir jetzt in glänzenden, gesicherten Verhältnissen leben, danken wir es diesem edlen, hochherzigen Mann. Er ist gleichfalls ein Deutscher und steht unserem Herzen so nahe, als gehöre er zu uns. Er ist ein einsamer Mensch, der im Leben viel Unglück hatte, und wir lieben ihn herzlich. Außer meinen Eltern gab es bisher keinen Menschen, der mir so lieb und teuer war wie er.«

Dora sah ihn forschend an. »Ist dieser Mann mein unbekannter Verwandter, Frank?«

»Nicht mehr fragen, Liebling. Bald sollst du alles wissen.«

Er erzählte noch weiter und entwarf ein leuchtendes Bild von dem Wohltäter seiner Familie. Auch von sich selbst und seinen Eltern sprach er noch ausführlicher. Dora lauschte aufmerksam. Alles interessierte sie sehr. Schließlich sagte Frank aufatmend:

»Am liebsten würde ich jetzt gleich mit dir auf und davon gehen, mein Liebling. Aber das geht natürlich nicht. Du sollst dich nicht fortstehlen. Offen und ehrlich will ich bei deiner Mutter und bei deinem Stiefvater um dich werben. Aber wenn sie mir deine Hand weigern?«

Dora seufzte. »Ich fürchte, daß sie es tun.«

»Nun — so werde ich dich ohne ihre Einwilligung zum Altar führen.«

»Das ist nicht so leicht, mein Frank! Noch bin ich nicht mündig. Erst in einem Vierteljahr ist mein einundzwanzigster Geburtstag, und wir müssen uns darauf gefaßt machen, daß der Kommerzienrat auf seine Rechte als mein Adoptivvater pocht. Sicher wird er versuchen, uns zu trennen, denn er will unbedingt einen aristokratischen Schwiegersohn haben.«

Frank sah mit zusammengezogener Stirn vor sich hin. »Nein, er darf uns nicht trennen — nicht einen Tag!«

»So bitte ich dich: Laß uns noch eine Weile geheimhalten, daß wir uns verlobt haben. Ich muß auf alles gefaßt sein, wenn er es erfährt. Und ich weiß nicht, wie weit seine Rechte an mir gehen bis zu meiner Mündigkeit. Das eine erscheint mir sicher: Sobald er weiß, daß ich mich mit dir statt mit Baron Kranzau verlobt habe, ist meines Bleibens nicht mehr sicher in seinem Haus. Ich muß dann vorbereitet sein, es sofort zu verlassen; denn ich halte ihn zu allem fähig. Vor allen Dingen muß ich auch erst meine Christine in Sicherheit bringen.«

»Sie geht mit uns, Dora; du sollst dich nicht von ihr trennen.«

»Dank für dies Wort, mein Frank! Kommt es zu einem offenen Bruch mit dem Kommerzienrat, dann muß auch zur Sprache kommen, daß ich weiß, daß er nicht mein Vater ist, und Christine kann dann nicht länger im Haus bleiben. Aber ich weiß nicht, ob Christine sich wird entschließen können, mit mir übers Meer zu gehen. Sie ist in einem Alter, wo solch ein Entschluß schwerfällt. Ich muß dann sehen, wie ich ihre Verhältnisse sicherstellen kann. Vielleicht bin ich dazu imstande durch den Erfolg meiner vor kurzer Zeit beendeten Arbeit.«

Er lächelte. »Was ist das für eine Arbeit, die meiner stolzen Dora ihre Unabhängigkeit sichern sollte?«

Sie erzählte ihm von ihrer schriftstellerischen Tätigkeit und von dem Roman, den sie jetzt beim Verleger hatte und über den sie jeden Tag Nachricht zu bekommen hoffte.

Er machte große Augen. »So eine berühmte Braut werde ich haben?« neckte er.

Dora seufzte: »Ach, liebster Frank, eine sehr arme Braut wirst du heimführen; denn selbst wenn mich der Kommerzienrat nicht enterben würde – von seinem Geld möchte ich nicht einen Pfennig annehmen.«

Er zog sie fest an sich: »Nein, Dora, das sollst du auch nicht! Und ob du arm oder reich bist, das gilt mir nichts. Ich bin in der Lage, mir eine Frau nach meinem Herzen zu wählen; denn selbst wenn ich nicht der einzige Erbe meines Vaters wäre, so traute ich mir doch zu, eine Frau zu ernähren und ihr ein angenehmes Los zu schaffen. Ich will dich – dich allein! Dein Besitz macht mich so reich und glücklich, daß ich mit keinem Menschen auf Gottes weiter Welt tausche!«

Leuchtenden Auges sah sie ihn an, und ihre Züge erschienen vom Glück verklärt. »Nun mag kommen was will, mein Frank! Du und ich, wir gehören zusammen!«

»Untrennbar, meine Dora! Wird es dir auch nicht zu schwer werden, die Heimat zu verlassen und mit mir übers Meer zu gehen?«

Sie schüttelte den Kopf: »Meine Heimat ist bei dir, an deinem Herzen! Wo du bist, will auch ich sein, und da ist mein Glück!«

Sie überlegten nun noch, wie sie es möglich machen könnten, sich jederzeit Nachricht zu geben und sooft wie möglich zusammenzutreffen.

Wir werden uns bei Reckenbergs treffen, Frank! Raina ist mir treu ergeben; ihr kann ich mich anvertrauen. Sie wird uns helfen, daß wir einander sehen und sprechen können.«

Damit war Frank sehr einverstanden, und nun nahmen sie Abschied voneinander. Das dauerte

203

ziemlich lange. Aber schließlich riß sich Dora los und eilte davon.

Frank sah ihr mit strahlenden Augen nach, bis sie verschwunden war.

Dann folgte er ihr bis an das Ende des Stadtparks. Von hier aus schlug er einen anderen Weg ein.

In seinem Herzen glühte und blühte die Liebe zu seinem herrlichen Mädchen. »Meine Dora Lind«, flüsterte er vor sich hin, und seine Augen leuchteten.

XI

Arnulf und Raina Reckenberg erwarteten Tante Barbaras ersten Besuch. Raina hatte allen Mut zusammengenommen und sich so gekleidet und frisiert, wie sie es jetzt immer tat.

Arnulf hatte keine Ahnung, wie bang seiner jungen Frau zumute war vor Tante Barbaras scharfen Augen. Sie ließ sich äußerlich nichts anmerken und schien ruhig und gelassen.

Um vier Uhr fuhr unten die große, altmodische Buchenauer Equipage vor.

Arnulf hatte in seinem Arbeitszimmer gesessen. Als Tante Barbara gemeldet wurde, ging er hinüber in das Empfangszimmer. Dort trat zu gleicher Zeit Raina von der anderen Seite ein. Sie trug ein sehr elegantes, duftiges Kleid, das Dora ebenfalls für sie ausgesucht hatte und das sie entzückend kleidete.

Tante Barbara erschien in ihrem ehrwürdigen

204

schwarzseidenen Besuchskleid, mit einem etwas merkwürdig aussehenden Hut, der sehr unglücklich auf dem straff zusammengeflochtenen grauen Haarknoten thronte. Er entstammte sicher nicht der neuesten Mode, war weder schön noch kleidsam, und der Rosentuff, der ihn zierte, paßte durchaus nicht zu dem harten, strengen Gesicht der alten Dame.

Als Tante Barbara Raina erblickte, schlug sie die Hände zusammen. Sie ließ sich gar nicht erst Zeit, das junge Paar zu begrüßen.

»Mein Gott, Raina, wie siehst du denn aus? Wollt ihr zu einem Sommerfest gehen? Du siehst aus, als wolltest du Theater spielen. Ihr hättet mir doch absagen sollen, wenn ihr etwas vorhattet«, sagte sie mißbilligend.

Raina nahm allen Mut zusammen. »Wir haben gar nichts vor, Tante Barbara«, sagte sie so ruhig sie konnte.

»Weshalb hast du denn dann so ein fludderiges Kleid angezogen?« examinierte Tante Barbara streng.

»Es ist ein Teekleid, Tante.«

»Ein Teekleid? Was ist das für ein Unsinn! Teekleid? Wozu brauchst du ein Teekleid. Solch ein unpraktisches Ding lasse ich mir wohl bei einer jungen Frau zu einer großen Gesellschaft gefallen, aber doch nicht im Hause! Ich habe dir doch vier Hauskleider zu deiner Aussteuer bestellt!«

Rainas Herz klopfte bis zum Hals hinauf, und Arnulfs Stirn rötete sich bedrohlich bei diesem Examen, das die alte Dame mit seiner Frau anstellte.

»Ja — dies ist eins von den Hauskleidern, Tante Barbara«, versetzte Raina.

Die alte Dame sank sprachlos in einen Sessel. Nach einer Weile sagte sie: »Das soll ein Hauskleid sein? Na, da muß ich doch nachher gleich einmal deinen Kleiderschrank durchsehen! Da scheinst du ja mit Fräulein Planitz zusammen schön unpraktisches Zeug eingekauft zu haben! Ich sage ja: Wenn man nicht alles selber macht! Das Kleid zieh mir ja gleich aus und bewahre es dir für Gesellschaften. So ein Unsinn! Was denkst du nur? Und — was hast du denn für Ballschuhchen an? Wohl gar seidene Strümpfe? Wahrhaftig — ja bist du denn unklug geworden? Das ist ja die reine Maskerade! Mann kann dich doch nicht acht Tage allein lassen! Gleich machst du Dummheiten. Also geh, zieh dir erst ein ordentliches Kleid an.«

Rainas Gesicht hatte unter ihren scheltenden Worten den alten, scheuen Ausdruck bekommen. Sie rang mit dem alten Gefühl der Abhängigkeit und Unterwerfung, das sie immer unter Barbaras Joch gebeugt hatte.

Arnulf sah das und begriff plötzlich Rainas hilflose Lage, begriff, wie es gekommen war, daß sie in Buchenau eine so ganz andere gewesen war. Er verstand nun auch, wie das alte Fräulein durch solche Scheltworte Rainas Eigenart niedergedrückt hatte, wie diese so hatte verkümmern können. Ein heißes Mitleid mit seiner jungen Frau füllte seine Seele und zugleich ein Gefühl der Angst, daß sie sich wieder in Tante Barbaras Schablone pressen lassen könnte. Ein starkes Verlangen kam über ihn, Raina zu helfen und sie zu schützen vor dem Einfluß der Tante.

»Verzeih, daß ich dir widerspreche Tante Barbara; aber ich wünsche nicht, daß Raina dies Kleid ablegt! Meine Eltern kommen nachher zum Tee, und du bist heute zum erstenmal unser Gast. Das ist für uns eine festliche Gelegenheit, und ich wünsche, daß Raina dementsprechend gekleidet ist«, sagte er, schnell an Rainas Seite tretend.

Er sah, wie Raina verstohlen aufatmete und ihm einen dankbaren Blick zuwarf.

Die alte Dame schüttelte aber wieder mißbilligend den Kopf.

»Wegen deiner Eltern und mir hättest du deine Frau nicht in eine Festtoilette zu stecken brauchen, mein lieber Arnulf. Aber da Raina nun mal das Kleid angezogen hat, mag es so bleiben. Aber die Frisur, die du dir aufgesteckt hast, die ändere nur schnell, ehe deine Schwiegereltern kommen! Du siehst ja darin aus wie eine Dame vom Theater! Ich begreife dich nicht, wie du das Haar so wirr um den Kopf herumstehen lassen kannst, das sieht ja schrecklich nachlässig aus! Nein, so mag ich dich nicht wiedersehen! Schnell, bringe das erst in Ordnung! Ich lege inzwischen ab und sehe mich ein bißchen in der Wohnung um.«

Raina suchte nach einer Antwort. Aber da kam ihr Arnulf wieder zu Hilfe. »Du wirst dich aber doch an diese Frisur Rainas gewöhnen müssen, Tante Barbara. Sie ist zwanglos und kleidsam, und mir gefällt Raina darin viel besser als mit dem straff zusammengedrehten Knoten. Jedenfalls aber wünsche ich, daß Raina diese neue Frisur beibehält.«

Die alte Dame sah Arnulf ganz beleidigt an.

»Na, das muß ich sagen, du scheinst mir einen komischen Geschmack zu haben, Arnulf, wenn dir das gefällt! Mir gefällt es nicht. Aber freilich, Raina ist jetzt deine Frau und hat sich deinen Wünschen zu fügen. Da muß ich mich bescheiden.«

Arnulf nahm lächelnd ihre Hand und küßte sie. »Sei nicht ungehalten, Tante Barbara; aber ein junger Ehemann hat eben einen anderen Geschmack, als —«

Er wollte sagen: »als eine alte Tante«. Aber er bedachte noch zur rechten Zeit, daß dies die alte Dame beleidigen könnte, und so fuhr er fort:

— »als du anzunehmen scheinst. Und du mußt doch zugeben daß Raina in dieser neuen Frisur reizend aussieht.«

Und dabei sah er seine Frau mit so verliebten Blicken an, daß Tante Barbara stutzte und die beiden jungen Leute ziemlich verblüfft betrachtete.

Wenn sie nun hätte ehrlich sein wollen, so hätte sie zugeben müssen, daß Raina viel hübscher aussah als sonst. Aber sie war viel zu ärgerlich, daß hier etwas nicht nach ihrem Kopf ging und daß ihr Raina nicht mehr aufs Wort gehorchte.

Sie blieb verstimmt und verlangte nun, Rainas Garderobe durchzusehen. Arnulf wollte sie, nichts Gutes ahnend, ablenken, aber sie bestand darauf. So konnte Arnulf nur seiner Frau zuflüstern:

»Laß dich nicht unterkriegen! Wenn du Hilfstruppen brauchst — ich bleibe in der Nähe!«

Raina errötete in jäher, heimlicher Freude und

208

hob nun mutiger den Kopf. Daß Arnulf auf ihrer Seite war, machte sie froh. Sie sah ihn wieder mit einem dankbaren Blick an.

»Ich helfe mir nun schon selbst! Ich danke dir«, sagte sie leise und folgte der Tante in ihr Ankleidezimmer.

Da gab es noch eine schlimme Szene. Fast keines ihrer Kleider fand Gnade vor den Augen der Tante, und diese zankte und wetterte mit einer Heftigkeit, als habe sie ihre Buchenauer Dienstboten vor sich.

Ein großer Teil ihres Zornes galt auch Dora, die ihr die Erlaubnis abgeschmeichelt hatte, Rainas Kleider aussuchen zu dürfen.

»Wenn ich geahnt hätte, was sie dir für Plunderkram aussuchte, dann hätte ich ihr sicher meine Erlaubnis verweigert. Was hat sie sich nur gedacht? Mein schönes Geld für solchen Firlefanz! All diese Kleider ziehst du kaum ein halbes Dutzendmal an, dann sind sie kaputt. In spätestens zwei Jahren mußt du neu ausstaffiert werden. Solche Spinnwebstoffe halten doch nichts. Ich bin außer mir, ganz außer mir! Wenn man nicht alles selber macht! Fräulein Planitz werde ich bei Gelegenheit gründlich meine Meinung sagen, das kannst du mir glauben!«

So wetterte das alte Fräulein und hängte wütend ein Kleid nach dem anderen wieder in den Schrank, über jedes noch eine abfällige, vernichtende Kritik liefernd.

Raina hatte wirklich allen Mut nötig, um diesem Sturm in leidlicher Verfassung standzuhalten. Sie ahnte nicht, daß Arnulf im Nebenzimmer na-

209

he der Tür stand und voll Ungeduld lauschte. Er konnte sich kaum noch beherrschen. Am liebsten wäre er hinübergegangen und hätte die alte Dame energisch ersucht, sich seiner Frau gegenüber eines anderen Tones zu bedienen. Das hätte natürlich zu einem schweren Zerwürfnis geführt, und dazu wäre es sicher auch noch gekommen, wenn nicht zur rechten Zeit Arnulfs Eltern eingetroffen wären.

Das benützte Arnulf als Vorwand, der Szene im Ankleidezimmer ein Ende zu machen. Er ging selbst hinüber.

»Raina — meine Eltern sind soeben angekommen; bitte komm, sie zu begrüßen.«

Die junge Frau atmete auf und eilte schnell hinaus. Arnulf verneigte sich vor Tante Barbara und reichte ihr den Arm. Dabei konnte er sich nicht enthalten zu sagen:

»Ich möchte dich ernstlich bitten, Tante Barbara, Raina jetzt nicht mehr in der alten Weise zu bevormunden. Wie soll sie sich unserer Dienerschaft gegenüber Ansehen verschaffen, wenn du sie in solcher Weise abkanzelst?«

Die alte Dame sah ihn zornig an und wollte auffahren. Aber da hörte sie draußen die Stimme von Arnulfs Vater, und als sie in Arnulfs Augen sah, die ernst und fest ihrem Blick begegneten, und die so sehr denen seines Vaters glichen, da schluckte sie die zornigen Worte hinunter. Eine weiche Stelle gab es auch in Tante Barbaras Herzen, und sie konnte Arnulf nicht grollen, weil er eben der Sohn und das Ebenbild seines Vaters war.

210

Sie sagte nur ein wenig gekränkt: »Ich will doch nur Rainas Bestes!«

»Das weiß ich, Tante Barbara, aber bitte, versuche dir klarzumachen, daß Raina kein Kind mehr ist, das du fortwährend gängeln mußt! Laß sich Raina erst einmal bewußt werden, daß sie jetzt selbst für ihren Haushalt und ihre Kleidung einstehen muß. Wenn sie dann auch im Anfang einige Fehler macht, so gibt sich das doch mit der Zeit. Sie wird schon lernen, alles recht zu machen, wenn es auch ein wenig anders ist, als du es haben willst. Junge Leute haben nun einmal zuweilen andere Ansichten als ältere. Und du hast ja durch eine strenge Erziehung Raina eine feste Grundlage gegeben. Nun darfst du wirklich ein wenig nachsichtig sein. Bitte, mach es Raina nicht zu schwer!«

Das sagte Arnulf bei aller Diplomatie so eindringlich, daß Tante Barbara zum erstenmal über ihr Verhältnis zu ihrer Nichte nachdachte. Und sie antwortete nur wieder: »Ich meine es doch gut mit ihr!«

Inzwischen hatte Raina ihre Schwiegereltern begrüßt, und diese waren froh erstaunt und glücklich über die Veränderung, die mit Raina vorgegangen war. Als Arnulf mit der alten Dame eintrat, hörte diese gerade, wie Frau von Reckenberg ganz entzückt ausrief:

»Nein, Raina — du siehst wirklich ganz reizend aus! Man kennt dich ja nicht wieder! Du bist ja eine entzückende junge Frau geworden. Ich freue mich aufrichtig!«

Auch Arnulfs Vater betrachtete die junge Frau

211

mit Wohlgefallen und sagte ihr in seiner vornehm ritterlichen Weise einige Artigkeiten, als er ihre Hand mit scherzhafter Galanterie an die Lippen zog.

Daß Raina über diese Anerkennung errötete, machte sie noch hübscher.

Jedenfalls war Tante Barbara überstimmt. Da auch Arnulfs Eltern Rainas Aussehen lobten, ihre Frisur kleidsam und anmutig, das Kleid durchaus nicht geputzt und »fludderig«, sondern reizend und geschmackvoll fanden, so mußte sie sich geschlagen erklären. Und so hatte Raina, den ersten Sieg über Tante Barbara davongetragen! Sie fühlte aber sehr wohl, daß es mit diesem Sieg schlecht bestellt gewesen wäre, wenn ihr nicht Arnulf und seine Eltern als Hilfstruppen zur Seite gestanden hätten.

Nachdem der Tee eingenommen worden war, rauchten die beiden Herren in Arnulfs Zimmer eine Zigarette, während die Damen einen Rundgang durch die Wohnung machten. Tante Barbara brachte es wirklich fertig, etwas weniger energisch zu kritisieren, wenn ihr etwas mißfiel. Sie sah sehr wohl, daß der junge Haushalt wie seine Herrin eine ganz andere Eigenart bekommen hatte, als es ihre Absicht gewesen war. Frau von Rekkenberg war aber von allem restlos befriedigt und lobte alles, was sie sah, so energisch, daß Tante Barbara ein wenig ihre selbstherrliche Sicherheit verlor.

Schließlich sagte Frau von Reckenberg, Tante Barbaras Hand ergreifend:

»Ich bin wirklich ganz entzückt von diesem

jungen Heim! Du hast alles ganz herrlich eingerichtet, liebe Barbara! Es ist erstaunlich, mit welchem feinen Verständnis du zwischen den etwas massigen Möbeln und den beschränkten Räumen dieser Wohnung vermittelt hast.«

Tante Barbara schüttelte energisch den Kopf: »Mit dieser Anerkennung mußt du dich an Fräulein Planitz wenden! Die hat sozusagen den Dekorateur gespielt. Ich hatte ja keine Zeit, und wenn ich hier meine Bestimmungen getroffen hätte, wäre alles ganz anders ausgefallen«, sagte sie schroff.

Frau von Reckenberg kannte ihre Art und lachte. Sie legte den Arm vertraulich um ihre Schultern und sagte begütigend: »Laß gut sein, Barbara! Es ist alles sehr hübsch geworden, wenn auch nicht ganz in deinem Sinne. Und unsere Kinder werden sich hier sehr behaglich fühlen, bis sie nach Reckenberg übersiedeln. Das ist ja die Hauptsache, nicht wahr?«

Tante Barbara meinte zwar bei sich, die Hauptsache sei, daß ihr Wille geschähe, aber das sprach sie doch nicht aus.

Raina wurde nun immer ruhiger und sicherer. Sie brachte es fertig, sich in Tante Barbaras Gegenwart so zu geben, wie sie es in den letzten Wochen getan. Ihre Schwiegereltern kamen aus dem Staunen nicht heraus, und Tante Barbara sah einigemal ganz verdutzt in Rainas Gesicht, wenn diese so gewandt und sicher plauderte und sich in bestimmter, ruhiger Weise äußerte. Bisher hatte die alte Dame in Raina ein Geschöpf gesehen, das einzig nur durch sie existieren konnte, das keine Meinung, keinen Willen hatte und sich ihr schweigend unterordnete. Jetzt kam ihr zum erstenmal die Erkenntnis, daß Raina ein fertiger, denkender Mensch war und daß sie sich binnen kurzer Zeit in einer Weise entwickelt hatte, die sie nie für möglich gehalten hätte. Je sicherer Raina auftrat, desto betretener sah die alte Dame sie an. Und es war doch ein Gefühl in ihr, als habe sie bei Rainas Erziehung einen Fehler gemacht.

Dies Empfinden war aber der selbstherrlichen und stets so zielbewußten alten Dame äußerst unbehaglich. Menschen, die von ihrer Vortrefflichkeit überzeugt sind und die immer alles gut und richtig zu machen glauben, sehen ein Unrecht nur widerwillig und verstimmt ein. Und so trat auch Tante Barbara heute ihren Heimweg in wenig rosiger Stimmung an.

Auf der Fahrt durch die Stadt erblickte sie plötzlich Dora Planitz, die Einkäufe machte. Sie ließ ihren Wagen halten und rief Dora an.

Diese Gelegenheit, ihrem gepreßten Herzen Luft zu machen, konnte sie sich nicht entgehen lassen.

»Guten Tag, Fräulein von Buchenau«, sagte Dora lächelnd und küßte der alten Dame die etwas widerwillig gereichte Hand. Dora sah die Zorneswolken auf Tante Barbaras Stirn und ahnte, daß sie von Reckenbergs kam.

»Guten Tag, Fräulein Planitz! Das trifft sich gut, daß ich Ihnen begegne. Ich habe es mir heute brennend gewünscht«, erwiderte Tante Barbara, mit großen Schritten in ihren Groll hineinsteigend.

Dora sah sie mit einem heiteren Lächeln an:

»Womit kann ich Ihnen dienen, gnädiges Fräulein?«

»Mir dienen?« brach die alte Dame los, »Gott bewahre mich davor, daß ich je Ihre Dienste wieder in Anspruch nehmen muß! Nehmen Sie mir diesen Entrüstungsschrei nicht übel, Fräulein Dora, aber wenn ich geahnt hätte, was für Kleider Sie für Raina aussuchen würden, dann hätte ich Ihnen nicht die Auswahl überlassen!«

Dora war über diese Standpauke keineswegs zerknirscht. Schelmisch lachte sie die alte Dame an:

»Sind die Kleider nicht hübsch? Sie müssen Raina erst darin sehen«, sagte sie scheinbar harmlos.

»Na, ich danke! Ich habe genug heute von der ersten Probe! Ob die Kleider hübsch sind, weiß ich nicht. Auf solchen Firlefanz verstehe ich mich nicht. Aber unpraktisch und unsolid sind sie alle! Guter Gott — solche Spinnenwebstoffe! Ich hatte Ihnen doch auf die Seele gebunden, Sie sollten auf gute, haltbare Stoffe und solide Machart sehen!«

Dora verlor ihre gute Laune nicht. Ihre Augen sahen so strahlend und sonnig in die der alten Dame, daß diese unruhig auf ihrem Sitz hin und her rutschte.

»Das habe ich doch berücksichtigt, gnädiges Fräulein! Die Stoffe sind alle außerordentlich gut.«

»Hm! Außerordentlich teuer! Aber beim ersten Tragen gehen sie sicher entzwei.«

»Ganz sicher nicht! Diese weichen, modernen Stoffe tragen sich prachtvoll, wenn sie auch duftig sind. Sie halten viel besser als die starren Seiden-

stoffe, die man früher trug und die so leicht brechen.«

»Ausgeschlossen! Sehen Sie sich hier mein
Schwarzseidenes an, das trage ich schon im sechs-
ten Jahr, und es ist noch wie neu.«

Ein Lächeln huschte um Doras Mund.

»Sechs Jahre? Ja — auf so lange Haltbarkeit habe
ich allerdings nicht gerechnet! Da werden die Sachen doch ohnedies unmodern, und Raina muß
als Gattin eines so glänzenden Offiziers und als
künftige Majoratsherrin von Reckenberg vor allen
Dingen darauf sehen, daß sie vornehm und elegant auftritt.«

»Ach, Unsinn! Finden Sie es vornehm, wenn
diese Schleierstoffe sich so eng an den Körper
schmiegen, daß man — na, ich denke, ich will lieber nichts sagen! Da lobe ich mir meine starre
Seide, da sieht kein Mensch, was drunter steckt!
Da braucht man auch keine seidenen Strümpfe,
wo doch wollene viel gesünder sind!

Die seidenen Strümpfe haben Sie doch sicher
auch auf dem Gewissen?«

Dora mußte ein helles Auflachen unterdrücken.
Mit komischer Zerknirschung sah sie die alte Dame an: »Ja, Fräulein von Buchenau, ich bekenne
mich schuldig.«

»Und die Haarfrisur und das ganze umgekrempel-
te Benehmen Rainas — ist das etwa auch ihr Werk?«

Dora nickte, als sei sie selber tiefbekümmert
über ihre Verderbtheit: »Ja, Fräulein von Buchenau — ich habe Raina ganz in der Stille Anmutsunterricht gegeben.«

»Was für Zeug?«

»Anmutsunterricht.«

»Sie wollen sich wohl über mich lustig machen, Sie junges Fräulein?« fragte die alte Dame erbost.

Da faßte Dora ihre Hand und sah sie plötzlich mit großen, ernsten Augen an.

»Ganz gewiß nicht, mein gnädiges Fräulein! Seien Sie mir nur nicht böse. Ich wollte nichts — gar nichts, als Raina davor behüten, daß sie eine unglückliche, vernachlässigte Frau wird, wie sie auch eine unglückliche Braut war. So, wie sie war, hätte sie ihren Mann nicht fesseln können, und er und sie wären unglücklich geworden, glauben Sie es mir! So aber hoffe ich, daß das junge Paar sehr glücklich wird, und das ist doch die Hauptsache, nicht wahr? Ihr gutes Herz freut sich doch gewiß daran, daß Herr von Reckenberg jetzt sehr entzückt von seiner jungen Frau ist und nicht mehr nach anderen seine Augen schweifen läßt. Nun zanken Sie nicht mehr mit mir, bitte, seien Sie mir gut.«

Die alte Dame sah nachdenklich in Doras schöne, bittende Augen. Ihr strenges Gesicht bekam einen etwas freundlicheren Ausdruck. So ganz wirkungslos blieben Doras Worte nicht, zumal auch schon Arnulf ihr ins Gewissen gesprochen hatte.

»Nun — man kann Ihnen wirklich nicht so recht nach Herzenslust böse sein! Aber schön hereingelegt haben Sie mich doch! Und eigentlich müßte ich mich dafür schadlos halten. Das werde ich auch tun: Beim nächsten Geschäft, das ich mit Ihrem Herrn Vater mache, schlage ich zwei Prozent auf!«

Dora lachte: »Meinetwegen vier Prozent, Fräulein von Buchenau.«

Die alte Dame lachte grimmig: »Natürlich, Sie

wissen ja ganz genau, daß Ihr Herr Vater nicht mehr herausrückt, als er für gut hält. Sie müßten mir aber wirklich für den Schaden aufkommen. Tun Sie mir wenigstens den Gefallen und verraten Sie mir, warum Ihr Herr Vater so enorme Abschlüsse macht in diesem Jahr?«

Dora amüsierte sich über die alte Dame; aber sie machte ein ganz ernsthaftes Gesicht: »Was ich selbst weiß, will ich Ihnen gern sagen, gnädiges Fräulein. Er macht so große Abschlüsse, weil er glaubt, daß für Deutschland ein Krieg bevorsteht. Und er hofft, dann alles mit doppeltem und dreifachem Nutzen verkaufen zu können.«

Die alte Dame starrte sie betroffen an: »Das also ist sein Grund! Aber das sind ja Torheiten. Deutschland und Krieg — so ein Unsinn!«

Dora zuckte die Achseln: »Ich behaupte es ja auch nicht und beantworte nur Ihre Frage, so gut ich kann.«

Barbara von Buchenau lachte plötzlich laut auf: »Na, wenn Ihr Herr Vater wirklich darauf spekuliert, dann hat er sich ja gründlich in die Nesseln gesetzt! Heutzutage gibt es doch keinen Krieg mehr in einem so zivilisierten Erdteil wie Europa! Wozu haben wir denn immerfort Friedenskonferenzen und dergleichen? Wenn Ihr Herr Vater darauf gerechnet hat, dann ist er schön hereingefallen! Mir kann es ja recht sein; ich hab' meinen Abschluß mit ihm gemacht, und wenn er einmal das Nachsehen hat, ist es nicht schlimm. So ein reicher Mann kann es vertragen.«

Dora reichte ihr die Hand: »Also daraufhin sind Sie mir wieder gut, ja?«

Die alte Dame lachte versöhnlich: »Na, schön, wir sind nun quitt! Und grüßen Sie Ihren Herrn Vater, und sagen Sie ihm, mit dem Krieg wäre es Essig! Er würde wohl auf seinen Konserven sitzenbleiben, wenn er darauf warten will.«

»Das will ich ihm doch lieber nicht sagen, mein gnädiges Fräulein. In solchen Dingen versteht er keinen Spaß!«

»Na, schön, dann sagen Sie es ihm also nicht. Er wird es ja selber merken, daß er sich verrechnet hat. Adieu, Fräulein Dora!«

»Adieu, Fräulein von Buchenau«, erwiderte Dora freundlich.

Barbara von Buchenau ließ ihren Kutscher weiterfahren. Sie war nun besserer Laune; denn sie freute sich nachträglich doppelt über die zwölf Prozent Preiserhöhung, die sie dem Kommerzienrat abgenommen hatte. Sie sagte sich immer wieder, in diesem Fall sei sie die Klügere gewesen. So fuhr sie befriedigt nach Hause, an ihren Feldern vorbei, die eine gute Ernte versprachen. Darüber verlor sich ihr Grimm über Rainas »fluddderige« Kleider.

XII

Als Frank Marlow sich von Dora getrennt hatte nach dem Zusammentreffen im Stadtpark, ging er sofort zum Telegraphenamt und gab dort eine Depesche auf nach Kalifornien. Diese lautete: »Bitte sofort kommen! Anwesenheit dringend erwünscht und nötig! Frank.«

219

Diesem Telegramm fügte er die Adresse des Empfängers hinzu und schickte es ab. Dann ging er in sein Hotel. Gleich nach Tisch erhielt er dort ein Telegramm von seinem Vater. Als er es gelesen hatte, atmete er auf.

»Das ist gut — ich hätte mein Telegramm sparen können«, dachte er. Sein Vater hatte ihm depeschiert:

»L. abgereist. Trifft 23. Juli in Hamburg ein. Erwartet Dich dort in bekanntem Hotel. Dein Vater.«

Frank war sehr froh über diese Nachricht. Die Unterredung mit Dora hatte ihn veranlaßt, auf alle Fälle Hilfe herbeizurufen. Es konnte doch sein, daß der Kommerzienrat sich irgendwelcher Mittel bedienen würde, um eine Verbindung Doras mit ihm zu verhindern — Mittel, gegen die er allein machtlos war. Für diesen Fall mußte er Hilfstruppen beschaffen. Und das Telegramm seines Vaters sagte ihm, daß diese Hilfe schon unterwegs sei. Das beruhigte ihn sehr.

Er überließ sich nun seinem Glücksgefühl. Seine Liebe zu Dora war in dieser kurzen Zeit so stark und tief geworden, daß er nicht von ihr lassen konnte. Und er wußte, daß Dora seinen Eltern die liebste Schwiegertochter sein würde, die er ihnen bringen konnte.

Frank Marlow war sonst ein fleißiger, rastlos tätiger junger Mann. Aber jetzt warf er sich auf den Diwan, zündete sich eine Zigarette an und träumte vor sich hin. Der etwaige Widerstand des Kommerzienrats machte ihm keine Sorge mehr; er wußte: im schlimmsten Fall gab es ein wirksames Mittel, diesen Widerstand zu besiegen!

220

Er beschloß, auf jeden Fall seine Verlobung mit Dora geheimzuhalten, bis der geheimnisvolle Helfer in Deutschland eingetroffen war.

Nachdem er sich eine Weile seinen glücklichen Träumen überlassen hatte, erhob er sich und setzte sich an seinen Schreibtisch, um ausführlich an seine Eltern zu schreiben. Er teilte ihnen mit, daß er sich mit Dora Lind verlobt hatte und bat um ihren Segen. Diesen Brief brachte er selbst zur Post.

Am nächsten Tag, um die Mittagszeit, bummelte Frank durch die jetzt sehr belebten Straßen. Am Marktplatz traf er Arnulf von Reckenberg mit einigen Kameraden. Die Herren kamen vom Dienst und wollten zusammen in einer nahen Weinstube einen Frühschoppen trinken.

Arnulf erblickte Frank und hielt ihn an. Er machte ihn mit seinen Kameraden bekannt und forderte ihn auf, mitzukommen.

Frank sah unschlüssig auf die anderen Herren. »Ich möchte nicht stören.«

Da wurde er aber lachend auch von diesen aufgefordert, sich ihnen anzuschließen.

Nun willigte er munter ein, und wenige Minuten später saß er mit den Offizieren in einer gemütlichen Ecke beim Weine.

Arnulf sorgte dafür, daß zwischen seinen Kameraden und Frank keine Steifheit aufkam, und da Frank ein sehr amüsanter und anregender Gesellschafter war und mit der vornehmen Sicherheit des gebildeten, weitgereisten Mannes sehr fesselnd zu plaudern wußte, gefiel er den Offizieren sehr, und es wurde ein recht vergnügter Frühschoppen.

221

Die Herren forderten Frank auf, seine freien Abende in ihrer Gesellschaft zu verbringen, und da Arnulf erwähnte, daß Frank ein kühner Reiter sei, der ihm in Berlin die erstaunlichsten Reiterstücklein gezeigt habe, wurde er dringend eingeladen, fleißig die Reitbahn zu benützen. Es wurden ihm sehr liebenswürdige Pferde zur Verfügung gestellt, und man verabredete für einen der nächsten Tage einen gemeinsamen Ritt hinaus nach Reckenberg.

So war Frank mit einem Schlage zu den Offizieren in ein zwanglos vertrauliches Verhältnis getreten.

Der erste, der aufbrach, war Arnulf. Der beabsichtigte Frühschoppen drohte sich zu lange auszudehnen, und Arnulf trieb die Sehnsucht nach Hause — die Sehnsucht nach seiner jungen Frau, die ihn von Tag zu Tag mehr fesselte.

Die anderen Herren wollten ihn noch halten, aber er schob energisch sein Glas von sich und stand auf.

»Ich gehe jedenfalls, bitte Sie aber alle, sich nicht stören zu lassen«, sagte er bestimmt.

»Aber Reckenberg, Sie wollen doch nicht Spielverderber sein? Jetzt wird es ja gerade erst gemütlich.«

»Hierbleiben, Arnulf! Das gilt nicht! Wir sitzen so fidel beisammen. Dieser famose Kalifornier weiß so interessant zu erzählen.«

»Setz dich, Arnulf! Kellner — noch eine Flasche.«

»Nein Kameraden, laßt Reckenberg laufen. Flitterwöchner soll man nicht aufhalten. Wir anderen bleiben noch fünf Minuten; dann gehen wir auch nach Hause, um die müden Knochen auszuruhen.«

So klang es durcheinander. Arnulf rief den Kellner und zahlte. Auch Frank erhob sich.

»Sie wollen auch schon gehen, Herr Marlow?« fragte ein junger Offizier.

»Ich möchte mich Herrn von Reckenberg anschließen.«

»Na, wenn Sie uns auch schnöde verlassen wollen, dann ist es für heute doch mit der Fidelitas aus. Also, gehen wir schon alle!«

Als die Herren in angeregter Stimmung das Lokal verließen, fuhr soeben Kommerzienrat Planitz vorüber. Er war auf dem Weg von den Fabriken nach seiner Villa.

Erstaunt sah er Frank Marlow inmitten der Offiziere. Reckenberg hatte sogar seinen Arm unter den des Kaliforniers geschoben, und sichtlich war man sehr vertraut mit ihm.

Frau Helene hatte ihrem Mann natürlich gemeldet, daß Frank Marlow und Herr von Reckenberg von Berlin her miteinander befreundet seien. Das hatte ihn geärgert. Und als er Frank nun so vertraut mit den Offizieren des feudalen Regiments sah, die alle der Aristokratie angehörten, ärgerte er sich noch mehr.

›Unsereins muß sich Gott weiß wieviel Mühe geben, um in diese Kreise zu gelangen, und diesem jungen Kalifornier fällt das gleichsam im Schlafe zu‹, dachte er.

Aber er grüßte die Herren sehr verbindlich und zuvorkommend. Die Offiziere dankten ziemlich

223

reserviert. Sie hatten ja nicht geschäftlich mit ihm zu tun und brauchten keine Rücksicht zu nehmen. Da ihnen die Persönlichkeit des Kommerzienrats unsympathisch war, beschränkten sie sich auf die äußerste Förmlichkeit. Obwohl Planitz nicht sehr feinfühlig war, merkte er sehr wohl, wie kühl der Gegengruß ausfiel, und das verstärkte noch seinen Ärger auf Frank, der sich so ganz den Anschein gab, als gehöre er von Rechts wegen in diesen Kreis. Und sein Verlangen nach einem adligen Schwiegersohn wurde noch viel größer.

Er machte auch zu Hause bei Tisch den Damen gegenüber seinem Ärger Luft.

Als die Offiziere mit Frank bis zur nächsten Straßenecke gegangen waren, blieben sie stehen, um sich zu verabschieden. In diesem Augenblick kam Baron Kranzau in einem eleganten Reitanzug auf die Gruppe zu. Er hatte in der Stadt Geschäfte gehabt und sein Pferd eingestellt. Nun war er auf dem Weg zu der Weinstube, welche die Herren soeben verlassen hatten. Er begrüßte diese und wurde auch mit Frank bekannt gemacht.

Dieser betrachtete den Baron natürlich mit besonderem Interesse. Das war also der Mann, dem der Kommerzienrat die Hand seiner Tochter zugesagt hatte! Es beschlich ihn ein ganz seltsames Gefühl, als er in das etwas grobe, sonnengebräunte Junkergesicht blickte.

Der Baron sprach laut und mit rücksichtsloser Derbheit, die etwas Brutales, Herrisches hatte. Von Frank nahm er nicht viel Notiz, aber er versuchte, die Herren zu bewegen, umzukehren und

224

nochmals mit ihm in die Weinstube zu gehen. Diese wehrten lachend ab.

»Nee, nee, Kranzau, in deiner Gesellschaft gibt es nur schwere Sitzungen, da geht es ohne einen Mordskater nicht ab. Ich passe.«

»Ich auch. Meine Knochen sind müde und steif. Ich gehe lieber solid nach Hause, nehme ein paar Augen voll Schlaf und esse dann friedlich im Kasino bei einem Glase Schorlemorle.«

Kranzau schüttelte sich. »Brrr! Schauerliches Zeug, dies Schorlemorle. Ist eine verteufelt wässerige Geschichte. Ich verklage jeden, der mir zumutet, Wasser zu trinken. Das ist mir im Stiefel noch lieber als im Magen. Geht denn keiner nochmals mit? Ich lade euch ein, bin jetzt in Gebelaune«, sagte er, einem der Herren auf die Schulter schlagend. Dieser knickte scherzhaft zusammen.

»Das kostet ein Schlüsselbein, Kranzau; wo du hinschlägst, wächst niemals mehr Gras. Streckst wahrhaftig einen deutschen Reitersmann mit einem Faustschlag zu Boden.«

Kranzau lachte eitel. Er bildete sich viel ein auf seine körperliche Kraft.

»Also geht keiner mit? Ist ja schandbar! Ihr wollt deutsche Männer sein und laßt euch so lange zu einem guten Trunk nötigen.«

Zwei von den Offizieren kehrten endlich mit ihm um. Die anderen gingen auseinander.

Frank begleitete Arnulf ein Stück Weges.

»Die beiden sind heute versorgt und aufgehoben«, sagte Arnulf in bezug auf die beiden Herren, die Kranzau begleitet hatten.

»Meinen Sie?« fragte Frank. Arnulf nickte.

»Ja, wenn Kranzau Kumpane gefunden hat, dann läßt er sie nicht eher los, bis sie erledigt sind. Er selbst kann unglaublich viel vertragen. Ich mag ihn nicht und meide seinen Verkehr, wo ich kann. Er ist unmäßig in allen Dingen, trinkt, spielt — na, und in bezug auf die Frauen kann man nur sagen: Wehe, wenn er losgelassen! Ich bin nie ein Heiliger gewesen und habe auch manchen tollen Streich gemacht. Aber Kranzaus Art ist mir in tiefster Seele zuwider — unter uns gesagt, mein lieber Herr Marlow.«

Frank sah nachdenklich vor sich hin. Diesem Mann wollte also der Kommerzienrat Dora ausliefern! Es stieg heiß und grollend in seiner Seele empor.

An der nächsten Straßenecke verabschiedeten sich die beiden Herren.

»Sehen wir Sie bald bei uns?« fragte Arnulf, Frank die Hand reichend.

»Ich werde mir erlauben«, sagte Frank.

»Dann also auf Wiedersehen.«

»Auf Wiedersehen. Bitte, empfehlen Sie mich Ihrer Gemahlin.«

»Danke sehr.« Arnulfs Schritte wurden nun noch eiliger. Die Sehnsucht nach Raina wurde sehr groß.

Als er ein Stück weitergegangen war, trat die Baronin Sundheim aus einem Geschäft. Sie trug eine sehr verführerische Toilette.

Als sie Arnulf erblickte, sah sie ihn auffordernd an, als wollte sie ihn aufhalten. Ihre Augen brannten lockend in die seinen.

Aber diese Augen hatten längst ihre Macht über

226

ihn verloren. Er fühlte in diesem Augenblick mit heißem, aufquellendem Empfinden, daß er für seine junge Frau ein tieferes, besseres Gefühl im Herzen trug als je zuvor für ein weibliches Wesen.

Mit einem artigen, aber kühlen Gruß schritt er schnell vorüber. Je näher er seiner Behausung kam, desto schneller wurden seine Schritte. Als er endlich vor Raina stand, war ihm zumute, als habe er nach einer mühseligen Wanderung einen frischen Quell erreicht, der ihm Labung verhieß.

Raina begrüßte ihren Gatten mit einem jähen Erröten, aber dabei lächelte sie so freundlich und gelassen, daß er nicht ahnen konnte, wie sehnsüchtig sie ihn erwartet hatte. Sie verstand es gut, sich zu beherrschen. Arnulf fühlte sich sehr unzufrieden mit dieser Begrüßung. Immer, wenn es ihn sehnsüchtig nach Hause getrieben hatte, meinte er, müsse sie ihm mit gleichen Gefühlen entgegenkommen und sich ihm in die Arme werfen. Es genügte ihm jetzt durchaus nicht mehr, sich in so verhaltener Freundlichkeit von ihr begrüßen zu lassen, und er war jedesmal bitter enttäuscht.

Raina war genug Evatochter, um zu merken, daß Arnulf sich mit jedem Wort, mit jedem Blick um sie mühte. Für sie war dies ein unsäglich beglückendes Bewußtsein. Es war, als bewerbe sich Arnulf erst jetzt um sie, und er tat es in so zarter und doch dringlicher Weise, daß sie oft ihre ganze Selbstbeherrschung nötig hatte, um ihm nicht zu verraten, wie es in ihrem Herzen aussah. Aber sie war klug geworden, die kleine Frau, und sie wußte, daß es um die Beständigkeit ihres Glückes ging. Wenn sie sich zu früh ergab, dann flatterte er ihr nach einem leichten Sieg am Ende doch wieder davon — und dann gab es kein Wiederfinden mehr.

So bezwang sie sich. Und als ihr Arnulf heute während der Mahlzeit eine Empfehlung von Frank Marlow bestellte, erkundigte sie sich angelegentlich nach diesem, um einen unverfänglichen Gesprächsstoff zu haben.

Das gefiel Arnulf durchaus nicht. Er erzählte nur widerwillig und mußte doch, um ehrlich zu bleiben, zugeben, daß Frank Marlow ein sehr interessanter, achtenswerter und liebenswürdiger junger Mann war.

Schließlich brach er dieses Gespräch etwas gewaltsam ab und kam auf Tante Barbaras gestrigen Besuch zu sprechen. Es gelang ihm, Raina ein leises Lachen abzugewinnen, als er Tante Barbaras Entrüstung nachahmte.

Es war einige Tage später. Dora hatte von ihrem Verleger die Nachricht erhalten, daß ihr Roman außerordentlich gefallen habe und zu den üblichen Bedingungen angenommen sei. Ein Bankscheck lag bei.

Aufatmend legte sie den Schein in ihren Schreibtisch. Bei ihrem nächsten Ausgang wollte sie den Betrag auf der Bank erheben. Nun war sie wenigstens beruhigt, daß sie Christines Zukunft auf alle Fälle sicherstellen konnte.

Als nach einer Weile die alte Dienerin bei ihr eintrat, faßte Dora ihre Hand. »Komm, Christine, setz dich einmal zu mir, ich möchte etwas mit dir besprechen.«

228

Christine sah mit ihren guten Augen in Doras Gesicht und setzte sich bescheiden auf die Kante eines Stuhles. Obwohl sie ihr Dorchen vertraulich noch immer du nannte und diese herzlich liebte und durchaus nicht wie eine Dienerin hielt, vergaß doch Christine nie, in ihrem Wesen die Untergebene zu markieren.

»Was hast du denn, mein Dorchen? Du machst so blanke Augen, als wolltest du mir was recht Schönes sagen.«

»Ja, mein Altchen – es ist etwas Wunderschönes. Aber du darfst es keinem Menschen verraten.«

»Du kannst unbesorgt sein, mein Dorchen. Wenn ich es nicht weitersagen soll, dann behalte ich es für mich, das weißt du doch.« Dora nickte.

»Ja, Christine, das weiß ich. Also hör mich an. Ich habe dir doch gesagt, daß der Kommerzienrat will, daß ich mich mit Baron Kranzau verheirate.«

Christine seufzte bekümmert. »Ja, mein Dorchen. Aber Gott behüte, ich bin sehr froh, daß du ihn nicht willst. Denn siehst du, die Jungfer der Frau Kommerzienrat, die war doch früher bei der verstorbenen Mutter des Herrn Barons in Stellung. Und die Jungfer erzählt unten im Dienstzimmer, wenn wir bei den Mahlzeiten sind, die schlimmsten Sachen von dem jungen Herrn Baron. Ich weiß, du sagst, das sei Dienstbotenklatsch, und magst so etwas nicht hören. Es ist auch nicht nötig, daß du solche Geschichten hörst, das sind häßliche Dinge. Aber ich bin doch heilfroh, daß du den Baron nicht heiraten willst. Das ist doch auch sicher, mein Dorchen?«

Dora sah vor sich hin. »Ganz sicher, Christine!

Lieber würde ich sterben, als so einen Mann heiraten. Aber — verloben werde ich mich nun doch, Christine, oder vielmehr, ich habe mich schon verlobt.«

Christine fuhr auf und schlug die Hände zusammen in freudigem Schreck. »Wirklich, Dorchen? Ist das auch wahr?«

»Ja doch, damit treibe ich keinen Scherz.«

»Darf ich denn wissen, mit wem?« fragte Christine eifrig.

»Ja, du sollst es wissen. Mit Frank Marlow habe ich mich verlobt.«

Nun erschrak Christine wieder. »Guter Gott! Mit dem fremden Herrn, der übers Meer gekommen ist?«

»Ja — mit ihm.«

»Und mit dem willst du wohl gar weit fortziehen?«

»Ja, Christine.«

Der alten Dienerin schossen die Tränen in die Augen. »Ach, du lieber Gott, mein Dorchen — so über das weite, weite Meer, mit einem großen Schiff. Lieber, guter Gott, wenn da nun ein Unglück passiert? Du weißt doch, mein Dorchen, dein armer Vater — er ist auch mit so einem großen Schiff untergegangen. Nun werde ich doch keine ruhige Minute mehr haben, bis ich dich drüben in Sicherheit weiß. So sehr ich mich freue, daß du dich verlobt hast, so sehr bange ich mich nun auch um dich, wenn ich denke, daß du so eine Reise machen mußt. Will denn dein Verlobter nicht lieber in Deutschland bleiben — dir zuliebe?«

»Nein, Christine, er muß nach Kalifornien zurück, zu seinen Eltern.«

Christine wischte sich die Tränen fort. »Da ist mir nun mit eins mein altes Herz recht schwer geworden. Ich sollte mich ja eigentlich freuen, daß du dich verlobt hast, aber wenn du nur nicht so weit weggehen würdest. Da seh' ich dich ja niemals wieder.«

Dora legte den Arm um ihre Schulter. »Könntest du dich nicht entschließen, mit mir zu gehen?«

»Übers Meer?« fragte Christine erschrocken.

»Ja, übers Meer, dorthin, wo meine neue Heimat sein wird.«

Eine Weile sah die alte Dienerin vor sich hin. Sie dachte daran, wie sie weiterleben sollte, wenn sie nicht mehr für ihre junge Herrin sorgen konnte. Da würde ihr der Hauptinhalt ihres Lebens fehlen. Aber so eine weite Reise übers Meer, auf einem Schiff, das so leicht untergehen konnte, das war etwas Ungeheuerliches für Christine.

Dora sah, wie sie mit sich kämpfte und streichelte ihre Hände. »Gute Christine, ich will dich nicht bereden, denn ich weiß, es würde dich große Überwindung kosten, eine so weite Reise zu machen und dich in neue Verhältnisse einzugewöhnen. Daß es mir schwer ankommen würde, mich von dir zu trennen, weißt du. Und ich muß dir noch eins sagen, Christine. Der Kommerzienrat wird nicht leiden wollen, daß ich einen anderen als den Baron Kranzau heirate. Und da wird es also wohl zwischen uns zum Bruch kommen.

Und es ist möglich, daß ich dann zur Sprache bringen muß, daß er nicht mein Vater ist. Dann ist deines Bleibens nicht mehr hier Haus. Aber ich werde auf alle Fälle deine Zukunft sicherstellen, so daß du ohne Sorgen leben kannst, auch wenn du nicht mit mir gehst.«

Die letzten Worte sagte die junge Dame mit leiser, unsicherer Stimme. Sie fühlte, daß es sie sehr schmerzen würde, wenn sie sich von der alten Dienerin trennen mußte, die ihr so lange Jahre viel mehr gewesen war als ihre Mutter.

Christine lauschte auf diesen wehen Herzenston, und ihre Augen wurden wieder feucht.

»Würde es denn dein Verlobter erlauben, daß ich mit dir gehe, mein Dorchen?« fragte sie unsicher.

Dora nickte energisch. »Ja, Christine, ganz gewiß. Es würde ihn freuen, wenn du mit mir gehen würdest, denn er weiß, wie lieb ich dich habe. Und du brauchtest nicht zu fürchten, daß du unter ganz fremden Menschen da drüben leben müßtest. Die Mutter meines Verlobten ist eine Deutsche, und sein Vater stammt auch von deutschen Eltern ab. Es leben überhaupt viele Deutsche dort drüben, und du kannst immer deine Sprache hören. Schön soll es sein in Kalifornien, es ist ein herrliches, fruchtbares Land. Du solltest nur einmal zuhören, wenn Frank erzählt. Und gut solltest du es haben, mein Altchen. Wir wären dann immer beisammen, und du würdest nie einsam sein. Sieh, ich kann mir gar nicht denken, daß ich dich hier zurücklassen soll. Aber natürlich mußt du dich selbst entscheiden, ob du mit mir gehen willst oder

232

nicht. Ich will dich wirklich nicht bereden, etwas gegen deinen Willen zu tun.«

Dabei wurden aber Dora die Augen feucht, und sie umarmte die alte Dienerin, als müsse sie diese halten.

Da holte Christine tief Atem. Sie streichelte Dora über das Haar und dachte daran, wie ihr vor vielen Jahren Hans Lind sein Kind in die Arme gelegt hatte, und sie ihm versprechen mußte, daß sie es nicht verlassen würde, bis er es zu sich rufen könnte.

Hans Lind war tot — ruhte seit langen Jahren auf dem Meeresgrund —, und was man einem Toten versprochen hat, muß man halten. Außerdem fühlte Christine mit Bestimmtheit, daß ihr das Herz brechen würde, wenn sie sich von ihrem Dorchen trennen mußte. Nein — lieber mit über das große Wasser gehen!

Sie richtete sich entschlossen auf. »Ich komme mit, Dorchen, ich komme mit — und wenn es bis ans Ende der Welt geht! Hab' ich doch mein Dorchen lieb und hab' es doch deinem Vater versprochen, daß ich dich nie verlassen werde. Das kann ich auch nicht. Mag's zehnmal über das Wasser gehen, ich komme doch mit.«

Da fiel ihr Dora um den Hals und küßte sie. »Gute Christine, nun bin ich erst so recht von Herzen froh.«

Die alte Dienerin weinte nun doch wieder ein paar Tränen. »Was wird denn aber deine Mutter dazu sagen, daß du fortgehen willst? Da wird ihr doch wohl das Herz ein bißchen weh tun.«

Dora strich sich über die Augen. »Du weißt ja, Christine, Mama hat nicht viel für mich übrig.«

233

»Ja, ja, weil sie eben zu viel andere Dinge im Kopfe hat. Aber wenn es ernst wird — sie ist doch deine Mutter —, und einmal muß sich das Mutterherz in ihr regen. Du sollst sehen, Dorchen, wenn du fortgehst, das wird ihr doch sehr nahegehen, das läßt sie nicht gleichgültig, sicherlich nicht.«

Dora sah vor sich hin. »Wer weiß, Christine. Ich werde ihr jedenfalls nicht sehr fehlen. Aber nun laß uns von etwas anderem reden. Sieh — da hab' ich vom Verlag Nachricht. Man hat meinen Roman angenommen und zahlt mir eine hübsche Summe. Die hätte ich dir gegeben, wenn du hier zurückgeblieben wärst, damit du dir ein behagliches kleines Heim hättest schaffen können, und was ich noch verdiene, daß hätte ich dir geschickt. Aber wo du nun mit mir gehst, will ich dieses und das gesparte Geld lieber benützen, um mir eine kleine Aussteuer anzuschaffen.«

»Ach, Dorchen — eine Aussteuer wird dir doch sicher der Herr Kommerzienrat geben.« Abwehrend hob Dora die Hand.

»Du weißt doch, daß ich nichts von ihm annehme, wenn ich es irgend vermeiden kann. Und jetzt will ich es ganz bestimmt nicht mehr tun. Mein Verlobter weiß, daß er eine sehr arme Braut bekommt.«

»Er zieht aber trotzdem das große Los, mein Dorchen.«

»Ach, du gute Christine, du bist ja gar zu eitel auf mich.«

Christine nickte: »Und stolz, jawohl, ein bißchen hab' ich doch auch dazu geholfen, daß du so ein gutes, liebes Geschöpf geworden bist. Wä-

234

re ich deine Mutter, könnte ich auch nicht stolzer sein auf dich.«

Dora lachte gerührt: »Ja, mein Altchen, wenn ich dich nicht gehabt hätte, wer weiß, was dann aus mir geworden wäre. Aber nun hilfst du mir, ich muß mich umkleiden, denn ich will ausgehen.«

Dora machte sich fertig. Sie wollte zu Raina gehen und war gewiß, daß sie dort Frank treffen würde. Einigemal war das schon geschehen. Aber heute wollte sie früher dort sein als sonst. Sie wollte mit Raina sprechen, ehe Frank kam, wollte sie einweihen und sie bitten, ihr zu gestatten, daß sie zuweilen mit Frank bei ihr zusammentreffen dürfe. Bisher hatte sich dazu noch keine Gelegenheit gefunden.

Als sie die Reckenbergsche Wohnung betrat, hörte sie, wie sie gehofft hatte, daß Raina allein zu Hause sei. Darüber war sie sehr froh.

Raina war nicht sehr erstaunt, als Dora ihr sagte, daß sie sich mit Frank Marlow verlobt hätte. »Ich habe es mir gedacht, Dora, daß aus euch beiden ein Paar würde«, sagte sie lächelnd.

»Hast du etwas gemerkt, Raina?« fragte Dora die Freundin.

»O ja, so allerhand kleine Zeichen, die man nur versteht, wenn man selbst liebt. Aber nun sprich weiter, meine Dora.«

Diese erzählte nun Raina, wie sie sich mit Frank gefunden hatte, und bat sie, die Schützerin ihrer Liebe zu sein.

Das versprach Raina gern, war sie doch froh, Gelegenheit zu haben, Dora auch einmal einen

Dienst zu erweisen. Und sie war sehr eifrig und beriet mit Dora, wie alles einzurichten sei.

Aber dann seufzte sie plötzlich tief auf: »Ach, Dora — eigentlich ist deine Verlobung kein Grund zur Freude für mich. Ich denke erst jetzt daran, daß du mit Frank Marlow weit fortgehen mußt. Wie soll ich mich nur im Leben zurechtfinden ohne dich, du meine treue Führerin und Leiterin.«

Dora sah ihr ernst in die Augen: »Du wirst mich bald ganz entbehren können, Raina. Ich hoffe es wenigstens. Du stehst doch jetzt gut mit deinem Mann, nicht wahr?«

Raina atmete tief auf, und ihre Augen leuchteten: »Ach, Dora, ich glaube wirklich, Arnulf hat mich jetzt herzlich lieb. Er ist so gut und aufmerksam, und neulich, als Tante Barbara hier war und über meine Frisur und die ›fludderigen‹ Kleider schalt, da hat er sehr energisch eine Lanze für mich gebrochen.«

»Weißt du, was ich noch bemerkt habe?« fragte Raina.

»Nun?« meinte Dora.

»Du darfst mich aber nicht auslachen.«

»Gewiß nicht. Also — was hast du bemerkt?«

»Daß Arnulf eifersüchtig ist.«

Dora lachte nun doch. »Ei, das ist gut, sehr gut.«

»Du hältst es also nicht für unmöglich?«

»Was?«

»Daß er wirklich eifersüchtig sein könnte.«

Dora betrachtete Raina mit schelmisch kritischen Blicken: »Wenn ich dich so ansehe — nein, dann halte ich es durchaus nicht für unmöglich.

Und ich freue mich. Ganz toll eifersüchtig soll er werden.«

»Bist du ihm nicht böse?«

»Nein, nein, gewiß nicht. Aber eine tüchtige Portion Eifersucht gönne ich ihm. Es ist gut, wenn er dies Gefühl auch kennenlernt. Dich hat es oft genug geplagt. Und wo Eifersucht ist, da ist auch Liebe. Es kann nicht schaden, wenn er immer einmal von einer so netten, tüchtigen Eifersucht geplagt wird. Sie verhindert, daß er sich in deinem Besitz gar zu sicher fühlt. Und Naturen wie er, die brauchen das geradezu.«

Raina atmete hastig. »Erst erschien es mir ganz unglaublich, daß er eifersüchtig sein könnte. Aber ich habe wiederholt deutliche Anzeichen bemerkt.«

»Schön, ausgezeichnet! Ich gönne es ihm, daß er sich quält.«

»Ach nein — sag das nicht.«

»Sonst zittert dein armes gutes Herzchen um ihn. Ja, so sind die Frauen, immer großmütig in solchen Dingen.«

»Du wirst das an deinem Frank auch noch erleben. Wenn man liebt, will man den Gegenstand seiner Liebe nur glücklich sehen.«

»Ja doch, ich gönne deinem Arnulf so viel Glück an deiner Seite, daß er darum zittert, es zu verlieren. Er soll keinem Mann einen Blick von dir gönnen. Auf wen ist er denn eigentlich eifersüchtig?«

Raina lachte ein wenig »Du wirst staunen — auf Frank Marlow.«

Erstaunt sah Dora auf: »Ah — das wird interessant! Wie kommt er denn dazu?«

Wieder lachte Raina: »Er findet, daß ich zu

freundlich und liebenswürdig gegen Frank Marlow bin und daß ich mich sehr für ihn interessiere. Weißt du, ich hatte doch gemerkt, daß zwischen dir und deinem Frank etwas spielte. Und er gefällt mir auch sehr. So war ich immer viel netter zu ihm, als sonst zu jungen Herren. Da merkte ich, daß Arnulf unruhig wurde. Er hat mich auch ganz nervös ausgefragt, ob ich den Kalifornier gut leiden mag. Ich sagte erst ganz harmlos, ja, er gefalle mir sehr gut, und er plaudere so angenehm, daß ich mich freue, wenn er recht oft zu uns käme. Davon, daß ich zwischen dir und Frank Marlow etwas bemerkt habe, sagte ich natürlich nichts. Jedenfalls sah ich aber, daß Arnulf seltsam still und bedrückt wurde und mich scharf beobachtete, wenn ich mit deinem Verlobten sprach. Ach, Dora — ist es sehr verwerflich, wenn ich mich darüber freue?«

Dora machte ein strenges, kritisches Gesicht: »Ungeheuer verwerflich — ich schaudere.«

Sie lachten beide, und Raina fuhr fort: »Gestern, als Frank Marlow sich melden ließ, meinte Arnulf ganz zornig: ›Ich finde, der Kalifornier kommt recht oft zu uns.‹ Darauf erwiderte ich: ›Findest du? Ich wollte er käme jeden Tag.‹ Da sprang er auf, sah ganz blaß und finster aus und ließ mich nicht aus den Augen. Und wenn er heute wieder da sein wird, wenn er heimkommt, dann wird er wieder sehr bedrückt sein.«

Dora umarmte Raina lachend: »Nun, das muß ich sagen, meine Raina — du bist eine sehr kluge kleine Frau, und ich kann dich beruhigt dir selbst überlassen. Es schadet gar nichts, wenn Frank noch ein wenig die Unruhe schürt. Anscheinend mußt du gar keine Notiz nehmen von deines Mannes Eifersucht, und du darfst gern Frank so nett und interessant finden, wie du willst. Ich halte es für sehr wirksam, wenn du deinem Mann zuweilen ein wenig von ihm vorschwärmst. Natürlich darf er vorläufig nicht ahnen, daß Frank mit mir verlobt ist. Dies Spiel ist ja ebenso ungefährlich wie das, in dem ich deinen Mann von der Baronin Sundheim ablenkte. Sobald die Angelegenheit sich tragisch zuspitzen will, wird Frank, der natürlich ahnungslos bleiben muß, aus dem Feuer gezogen, und seine Harmlosigkeit wird dann dadurch dokumentiert, daß wir ihn deinem Mann als meinen Verlobten vorstellen.«

Raina preßte die Handflächen zusammen: »Zu sehr möchte ich Arnulf aber nicht quälen.«

Dora küßte sie lachend. »Nur noch ein Weilchen, kleine Frau.«

Sie plauderten noch ein halbes Stündchen. Noch ehe Frank Marlow erschien, kam Arnulf nach Hause, früher als ihn Raina erwartet hatte. Er nahm sich nicht Zeit, sich umzukleiden, weil er Raina im Salon sprechen und lachen hörte. Die Eifersucht trieb ihn mit dem im Dienst bestaubten Anzug in das Zimmer seiner Frau.

Unruhig flogen seine Augen umher. Als er nur Dora erblickte, atmete er auf. Er begrüßte sie sehr erfreut und artig und küßte seiner Frau die Hand. Dann entschuldigte er sich.

»Ich komme vom Dienst, mein gnädiges Fräulein, und bitte sehr um Entschuldigung wegen meiner verstaubten Kleider. Ich wollte nur erst meine Frau begrüßen. Sofort kleide ich mich um und bin in zehn Minuten zur Stelle, um mit Ihnen den Tee zu trinken, wenn es gestattet ist.«

»Wir gestatten, Herr von Reckenberg«, scherzte Dora.

Er verneigte sich: »Auf Wiedersehen also, meine Damen.« Damit entfernte er sich eilig.

Die beiden Damen sahen ihm lächelnd nach. »Er glaubte, Frank Marlow sei hier. Sonst kommt er nicht im Dienstanzug in meinen Salon«, sagte Raina mit einem allerliebsten, schelmischen Ausdruck.

Dora sah auf die Uhr. »Ehe er sich umgekleidet hat, wird Frank hier sein.«

»Weißt du das so genau?« neckte Raina.

»Ganz genau.«

Und wirklich — kaum hatte Dora das gesagt, da erschien Frank Marlow. Er wurde von Raina noch herzlicher begrüßt, und Dora sagte ihm sogleich, daß Raina eingeweiht sei.

»Sie hat sich in liebenswürdiger Weise bereit erklärt, das Amt einer Ehrendame bei uns zu übernehmen, lieber Frank.«

Er küßte Raina dankbar die Hand. »Sie machen mich auf ewig zu Ihrem Schuldner, gnädigste Frau«, sagte er.

In demselben Augenblick, als er Rainas Hand an seine Lippen führte, trat Arnulf ein. Er sah, daß Raina dem jungen Mann lieb und freundlich zulächelte und ihn nun bedeutungsvoll ansah. Dora hatte Frank gesagt, daß nur Raina eingeweiht sei, nicht auch ihr Gatte.

Arnulf sah in Rainas Blick irgend etwas Beunru-

240

higendes. Das Blut schoß ihm jäh zum Herzen. Raina war ihm so teuer geworden, daß er nicht ruhig mit ansehen konnte, wie liebenswürdig sie zu Frank Marlow war, zumal sie sich ihm selbst gegenüber noch immer sehr zurückhaltend zeigte. Hätte er nur eine Ahnung gehabt, daß Raina ihn liebte, dann hätte ihn ihre Freundlichkeit zu Frank Marlow wohl ruhig gelassen. Aber so fürchtete er, daß sie diesem ihr Herz zuwenden könnte.

›Verdient hätte ich es wirklich, denn ich war so lange blind und taub für all ihre Vorzüge und Reize‹, dachte er, seine reizende, junge Frau mit brennenden Augen beobachtend. Obwohl er Frank Marlow sehr gern hatte, wünschte er jetzt oft, dieser wäre nicht nach D. gekommen. Daß Raina dem jungen Mann gestattet hatte, seinen Besuch zu machen, noch ehe er selbst ihn dazu aufgefordert, erschien ihm schon ein bedenkliches Zeichen. Wer weiß, ob er diesem sonst sein Haus geöffnet hätte. Aber Raina hatte ihm ja gar keine Wahl gelassen. Er hatte nichts tun können, als diese Einladung zu wiederholen.

Arnulf seufzte auf. Seine Gattin ließ nun den hübschen Teewagen hereinbringen und kredenzte ihren Gästen und ihrem Gatten mit der ihr jetzt eigenen Anmut den Tee.

Arnulf war so in den Anblick seiner Frau vertieft, daß er nicht merkte, daß Dora und Frank sich zuweilen mit einem großen, leuchtenden Blick in die Augen sahen.

Raina trug heute wieder eines der entzückenden »Hauskleider«, die Dora zu Tante Barbaras Entsetzen für sie ausgesucht hatte. Und über ihrer jungen, ernsten Stirn zitterten die rebellischen, goldig schimmernden Löckchen so lieb und reizend, daß Arnulf sich kaum halten konnte vor sehnsüchtigem Entzücken, diese Löckchen mit seinen Lippen zu berühren. Er tat alles, um ihr Interesse zu fesseln und von Frank Marlow abzulenken, und war Dora sehr dankbar, daß diese Frank zuweilen in ein Gespräch verwickelte.

Anscheinend plauderte man friedlich und harmlos miteinander. Aber zwischen diesem harmlosen Plaudern spannen sich geheimnisvoll kleine Fäden heimlicher Beziehungen zueinander, zwischen den vier Menschen hin und her.

Im Laufe des Gesprächs erkundigte Arnulf sich angelegentlich, wie lange Frank Marlow noch in Deutschland, beziehentlich in D. zu bleiben gedenke. Er atmete sichtlich auf, als Frank Marlow erklärte, er werde kaum länger als bis Ende Juli bleiben. Raina und Dora wechselten einen verstohlenen Seitenblick. Sie merkten beide, daß Arnulf aufatmete. Nur Frank blieb ganz harmlos. Weil Raina sich bereit erklärt hatte, das Amt einer Ehrendame zu übernehmen, zeigte er sich ihr gegenüber sehr liebenswürdig. Über Raina kam ein ganz übermütiges Glücksgefühl. Sie ging mehr als sonst aus sich heraus, plauderte und lachte, neckte sich ein wenig mit Frank Marlow und war von einer so reizenden Lebhaftigkeit, daß Arnulf zwischen Entzücken und Eifersucht hin und her schwankte.

In diese Stimmung hinein klang von der Straße herauf eine laute Männerstimme: »Extrablätter! Extrablätter!«

242

Arnulf sprang auf und schickte seinen Burschen hinunter, mit dem Auftrag, ein solches Extrablatt heraufzuholen.

Wenige Minuten später brachte der Bursche das Blatt. Er hatte es sichtlich schon gelesen, denn er sah sehr erregt aus.

Arnulf nahm ihm das Blatt ab und las, und dann ließ er die Hand sinken und sah mit ernsten Augen auf die anderen.

»Der österreichische Thronfolger und seine Gemahlin sind in Serajewo ermordet worden«, sagte er langsam und schwer.

Ein erschrockener Ausruf antwortete ihm auf diese Worte. Dann folgte eine betroffene Stille. — Die Kunde von dem entsetzlichen Verbrechen legte sich beklemmend auf alle Gemüter.

Man saß nun plötzlich im ernsten, schweren Gespräch beisammen. Es war, als senke sich eine Welle einer Ahnung von der tragischen Bedeutung dieses Ereignisses auf die Gemüter herab.

Es wollte keine frohe Stimmung mehr aufkommen, und nach kurzer Zeit verabschiedete sich Dora. Sie mußte daran denken, daß ihr Stiefvater in Erwartung eines Krieges große Abschlüsse gemacht hatte. Und er pflegte sich so selten einmal zu verrechnen. Sollte er auch diesmal recht behalten? Sie schauerte in der warmen Sommerluft zusammen.

Dora und Frank hatten sich so oft wie möglich wiedergesehen. Sie hatten genügend Gelegenheit, sich auszusprechen und alles Nötige miteinander zu beraten, was geschehen mußte, um ihre Vereinigung herbeizuführen.

Frank Marlow war häufiger Gast im Kreis der Offiziere. Er hatte sich ihnen als ein kühner, exzellenter Reiter gezeigt, und sie erklärten einstimmig, daß er ihnen in seiner Reitkunst überlegen wäre, wenn das auch eigentlich für deutsche Reiteroffiziere beschämend sei.

»Sie haben ja den Teufel im Leib, wenn Sie auf einem Gaul sitzen«, sagte ein junger Rittmeister zu ihm.

Frank Marlow lachte. »Das ist nichts Staunenswertes, meine Herren, wenn Sie in Betracht ziehen, daß ich seit meinen Knabenjahren täglich stundenlang auf dem Pferderücken zugebracht habe. Unsere Besitzungen sind sehr ausgedehnt, und man muß da überall nach dem Rechten sehen«, erwiderte er.

Einigemal war er auch noch mit Baron Kranzau zusammengetroffen, doch verhielt er sich diesem gegenüber sehr reserviert. Er erfuhr, daß sich Kranzau beim Wein in vorgerückter Nachtstunde damit gebrüstet hatte, daß er demnächst die reichste und schönste Erbin der ganzen Stadt heimführen würde. Einen Namen hatte er zwar nicht genannt, aber als einige Offiziere auf Dora Planitz rieten, hatte er weder ja noch nein gesagt und nur eitel und selbstgefällig gelächelt.

Inzwischen war der 22. Juli herangekommen, und Frank hatte Dora gesagt, daß er am nächsten Tag in Hamburg sein müsse.

»Reist du in Geschäften dahin?« fragte sie ihn.

Er schüttelte den Kopf. »Nein Dora, ich reise nach Hamburg, um dort einen Freund meines Vaters zu empfangen, der morgen in Hamburg eintrifft.«

244

Sie sah ihn erstaunt an: »Kommt er aus Kalifornien?«

»Ja, direkt aus meiner Heimat.«

»Und er hat hier in Deutschland Geschäfte zu erledigen?«

Frank faßte ihre Hand und küßte sie. Sie befanden sich in Rainas Salon. Diese hatte die Liebenden unter einem Vorwand allein gelassen, um ihnen Gelegenheit zu einer ungestörten Aussprache zu geben.

»Nein, Dora, nicht in Geschäften, sondern in einer privaten Angelegenheit.«

»Wird er dich lange in Anspruch nehmen?«

»Ich glaube nicht. Es ist möglich, daß ich ihn veranlasse, mit hieher zu kommen. Es wäre mir sehr lieb, wenn er dich kennenlernte. Wenn du gestattest, werde ich ihm sagen, daß du meine Braut bist. Er wird nicht darüber sprechen.«

Dora sah ihn mit ihren schönen, stolzen Augen innig an.

»Ich gestatte es gern, Frank. Lange werden wir ja unser Geheimnis doch nicht mehr aufrechterhalten können, denn der Tag rückt immer näher, an dem Baron Kranzau um meine Hand anhalten soll. Ich möchte es nicht erst soweit kommen lassen. Wenn du von Hamburg zurückkommst, kannst du zu meiner Mutter und dem Kommerzienrat gehen und ihnen sagen, daß ich dir mein Jawort gegeben habe. Christine hat in aller Stille schon alles für uns gerüstet. Da deine lieben Eltern uns telegraphisch ihre Einwilligung zu unserem Bund gegeben haben und unserer Verbindung dann nichts mehr im Weg stehen wird als der Wille des Kommerzienrats, werde ich wohl mit diesem eine Aussprache herbeiführen müssen. Und dann müssen Christine und ich bereit sein, das Haus zu verlassen.«

Frank zog sie in seine Arme. »Mach dir keine unnötige Sorge, Dora. Es wird sich alles so regeln lassen, daß du einem ernsten Konflikt mit deiner Mutter und deinem Stiefvater aus dem Weg gehen kannst. Aber froh und glücklich werde ich erst sein, wenn ich dich all diesen drückenden Verhältnissen entführen kann.«

Sie sahen sich lange und innig in die Augen und küßten sich.

Und dann kam Raina zurück und ließ den Tee hereinbringen. Arnulf war heute länger abwesend. In letzter Zeit waren seine Dienststunden länger und anstrengender gewesen, und immer kam er dann voll Unruhe nach Hause. Jedesmal forschte er, ob Frank Marlow dagewesen sei. Bisher war das aber in seiner Abwesenheit noch nicht geschehen.

Frank und Dora waren bereits wieder fortgegangen, als Arnulf heute nach Hause kam. Wieder war seine erste Frage, ob der Kalifornier dagewesen sei.

»Ja, er war hier«, antwortete Raina ruhig.

»Und du hast ihn angenommen?« fragte er, heiser vor Erregung.

»Gewiß, warum sollte ich nicht?«

Er schluckte krampfhaft seine Erregung hinunter. »Das solltest du nicht tun, wenn du allein bist.«

Sie lächelte scheinbar harmlos. »Ich war ja nicht allein, Arnulf, Dora war hier.«

Das erleichterte ihn sichtlich. »So, Fräulein Planitz war auch da?«

»Ja. Und Herr Marlow war gekommen, um sich für einige Tage von uns zu verabschieden. Er reist morgen früh nach Hamburg.«

Das gefiel Arnulf noch besser.

Den Abend verbrachte er in Gesellschaft seiner jungen Frau, obwohl man ihn zu einem Herrenabend eingeladen hatte. Er war eifrig und aufmerksam um sie bemüht, und Raina hatte alle Selbstbeherrschung nötig, um sich nicht in seine Arme zu werfen und ihm zu sagen, wie lieb sie ihn habe. Er bat sie dann auch, wie schon oft, zu musizieren, und lauschte ihrem Spiel mit andächtiger Aufmerksamkeit. Die Töne, die sie dem Flügel entlockte, drangen ihm ins Herz, und seine Augen ließen nicht von ihrem Antlitz.

Am nächsten Morgen fuhr Raina nach Buchenau hinaus, um Tante Barbara zu besuchen. Sie wählte für diesen Besuch ihr einfachstes, praktischstes Straßenkleid und einen ganz schlichten Hut. Dieser Anzug fand dann auch Gnade vor Tante Barbaras Augen. Und sie gab sich ein wenig zugänglicher und hatte sichtlich ein Gefühl leiser Freude, daß Raina so frisch und blühend aussah und sich freier und ungezwungener gab. Als Raina sich von Tante Barbara verabschiedete, faßte sie sich ein Herz, umschloß die Tante mit beiden Armen und küßte sie herzlich auf den Mund.

Das war bisher noch nie geschehen. Die alte Dame hatte weder Zärtlichkeit gegeben noch empfangen. Raina hatte ihr immer nur ergebungsvoll die Hand geküßt.

Ganz erschrocken lag Tante Barbara nur einen Moment in Rainas Armen und spürte die jungen, weichen Lippen auf ihrem Mund. Kam ihr in dieser Stunde wohl die Erkenntnis, daß sie etwas Köstliches versäumt hatte, als sie die junge Seele schroff von sich zurückwies?

Jedenfalls stand die alte Dame eine lange, lange Zeit am Haustor und sah dem Wagen nach, der Raina davontrug. Nach einer Weile raffte sie sich auf und schüttelte den Kopf über sich selbst.

»Was ist nur mit Raina geschehen?« dachte sie und schüttelte die ihr so fremde Weichheit ab, die sie überkommen wollte.

Von Buchenau fuhr Raina über Reckenberg, um auch ihren Schwiegereltern einen Besuch abzustatten. Sie wurde sehr herzlich begrüßt und sollte unbedingt länger verweilen. Aber sie machte sich doch los.

»Wenn Arnulf vom Dienst nach Hause kommt, muß ich da sein«, sagte sie. Da ließ man sie gehen.

Als sie die Hälfte des Heimwegs zurückgelegt hatte, sah sie auf der Chaussee einen Reiter auf sich zukommen. Die Erscheinung erschien ihr bekannt. Sie strengte ihre Augen an und erkannte ihren Gatten. Ihr Herz klopfte laut und stark vor heimlicher Freude.

Als er sie erreicht hatte, ließ er den Kutscher halten und begrüßte seine Frau mit leuchtendem Gesicht.

»Du bist schon dienstfrei, Arnulf? Ich dachte, du würdest erst mittags fertig sein.«

Er lachte. »Eigentlich ja. Aber ich komme direkt

von der Übung, quer durch den Wald, und lasse
meine Leute allein nach der Kaserne zurückrei-
ten. Ich hoffte, dich auf dem Heimweg zu treffen,
und freue mich, daß sich diese Hoffnung erfüllte.«

Sie sah mit einem so lieben Lächeln zu ihm auf,
daß ihm die Brust zu eng wurde.

»Bist du nicht sehr müde vom Dienst? Du hättest dich vielleicht lieber zu Hause ausruhen sollen.«

Er sah ihr tief in die Augen, so tief, daß sie es
bis ins Herz hinein fühlte. »Nein ich bin nicht
müde. Aber wenn ich auch müde gewesen wäre
— zu Hause hätte es mich doch nicht geduldet,
wenn du nicht dagewesen wärst.«

Sie wich seinem Blick aus. »So können wir nun
gemeinsam unseren Heimweg antreten«, sagte sie.

Er gab dem Kutscher Befehl, weiterzufahren
und ritt neben dem Wagen her.

»Ich war auch in Reckenberg bei deinen Eltern,
Arnulf. Sie lassen herzlich grüßen, und Sonntag
sollen wir hinauskommen.«

»Danke. Das können wir ja tun, wenn du Lust
hast. Und wie war es bei Tante Barbara? Hüllt sie
sich noch immer in Zorneswolken?

Sie lachte fröhlich, und dies klare, warme Lachen gefiel ihm so sehr, daß er sich Mühe gab, es
noch einigemal hervorzuholen.

»Nein«, erwiderte sie, Tante war heute viel gnädiger gesinnt und hat nicht ein abfälliges Wort
über meinen Anzug gesagt. Nur das Teekleid von
neulich mußte noch einmal herhalten. Das ist ihr
doch gar zu sehr auf die Nerven gefallen.«

249

So unterhielten sie sich sehr angeregt und kamen in heiterster Stimmung zu Hause an.

Der Tisch war bereits gedeckt, und die Köchin hatte ein erlesenes Mahl bereitet. Das junge Ehepaar kleidete sich schnell um und saß sich dann bei Tisch gegenüber. Rainas Wangen waren von der Fahrt in der frischen Luft gerötet. Ihre tiefblauen Augen strahlten in einer verstohlenen Glückseligkeit. Arnulf konnte den Blick nicht von ihr lassen und fand seine junge Frau wieder einmal sehr reizend und entzückend.

Außerdem wußte er, daß Frank Marlow heute nicht kommen würde. Das erhöhte seine freudige Stimmung.

XIII

Frank Marlow war in Hamburg angelangt und begab sich sofort in das Hotel, in dem, wie er wußte, der Freund seines Vaters absteigen wollte. Dieser war bereits vor einer Stunde eingetroffen und erwartete Frank schon sehnsüchtig. Mit ausgestreckten Händen kam er ihm entgegen.

»Da bist du endlich, mein Junge! Ich habe dich nie so sehnlichst erwartet wie heute«, sagte er, Frank in herzlicher Weise an sich ziehend und mit fast väterlichem Wohlgefallen in sein Gesicht sehend.

»Das weiß ich, Onkel Hans! Du mußt entschuldigen, daß ich dich eine Weile warten ließ. Aber gestern wollte ich nicht schon nach Hamburg kommen, und heute konnte ich nicht früher eintreffen, obwohl ich den ersten Zug benützte. Ich freue mich, dich wohl und munter zu sehen. Zu Hause ist doch alles noch gesund?«

»Ja, mein Junge.´ Vater und Mutter lassen dich herzlich grüßen. Aber nun komm, nimm Platz.«

Die beiden Herren ließen sich in zwei Sesseln nieder, die neben einem Tischchen am Fenster standen.

»Ich danke dir, Onkel Hans. Wenn du nicht abgereist wärst, hättest du in diesen Tagen von meinen Eltern gehört, daß ich mich inzwischen verlobt habe. Das soll die erste Nachricht sein, die dich hier empfängt.«

Der alte Herr ließ seine Augen scharf und forschend auf Franks Gesicht ruhen. Er war sichtlich erregt.

»Wenn ich diese Nachricht mit deinem Schreiben an deine Eltern in Verbindung bringe, das mich veranlaßte, die Reise nach Deutschland anzutreten, dann kann es nur ein weibliches Wesen geben, mit dem du dich verlobt hast. Sag mir schnell, ob ich auf rechter Fährte bin.«

Frank ergriff seine Hand. »Ja, Onkel Hans. Die Einwilligung meiner Eltern habe ich schon erhalten. Nun will ich dich um die deine bitten, denn die brauche ich auch.«

Der alte Herr erblaßte ein wenig. Auf seinem sympathischen, durchgeistigten Gesicht, in das ein schweres Leben sichtbare Runen eingegraben hatte, lag ein unbeschreiblicher Ausdruck. Seine Züge waren edel gebildet. Die tiefliegenden, dunklen Augen blickten klug und zugleich gütig.

Er machte mit seinem bartlosen, festgefügten Gesicht und durch sein ganzes Auftreten unbedingt den Eindruck eines Amerikaners.

»Meine Einwilligung willst du haben?« fragte er mit verhaltener Stimme.

»Ja, Onkel Hans — denn meine Braut heißt Dora Lind.«

Der alte Herr holte tief und schwer Atem. Seine Hand zitterte leise in der des jungen Mannes.

»Dora Lind — deine Braut —, das hat Gott gefügt, er sei gelobt«, sagte er, heiser vor Erregung und scheinbar tief erschüttert. Frank hielt seine Hand umklammert.

»Ja, Onkel Hans, das habe ich mir auch schon gesagt. Gott hat das so gefügt, auch um deinetwillen. Dora geht nun mit uns nach Kalifornien, sie soll dort ihre Heimat finden.«

Eine Weile saß der alte Herr wie von seinen Empfindungen überwältigt. Seine Augen sahen ins Leere, als suchten sie dort halbvergessene Bilder, und in seinem Gesicht zuckte die unterdrückte Erregung.

»Erzähl mir von ihr«, bat er mit halberstickter Stimme.

Frank ließ seine Hand los und faßte in seine Brusttasche. »Das will ich tun. Aber erst will ich dir ihr Bild zeigen — die neueste Aufnahme. Ich habe sie mir von ihr schenken lassen und wollte sie dir senden. Aber da bekam ich von meinem Vater die Nachricht, daß du schon unterwegs warst.«

»Ja, nachdem dein erster Brief eingetroffen war, hielt ich es plötzlich vor Sehnsucht nicht mehr

252

aus. Ich mußte reisen. Was ich all die langen Jahre mit aller Kraft in mir niedergezwungen hatte, weil ich Dora für glücklich hielt und ihren Frieden nicht stören wollte, das kam nun über mich, mit einer Allgewalt, daß ich nicht widerstehen konnte. Ich mußte diesem Gefühl nachgeben und reiste ab.«

»Es ist gut, daß du es getan hast, Onkel Hans.« Er reichte dem alten Herrn das Bild. Mit bebenden Händen faßte dieser danach und ließ seine Augen lange, lange darauf ruhen. Es zuckte und arbeitete dabei in seinen Zügen, und seine Augen feuchteten sich. Als er endlich den Blick wieder zu Frank emporhob, der ihn ergriffen ansah, da sagte er mit verhaltener Stimme:

»Laß mir das Bild, Frank. Du wirst dich jetzt nicht gern davon trennen wollen, aber laß es mir, ich bitte dich.«

Besorgt sah Frank in sein Gesicht. »Behalte es, Onkel Hans. Ich kann dir nachfühlen, wie dich der Anblick dieses Bildes bewegt.«

Der alte Herr fuhr sich über die Augen. »Schmerzlich und freudig zugleich. Das Bild wühlt alles wieder in mir auf, es reißt an den alten Wunden, als wollten sie von neuem aufbrechen. Sie gleicht ihrer Mutter — aber ich glaube, sie hat meine Augen.«

»Ja, Onkel Hans, Dora hat deine Augen. Diese Augen fielen mir schon auf und fesselten mich wie etwas Bekanntes, Vertrautes, als ich sie zuerst sah und noch nicht wußte, wer sie war. Ihre Mutter ist jetzt noch eine schöne Frau und mag ihr in ihrer Jugend noch mehr geglichen haben als jetzt.

253

Aber die Augen dieser Frau verraten, daß sie kein großes Herz, keine tiefe Seele besitzt. Dora ist gottlob nur äußerlich ihrer Mutter ähnlich.«

»Erzähl mir alles«, bat der alte Herr, noch immer auf das Bild Dora Linds blickend.

Und Frank Marlow erzählte, was er von Dora wußte, und was dem alten Herrn noch nicht bekannt war.

Es dauerte lange Zeit, bis Frank alles berichtet hatte, und sein Zuhörer unterbrach ihn nicht. Auf seinem Antlitz prägte sich das atemlose Interesse aus, das er Franks Bericht entgegenbrachte.

Als Frank von jenem Morgen im Stadtpark erzählte, da richtete sich der alte Herr empor und beugte sich vor, als dürfe ihm kein Wort entgehen. Dann atmete der alte Herr tief auf, faßte wieder nach Doras Bild und drückte es an sein Herz. Und wie ein Aufschrei brach es aus seiner Brust:

»Mein Kind, mein geliebtes, teures Kind!«

Er sprang auf und ging im Zimmer auf und ab, um sich zu beruhigen. Und dann blieb er vor Frank stehen, faßte seine Schultern und sah ihn tiefbewegt an.

»Daß es sich so gefügt hat, mein lieber Junge, das war mir das Schicksal schuldig«, sagte er.

Frank lächelte zu ihm auf. »Nicht wahr — du gibst mir deine Einwilligung? Du weißt, daß deiner Tochter Glück mir eine heilige Lebensaufgabe sein wird.«

Der alte Herr zog ihn, überwältigt von seinen Empfindungen, in seine Arme.

»Gott schenke euch ein reiches Glück, und wenn ich Zeuge davon sein darf, dann werde ich für alle Qualen und Entbehrungen entschädigt sein. Ich danke dir von ganzem Herzen, mein Frank, für die Kunde, die du mir von meiner Tochter brachtest. Es ist doch gut, daß ich mich gleich auf den Weg machte, denn wer weiß, wessen dieser gewissenlose Mensch fähig ist.«

Frank erzählte dann noch allerlei Einzelheiten, die er über Doras Leben in Erfahrung gebracht hatte. Auch von Christines Entschluß, Dora nicht zu verlassen und mit ihr übers Meer zu gehen, sprach er.

Der alte Herr lächelte. »Alte, treue Seele, ich will es ihr danken.

Und als Frank dann von Doras schriftstellerischem Schaffen berichtete, lauschte sein Zuhörer interessiert.

»Diese Begabung hat sie von ihrem Großvater geerbt. Er war ein Schriftsteller, ein Dichter. Aber er verdiente damit kaum Brot genug für sich und seine Familie. Als sein Sohn in seine Fußstapfen treten wollte, bot er alles auf, um ihn für einen anderen Beruf zu interessieren. Und so wurde Hans Lind Kaufmann. Aber in seinem Herzen ist er doch eine Art Dichter geworden, ein Idealist, der zu viel glaubte, zu viel vertraute — und schmählich betrogen wurde«, sagte er, in Gedanken verloren.

Frank legte die Hand auf seinen Arm. »Nicht an alte Zeiten denken, Onkel Hans. Für dich soll nun endlich die helle Sonne wieder scheinen. Dein Kind soll sie dir bringen. Komm mit zu Dora.«

Hans Lind, der Totgeglaubte, hob den Kopf. Es leuchtete fast jugendlich in seinen Augen.

»Ja, laß uns zu ihr gehen. Mir ist, als könnte ich nun keinen Tag länger warten, bis ich mein Kind wiedergesehen habe. Wenn ich doch geahnt hätte, daß sie sich nicht glücklich fühlt im Haus jenes Mannes — bei ihrer Mutter, dann hätte ich sie längst schon zu mir geholt. Ich wollte ihren Frieden nicht stören, wollte auch ihre Mutter schonen. Einmal habe ich diese doch geliebt, und trotz allem, was sie mir getan hat, brachte ich es nicht über mich, sie zu verderben. Aber nun weiß ich, daß meine Tochter mich braucht. Ich werde nicht ruhig zusehen, wie jener Mann, der mir alles stahl, die Macht mißbraucht, die er sich über meine Tochter angemaßt hat. Wenn es das Wohl meines Kindes gilt, muß ich aus meiner Verborgenheit heraustreten. Der Totgeglaubte wird auferstehen und seine Vaterrechte geltend machen, wenn man sein Kind zum Unglück zwingen will.«

So sprach Hans Lind, sich hoch aufrichtend. Und mit tiefer Erregung Doras Bild fassend, sagte er weich und zärtlich:

»Mein liebes, schönes Kind — wie habe ich mich nach deinem Anblick gesehnt.«

Frank atmete tief auf. »Wie war es dir nur möglich, Onkel Hans, all die Jahre auf deine Vaterrechte zu verzichten?«

Hans Lind strich sich über die Augen und sah hinab auf die Straße, wo reges, großstädtisches Treiben herrschte.

»Da unten ging ich vor zwanzig Jahren«, sagte er sinnend und in Gedanken verloren, »ein armer Schlucker, ein betrogener Mann. Mit schwerem

256

Herzen und leeren Taschen ließ ich mich von dem Strom treiben. Ich besaß nicht viel mehr, als ich zur Überfahrt brauchte, denn meine kleinen Ersparnisse hatte ich Christine für mein Kind gegeben, daß es nicht darben sollte.

Wenn ich bedenke, in welcher Verfassung ich da unten durch die Straßen ging! Ich fuhr dann mit der Elektrischen bis zum Hafen. In dessen Nähe wollte ich die letzte Nacht in einem billigen Gasthof verbringen. Mein Billett zur Überfahrt hatte ich bereits in der Tasche, mein Koffer befand sich schon auf dem Schiff, das am nächsten Morgen abgehen sollte.«

»Aber du fuhrst nicht mit jenem Schiff, zu deinem Glück, Onkel Hans«, warf Frank ein.

»Nein, ich fuhr nicht damit. Das Schicksal hatte es anders bestimmt. In dieser letzten Nacht in Deutschland sollte mein Geschick eine überraschende Wendung nehmen. Du weißt ja, wie das kam, aber hier fallen mir alle kleinen Einzelheiten wieder ein.

Ich hielt es in dem engen Gasthofszimmerchen nicht aus und verließ es wieder, zu später Stunde. Meine Rechnung war im voraus bezahlt, weil ich die Absicht gehabt hatte, früh aufzubrechen. Gepäck hatte ich nicht bei mir. Meine Papiere, meine Fahrkarte und wenige Taler Geld trug ich bei mir. Ich sagte dem Hausknecht, ich wolle noch ausgehen und würde mich dann wohl gleich auf das Schiff begeben.

Wahrhaftig, die wenigen Groschen, die ich für das Gasthofzimmer bezahlt hatte, taten mir leid. Ich meinte, ich hätte sie sparen können. Es war ein auffallend linder, lauer Februar. Mit wüstem Kopfe und schwerem Herzen lief ich in den Hafenanlagen umher, suchte die abgelegensten, einsamsten Wege auf und haderte mit dem Schicksal. Solche Stunden, mein Junge, graben sich mit ehernem Griffel in die Seele. Ich ging ganz ernsthaft mit mir zu Rate, ob es nicht besser sei, meinem zerstörten Leben ein Ende zu machen. Ich hatte die Frau, die mich betrog, zu sehr geliebt und glaubte, das Leben nicht mehr ertragen zu können, das sie mir vergiftet hatte.

Daß ich Robert Planitz in sinnloser Wut zu Boden geschlagen hatte, bedrückte mich nicht. Es war mir im Gegenteil die einzige Genugtuung, daß es geschehen war, und obgleich ich glaubte, daß ich an ihm zum Mörder geworden war, fühlte ich keine Reue. Nur hinter Kerkermauern wollte ich mich nicht stecken lassen. Deshalb floh ich.

Aber in der trostlosen Einsamkeit jener Februarnacht hatte ich die größte Lust, das Leben von mir zu werfen, und hätte es wohl auch getan. Da war mir, als höre ich ein Weinen — und ich dachte an meine kleine Dora. Energisch schüttelte ich die Todessehnsucht von mir ab und besann mich auf mich selbst. Ich wußte nicht, wo ich im Dunkeln in meinem planlosen Umherirren hingeraten war, feuchte Nebelschwaden zogen um mich her und ließen mich nur dunkle Schatten in meiner Umgebung sehen. In ziemlicher Entfernung sah ich das trübe Licht einer Laterne. Darauf steuerte ich zu, um mich zurechtzufinden. Es war eine bleierne, lastende Stille um mich her, so, als sei ich ganz allein auf der Welt.«

»Ich schauerte zusammen wie im Frost«, fuhr Hans Lind in seiner Erzählung fort, »und schloß meinen Überrock. Das alles ist mir in meinen Gedanken haftengeblieben. Als ich den Rock zuknöpfte, fühlte ich in meiner Brusttasche meine kleine Pistole. Ich hatte sie aus meinem Koffer genommen auf der Fahrt nach Hamburg und zu mir gesteckt – für alle Fälle. Lebend wollte ich nicht in die Hände der Polizei fallen, falls ich verfolgt wurde.

Ich nahm den Browning gedankenverloren aus der Brusttasche und hielt ihn mir, wie spielend, an die Stirn. Es war mir ein tröstlicher Gedanke, daß ich ihn besaß. Ich konnte ja nicht wissen, was noch kommen konnte. –

So tastete ich mich weiter durch das Dunkel. Plötzlich hörte ich aber Schritte, die mir entgegenkamen – langsame, tastende Schritte, wie die meinen. Und dann plötzlich ein anderes Geräusch – so, als spränge mehrere Menschen auf und würfen etwas Schweres zu Boden. Gegen den Schein der fernen Laterne sah ich die Schatten mehrerer Personen, die scheinbar miteinander rangen und zusammen eine dunkle Masse bildeten. Dann ertönte ein halberstickter Schrei aus einer Männerkehle, dem ein dumpfes Röcheln folgte. Meine Augen weit aufreißend, erkannte ich nun, daß zwei große, starke Kerle einen Menschen zu Boden geworfen hatten.

Ohne Überlegung, nur von dem Wunsch beseelt, einem in Not befindlichen Menschen zu helfen, sprang ich auf die Gruppe zu.

›Zurück, ihr Halunken!‹ rief ich und drückte

259

meinen Browning ab, seinen Lauf in die Luft haltend, denn treffen wollte ich natürlich niemand. Zugleich riß ich einen der Strolche von seinem Opfer zurück und schleuderte ihn zur Seite. Er taumelte davon, und der andere entfloh in wilder Eile. Mein Browning hatte ihnen wohl Respekt eingeflößt.

Ich beugte mich nun zu dem am Boden liegenden Überfallenen. ›Sind Sie verletzt — kann ich etwas für Sie tun? Die Halunken, die Sie überfielen, sind davongelaufen‹, sagte ich.

Der Überfallene umklammerte meinen Arm und riß an seinem Hals. Ich half ihm, einen Strick abzulösen, den die Strolche ihrem Opfer um den Hals geworfen hatten. Stöhnend richtete er sich auf, immer meinen Arm festhaltend. ›Sie haben mir das Leben gerettet, die Kerle wollten mich erwürgen und berauben‹, keuchte er, mühsam die Luft einatmend.

Ich merkte nun erst, daß mich mein Arm schmerzte und daß mir das Blut aus meinem Ärmel lief. Der eine Bandit hatte mir, als ich ihn packte, einen Messerstich in den Arm versetzt.

›Kommen Sie so schnell wie möglich von hier fort, mein Herr, sie könnten zurückkehren‹, sagte ich und führte den noch Schwankenden davon.

Was dann kam, mein lieber Junge, das habe ich euch, deinen Eltern und dir, schon erzählt.«

»Ja, Onkel Hans. Der Überfallene ließ dich in jener Nacht nicht mehr von sich. Es war ein reicher Amerikaner, der am Tage vorher nach Hamburg gekommen war, um eine Reise durch Europa anzutreten, und der sich im Dunkel der Nacht verlaufen hatte in diese unheimliche Gegend. Er dankte dir sein Leben und nahm dich mit in sein Hotel. Aber bitte, erzähl mir das einmal ganz ausführlich, es interessiert mich.«

»Nun gut. Also ich mußte den Überfallenen zu seinem Hotel begleiten. Als wir an die nächste Laterne kamen, sahen wir uns erst einmal an; dann rollte ich meinen Ärmel auf und besah mir den Messerstich, den ich erhalten hatte. Die Wunde befand sich am Unterarm und war nicht bedeutend. Ich drückte mein Taschentuch darauf; mein Begleiter half mir, es zuzubinden.

›Legen Sie Wert darauf, daß wir zur Polizei gehen und diesen Überfall melden?‹ fragte er mich.

Ich zuckte die Achseln. ›Nein – ich nicht. Wenn Sie es nicht wünschen?‹

Er machte eine abwehrende Bewegung.

›Man hat nur endlose Lauferein, und ich will morgen früh mit dem ersten Zug weiterreisen‹, antwortete er. Da er nur mühsam die deutschen Worte suchte, antwortete ich ihm in englischer Sprache, die ich völlig beherrschte, und das gefiel ihm sehr.

Wir beschlossen also, die Polizei nicht in Anspruch zu nehmen, was mir natürlich sehr lieb war. Als wir in eine etwas belebtere Gegend kamen, rief mein Begleiter einen Wagen und nötigte mich, mit ihm zu fahren. In seinem Hotel sollte mich sein Diener, der sehr geübt und geschickt war, verbinden. ›Ich habe alles, was wir brauchen, in meiner Reiseapotheke‹, sagte der Fremde.

So fuhren wir in sein Hotel. Es war dasselbe,

261

mein Junge, in dem wir uns hier befinden — und es war dieses Zimmer hier, das ich damals, mitten in der Nacht, betrat. Wir fanden den Diener meines Begleiters schon in höchster Sorge um seinen Herrn, der von einem Ausflug nach dem Hafen nicht zurückgekehrt war. Mr. Brandes — so hieß mein Begleiter — erklärte seinem Diener, was geschehen war und befahl ihm, mich zu verbinden.

Mr. Brandes war eine Art Sonderling. Er stand ganz allein im Leben und war mit all seinem Reichtum ein bedauernswerter Mensch. Auch ihn hatte eine Frau auf dem Gewissen.

Wir kamen in jener Nacht zu einer langen Aussprache. Ich beichtete Mr. Brandes alles, was mich über das Meer treiben wollte, und er, der sonst gegen alle Menschen abweisend und verschlossen war, machte auch mich zu seinem Vertrauten. Sichtlich war es mir gelungen, mir seine Sympathie und sein Wohlwollen zu erringen. Mein Schicksal interessierte ihn. Er sprach bittere, harte Worte über die Frauen, die nicht wert wären, daß ein Mann sich ihretwegen das Leben verpfuschte, und riet mir, die meine zu vergessen. Daß ich ihren Verführer niedergeschlagen hatte, fand er ganz in der Ordnung. Es sei mein gutes Recht gewesen. Er halte mich für einen braven Mann, und wenn es mir recht sei, möge ich ihn als Sekretär und Reisebegleiter erst auf Reisen und dann nach Kalifornien begleiten, wo er große Besitzungen habe.«

»Und du gingst mit ihm, Onkel Hans.«

»Ja, mein Junge, ich ging mit ihm. Bei Tagesanbruch verließen wir Hamburg, Mr. Brandes, sein

Diener und ich. Wir reisten mit dem Expreßzug in die Schweiz. Ich hatte nicht Zeit, mir meinen Koffer vom Schiff zu holen. Er enthielt ja auch nichts Wertvolles, und Mr. Brandes ersetzte mir den Wert und half mir mit Wäsche aus, bis ich mich in Zürich neu ausstatten konnte. Dort verschaffte ich mir Zeitungen aus meiner Heimatstadt, und da las ich, daß Robert Planitz am Leben war. Ich fand eine Notiz, in welcher von einem ›kleinen Unfall‹ die Rede war, der ihn auf einem Ball betroffen hatte.«

»So hatten also weder Planitz noch deine Frau verraten, daß du ihn niedergeschlagen hattest?« fragte Frank.

Hans Lind fuhr sich über die Stirn. »Nein, sie hatten wohl ihre Gründe gehabt, es zu verschweigen. Ich wußte nun, daß mein Nebenbuhler noch am Leben war, und das erleichterte mich doch. Mr. Brandes, dem ich die Notiz zeigte, sagte in seiner trockenen, verbitterten Art: ›Um den Kerl wäre es nicht schade gewesen. Aber Sie wollen wohl nun schleunigst als reumütiger Sünder zu Ihrer schönen, leichtsinnigen Frau zurückkehren?‹

Ich verneinte energisch. Es wäre mir unmöglich gewesen. Zwischen ihr und mir konnte es nie mehr eine Gemeinschaft geben. Ich erklärte Mr. Brandes, daß ich bei ihm bleiben wolle. Da drückte er mir nur stumm die Hand, so fest, daß sie schmerzte.

Daß meine Frau und mein Kind vorläufig zu leben hatten, wußte ich. Ich hatte ja Christine eine größere Summe Geld gegeben. Später hoffte ich Mittel und Wege zu finden, weiter für mein Kind zu sorgen, und auch mit meiner Frau in irgendeiner Weise abzurechnen. Eine Gemeinschaft zwischen ihr und mir war nach dem Vorgefallenen für mich undenkbar. Mr. Brandes hatte die Absicht, ein Jahr lang in Europa zu bleiben, und ich nahm mir vor, ehe ich dann mit ihm nach Amerika gehen würde, für kurze Zeit in meine Heimat zurückzukehren, mit meiner Frau reinen Tisch zu machen und mein Kind mit mir zu nehmen. Vorläufig war ich nicht imstande, in meiner Verfassung an meine Frau zu schreiben oder etwas von mir hören zu lassen.«

»Das kann ich nachfühlen, Onkel Hans. Aber wann erfuhrst du nun eigentlich von dem Untergang des Schiffes, mit dem du hattest reisen wollen?«

Noch in der Schweiz. Mr. Brandes hatte es zuerst in der Zeitung gelesen. Er zeigte es mir und sagte in seiner sarkastischen Art: ›Sehen Sie, lieber Lind, nun sind wir eigentlich quitt. Sie haben mir das Leben gerettet, und ich Ihnen, denn wenn ich Sie nicht abgehalten hätte, wären Sie mit diesem Schiff gereist und lägen mit den übrigen Passagieren auf dem Meeresgrund.‹ Ich stimmte ihm bei: ›Allerdings, Mr. Brandes, nun sind wir quitt – und Sie können mich ohne weiteres entlassen.‹

Er lachte. ›Ich werde mich hüten. Sie haben doch schon bemerkt, daß ich für Sie eine große Sympathie empfinde, und freiwillig lasse ich Sie nicht mehr los‹, sagte er.

So blieb ich, durchreiste ganz Europa mit ihm und fand langsam mein seelisches Gleichgewicht wieder, wenn ich auch nicht verwinden konnte, was mir geschehen war. Ich hatte keine Ahnung, daß ich inzwischen für tot erklärt worden war. Das habe ich erst später in Erfahrung gebracht. Da ich als Passagier in der Liste stand, in der die Reisenden des untergegangenen Schiffes aufgeführt waren, galt ich für tot.

Nach Jahresfrist kehrte ich in meine Heimatstadt zurück. Mr. Brandes hielt sich dort einige Tage auf und gab mir Urlaub, daß ich meine Angelegenheiten ordnen konnte. Ich hatte mir, nach amerikanischer Art, meinen starken Schnurrbart abnehmen lassen und sah ziemlich verändert aus. Zufällig traf ich auch nirgends Bekannte. Und kaum war ich wenige Stunden in der Stadt, da erfuhr ich, daß meine Frau, die sich Witwe glaubte, vor wenigen Tagen die Gattin von Robert Planitz geworden war. Meine kleine Dora war mit ihrer Mutter und ihrer Dienerin Christine in das Haus dieses Mannes übergesiedelt.

Einen Moment lockte es mich, vor meine Frau und ihren Verführer hinzutreten und ihr zu sagen, daß sie nicht die Gattin von Robert Planitz sei, sondern noch immer die meine. Aber ich bezwang dies rachsüchtige Gefühl. Mochte sie weiterleben im Haus dieses Mannes, der ihr Glanz und Reichtum bot, mochte sie sich als seine rechtmäßige Gattin fühlen. Meine kleine Dora konnte ich vorläufig doch nicht mit mir nehmen in meiner Stellung, und bei ihrer Mutter war sie am besten aufgehoben. So glaubte ich wenigstens.

Mr. Brandes bestärkte mich darin und reiste auf meine Bitte gleich am nächsten Tag mit mir wei-

265

ter, denn ich wollte nicht, daß mich jemand erkannte, da dann ein Skandal nicht zu vermeiden sein würde. Ich hatte meine Frau und mein Kind nicht wiedergesehen. Aus Schonung für die Frau, die ich so sehr geliebt hatte und die meines Kindes Mutter war, hielt ich mich fern.

Ich hörte nur noch, daß Robert Planitz nach D. übersiedeln wollte, wo er große Konservenfabriken bauen ließ. Vor meiner Abreise traf ich noch Fürsorge, daß ich durch ein Auskunftsbüro von allem unterrichtet wurde, was mit meiner kleinen Tochter geschah, natürlich nur, was ihr äußeres Leben betraf. Wie du weißt, bekam ich auch all die Jahre regelmäßige Nachricht über ihr Ergehen, und so wußte ich, daß meine Tochter ein glänzendes, sorgloses Leben führte.

Ich hätte ihr das in den ersten Jahren nicht bieten können, denn ich blieb in meiner Stellung bei Mr. Brandes. Ich blieb sein steter Begleiter und wurde seine rechte Hand. Aber nie hätte ich mir träumen lassen, daß ich seinem Herzen so teuer geworden war. Er ließ sich das nie anmerken. Erst als er starb und ich in seiner letzten Stunde bei ihm war, da reichte er mir die Hand und sagte mit einem matten Lächeln:

›Lind, wenn ich nicht ganz an der Menschlichkeit irregeworden bin, dann danke ich es Ihnen. Sie sind mir lieb und wert geworden wie ein Sohn, und was ich für Sie empfinde, das soll Ihnen erst nach meinem Tod klarwerden.‹

Aber trotz dieser Worte, die mich herzlich freuten, ahnte ich nicht, wie sehr mich Mr. Brandes geschätzt hatte. Ich war maßlos überrascht, als ich nach seinem Tod erfuhr, daß er mich zu seinem Haupterben eingesetzt hatte. Du weißt ja, mein Junge, daß mich damals schon eine herzliche Freundschaft mit deinem Vater verband, der mich, den Heimatlosen, in den Kreis seiner Familie aufgenommen hatte. Bei euch fand ich ein warmes Plätzchen; deine gute Mutter kam mir in schwesterlicher Herzlichkeit entgegen, und du schafftest mir mit deinem jungenhaften Übermut manche frohe Stunde. Ihr halft mir tragen, was mich drückte. Und als ich dann plötzlich ein reicher Mann wurde, nachdem ich acht Jahre lang Mr. Brandes treu gedient hatte, da freuten sich deine guten Eltern über diesen Glücksfall fast mehr als ich, der ihn nicht so recht schätzen konnte, weil ich nicht wußte, was ich mit dem vielen Geld anfangen sollte.

Erst allmählich gewöhnte ich mich an den Gedanken, ein reicher Mann zu sein. Und dann lernte ich auch, mich über meinen Reichtum zu freuen. Ich konnte deinem Vater in einer schweren Krise mit einem Kapital aushelfen; dann dachte ich auch mit wehmütiger Freude daran, daß ich meinen Reichtum einst meiner Dora vermachen konnte.

Wie oft trieb es mich, seit ich ein reicher Mann war, mein Kind zurückzufordern, mich ihm zu erkennen zu geben und es vor die Entscheidung zu stellen, ob es zu mir oder zu seiner Mutter halten wollte. Aber die Angst, den Frieden meines Kindes zu stören, hielt mich davon ab. Ich glaubte, Dora wisse, daß Planitz nicht ihr Vater sei und daß man ihr von meinem vermeintlichen Tod erzählt habe. Aus deinem Brief, mein Junge, ersah

267

ich aber, daß man in meines Kindes Herzen jedes Andenken an mich ausgelöscht hatte. Es wußte nichts von meiner Existenz und hielt sich für das Kind des Mannes, der mir alles stahl, was mir das Leben lebenswert machte.

Da packte mich ein so schmerzlicher Grimm, daß ich meine Koffer packen ließ, um nach Deutschland zu reisen. Jetzt will ich nicht länger verbannt sein aus dem Herzen meines Kindes, das nicht froh und glücklich war. Ich brachte das Opfer umsonst. Nun will ich meine Rechte wahren. Jetzt kann ich die Frau nicht mehr schonen, die so grausam war, im Herzen meines Kindes jedes Erinnern an mich auszulöschen. Ich fordere jetzt mein Kind von dem Mann zurück, der sich von ihm Vater nennen ließ, der mir all mein Glück zerstört hat. Ich will nicht mehr tot und vergessen sein für mein Kind.«

Immer erregter hatte Hans Lind gesprochen, und die letzten Worte stieß er in zitternder Aufregung hervor.

Frank faßte beruhigend seine bebenden Hände. »Ja, Onkel Hans, du sollst endlich zu deinem Recht kommen, und ich glaube, Dora wird dir schnell ihr Herz zuwenden«, sagte er weich und begütigend.

Hans Lind sank plötzlich in sich zusammen.

»Wenn ich das nur sicher wüßte! Ich bin ja meinem Kind ein fremder Mann geworden, es weiß nichts von mir. Und trete ich jetzt als Unbekannter vor Dora hin und sage ihr: Ich bin dein Vater — und sie sieht mich kalt und fremd an —, siehst du, mein Junge, das ertrüge ich nicht, das

268

würde mich furchtbar treffen. Und es wäre doch so verständlich. Wer bin ich ihr denn, selbst jetzt, da sie von Christine erfahren hat, daß sie meine Tochter ist? Bin ich ihr mehr als ein wesenloser Schatten?

Nein, nein, ich muß meine sehnsüchtige Ungeduld noch zügeln, ehe ich mich von meinem Kind Vater nennen lassen darf. Unerkannt, als Fremder will ich vor sie hintreten und erst ergründen, ob sie mir Sympathie entgegenbringen kann. Du sollst mich zu ihr führen, unter einem fremden Namen mit ihr bekannt machen.

Ich möchte natürlich um keinen Preis das Haus des Kommerzienrats betreten, wenn es sich irgend vermeiden läßt. Auch will ich nicht, daß in D. irgendwie bekannt wird, daß mich Beziehungen mit Dora und ihrer Mutter verbinden. Solange es geht, will ich diese Frau schonen, selbst jetzt noch, weil sie Doras Mutter ist. Ein Skandal wäre unvermeidlich, wenn bekannt würde, daß der Vater Doras, der heute noch der rechte Gatte ihrer Mutter ist, lebt. Also weißt du einen Ort, eine Gelegenheit, wo ich Dora außerhalb des Planitzschen Hauses unverfänglich begegnen kann?«

Frank nickte.

»Es wird sich alles nach Wunsch machen lassen, Onkel Hans. Wie ich dir schon sagte, habe ich Dora von dir erzählt als von dem Freund und Wohltäter meines Vaters. Auch habe ich ihr angedeutet, daß es einen Menschen gibt, dem sie sehr teuer ist und in dessen Auftrag ich ihre Nähe gesucht habe.

Sie hat eine ihr sehr ergebene Freundin, Frau

von Reckenberg. In das Haus dieser Dame werde
ich dich einführen; dort wirst du Dora begegnen
und ungestört mit ihr sprechen können, ohne daß
du von Planitz oder Doras Mutter gesehen wirst.«

»Das ist gut — sehr gut. Diese beiden Menschen
würden mich wohl kaum erkennen. Ich habe mich
sehr verändert, und sie halten mich für tot. Aber es
ist mir lieber, ich brauche ihnen nicht zu begegnen.
Es würde doch nur schlimme Erinnerungen in mir
wachrufen. Auf alle Fälle gehe ich unter einem anderen Namen nach D. Ich habe mir die Papiere des
Prokuristen deines Vaters mitgebracht, auf den
mein Signalement ziemlich genau paßt. Du wirst
mich also als Mr. Stone dort einführen.«

»Das ist gut«, sagte Frank zufrieden. »So wird
dir Dora ganz unbefangen gegenübertreten. Müßte ich dich ihr unter dem Namen Lind vorstellen,
so würde sie glauben, du seiest der Verwandte ihres Vaters, und dann wäre sie schon befangen. Als
Mr. Stone bist du einfach nur ein Freund meines
Vaters, der zufällig in Deutschland zu tun hat, und
dem ich meine Braut vorstellen will.«

Hans Lind nickte. »Ja, so soll es sein, mein lieber
Junge. Und nun wollen wir zusammen essen und
dabei noch mancherlei besprechen. Heute können
wir nicht mehr nach D. reisen. Wir werden den
Abend gemütlich verplaudern. Morgen früh geht es
dann mit dem ersten günstigen Zug ab.«

So geschah es dann auch. Nach dem Essen
suchten die beiden Herren ein bekanntes Weinlo-
kal auf, wo sie in einer behaglichen Ecke zusammen saßen.

Sie sprachen fast nur von Dora Lind.

XIV

Raina hatte am Vormittag ihre Hausfrauenpflichten erfüllt und saß nun mit einem Buch in ihrem hübschen Salon. Arnulf war im Dienst und wurde von ihr erst kurz vor Mittag zurückerwartet. Das Buch fesselte sie nicht sehr. Ihr Herz war so voll. Sie erlebte jetzt innerlich so viel, daß sie weit mehr mit ihrem Schicksal beschäftigt war als mit dem der Personen, von denen ihr Buch erzählte. Wie jetzt immer hatte sie auch heute sorgfältig Toilette gemacht.

Keine Mühe war ihr zu groß, um die Vorzüge ihrer Erscheinung in das rechte Licht zu rücken. Sie hatte viel von Dora gelernt und sah nun auch anderen Frauen voll Interesse ab, was hübsch und kleidsam war. Es war gewiß nicht Eitelkeit, was sie dazu trieb, sondern nur der heiße, innige Wunsch, ihrem Mann zu gefallen und seine erwachende Neigung zu vertiefen.

In ihre Gedanken hinein wurde ihr Frank Marlow gemeldet. Sie zögerte einen Augenblick, ihn zu empfangen; aber dann fiel ihr ein, daß er vielleicht durch sie Dora eine Nachricht zukommen lassen wollte. Er hatte, wie sie wußte, die Absicht gehabt, einige Tage in Hamburg zu bleiben. Dora wußte sicher nicht, daß er schon zurückgekehrt war.

So ließ sie Frank eintreten, obwohl sie wußte, daß es ihrem Gatten nicht angenehm sein würde.

Frank begrüßte Raina, und sie reichte ihm freundlich die Hand. »Gnädige Frau, Sie müssen verzeihen, daß ich heute zu einer so ungewohnten Zeit bei Ihnen eindringe. Ich habe eine besondere Bitte an Sie — eine Bitte, die Dora betrifft.«

Raina lächelte schelmisch. »Ich dachte es mir, Herr Marlow. Also bitten Sie! Womit kann ich Ihnen dienen?«

Er atmete tief auf und nahm den ihm angebotenen Platz an. »Ich habe gestern einen Freund unserer Familie in Hamburg begrüßt, Mr. Stone, den ich von Kind auf gewöhnt bin, Onkel Hans zu nennen. Mr. Stone hat von mir gehört, daß ich mich, vorläufig inoffiziell, verlobt habe und möchte gern meine Braut kennenlernen. Aus gewissen Gründen will Mr. Stone vermeiden, das Haus des Kommerzienrats Planitz zu betreten, und deshalb bin ich so kühn, mich vertrauensvoll an Sie zu wenden, verehrte gnädige Frau, mit einer ganz ergebenen Bitte. Sie sind Doras Freundin, und wenn ich Ihnen sage, daß Sie ihr damit einen sehr großen Dienst erweisen, dann werden Sie vielleicht gestatten, daß ich Mr. Stone bei Ihnen einführe und daß er in Ihrem Haus Dora kennenlernt.«

Raina war sofort bereit, seine Bitte zu erfüllen, wenn sie auch ahnte, daß Arnulf es vielleicht nicht gern sah, wenn sie diese Erlaubnis erteilte.

»Es bedarf weiter keiner Worte, Herr Marlow. Ich bin sehr froh, wenn ich Dora einmal einen Gefallen tun kann, denn ich bin ihr viel, sehr viel Dank schuldig. Also bringen Sie uns Mr. Stone, er soll uns willkommen sein.«

Frank küßte ihr die Hand. »Ich danke Ihnen herzlichst, gnädige Frau, und ich bin so frei, Sie außerdem zu bitten, einen Boten zu Dora zu sen-

272

den mit der Nachricht, daß ich zurückgekehrt bin und daß ich sie gern — wenn es Ihnen paßt — heute nachmittag hier bei Ihnen treffen möchte. Ich habe einiges von Wichtigkeit mit ihr zu besprechen. Darf ich Mr. Stone gleich heute mitbringen?«

»Gewiß, das dürfen Sie. Und da Ihnen wohl daran liegt, daß Dora und Mr. Stone sich ein wenig näher kennenlernen, bitte ich Sie und ihn, mit Dora und mir den Tee zu nehmen. Mein Mann hat freilich wieder Dienst, er ist jetzt ganz außerordentlich angestrengt und hat kaum noch freie Stunden. Aber ich denke doch, er wird so heimkommen, daß er Sie noch begrüßen kann.«

»Das soll mich sehr freuen«, erwiderte Frank.

Weder er noch Raina hatten gehört, daß Arnulf in diesem Augenblick heimgekehrt war. Er vernahm von seinem Burschen, daß Herr Marlow sich im Salon seiner Frau befinde und begab sich, ohne abzulegen, dorthin. Mit einem Gefühl brennender Unruhe schritt er, jedes Geräusch vermeidend, durch das Vorzimmer und blieb eine Weile vor der Portiere stehen, die Rainas Salon abschloß. Er wollte nicht lauschen, wollte nur Frank Marlow und seine Frau überraschen. Aber nun zögerte er doch einen Augenblick, als er Frank Marlow sagen hörte: »Ich weiß nicht, verehrte gnädige Frau, wie ich Ihnen für Ihre Güte danken soll. Ich kann es nur mit schrankenloser Ergebenheit.«

Raina erwiderte dem Kalifornier mit sehr warmer, herzlicher Stimme:

»Es bedarf keines Dankes, lieber Herr Marlow.

Ich freue mich ja so sehr, Ihnen dienen zu können. Es ist mir Herzensbedürfnis.«

Diese letzten Worte durchzuckten Arnulf wie ein Schlag. Ein »Herzensbedürfnis« war es Raina, dem Kalifornier dienen zu können? Das traf ihn hart. Er ahnte ja nicht, daß sich das »Ihnen« mehr auf Dora bezog als auf Frank; er glaubte, es gälte diesem allein.

Und es tat ihm im tiefsten Herzen weh, daß Raina so warm und herzlich mit diesem fremden jungen Mann sprach, während sie doch ihm selbst gegenüber stets einen zurückhaltenden Ton hatte.

Mit einer schnellen Bewegung schlug er nun die Portiere zurück und trat ins Zimmer. Raina zuckte ein wenig zusammen, weil sie Arnulf nicht hatte kommen hören. Frank Marlow aber wandte sich ruhig um und begrüßte Arnulf sehr unbefangen und freundlich. Er bemerkte nicht einmal, daß Arnulf sichtlich erregt war. Raina merkte es aber sehr wohl. Sie sah auch, daß Arnulf sie finster und forschend betrachtete, aber sie empfand dabei nur ein heimliches Glücksgefühl. »Wo Eifersucht ist, da ist auch Liebe«, hatte Dora gesagt.

»Ich freue mich sehr, Sie noch zu sehen, Herr von Reckenberg«, sagte Frank unbefangen. »Ich habe mir erlaubt, Ihre Frau Gemahlin zu bitten, mir zu gestatten, daß ich einen Freund meiner Familie, den ich in Hamburg abholte, in Ihr Haus einführe. Ihre Frau Gemahlin hat mir in liebenswürdiger Weise gestattet, Mr. Stone heute nachmittag zu Ihnen zu bringen, und ich bitte auch Sie um die Erlaubnis, es tun zu dürfen.«

274

Arnulf hätte am liebsten Frank Marlow nebst diesem Mr. Stone ins Pfefferland gewünscht. Aber er konnte sich doch so weit beherrschen, mit einigen konventionellen Worten seine Zustimmung zu geben. Er konnte ja nicht gut Rainas Erlaubnis rückgängig machen.

Also das war der Dienst, den der Kalifornier von seiner Frau verlangt hatte. Und es war ihr ein »Herzensbedürfnis«, ihm dienen zu können.

Herzensbedürfnis!

Er biß die Zähne zusammen. Dies Wort bohrte sich schmerzhaft in seine Seele. Er war kaum imstande, die Abschiedsworte Franks zu erwidern.

Als das Ehepaar allein war, blieb Arnulf vor seiner Frau stehen und sah sie scharf und prüfend an. »Du hättest dies Verlangen des Herrn Marlow sehr wohl mit der Begründung abweisen können, daß ich heute nachmittag nicht zu Hause bin«, sagte er nervös.

Es zuckte fast wie leise Schelmerei um Rainas Mund, und ihre Augen leuchteten so unbeschreiblich tiefblau und strahlend, daß er sich nur mit schmerzlicher Wonne hineinversenken konnte.

»Ich bin ja so froh, wenn ich interessante Gesellschaft habe, Arnulf. Warum sollte ich Herrn Marlow seine Bitte abschlagen? Denkst du nicht, daß dieser Mr. Stone eine sehr interessante Bekanntschaft sein wird? Man sieht doch ein neues Gesicht. Natürlich bitte ich Dora, herüberzukommen. Ich schicke gleich ein Billett zu ihr hinüber, damit ich nicht mit den beiden Herren allein bin, bis du kommst. So ist es dir doch recht, nicht wahr?«

Nein, es war Arnulf gar nicht recht. Aber was sollte er erwidern? Raina strahlte ihn so unbefangen an, daß er es nicht über sich vermochte, seiner Eifersucht Worte zu geben. Er mußte sich darauf beschränken, innigst und eindringlichst zu wünschen, daß Frank Marlow endlich nach Kalifornien zurückkehren möge.

Um auf ein anderes Thema zu kommen, sagte er: »Ich habe heute von einem Kameraden gehört, daß sich Fräulein Planitz in kurzer Zeit offiziell mit Baron Kranzau verloben soll. Kranzau selbst hat es gestern abend in weinseliger Stimmung ausgeplaudert. Inoffiziell soll die Verlobung schon stattgefunden haben. Hat dir Fräulein Planitz nichts davon anvertraut? Ihr seid doch sonst so intim.«

Raina sah ihn ernsthaft an. »Du kennst doch Kranzau. Glaubst du, daß Dora sich mit solch einem Mann verloben würde?«

Er zuckte die Achseln. »Sie würde mir leid tun – sehr leid, denn soviel ich sie kenne, paßt sie in keiner Weise zu ihm.«

»Nein, ganz gewiß nicht. Und Dora denkt nicht daran, sich mit Baron Kranzau zu verloben, das kannst du gegen jedermann behaupten.«

»Aber wie kann der Baron davon sprechen?«

»Ich will es dir sagen, obwohl Dora nicht will, daß ich darüber spreche. Da es der Baron aber selbst tut, ist es besser, ich sage dir die Wahrheit. Der Baron hat bei dem Kommerzienrat um Doras Hand angehalten, und dieser hat ihm ihre Hand zugesagt. In einigen Tagen soll sich der Baron Doras Jawort holen. Diese hat bisher vergebens dagegen protestiert. Der Kommerzienrat will sie zu dieser Verbindung zwingen. Aber — Dora stirbt lieber, als sich in dieser Frage zu fügen. Sie wird niemals Baronin Kranzau werden.«

»Bist du dessen so sicher?«

»Ganz sicher.«

»Wenn die Sache so liegt, ist es ebenso unverantwortlich von dem Baron wie von dem Kommerzienrat, eine Verlobung als bestimmt anzunehmen. Ich gestatte dir gern, Fräulein Planitz einen Wink zu geben, in welcher Weise der Baron von ihr als seiner künftigen Braut spricht.«

Raina nickte. »Das will ich tun, aber es wird nichts an Doras Entschluß ändern.«

»Es wäre auch schade um die junge Dame. Ich kenne keine, die ich mehr verehre und achte als sie, und kenne in unseren Kreisen keinen Mann, den ich niedriger einschätze als Kranzau.«

Nach diesem Gespräch zog sich Arnulf zurück, um sich umzukleiden. Dabei mußte er immer wieder daran denken, daß es Raina Herzensbedürfnis war, Frank Marlow einen Dienst zu erweisen. Wenn sich der Kalifornier daraufhin allerlei Schmeichelhaftes einbildete, war es kein Wunder.

Arnulf saß heute in wenig beneidenswerter Stimmung bei Tisch; seine Augen ruhten immer wieder mit schmerzlichem Forschen auf Rainas Antlitz. Sie merkte es wohl, und das Herz schlug ihr bis zum Hals hinauf.

›Lange ertrage ich das nicht mehr‹, dachte sie.

XV

Frank Marlow war in sein Hotel zurückgekehrt. Dort hatte auch Hans Lind als Mr. Stone Wohnung genommen. Er berichtete diesem, daß sie am Nachmittag bei Frau von Reckenberg erwartet und Dora dort finden würden.

Die Gewißheit, nun bald seiner Tochter Auge in Auge gegenüberzustehen, trieb den alten Herrn rastlos hin und her. Er konnte nicht zur Ruhe kommen. Deshalb schlug ihm Frank einen Spaziergang vor durch die Promenadenanlagen, die sich wie ein Ring um die innere Stadt zogen. Nach diesem Spaziergang wollten die beiden Herren zusammen speisen.

Als sie durch einen mit dichtem Gebüsch bewachsenen Teil der Anlagen schritten, kam es zu einer überraschenden Begegnung. An einer Wegbiegung kam plötzlich Dora Lind um eine Gebüschgruppe herum und sah die beiden Herren vor sich.

Sie hatte noch keine Ahnung, daß Frank von Hamburg zurückgekehrt war, und sah ihn nun freudig betroffen an. Den Herrn an seiner Seite beachtete sie zunächst gar nicht.

Frank Marlows Augen strahlten auf bei ihrem Anblick. Im Moment vergaß er, auf seinen Begleiter zu achten, und begrüßte Dora sehr erfreut. Sie blieb stehen, um einige Worte mit ihm zu wechseln. Aber nun erinnerte sich Frank an Hans Lind, und sein Herzschlag setzte einen Moment aus, als er erfaßte, welche Bedeutung diese Begegnung hatte.

Hans Lind hatte in der jungen Dame sofort seine Tochter erkannt, nach der Photographie, die er gestern von Frank bekommen hatte. Er hatte sie stundenlang betrachtet und sich jeden Zug ihres Gesichts eingeprägt. Und nun sie so plötzlich vor ihm stand, krampfte sich sein Herz in tiefster Erregung zusammen, so schmerzhaft, daß er leichenblaß wurde und sich kaum aufrechterhalten konnte.

So stand er wie erstarrt und schaute Dora mit großen Augen an.

Frank sagte, sich zur Ruhe zwingend, zu dieser: »Gestatten Sie, mein gnädiges Fräulein, daß ich Ihnen einen Freund meines Vaters vorstelle, den ich gestern in Hamburg abholte.«

Dora sah nun mit ihren großen, schönen Augen in das Gesicht des alten Herrn. Und als sie dies blasse, schmerzverzogene Gesicht vor sich sah und in die dunklen, seltsam erloschenen Augen blickte, da fühlte sie, daß sie der Blick dieser Augen bis ins Herz hinein traf. Ein unbeschreibliches Empfinden durchströmte sie und trieb ihr das Blut wie schwere, schmerzhafte Wogen durch ihren Körper. Sie stand wie gebannt von der schmerzlichen Ergriffenheit, die ihr aus den Augen dieses fremden Mannes entgegenblickte und die sich ihr selbst mitteilte.

Ganz seltsam bewegt, bis ins Innerste getroffen von dieser Begegnung, standen sich Vater und Tochter eine Weile sprachlos gegenüber, und Frank Marlow war zumute, als erlebe er in diesem Augenblick etwas unbeschreiblich Ergreifendes und Rührendes.

Dann sah Dora plötzlich, wie der Fremde ein

279

wenig schwankte, als verlöre er den Boden unter den Füßen, und wie er nach seinem Herzen griff und die Hand darauf preßte. Da war sie, von einem unerklärlichen Impuls getrieben, mit einem Schritt dicht bei ihm, faßte erschrocken nach seinem Arm und sagte mit verhaltener, zitternder Stimme, aus der es wie heißes Mitleid bebte:

»Sie leiden, mein Herr — kann ich Ihnen helfen? Sie sind unwohl — bitte, stützen Sie sich auf mich — ich bin stark.«

Es flog wie ein Zittern über den Mann. Seine Augen ließen nicht aus denen seines Kindes. Mit einem hungrigen, sehnsüchtigen Blick sah er hinein, so daß Dora zumute war, als müsse sie laut aufweinen. Ihre Augen wurden feucht, und sie wußte nicht, warum. Er nahm alle Kraft zusammen, um seine Fassung zu wahren. Leise legte er seine zitternde Hand auf die ihre, die noch wie in Angst und Sorge seinen Arm umfaßte.

»Es ist nichts — nichts Besorgniserregendes, ein kleines Unwohlsein. Es geht schon vorüber — und nun ist mir wohl — so wohl —; ich danke Ihnen für Ihre Teilnahme — danke Ihnen — unaussprechlich.«

Dora sah ihn nur immer an, als wollte sie ergründen, warum ihr der Anblick dieses fremden Männergesichts die Seele so in allen Tiefen aufwühlte. Und als sie fühlte, daß seine Hand auf der ihren zitterte, teilte sich ihr dies Zittern mit. Die Stimme des Blutes sprach stark und mächtig in ihr und erfüllte ihre junge Seele mit ahnungsvollen Schauern.

Wie lange Vater und Tochter so gestanden hat-

280

ten, wußten sie nicht. Es war ganz still rings um sie her, und es schien, als halte selbst die Natur den Atem an. Endlich löste Dora mit gewaltsamer Anstrengung ihren Blick aus dem des Herrn und wandte ihn fragend, unruhig Frank Marlow zu.

Dieser sah, wie erregt Dora war. Er faßte beruhigend ihre Hand. »Dora — liebe Dora, Mr. Stone weiß, daß du meine Braut bist. Ich habe ihm alles gesagt. Und er wollte dich gern kennenlernen, deshalb ist er hier.«

Dora atmete tief auf. Mit einem unsicheren, aber lieben Lächeln sah sie den alten Herrn an.

»Es freut mich sehr, Sie kennenzulernen. Und es mag seltsam klingen, aber ich fühle mich so eigenartig zu Ihnen hingezogen. Mir ist so sonderbar zumute, als kenne ich Sie schon lange. Ihre Augen grüßen mich wie die eines Menschen, der mir nicht fremd ist. Es überkam mich eine ganz unerklärliche Stimmung, als ich Sie sah. Ich habe noch nie ähnliches empfunden beim Anblick eines Menschen, den ich eben erst kennenlernte. Ich bin noch ganz benommen — so, als hätte ich ein großes inneres Erlebnis gehabt. Verzeihen Sie mir, daß ich meinem Empfinden Worte gebe, aber ich muß es tun, es drängt mich etwas dazu, obwohl ich sonst keine sehr mitteilsame Natur bin.«

Sie war sehr erregt, das merkten die beiden Herren. Hans Lind trank die Züge seines Kindes in sich hinein wie Himmelswonne, und ihre Worte lösten ein tiefes Glücksgefühl in ihm aus.

»Ich danke Ihnen für Ihre Worte, mein gnädiges Fräulein, danke Ihnen von ganzem Herzen. Sie tun mir unendlich wohl. Mir ergeht es wie Ihnen. Was

ich empfinde — ich kann es nicht in Worte fassen
— nicht jetzt. Nur das lassen Sie mich Ihnen sagen
— mein liebes Kind —, daß Sie mir teuer sind —
so teuer — ich —«

Er brach ab und mühte sich, Fassung zu behalten.

Dora strich sich über die Stirn wie im Traum.
Und dann sah sie plötzlich zu Frank auf mit einem hilflosen, forschenden Blick.

»Frank — du hast mir gesagt, es gibt einen Menschen, der mir nahesteht, dem ich teuer bin. Ich
riet auf einen Verwandten meines Vaters. Frank —
ist Mr. Stone die geheimnisvolle Persönlichkeit,
die dich zu mir gesandt hat? Sag es mir, ich bitte
dich. Dann könnte ich mir doch erklären — wenn
Mr. Stone mit mir verwandt ist, daß — daß sein
Anblick mich so seltsam bewegt«, stieß sie hervor
und faßte Franks Hand. Dieser sah den alten
Herrn an, und Hans Lind machte ihm ein Zeichen,
daß er bejahen sollte.

Da sagte der junge Mann leise und bewegt: »Ja,
Dora, es ist, wie du vermutest. Mr. Stone ist nach
Deutschland gekommen, nur um dich zu sehen.«

Da wurde Dora vor Erregung sehr bleich, und
der Atem kam schwer aus ihrer Brust.

»Ich habe es gefühlt — ja — ich habe es gefühlt.
Wir müssen durch Bande des Blutes zusammengehören, so empfindet man nicht für einen fremden Menschen«, sagte sie mit leiser, verhaltener
Stimme und sah Hans Lind wieder tief und forschend in die Augen. In seinem Gesicht zuckte
und arbeitete eine furchtbare Erregung. Wären
sie an einem anderen Ort gewesen, nicht hier im

282

Freien, wo jeden Augenblick fremde Menschen vorübergehen konnten, dann hätte er es nicht mehr über sich vermocht, seiner Tochter zu verbergen, wer er war. Er faßte ihre Hand mit schmerzhaftem Griff.

»Bande des Blutes sind heilig«, sagte er mit vergehender Stimme.

»Wer sind Sie?« fragte Dora dringend, und Mr. Stone spürte, wie sie zitterte.

Da warf er Frank einen bittenden Blick zu, der diesem verriet, daß er jetzt am Ende seiner Kraft war. Frank faßte daher Doras andere Hand.

»Liebling — wir müssen uns jetzt trennen. Hier sind wir nicht ungestört. Heute nachmittag sehen wir uns bei Reckenbergs. Ich war dort und bat Frau von Reckenberg, dir Nachricht zu senden, daß ich dort sein werde. Auch Mr. Stone wird mich begleiten. Dort wird er dir alles erklären. Nicht wahr Mr. Stone? Alles soll Dora erfahren — sie muß jetzt alles wissen.«

Hans Lind nickte nur stumm, sprechen konnte er nicht mehr.

»Du siehst, Dora — er ist zu erregt; dein Anblick hat ihn tief ergriffen. Geh jetzt, mein geliebtes Herz. Heute nachmittag auf Wiedersehen bei Frau von Reckenberg.«

Dora sah noch einmal bang und beklommen in die Augen des alten Herrn, die eine so geheimnisvolle Macht auf sie ausübten. Stumm reichte sie ihm die Hand. Und dann sagte sie zu Frank: »Ich werde kommen.«

Hans Lind drückte die Hand seines Kindes fest und warm. »Auf Wiedersehen!« stieß er hervor.

»Auf Wiedersehen«, sagte auch Dora leise.

Dann schritt sie davon, langsam und schwer, nicht mit ihrem leichten, elastischen Gang.

Die beiden Herren blieben stehen und sahen ihr nach, einander fest bei den Händen haltend. Ehe Dora in einen Seitenweg einbog, blieb sie stehen und sah, wie geheimnisvoll angezogen, noch einmal zurück. Ihre Augen suchten nicht Frank. Sie sah noch einmal mit seltsam unruhigem, fragendem Blick in die Augen des fremden Mannes. Dann eilte sie weiter.

Hans Lind stützte sich auf Franks Arm, als brauche er einen Halt, und sah mit großen, brennenden Augen seiner Tochter nach.

»Mein Kind — mein geliebtes Kind«, brach es wie ein Stöhnen aus seiner Brust.

Frank stützte ihn. »Onkel Hans — nun darfst du Dora nicht mehr vorenthalten, was sie zu wissen ein Recht hat. Hast du nicht empfunden, wie stark die Stimme des Blutes in ihr sprach?«

Ein strahlendes Leuchten erschien in den Augen des alten Herrn.

»Ja, Frank, ich habe es empfunden — gottlob, ich habe es empfunden! Und nun habe ich Mut, mich meiner Tochter zu erkennen zu geben. Wenn wir jetzt nicht hier auf offener Straße wären, dann hätte mich schon jetzt nichts davon zurückgehalten. Nur eine Stunde ungestörten Beisammenseins heute nachmittag, das ist, was ich vom Schicksal erflehe.«

»Die soll dir werden, Onkel Hans, ich bürge dir dafür. Da ich weiß, daß du dich Dora anvertrauen willst, werde ich auf jeden Fall dafür sorgen. Frau von Reckenberg ist eine feinfühlige, verständnisvolle Dame und Dora sehr verpflichtet und ergeben. Aber, nun komm, du bist furchtbar erregt. Laß uns zum Hotel zurückgehen. Du mußt ein Stündchen ruhen, damit du heute nachmittag frisch bist.«

Damit führte Frank den alten Herren davon. Dieser sah mit großen Augen vor sich hin. Frank überließ ihn seinen Gedanken.

In einer ganz seltsamen Stimmung war Dora nach Hause gegangen. Wie fremd und kalt sie ihrer Mutter gegenüberstand, das hatte sie in der letzten Zeit mehr denn je empfunden. Auch heute kam es ihr zum Bewußtsein. Als sie nach Hause kam, fand sie den Salon ihrer Mutter angefüllt mit Gästen, die mit der Kommerzienrätin über ein Wohltätigkeitsfest berieten. Zum Besten eines Säuglingsheims sollte ein Gartenfest im großen Stil veranstaltet werden, und der Kommerzienrat hatte dazu einen großen Teil seines parkähnlichen Gartens zur Verfügung gestellt. Bei solchen Gelegenheiten war Frau Helene in ihrem Fahrwasser. Sie scherzte, plauderte und lachte in ihrer oberflächlich liebenswürdigen Art und verschmähte es durchaus nicht, trotz ihres reifen Alters, ein wenig zu kokettieren und sich den Hof machen zu lassen. Das lag ihr nun einmal im Blut und ließ sich nicht ausrotten.

Dora hatte das mit ihren kritischen Augen oft mit angesehen. Wäre es nicht ihre Mutter gewesen, so hätte sie sich vielleicht mit einem amüsierten Lächeln darüber hinweggesetzt. Aber bei ihrer Mutter berührte sie solch ein kokettes Spiel wie ein körperlicher Schmerz.

Sie hielt es auch heute nicht lange aus, Zeuge dieses Spieles zu sein. Die ganze Gesellschaft erschien ihr schal und öde. Keiner von diesen Menschen dachte in Wirklichkeit daran, einen wohltätigen Zweck zu verfolgen. Alle hatten nur ein Ziel im Auge: sich möglichst gut zu amüsieren.

Unbemerkt verließ Dora die Gesellschaft und zog sich auf ihr Zimmer zurück. Wie ein Fremdling kam sie sich vor in diesem Haus. Auf ihrem Schreibtisch fand sie Rainas Billett, das sie für den Nachmittag in die Reckenbergsche Wohnung rief.

Dora setzte sich ans Fenster und stützte den Kopf in die Hand. Sie konnte ihre Gedanken nicht losreißen von Mr. Stone. Immer sah sie sein schmerzlich bewegtes Gesicht, seine hungrig sehnsüchtigen Augen vor sich.

Nach einer Weile trat Christine ein. »Ach, mein Dorchen, du sitzt hier oben so allein, und unten bei Frau Kommerzienrat ist große Gesellschaft«, sagte sie.

»Ja, Christine, ich war schon unten, doch es gefällt mir besser, wenn ich allein bin. Aber es ist gut, daß du hier bist, ich möchte dich einmal etwas fragen. Kannst du dich wohl erinnern, ob mein verstorbener Vater Verwandte hatte?«

Christine dachte eine Weile nach. Dann schüttelte sie den Kopf.

»Da war der Vater von deinem Vater, mein Dorchen, der starb gerade, als du geboren wurdest. Sonst waren keine Verwandten da — gar keine.«

»Du mußt dich irren, Christine. Vielleicht hast

286

du nur nichts von ihnen gehört. Ich weiß jetzt, daß mein Vater einen Blutsverwandten hinterlassen hat.«

Energisch schüttelte die alte Dienerin den Kopf. »Aber nein, mein Dorchen, das kann nicht sein. Als dein Vater dich damals in seiner Aufregung mit sich nehmen und dich durchaus nicht bei deiner Mutter lassen wollte, fragte ich ihn, ob er denn nicht irgendwelche Verwandte hätte, wo er dich lassen könnte. Da sagte er in seinem verbissenen Schmerz: Ich bin einsam und verlassen, wie ein Hund auf der Straße, der seinen Herrn verloren hat. Nicht einen Menschen gibt es, zu dem ich gehöre, dem ich mein Kind anvertrauen könnte.«

Dora sah sinnend vor sich hin. »Vielleicht hat er nicht daran gedacht, daß ihm in Amerika ein Verwandter lebt, ein Verwandter, den ich heute kennengelernt habe. Er heißt Stone und lebt seit vielen Jahren in Kalifornien. Mein Verlobter hat ihn mir heute vorgestellt.«

Christine machte ein ungläubiges Gesicht. »Stone? Stone? Nein, den Namen habe ich nie gehört. Das muß dann wohl ein ganz entfernter Verwandter sein.«

Dora atmete tief aus. »Nun, ich werde heute noch Genaueres darüber hören. Aber nun etwas anderes, Christine. Hast du all die Sachen eingepackt, die wir jetzt entbehren können und mitnehmen wollen, wenn wir abreisen?«

Christine seufzte ein wenig. »Ja, mein Dorchen, ich habe für dich erst einmal die beiden großen Rohrplattenkoffer bis obenhin vollgepackt. Meine

287

Sachen sind auch schon verstaut. Das kann dann jederzeit abgeholt werden; ich habe alles drüben in meiner Kammer stehen. Es wird uns doch nichts bei der Seefahrt ins Wasser fallen, Dorchen? Einmal habe ich in der Zeitung gelesen, daß von einem Schiff eine Menge Koffer ins Wasser gefallen sind.«

Dora lachte. »Ach, Christine, was hast du für eine Ahnung von solch einem großen Schiff. Da kannst du ganz ruhig sein.«

Christine machte große, ängstliche Augen. »Wenn ich man nicht die Seekrankheit kriege; das soll ein schrecklicher Zustand sein. Da kannst du nicht leben und nicht sterben, sagt der Johann, der mit seinem früheren Herrn mal übers Meer gefahren ist.«

Dora umfaßte sie liebevoll. »Mein Altchen, wenn ich dich nur erst übers Wasser hätte. Mußt nicht so ängstlich sein. Wir reisen ja noch im Sommer, so Gott will, da ist meist ruhige See und wenig Sturm. Du merkst dann überhaupt nichts davon, daß du über das Wasser fährst. Hab' nur ein bißchen Mut.«

»Na ja, na ja, mein Dorchen, ich bin ganz unverzagt. Du bist es ja auch, und du hast doch wahrlich mehr zu verlieren als ich. Was gilt mein altes Leben gegen dein junges? Ich gewöhne mich schon an den Gedanken. Von meiner Mutter selig ist in jungen Jahren auch ein Bruder nach Amerika ausgewandert. Er schrieb sehr schöne Briefe, aber dann hab' ich nichts mehr von ihm gehört. Vielleicht treffe ich ihn mal drüben, wenn er noch am Leben ist.«

Dora lachte herzlich. »Ach, Christine, das wäre ein großer Zufall. Amerika ist ja so groß — das kannst du gar nicht fassen.«

»Ja ja, das glaube ich schon. Aber nun will ich wieder hinuntergehen; ich muß unten ein bißchen helfen, heute. Wollte nur mal nach meinem Dorchen sehen. Ja — und was ich noch sagen wollte, du mußt dich aber nicht aufregen, Dorchen.«

»Nein, nein — was gibt es denn?«

»Ach, nur — ich hörte vorhin, daß morgen eine größere Abendgesellschaft geladen ist, lauter adelige Herrschaften, Herr Marlow ist nicht eingeladen. Aber — der Herr Baron von Kranzau — ja, der hat eine Einladung bekommen.«

Dora zuckte leise zusammen. »Ah — das hat mir Mama nicht mitgeteilt, als sie mir von dieser Gesellschaft sprach. Es ist gut, daß du es mir gesagt hast, Christine, ich danke dir.«

»Ich dachte mir schon, daß es gut ist, wenn du es weißt, mein Dorchen.«

Damit ging die alte Dienerin hinaus. Dora blieb allein. Ihre Gedanken beschäftigten sich nun wieder mit Mr. Stone.

›Wie er mich ansah — so seltsam, so ganz rätselhaft‹, dachte sie, leise zusammenschauernd.

Und sie konnte die Zeit nicht erwarten, bis sie zu Reckenbergs gehen und Mr. Stone wiedersehen konnte. Sie dachte heute viel mehr an ihn als an Frank Marlow.

XVI

Dora, Frank Marlow und Hans Lind waren in Rainas Salon zusammengetroffen. Raina, die blühend und lieblich aussah in einem duftigen weißen Kleid, hatte Mr. Stone freundlich empfangen. Er gefiel ihr sehr gut in seiner ruhigen, vornehmen Art, und er fühlte sich ebenfalls äußerlich sympathisch von Raina berührt.

Die drei Gäste waren auf Verabredung zeitiger als sonst eingetroffen. Sie wollten die Zeit bis zu Arnulf von Reckenbergs Heimkehr gut nützen. Raina hörte, daß Dora bereits am Vormittag flüchtig mit den beiden Herren zusammengetroffen war.

Sie zog sich gleich nach der Begrüßung ihrer Gäste verständnisvoll zurück.

»Ich denke, Mr. Stone übernimmt heute mein Amt als Ehrengarde, und ich vermute, Sie haben mancherlei zu besprechen, meine Herrschaften. Deshalb gestatten Sie mir wohl, daß ich inzwischen einigen Hausfrauenpflichten nachkomme«, sagte sie und sah Dora lächelnd an, als wollte sie fragen: »Habe ich's recht gemacht?«

Dora nickte ihr zu, und Raina ging hinaus. Als die drei Menschen allein waren, atmete Dora tief aus und wandte sich an Hans Lind.

»Seien Sie mir nicht böse, Mr. Stone, wenn ich keine Minute unseres nur kurz bemessenen Zusammenseins verlieren will und Sie gleich bitte, mir zu sagen, in welcher Weise wir miteinander verwandt sind. Ich bin seit unserem Zusammentreffen in einem mir ganz unerklärlichen Zustand von Unruhe und Aufregung gewesen. Seit ich in

Ihre Augen gesehen habe, ist mir zumute, als stehe ich unter einem geheimnisvollen Bann. Ich kann es nicht mit Worten ausdrücken, wie erregt ich bin, wie mich die Begegnung mit Ihnen erschüttert hat.«

In ihrer Stimme zitterte eine starke Unruhe.

Hans Lind nahm ihre beiden Hände in die seinen. Er war jetzt ruhiger und gefaßter. Heute morgen hatte ihn die Begegnung mit Dora überrascht, und er war von seinen Gefühlen übermannt worden. Jetzt hatte er sich in der Gewalt. Er fühlte, daß er für Dora ruhig sein mußte, daß sie jetzt einen Halt, eine Stütze brauchen würde. Aber es lag eine unbeschreibliche Zärtlichkeit in seinen Augen und in seiner Stimme, als er zu ihr sagte:

»Sie können nicht erregter sein, als ich es nach dieser Begegnung bin. Aber mir erscheint das alles nicht so seltsam und unfaßbar, denn ich weiß ja, wie stark die Bande des Blutes zwischen uns sind.«

Dora sah ihn erwartungsvoll an. »Ich habe vergeblich zu ergründen gesucht, in welchem Verwandtschaftsgrad wir zusammen stehen, habe auch meine alte Dienerin ausgeforscht, die schon zu Lebzeiten meines Vaters bei uns war. Sie behauptet, mein Vater habe keine Verwandten hinterlassen. An meine Mutter wollte und konnte ich mich nicht um Auskunft wenden, weil sie ja nicht ahnt, daß ich weiß, daß mein rechter Vater Hans Lind war. Ich glaube Ihnen aber doch, wenn Sie mir sagen, daß wir verwandt sind. Es kann ja nicht anders sein. Mein Herz zieht mich zu Ihnen mit einer starken, geheimnisvollen Macht — ich glaube, so wie Sie hätte ich meinen Vater lieben können, wenn er noch am Leben wäre.«

Das sagte Dora mit tiefer Empfindung. Hans Lind ergriffen diese Worte unsagbar. In seiner Erregung zog er Dora an den Händen ganz dicht zu sich heran.

»Nun kann ich nicht länger schweigen, wie ich es fast zwanzig Jahre tat, meine Dora. Gott segne dich für diese Worte, die mir die Furcht nehmen, daß du mir fremd gegenüberstehen könntest, fremd durch die Trennung, durch das Schicksal. Sieh mir in die Augen, mein Kind, mein heißgeliebtes, schmerzlich entbehrtes Kind — ich bin Hans Lind, dein Vater — den du totgeglaubt hast!«

Dora stand einen Augenblick wie erstarrt, sie wurde totenbleich, und auf ihrem Antlitz lag ein Ausdruck, der unbeschreiblich war. Sie wollte sprechen und konnte nicht. Nur ein halberstickter Laut rang sich über ihre blassen Lippen, und ihre Augen sahen groß in angstvollem Forschen in die seinen.

So standen Vater und Tochter lange und sahen sich an, unverwandt, bis ins Herz erschüttert. Dora fühlte, daß dieser Mann die Wahrheit sprach. Alle Quellen ihres Lebens sprangen ihm entgegen. Ihr Herz klopfte laut und stark und rief ihr zu: »Er ist dein Vater!«

Und von seinem sehnsüchtigen Blick bezwungen, sank sie plötzlich, von ihrem Gefühl überwältigt, an seine Brust, umklammerte ihn krampfhaft mit beiden Armen, als könne er ihr wieder entrissen werden, und schmiegte sich zitternd an ihn. Ihre Augen füllten sich mit Tränen, und diese sonst so stolzen, ruhigen Augen blickten mit hinreißender Zärtlichkeit in die des Vaters.

»Ja«, sagte sie mit leiser, zitternder Stimme, »ja — ich fühle es, mein Herz sagt es mir, daß du mein Vater bist. Nun wird mir plötzlich alles, alles klar. Jetzt weiß ich auch, warum mich eine geheimnisvolle Macht immer in die Ferne zog. Es war deine Sehnsucht, deine Liebe, die mich rief. Oh, mein Vater — mein Vater, wie grausam hat man sich an uns versündigt, daß man mir nicht einmal gestattete, von dir zu wissen, mich als dein Kind zu fühlen.«

Sie war ganz außer sich vor Erregung. Und Hans Lind hielt sein Kind fest in seinen Armen, an seinem Herzen, streichelte es, gab ihm süße, zärtliche Namen und küßte ihm Mund, Stirn und Augen, immer wieder, als habe er unendlich viel nachzuholen, als könne er sich nicht genug tun. Und die Qual der langen, entbehrungsreichen Jahre fiel von ihm ab in der Wonne dieses Wiederfindens, in der seligen Gewißheit, daß die Liebe seines Kindes ihm gehörte.

Es war eine wunderbar heilige Stunde für Vater und Tochter, eine Stunde, in deren gewaltiger Erregung alles zwischen ihnen beseitigt wurde, was je trennend zwischen ihnen gestanden hatte.

Erst nach langer Zeit ließen sie einander los. Und nun wandte sich Dora mit einem strahlenden, zärtlichen Lächeln an den stummen, ergriffenen Zeugen dieser Szene.

»Mein Frank — jetzt hatte ich dich für kurze Zeit ganz vergessen. Sei mir nicht böse. Das, was ich jetzt erlebte, war so groß und schön. Und dir danke ich es, daß ich meinen Vater wiederhabe«, sagte sie innig.

Frank zog sie bewegt an sich. »Du irrst dich, meine Dora — deinem Vater danken wir, daß wir uns gefunden haben. Er führte Dora, sie innig umschlungen haltend, vor den alten Herrn.

»Segne unseren Bund, Vater«, sagte er schlicht. Hans Lind umschlang sie beide. »Meine Kinder — meine geliebten Kinder, wie reich bin ich nun plötzlich geworden! Noch ist es mir wie ein schöner Traum.«

Sie standen alle drei innig umschlungen und ließen die Erregung in sich ausklingen. Dann zog Hans Lind seine Tochter neben sich auf den Diwan und erzählte ihr in gedrängter Kürze, wie es gekommen war, daß er, der Totgeglaubte, am Leben geblieben war und sich ihr doch ferngehalten hatte.

Zwischen dem Vater und dem Geliebten sitzend, beider Hände in den ihren haltend, erfuhr Dora alles, was sie wissen mußte. Und als der alte Herr mit seinem Bericht zu Ende war, sagte Frank lächelnd: »Sieh, Dora, nun kann uns nichts mehr schrecken. Wenn der Kommerzienrat jetzt nicht in unsere Verbindung willigen will, wird er es müssen. Er hat kein recht an dich. Einzig dein Vater hat über deine Hand zu verfügen.«

Dora seufzte auf. »Wie wird das alles werden? Was soll meine Mutter zu alldem sagen? Sie weiß doch nicht, Vater, daß du noch am Leben bist. Ach, mein Gott — da du lebst, und sie nicht von dir geschieden ist, so ist sie doch im Grunde noch deine Frau, nicht die des Kommerzienrats.«

Der alte Herr fuhr ihr liebevoll mit der Hand über das Haar. »Mach dir darum keine Sorge, meine Dora. Das wird sich alles regeln lassen – und ich hoffe, ohne Aufsehen. Du kannst jetzt dein Gesicht vertrauensvoll in die Hände deines Vaters legen. Ich habe schon alles mit Frank besprochen, und wir haben folgendes beschlossen: Frank geht morgen zu dem Kommerzienrat und hält in aller Form um deine Hand an. Verweigert er ihm diese, dann sprichst du, meine Dora, noch einmal dringend mit ihm, erklärst ihm noch einmal energisch, daß du den Baron Kranzau abweisen wirst, wenn er es wagt, um dich anzuhalten. Sag ihm, daß du dich mit Frank verlobt hast, nur dessen Gattin werden und ihm nach Kalifornien folgen willst. Beharrt er dann noch auf seinem Willen, und will er dich zwingen, Baronin Kranzau zu werden – dann hilft nichts anderes, als daß ich zu ihm gehe. Und ich werde ihn überzeugen, daß er gut daran tut, jeden Widerstand aufzugeben, darauf verlaß dich mein liebes Kind.«

Dora nickte ihm zu. »Ich bin ganz unverzagt, Vater. Aber es ist doch gut, daß wir, Frank und ich, auf deine Hilfe rechnen können. Meiner Mutter wegen wünsche ich, daß sich alles ohne dein Eingreifen regeln läßt.«

Hans Lind strich sich über die Stirn. »Ja, obwohl sie mir sehr viel Leid zugefügt hat, möchte ich es ihr auch jetzt noch ersparen zu erfahren, daß ich noch am Leben bin. Doch wenn dein Glück gefährdet ist, muß auch diese Rücksicht fallen. Und nun noch eins: was geben wir Frau von Reckenberg für eine Erklärung? Vielleicht haben wir dieses Haus noch nötig für eine Zusammenkunft.«

Dora überlegte. Dann sagte sie entschlossen: »Raina können wir vertrauen. Sie weiß, was ich von Christine erfahren habe. Aber was Raina weiß, muß auch ihr Gatte wissen dürfen, und ich weiß nicht, ob es deshalb ratsam ist sie ins Vertrauen zu ziehen.«

»Darf ich einen Vorschlag machen?« fragte Frank.

»Sprich, mein Junge«, bat der alte Herr.

»Ich denke, wir schenken Frau von Reckenberg über alles reinen Wein ein. Sie hat es um uns verdient. Und wir stellen es ihr anheim, ihren Gatten in alles einzuweihen, sobald wir abgereist sind, wenn er sich mit seinem Ehrenwort verpflichtet, über diese Angelegenheit zu schweigen. Gibt Herr von Reckenberg sein Ehrenwort, dann hält er es auch unter allen Umständen.«

Hans Lind nickte. »Gut so soll es sein. Ich denke, wir kehren, sobald wir mit dem Kommerzienrat im reinen sind, nach Kalifornien zurück. Hier auf eure Trauung zu warten, ist jetzt nicht mehr nötig. Da meine Tochter in meiner Gesellschaft reist, kann sie uns auch als deine Braut begleiten. Eure Vermählung kann dann sofort drüben erfolgen. Es wird auch deinen Eltern lieber sein, mein lieber Frank, wenn sie deiner Hochzeit beiwohnen können. So wird Frau von Reckenberg ihrem Gatten gegenüber nicht lange zu Stillschweigen verpflichtet sein.«

Daß junge Brautpaar war einverstanden. Dora ging hinaus und rief Raina herbei.

Dora umfaßte sie herzlich. »Liebste Raina, wir

wollen dir eine ganz wunderbare Eröffnung machen. Aber du mußt uns erst versprechen, daß dein Mann nicht eher davon erfährt, als bis ich mit Frank abgereist bin. Und auch gegen alle anderen Menschen mußt du strengstes Stillschweigen versprechen.«

Raina sah die erregten Menschen an. »Natürlich gebe ich mein Wort, Dora, du weißt, daß ich schweigen kann. Daß ich meinen Mann einweihen darf ist mir lieb, denn vor ihm möchte ich keine Geheimnisse haben. Aber ich verpflichte mich, auch ihm gegenüber zu schweigen, bis du abgereist bist. Ist es recht so?«

Dora nickte. »Ja Raina — und nun höre. Mr. Stone hat sich einen falschen Namen zugelegt — er heißt in Wahrheit Hans Lind und ist mein totgeglaubter Vater!«

Natürlich war Raina sehr überrascht und lauschte erregt und aufmerksam dem Bericht der drei Menschen. Aber sie war voll warmer, herzlicher Teilnahme und freute sich an Doras Glück. Nur eins machte sie traurig, daß Dora so bald fortgehen würde, das tat ihr weh. Sie sprach es auch aus, und ihre Augen feuchteten sich.

»Dora ist mir so viel — so sehr viel gewesen, Sie ahnen nicht, was sie alles für mich getan hat«, sagte sie zu Hans Lind.

»Das beruht nun aber wirklich auf Gegenseitigkeit, meine Raina. Ich bin dir so viel Dank schuldig«, entgegnete Dora, und die beiden jungen Damen umarmten und küßten sich herzlich.

Der Tee wurde heute in sehr angeregter Stimmung eingenommen. Es gab noch viel zu erzählen und zu erklären. Erst als Arnulf kam, wurde das Thema gewechselt, da er von alledem noch nichts wissen sollte.

Hans Lind wurde Arnulf als Mr. Stone vorgestellt und von ihm artig begrüßt und willkommen geheißen, wenn er auch viel lieber mit seiner Frau allein gewesen wäre.

Als die Gäste sich dann entfernt hatten und die beiden Gatten allein waren, sah Arnulf mit ernsten Augen auf seine junge Frau. Mancherlei Anzeichen hatten ihn darauf hingewiesen, daß man in militärischen Kreisen dem Konflikt zwischen Österreich und Serbien große Bedeutung beimaß. Die Offiziere seines Regiments, und er natürlich auch, waren gefaßt darauf, daß Deutschland in einen Krieg verwickelt werden könnte.

Und nun mußte er denken, was wohl Raina sagen würde, wenn diese Befürchtungen eintrafen und er als einer der ersten mit hinausziehen mußte in den Krieg.

Ob es ihr leid tun würde um ihn? Und ob sie dann hierbleiben oder nach Reckenberg oder Buchenau gehen würde, wenn er nicht mehr da war?

Er seufzte leise und war heute in sehr ernster Stimmung. Das legte sich auch bedrückend auf Rainas Gemüt. Ihr war sehr bang ums Herz.

Am nächsten Morgen fragte Frank telephonisch bei Kommerzienrat Planitz an, wann er ihn im Laufe des Vormittags bestimmt in seiner Privatwohnung in einer dringenden Angelegenheit sprechen könne.

Er erhielt den Bescheid, daß ihn der Kommerzienrat um elf Uhr erwarte.

Dora war am Tag vorher sehr erregt nach Hause gekommen und hatte gleich Christine in ihr Zimmer gerufen.

Leise erzählte sie ihr, was geschehen war. Christine war ebenso fassungslos über das Auftauchen des Totgeglaubten, wie es ihre junge Herrin gewesen war. Sie wäre am liebsten sofort in das Hotel gelaufen, wo Hans Lind wohnte, um ihn wiederzusehen. Aber Dora hielt sie zurück.

»Du wirst ihn bald sehen, Christine, wir reisen in wenigen Tagen, vielleicht schon morgen, mit meinem Vater und meinem Verlobten. Halte dich auf alle Fälle bereit und mach alles fertig«, sagte sie.

Christines Hände flogen vor Aufregung, und sie hatte sich ganz respektlos in einen Sessel fallen lassen.

»Ach, mein Dorchen, mir zittern die Knie. Du mein lieber Gott, wer hätte so etwas für möglich gehalten! Und mit der Abreise — meinst du denn, daß mich der Herr Kommerzienrat so ohne Kündigung aus meinem Dienst entlassen wird? Wenn er das nicht tut, dann darf ich doch nicht fort«, sagte sie erregt.

»Das brauchst du nicht zu fürchten, Christine. Er wird dich sicher mit mir gehen lassen. Es wird schon alles geordnet werden. Halte nur alles bereit.«

Christine war in einer unbeschreiblichen Aufregung. Sie konnte die Nacht nicht schlafen und war schon am frühen Morgen auf. Gleich ging sie dann wieder in Doras Zimmer und bestürmte sie mit allerlei Fragen und Bedenken.

Dora hatte selbst auch wenig Schlaf gefunden in dieser Nacht. Stand sie doch vor einem Wendepunkt ihres Lebens, und einige Sorge hatte sie doch, wie sich alles würde regeln lassen.

Obwohl sie ihrer Mutter sehr entfremdet war, erfaßte sie doch eine große Unruhe bei dem Gedanken, die Mutter würde erfahren müssen, daß ihr erster Gatte noch am Leben war.

Sie wußte, daß der Kommerzienrat Frank um elf Uhr empfangen wollte, denn sie hatte selbst beim Frühstück gehört, wie der Kommerzienrat mit ihm telephoniert hatte.

Nun war es fast elf Uhr, und sie stand erwartungsvoll am Fenster ihres Zimmers. Als sie Frank durch den Garten kommen sah, winkte sie ihm verstohlen einen Gruß zu. Er sah mit leuchtenden Augen zu ihr empor. Gleich darauf war er im Haus verschwunden.

Dora eilte nun hinunter in das Zimmer neben dem Arbeitsraum des Kommerzienrats, in dem dieser Frank empfangen hatte. Durch dieses Vorzimmer mußte Frank kommen, wenn er den Kommerzienrat verließ. Sie setzte sich in einen Sessel am Fenster und wartete.

Der Kommerzienrat empfing Frank mit seiner unechten, aufdringlichen Jovialität.

»Morgen, mein lieber Herr Marlow. Wie geht's, wie steht's? Was haben Sie denn für ein dringendes Anliegen an mich? Wollen Sie rauchen? Bitte bedienen Sie sich, und nehmen Sie Platz. Ich weiß nicht — Sie sehen ja schrecklich feierlich aus. Was haben Sie denn auf dem Herzen?«

Frank dankte für die ihm angebotenen Zigaretten. Und ohne Umstände ging er direkt auf sein Ziel los. »Ich komme in einer ganz privaten Angelegenheit, Herr Kommerzienrat. Gestatten Sie mir, daß ich gleich auf den Kern der Sache zu sprechen komme.«

»Bitte sehr — bitte sehr, mein lieber junger Freund. Aber erst muß ich Ihnen mein Kompliment machen. Habe Sie neulich reiten sehen, mitten unter unseren Reiteroffizieren. Donnerwetter — so mitten drin in der Feudalität. Wie haben Sie das nur fertiggebracht, sich da so reinzupirschen? Sind sonst riesig zurückhaltend, die Herren Offiziere.«

»Ich bin von Herrn von Reckenberg eingeführt worden.«

»Hm! Nun ja, also reiten können Sie famos. Aber das nur nebenbei. Nun will ich Sie nicht mehr ablenken. Also schießen Sie los. Womit kann ich dienen?«

Frank erhob sich, nahm eine offizielle Haltung an und sagte ruhig und fest: »Herr Kommerzienrat, ich bitte um die Hand Ihrer Tochter Dora.«

Der Kommerzienrat rückte sich im Sessel zurück und sah ihn verblüfft an. Er legte seine kurzen, dicken Hände platt auf die Armlehnen. So saß er eine Weile sprachlos, dann schnaufte er, als fehle es ihm an Luft, und endlich stieß er hervor:

»Na, erlauben Sie mal!«

»Herr Kommerzienrat — ich bitte um eine Antwort«, erwiderte Frank ruhig und bestimmt.

Der Kommerzienrat schnaufte noch einmal. Dann sagte er mit salbungsvoller Miene:

»Mein lieber, junger Freund — es tut mir leid, Ihnen eine abschlägige Antwort geben zu müssen. Aber ich habe andere Pläne mit meiner Tochter.

301

Ihre Hand habe ich bereits dem Herrn Baron Kranzau auf Kranzau zugesagt.«

Frank verlor bei diesen Worten keineswegs seine ruhige Haltung.

»Verzeihen Sie, Herr Kommerzienrat, wenn ich mich mit diesem Bescheid nicht zufriedengeben kann. Ich muß Ihnen sagen, daß mir Ihr Fräulein Tochter ihr Jawort gegeben hat und daß sie ganz bestimmt nicht die Gattin des Baron Kranzau wird, sondern die meine.«

Der Kommerzienrat fuhr jäh aus seinem Sessel empor.

»Junger Herr, Ihre Sprache ist – nun, sagen wir, sehr kühn. Über die Hand meiner Tochter habe ich zu verfügen und werde es tun. Ich bin aufs äußerste erstaunt. Aus Ihren Worten entnehme ich, daß zwischen Ihnen und meiner Tochter ein unstatthaftes Einverständnis besteht. Scheinbar hat sich da hinter meinem Rücken eine Liebelei entwickelt.«

Frank sah ihn stolz und ernst an. »Sie müssen wissen, daß Ihr Fräulein Tochter zu stolz ist, auf eine Liebelei einzugehen, und ich bin nicht der Mann, der eine junge Dame in eine solche verwickelt. Zwischen Dora und mir hat ein ernstes Verlöbnis stattgefunden, wir werden nicht voneinander lassen. Bitte, geben Sie uns Ihren Segen. Dora wird nie die Gattin eines anderen Mannes. Ich habe ihr Wort und sie das meine; wir gehören untrennbar zusammen.«

Der Kommerzienrat schlug auf den Tisch. »Das werden wir sehen, junger Herr! Es tut mir leid, daß ich so energisch gegen Sie vorgehen muß, aber es ist sehr tadelnswert von Ihnen, sich hinter

302

meinem Rücken an meine Tochter heranzumachen. Hierzulande wirbt ein Ehrenmann zuerst bei den Eltern, ehe er einem Mädchen einen Heiratsantrag macht. Ich bedaure, daß ich Ihnen so vertrauensvoll mein Haus geöffnet habe.

Also nochmals: meine Tochter kann nicht die Ihre werden, denn ich habe ihre Hand bereits Baron Kranzau zugesagt, und sie hat sich zu fügen. Sie weiß seit langer Zeit, welche Pläne ich mit ihr habe, weiß, daß sie dieser Tage die Braut des Barons werden soll. Wenn sie glaubt ihren Trotzkopf aufsetzen zu können, um meinen Willen zu durchkreuzen, dann ist sie sehr im Irrtum. Ich bin ihr immer ein zu gütiger, nachsichtiger Vater gewesen, und sie glaubt, nach Belieben mit mir umspringen zu können. Aber da irrt sie sich gewaltig. Doch das werde ich ihr selbst klarmachen. Sie, mein junger Herr, muß ich, so leid es mir tut, ersuchen, mein Haus vorläufig nicht mehr zu betreten. Meine Tochter werde ich schon zur Vernunft bringen. Die Verlobungsanzeigen sind bereits bestellt, sie können morgen verschickt werden. Und das wird geschehen. Nach dieser Erfahrung halte ich es für nötig, schon heute abend gelegentlich einer Gesellschaft in meinem Haus die Verlobung meiner Tochter mit Baron Kranzau bekanntzugeben. Daraus ersehen Sie wohl, daß Sie keine Hoffnung mehr haben dürfen. Diese unangenehme Szene hätten Sie sich und mir ersparen können, wenn Sie erst zu mir gekommen wären, ehe Sie sich meiner Tochter erklärten.«

Franks Gesicht blieb ganz ruhig. Fest sah er dem Kommerzienrat in die Augen.

303

»Ich bitte Sie, zu bedenken, daß Sie zwei Menschen auseinanderreißen wollen, die sich lieben. Gilt Ihnen das Glück Ihrer Tochter so wenig?«

Der Kommerzienrat machte eine hastig abwehrende Bewegung. Seine Augen flackerten dabei böse.

»Ich weiß vielleicht besser, wo das Glück meiner Tochter liegt, als sie selbst. Das sind Mädchenlaunen. Damit werde ich fertig, verlassen Sie sich darauf. In meinem Hause geschieht mein Wille — nur der meine, und dem hat sich meine Tochter zu fügen.«

»Sie werden es bereuen, Herr Kommerzienrat!!«

»Ach, reden Sie doch nicht so große Töne. Sie werden bald eine andere hübsche Frau heimführen, und meine Tochter wird mit dem Mann, den ich ihr ausgewählt habe, sehr glücklich werden. Ich bedaure, Herr Marlow — aber in dieser Angelegenheit kann ich Ihnen nicht dienen.«

»Ist das Ihr letztes Wort?«

»Mein letztes, jawohl.«

Frank sah ihn eine Weile mit festem, ernstem Blick an. Dann verneigte er sich und verließ mit einem förmlichen Gruß das Zimmer.

Draußen im Vorzimmer wartete Dora auf ihn. Sie flog ihm entgegen und umfaßte ihn fest und innig.

»Ich bin glatt abgewiesen worden Dora — nun muß dein Vater helfen«, sagte er leise.

Dora seufzte auf. »Ich hätte meiner Mutter gern das ärgste erspart.«

»Es wird kaum möglich sein, meine Dora«, erwiderte Frank.

304

Sie umarmten sich und küßten einander. In diesem Augenblick erschien der Kommerzienrat auf der Schwelle. Mit zornig gerötetem Gesichte trat er auf die Liebenden zu und riß Dora zurück.

»Herr Marlow — ich ersuche Sie, mein Haus sofort zu verlassen!« rief er wütend.

Dora fuhr auf. »Frank Marlow ist mein Verlobter, und wenn du ihn hinausweist, gehe ich auch.«

Er sah sie mit zusammengekniffenen Augen an. »Mit dir rede ich später. Adieu, Herr Marlow!«

Da mußte sich Frank zum Gehen wenden. Er sah Dora an. Sie erwiderte leuchtenden Auges seinen Blick.

»Geh, Frank — nun mag geschehen, was geschehen muß«, sagte sie leise. Frank neigte das Haupt zum Zeichen, daß er verstanden hatte. Und dann entfernte er sich schnell.

Der Kommerzienrat hielt Doras Arm umklammert, als fürchtete er, daß sie ihm entfliehen könnte. Sie sah ihn stolz und ruhig an. »Laß mich los!« sagte sie kalt.

»Nicht diesen Ton, mein Fräulein Tochter, den verbitte ich mir. Du gehst jetzt sofort auf dein Zimmer, ich bringe dich selbst dahin. Und du wirst es nicht verlassen, bis ich es dir erlaube. Heute abend wirst du festliche Toilette machen. Wir haben Gäste — lauter vornehme Gäste, darunter Baron Kranzau. Ich werde ihn nachher sofort telephonisch davon verständigen, daß ich eure Verlobung heute abend bekanntmachen werde. Und ich lasse jetzt sofort die Verlobungsanzeigen aus der Druckerei holen. Sie gehen noch heute abend zur Post. Du weißt nun, wie du dich

305

zu verhalten hast. Die verliebte Tändelei mit dem Kalifornier will ich dir verzeihen, aber sie hat jetzt ein Ende. Punktum.«

So sagte er hart und kalt, und seine Augen richteten sich mit so unheimlichem Funkeln in die ihren, als wollte er sie hypnotisieren.

Sie hielt jedoch seinen Blick furchtlos aus. »Tu lieber nicht, was du mir eben angedroht hast, es fällt auf dich zurück. Ich erkläre dir hiermit noch einmal ganz bestimmt, daß ich mich nicht mit Baron Kranzau verloben werde. Frank Marlow ist mein Verlobter; ich werde keinem anderen angehören als ihm.«

Er lachte kalt und überlegen. »Du willst auftrumpfen, mein Töchterchen, und glaubst, deinen Willen durchsetzen zu können. Du kennst mich noch nicht. Diesmal ist es mir ernst, meinen Willen zu behaupten. Ich habe dem Baron mein Wort gegeben, und du wirst mich nicht hindern, es zu halten.«

»Und du wirst mich nicht zwingen können, den Baron zu heiraten.«

»Wollen sehen, Töchterchen. In Jahresfrist wirst du sehr glücklich sein mit dem forschen, flotten Mann, den ich dir ausgesucht habe.«

Sie sah ihn mit großen, stolzen Augen an. »Wie wenig kennst du mich. Lieber sterbe ich, als mich diesem Mann auszuliefern.«

Er lachte scheinbar ganz gemütlich. »Na, na — es stirbt sich nicht so leicht. Solche Drohungen schrecken mich nicht. Du hast einige Stunden Zeit, vernünftig zu werden. Jetzt geh auf dein Zimmer. Mit dem Kalifornier hast du das letzte Wort gesprochen. Ich werde dafür sorgen, daß er dir nicht wiederbegegnet.«

Damit führte er sie hinaus. Er schob seinen Arm scheinbar ganz gemütlich unter den ihren, hielt sie aber fest, als habe er Sorge, daß sie sich losreißen könnte.

Dora aber ging ruhig und stolz aufgerichtet neben ihm her. »Ich werde mein Zimmer nicht verlassen, bis du es mir selbst gestattest. Aber bitte, schicke meine Mutter zu mir, ich muß mit ihr reden«, sagte sie ganz gelassen.

Er triumphierte schon heimlich. Ihre Ruhe schien ihm das erste Zeichen, daß sie Vernunft annahm. Sie würde ihre Mutter noch bestürmen, ihr zu helfen. Geschah das nicht, dann würde sie schon Vernunft annehmen. Und wenn nicht — dann hatte er noch ein wirksames Mittel. So meinte er.

Er ließ Dora in ihr Zimmer eintreten. Erst hatte er es abschließen wollen. Aber ihr Versprechen, das Zimmer nicht zu verlassen, genügte ihm. Er wußte, sie würde es halten. Als er in sein Zimmer zurückgegangen war, ließ er seine Frau zu sich rufen. Er teilte ihr mit, was geschehen war und was er beschlossen hatte.

Sie machte ein unbehagliches Gesicht. Solche Szenen störten ihr die Stimmung. Und ein wenig tat es ihr leid, daß Frank Marlow nicht ihr Schwiegersohn wurde. Er gefiel ihr besser als der Baron. Aber freilich, Baronin Kranzau, das klang imposanter als schlichtweg Frau Marlow. Sie begriff Dora nur halb, wie immer.

Daß sie nun zu Dora gehen sollte, gefiel ihr nicht. »Sie wird mich bitten und beschwören, ihr zu helfen. Es wird eine unangenehme Szene geben«, sagte sie verdrießlich. »Und eigentlich habe ich gar keine Zeit; das Fest nimmt mich so in Anspruch.«

»Es wird ja nicht lange dauern, Helene, bis du Dora überzeugt hast, daß du ihr auch nicht helfen kannst, ihren Kopf durchzusetzen. Du bist eben ihre letzte Hoffnung. Wenn sie dich nicht auf ihre Seite bringt, wird sie klein beigeben. Bedenke, daß wir in der vornehmen Gesellschaft nur festen Fuß fassen, wenn unsere Tochter die Gattin eines Vollblutaristokraten ist. Was hätten wir von Dora, wenn sie mit Marlow nach Kalifornien geht? Also beeinflusse sie klug, hörst du?«

Frau Helene seufzte. »Ich tue natürlich, was du verlangst, Robert, aber eine unangenehme Sache ist es doch. Schon in Ansehung deiner Geschäftsverbindungen mit Marlows Vater.«

Der Kommerzienrat zuckte die Achseln. »Was heißt peinlich? Ich kenne den Vater nicht persönlich, und auf unsere Geschäfte hat das kaum Einfluß. Er ist mein Lieferant, ich bin sein Kunde, so ist der Vorteil auf meiner Seite. Also nun geh zu Dora. Und dann sorge, daß es heute abend festlich bei uns wird. Laß auch genügend Sekt kalt stellen. Wenn du von Dora kommst, kannst du mir noch Bericht erstatten. Ich bleibe heute vormittag zu Hause, da ich noch verschiedenes zu regeln habe.«

Frau Helene neigte das Haupt. »Es ist gut, Robert. Und — was ich noch sagen wollte — für das Gartenfest habe ich mir eine neue Robe bestellt. Ich muß da etwas Besonderes haben. Die Rechnung lasse ich dir zuschicken.«

Er küßte ihren entblößten Unterarm. »Gut, Helene! Mach dich nur schön — ich will stolz sein auf meine schöne Frau und meine schöne Tochter.«

Frau Helene entfernte sich mit einem eitlen, geschmeichelten Lächeln.

Für die Herzensnot ihrer Tochter hatte sie wenig Verständnis. Als diese sie dringend bat und beschwor, all ihren Einfluß aufzubieten, um den Kommerzienrat zu bewegen, seine Einwilligung zu ihrer Verbindung mit Frank Marlow zu geben, zuckte sie nur ungeduldig die Schultern und sagte, sie könne gar nichts tun, und Dora möchte doch vernünftig sein. Dora wurde noch dringlicher — nicht ihretwegen —, sondern nur um der Mutter die Nachricht zu ersparen, daß Hans Lind noch am Leben war. Aber Frau Helene wurde nervös. Sie wollte sich ihr vergnügliches Leben nicht stören lassen durch Streitigkeiten zwischen Gatten und Tochter. Sie riet Dora dringend, den Vater nicht noch mehr zu reizen und sich zu fügen.

Dora sah sie mit bekümmertem Ausdruck an. »Dann kann ich nichts tun, als die Dinge gehen lassen. Bitte, vergiß nicht, Mama, daß ich alles versucht habe, dich zu bestimmen, für meine Sache einzutreten und die Angelegenheit friedlich zu ordnen«, sagte sie traurig.

Frau Helene sah ihre Tochter erstaunt an. »Ich verstehe dich nicht. Das klingt fast wie eine versteckte Drohung. Ich bitte dich, sei vernünftig. Stelle Papas Langmut nicht auf eine zu harte Probe. Es gibt Fälle, wo unzufriedene Väter ihre Kinder enterben. Mehr sage ich dir nicht.«

Dora wollte etwas erwidern, aber sie sah ein, daß es nutzlos war. Nie war es ihr klarer geworden als jetzt, daß sie von ihrer Mutter nicht verstanden wurde. Und eine heiße brennende Sehnsucht nach ihrem Vater stieg in ihr auf.

Als sich Frau Helene nun entfernen wollte, überzeugt, daß die Drohung mit der Entziehung der Erbschaft auf Dora gewirkt haben mußte, und schon an der Tür stand, lief ihr diese noch einmal nach und umfaßte sie, wie sie es lange nicht mehr getan hatte. »Mama — hast du mich gar nicht lieb? Fühlst du so wenig mit mir, deinem Kind?« sagte sie mit zitternder Stimme.

Frau Helene machte ein unbehagliches Gesicht. »Ach, Dora, wozu solche Aufregungen, sie verderben nur den Teint. Mach dir doch das Leben nicht unnötig schwer. Ich sage dir, in einer glänzenden Lebensstellung, umgeben von dem nötigen Reichtum, ist alles andere leicht zu ertragen. Nur Armut und Sorge sind unerträglich. Sei vernünftig!« Damit tätschelte sie die Wange ihrer Tochter und ging hinaus, froh, diese Szene hinter sich zu haben.

Dora blieb an der Tür stehen. ›Sei vernünftig — das heißt: sei kalt und oberflächlich. Ach, arme Mutter — wie wertlos ist dein ganzes Leben‹, dachte sie schmerzlich bewegt. Nach einer Weile rief sie Christine, die ihr helfen sollte, all ihre übrigen Sachen zusammenzupacken. Nur das ließ sie einpacken, was sie sich von ihrem selbst verdienten Geld gekauft hatte. Alles andere, zum Beispiel die wertvollen Schmucksachen, die ihr der Kommerzienrat gekauft hatte und die sie nie trug, ließ sie zurück. Das Honorar für ihren Roman, das sie von der Bank geholt hatte, steckte sie zu sich.

Christine war erst nicht auf ihr Klingelzeichen

310

erschienen. Dora mußte es wiederholen, und als die alte Dienerin dann endlich erschien, sah sie leichenblaß aus, und sie fiel kraftlos auf einen Stuhl neben der Tür.

»Was ist dir denn, Christine?« fragte Dora.

»Ach, Dorchen — mein Dorchen, ich habe ihn gesehen. Der Schreck ist mir in die Glieder gefahren«, flüsterte diese ganz außer sich.

»Wen hast du gesehen, Christine?«

Die alte Dienerin atmete tief auf, und ein paar Tränen rannen ihr aus den Augen. »Deinen Vater, mein Dorchen, deinen richtigen Vater. Er ist hier im Haus. Ganz sicher war er es. Ich hätte ihn vielleicht nicht erkannt, wenn ich nicht von dir gehört hätte, daß er lebt und daß er hier ist. Aber da ich's wußte, erkannte ich ihn gleich, wenn er auch nun ein alter Herr geworden ist und jetzt gar keinen Bart mehr trägt. Aber die Augen — es sind ja deine Augen, mein Dorchen. Und so die ganze Art, wie er geht und sich bewegt — ach, mein lieber Gott, hab' ich einen Schreck gekriegt.«

»Wo sahst du ihn?«

»Ich ging gerade durch die Vorhalle, da kam er aufs Haus zu, so recht im hellen Sonnenschein. Ach, Dorchen — ich versteckte mich, daß er mich nicht sah —, weißt du, wegen dem Diener, der in der Halle stand. Es braucht doch niemand etwas zu merken. Und da hat er sich dem Herrn Kommerzienrat melden lassen — Mr. Stone hat er gesagt. Ach, Dorchen, wenn ich mir diese Begegnung zwischen den beiden Herrn ausmale, dann wird mir ganz wirr im Kopfe. Und war er im Zimmer des Herrn Kommerzienrats verschwunden,

311

da kam die Frau Kommerzienrat die Treppe herunter und wollte auch hinein. Mir wurde ganz übel vor Aufregung. Aber der Diener meldete, daß der Herr Kommerzienrat Besuch habe. Da ist die gnädige Frau in ihr Zimmer gegangen und hat dem Diener gesagt, wenn der Besuch fort sei, möge er es ihr melden. Was war ich froh, daß sie nicht hineinging. Ach, du mein lieber Gott, wenn sie eine Ahnung hätte! Daß ich so etwas erleben würde, hätte ich nicht gedacht.«

Dora stand mit vor Erregung zitternden Händen vor Christine. Sie war sehr blaß geworden. Mit einem tiefem Atemzug sagte sie: »Nun wird die Entscheidung fallen, Christine. Komm — hilf mir meine Sachen packen. Ich muß bereit sein.«

Kommerzienrat Planitz hatte, als seine Frau von ihm gegangen war, nach Kranzau telephoniert und dem Baron mitgeteilt, daß er aus besonderen Gründen seine Verlobung mit Dora schon heute abend veröffentlichen wollte.

»Kommen sie also, bitte, schon ein halbes Stündchen früher, lieber Baron, damit wir die Angelegenheit vorher ordnen können«, sagte er vertraulich.

Der Baron war einverstanden. Er wollte hören, wie es kam, daß ihm die gestellte Frist um einige Tage abgekürzt wurde. Aber der Kommerzienrat ging nicht darauf ein.

»Sie erfahren alles heute abend. Ich habe jetzt keine Zeit. Also auf Wiedersehen, mein lieber Baron.«

Damit beendete er das Gespräch. Dann klingelte er in die Druckerei und verlangte, daß die Ver-

312

lobungsanzeigen seiner Tochter schon heute fertiggestellt und ihm zugeschickt wurden.

Befriedigt ging er dann an seine Arbeit. Zuerst warf er einen Blick auf die Börsennachrichten und rieb sich die Hände. Dann fuhren seine Luchsaugen über die politischen Nachrichten in der Zeitung. Ein sattes Lächeln flog über seine Züge, ein Lächeln, das verriet, daß dieser Mann über Leichen gehen konnte, wenn es sein Vorteil war. »Mein Weizen blüht – es kommt alles, wie ich es berechnet habe«, sagte er vor sich hin.

Während fast alle Herzen mit Sorge und Unruhe der Entwicklung der Dinge zwischen Österreich und Serbien zusahen, schien es den Kommerzienrat zu freuen, daß sich die Dinge gefährlich zuspitzten. Er hatte ja schon seit Monaten mit der Möglichkeit eines Krieges gerechnet, wenn er auch natürlich nicht wissen konnte, welchen Umfang dieser annehmen würde. Seine Vorkehrungen waren getroffen, um ein Vermögen zu verdienen. In all seinen Fabriken wurde mit Volldampf gearbeitet. Seine Riesenlager waren bis unters Dach mit Vorräten gefüllt, und täglich wurden sie größer. Nun würde seine Ernte beginnen. Falls Deutschland einen Krieg bekam, würden die Lebensmittel erheblich im Preis steigen, und er konnte mit enormem Verdienst verkaufen, was er hatte aufstapeln lassen.

Befriedigt legte er die Zeitung zusammen und begann zu rechnen. Und immer vergnügter wurde sein Gesicht. Er verschwendete keine Gedanken mehr an seine »widerspenstige« Tochter. Für ihn stand es fest, daß sie sich heute abend mit Baron Kranzau verlobte. Er war überzeugt, daß Dora, falls sie nicht eher vernünftig sein wollte, sofort einlenken würde, wenn er ihr drohte sie zu enterben.

Gerade war er mit einer Berechnung fertig, als der Diener eintrat und Mr. Stone anmeldete. »Der Herr läßt dringend bitten, ihn in einer wichtigen Angelegenheit zu empfangen.«

»Wie heißt er?« fragte der Kommerzienrat, ärgerlich über die Störung.

»Mr. Stone. Ich soll Herrn Kommerzienrat diese Karte geben.«

Verdrießlich nahm dieser die Karte. Erstaunt sah er, daß es eine Visitenkarte Frank Marlows war; über dessen Namen standen die Worte: »Im Auftrage des Herrn« und unter dem Namen stand: »In wichtiger Angelegenheit.«

Der Kommerzienrat sah darauf nieder. ›Der Kalifornier will mich wohl auf krumme Säbel fordern lassen?‹ dachte er höhnisch.

»Eintreten lassen«, gebot er dem Diener. Wenig liebenswürdig sah er dem Besuch entgegen.

Gleich darauf erschien Hans Lind auf der Schwelle, tadellos elegant gekleidet, eine vornehme, gebietende Erscheinung. Unwillkürlich nahm nun der Kommerzienrat eine etwas verbindlichere Haltung an.

»Womit kann ich Ihnen dienen, mein Herr?«

Hans Lind legte seinen Hut auf einen Stuhl neben der Tür und schritt stumm einige Schritte ins Zimmer hinein. Dann blieb er vor dem Kommerzienrat stehen und sah ihn groß und ernst an.

»Erkennen Sie mich nicht, Herr Kommerzienrat?« fragte er ruhig.

Dieser sah mit einem seltsam unbehaglichen Gefühl in das stille, ernste Gesicht des Fremden.

»Nein – ich entsinne mich nicht, Sie je gesehen zu haben – obwohl – mir will jetzt scheinen, als läge in Ihren Augen etwas, was mich an irgend jemand erinnert. Sie müssen schon die Güte haben, mir ein wenig zu Hilfe zu kommen, falls wir uns schon irgendwo begegnet sind.«

»Das will ich tun. Ich war vor langen, langen Jahren, als Sie noch nicht hier wohnten, bei Ihnen im Geschäft angestellt.«

Die Haltung des Kommerzienrats wurde sofort nachlässiger. »So so – dann allerdings – Sie können sich denken, daß ein Mann wie ich, der tausend Angestellte hat, nicht jeden einzelnen im Gedächtnis behalten kann.«

»Allerdings. Aber es wäre doch möglich gewesen, daß Sie sich gerade meiner erinnerten.«

»Nein, ich sagte es Ihnen schon. Wie war doch gleich Ihr Name?«

»Ich werde Ihnen diesen gleich nennen, will mir nur erst gestatten, Ihrem Gedächtnis ein wenig zu Hilfe zu kommen. Es ist über zwanzig Jahre her, daß ich bei Ihnen angestellt war. Ich besaß eine schöne, junge Frau, der mein ganzes Herz gehörte, und ein Kind – ein kleines Mädchen, das noch im ersten Lebensjahr stand. Ich liebte meine Frau sehr und war sehr glücklich – glaubte es wenigstens zu sein –, bis plötzlich all mein Glück in Trümmer ging.«

Der Kommerzienrat machte ein unbehagliches Gesicht. Irgend etwas Unerklärliches störte ihm den Seelenfrieden.

»Das ist ja sehr traurig für Sie, indes — wollen wir nicht zur Sache kommen?«

»Nur ein wenig Geduld, ich bin bei der Sache. Hören Sie weiter. Meine schöne Frau erregte die Aufmerksamkeit meines Prinzipals. Sie war ein Geschöpf, das Gefallen hatte an äußerem Glanz, das sich nach Putz und Tand sehnte und nach kostspieligem Vergnügen. Ich konnte ihr das nicht schaffen. Aber mein reicher Prinzipal, der nach ihrer jungen, frischen Schönheit Verlangen trug, trat als Versucher an sie heran und machte sie mir abspenstig.

Weil ich ihm im Wege war«, fuhr Hans Lind fort, »schickte er mich auf Reisen, um indessen leichtes Spiel bei der betörenden Frau zu haben. Aber ich war mißtrauisch und eifersüchtig geworden und kehrte früher heim, als ich erwartet wurde. Meine Frau war nicht daheim, nur eine Dienerin fand ich bei dem Kind. Meine Frau war mit meinem Prinzipal auf einen Ball gegangen. Dort fand ich sie, in einer verschwiegenen Loge, in den Armen ihres Verführers. Sie war halb berauscht vom schweren Wein und von dem Hauch der Sünde, der sie umgab. Ich sah, daß der Verführer meine Frau küßte und daß diese sich das lachend gefallen ließ. Und — da schlug ich ihn zu Boden. Soll ich noch weitererzählen, Herr Kommerzienrat?«

Hans Lind hatte das alles in einer steinernen Ruhe gesagt. Er hob nicht einmal die Stimme. Aber gerade diese Ruhe wirkte unheimlich. Das Gesicht des Kommerzienrats hatte sich auffallend verändert. Seine festen Züge waren schlaff geworden; Röte und Blässe wechselten beängstigend darauf. Nun Hans Lind schwieg, strich der Kommerzienrat sich mit zitternder Hand über die feuchte Stirn.

»Was soll das heißen? Ich verstehe nicht, was Sie wollen — ich — ich muß doch sehr bitten — wer — wer sind Sie?« stieß er hervor.

Hoch auf richtete sich der Gefragte. »Ich heiße Hans Lind«, sagte er langsam, mit starker Betonung.

Der Kommerzienrat taumelte zurück und stützte sich auf seinen Schreibtisch. Der Angstschweiß stand ihm auf der Stirn.

»Unsinn — Unsinn, die Toten stehen nicht wieder auf«, murmelte er, als wolle er sich selbst beruhigen. Dann suchte er sich wieder Haltung zu geben und fuhr mit lauter Stimme fort: »Sie wollen mich täuschen! Hans Lind ist tot, ist vor zwanzig Jahren mit dem Schiff untergegangen, mit dem er nach Amerika reiste. Ich verbitte mir solche Scherze. Was wollen Sie damit? Auf Erpressung falle ich nicht herein.«

Hans Lind blieb ganz ruhig. »Sie befinden sich in einem Irrtum. Ich bin nicht mit jenem Schiff abgereist. Ein Zufall hinderte mich daran. Ich erhielt am Tage der Abreise eine Stellung als Sekretär eines reichen Amerikaners. Mit ihm reiste ich in die Schweiz, statt nach Amerika, und dann durch ganz Europa. Ich suchte zu vergessen, daß mich meine treulose Frau verraten hatte, suchte mein seelisches Gleichgewicht wiederzufinden. Was ich in jener Zeit gelitten habe, weiß nur ich. Erst nach Jahresfrist kehrte ich in die Heimat zurück, um nach meinem Kind zu sehen und für dieses zu sorgen, denn ich hatte meiner Dienerin nur wenige tausend Mark für das Kind zurücklassen

317

können. Ich wollte mich von meiner Frau scheiden lassen. Aber als ich zurück kam, fand ich sie schon als Gattin ihres Verführers, in seinem Hause. Sie hatte mich tot geglaubt. Mein Kind lebte gleichfalls im Hause dieses Mannes, der mir alles geraubt, was mir lieb und teuer war. Obwohl meine Frau es nicht um mich verdient hatte, schonte ich sie. Und um mein Kind nicht einem ungewissen, rastlosen Leben auszusetzen, ließ ich es bei seiner Mutter. Hans Lind blieb tot für seine Frau und für sein Kind. Nur dafür sorgte ich, daß ich ständig Nachricht bekam über das äußere Ergehen meines Kindes. So blieb ich auf dem laufenden.

Als ich dann ein reicher Mann geworden war und in gesicherten, glänzenden Verhältnissen lebte, da wurde es mir doppelt schwer, die Sehnsucht nach meinem Kind zu bezwingen. Aber ich hielt es für glücklich und wollte seinen Seelenfrieden nicht stören. Was ich dabei gelitten habe, gehört nicht hierher.

So — das war das Vorwort zu dem Anliegen, das mich heute zu Ihnen führt. Nun komme ich zur Sache. Ich weiß, daß jetzt das Glück meiner Tochter bedroht ist. Sie soll gezwungen werden, einen Mann zu heiraten, den sie verabscheut. Man will ihr die Verbindung mit dem Mann, den sie liebt, unmöglich machen. Das zwingt mich, aus meiner Verborgenheit herauszutreten. Jetzt kann und will ich keine Rücksicht mehr nehmen auf die Mutter meines Kindes, die in der Seele meiner Tochter jedes Gedenken an mich grausam löschte und sie zwang, den Mann Vater zu nennen, der mich ins Unglück stürzte.

Die Sorge um das Glück meiner Tochter schiebt alle Bedenken beiseite. Und so stehe ich vor Ihnen, um meine Vaterrechte endlich geltend zu machen. Ich allein habe über das Schicksal meiner Tochter zu bestimmen. Und ich fordere von Ihnen, daß Sie meine Tochter noch heute frei und ungehindert mit ihrer Dienerin Christine aus Ihrem Haus gehen lassen, damit sie sich unter meinen Schutz begeben kann. Weigern Sie sich, so muß ich den Weg der Öffentlichkeit beschreiten und mir meine Vaterrechte auf andere Weise suchen. Gehen Sie auf meine Forderung ein, so verpflichte ich mich auch ferner zum Stillschweigen, verlasse heute noch als Mr. Stone mit meiner Tochter, ihrem Verlobten und ihrer Dienerin die Stadt und überlasse es Ihnen, Ihren Bekannten eine Erklärung für die Abreise meiner Tochter zu geben. Ich gebe Ihnen fünf Minuten Bedenkzeit, Herr Kommerzienrat.«

So sprach Hans Lind, ruhig, aber entschieden. Es lag etwas Unerbittliches, Entschlossenes in seinem ganzen Wesen. Das erkannte auch der Kommerzienrat. Er war, als er keinen Zweifel mehr haben konnte, daß er Hans Lind vor sich hatte, haltlos in einen Sessel zusammengesunken. Die Frage, wie er sich diesem Ereignis gegenüber verhalten sollte, ließ seine Gedanken rastlos durcheinanderjagen. Er überlegte voll Unruhe, wie er sich aus diesem Dilemma lösen konnte in der für ihn günstigsten Weise. Zu seiner Ehre muß gesagt werden, daß er dabei mehr an seine Frau dachte als an sich. Wenn Helene erfuhr, daß Hans Lind lebte, wenn sie sich sagen mußte, daß ihre Ehe mit ihm im Grunde ungültig war — er schleuderte diese Möglichkeit angstvoll von sich. Die Liebe zu seiner Frau war trotz allem das beste und tiefste Gefühl in der Seele dieses Mannes. Sie vor einem Leid, vor einem Unheil zu bewahren, war sein erster Gedanke, den er klar fassen konnte. Und um Helene vor dieser Erkenntnis zu bewahren, war er bereit, auf Hans Linds Forderung einzugehen.

Er rang eine Weile vergeblich gegen die Überlegenheit, die von dem Mann ausging, der in unerbittlicher Entschlossenheit vor ihm stand. Sein scheuer Blick streifte die hohe, vornehme Erscheinung, und auf seinem Antlitz lag ein Ausdruck von Furcht.

Nur um sich mit einiger Haltung aus der Affäre zu ziehen, sagte der Kommerzienrat heiser: »Wer bürgt mir denn dafür, daß Sie wirklich Hans Lind sind? Schließlich kann jeder fremde Mensch vor mich hintreten und behaupten, er sei Hans Lind.«

Dieser faßte nach seiner Brieftasche. »Wollen Sie meine Papiere sehen? Ich kann mich in jeder Weise legitimieren. Außerdem — fragen Sie meine Tochter. Sie wird Ihnen sagen, daß die Stimme der Natur eine mächtige Sprache redet. Meine Tochter hat sich bereits zu mir bekannt.«

Der Kommerzienrat fuhr auf. »Dora weiß?«

»Alles. Natürlich wird sie ebenso schweigen wie Frank Marlow und Christine, sofern Sie uns keine Schwierigkeiten machen.«

Der Kommerzienrat trocknete seine Stirn. »Wenn ich mich Ihren Bedingungen füge — was sage ich dann meiner Frau, warum ich Dora mit Ihnen ziehen lasse?«

Hans Lind zuckte die Achseln. »Das überlasse ich Ihnen. Ich weiß, daß meine Tochter mit ihrer Mutter in einem wenig liebevollen Verhältnis steht. Aber auch Dora wünscht sehnlichst, daß ihre Mutter geschont wird. Deshalb schlage ich Ihnen vor, sagen Sie Doras Mutter, das Sie nach besserem Ermessen sich in Doras Verbindung mit Frank Marlow fügen wollen und daß diese unter dem Schutz ihrer Dienerin und eines zufällig hier anwesenden alten Freundes der Familie Marlow noch heute nach Hamburg und mit dem nächsten Schiff nach Amerika reisen wird zu ihren Schwiegereltern. Sagen Sie ihr, daß die Gelegenheit, Dora unter dem Schutz Mr. Stones reisen zu lassen, günstig sei und daß man wegen der kommenden Herbststürme die Reise nicht gut länger hinausschieben dürfe. Gleich nach unsrer Ankunft in Kalifornien findet Doras Trauung statt. Es genügt wohl auch hier Ihren Bekannten gegenüber, wenn Sie Doras Verlobung mit Frank Marlow anzeigen und ihnen mitteilen, daß Dora mit Freunden der Familie Marlow sogleich die Überfahrt antritt. Ich gestatte Ihnen sogar, sich auf den Verlobungsanzeigen noch einmal als Doras Vater zu bezeichnen. Von Kalifornien aus melden wir Ihnen die Vermählung, und Sie können diese dann hier durch Karten bekanntgeben. So ist der Schein gewahrt. Wie Sie sich mit Baron Kranzau auseinandersetzen, ist Ihre Angelegenheit. Nur verlange ich, daß auf meiner Tochter nicht der Hauch eines Makels ruhen darf. Ich hege weder Ihnen noch Doras Mutter gegenüber Rachegelüste. Die Vergangenheit mit ihren Schmerzen liegt hinter mir, und in der Liebe meiner Tochter werde ich Vergessen finden. Und nun haben wir uns wohl nichts mehr zu sagen.«

Der Kommerzienrat hatte seine Fassung wieder erlangt. So, wie es Hans Lind vorschlug, konnte er sich noch leidlich aus der Affäre ziehen und – vor allen Dingen wurde so seine Frau geschont. Sie durfte nie erfahren, daß Hans Lind noch am Leben war.

Er quälte sich einige zustimmende Worte ab, und die beiden Herren besprachen im geschäftsmäßigen Ton noch einige Notwendigkeiten.

Dann faßte Hans Lind nach seinem Hut. »Ich erwarte meine Tochter heute nachmittag im Hotel. Sie weiß mich zu finden. Wir reisen mit dem Abendzug nach Hamburg.«

Der Kommerzienrat neigte das Haupt. »Dora wird spätestens um siebzehn Uhr bei Ihnen sein. Bis dahin geben Sie mir Zeit, damit ich ihre Mutter auf die Trennung von ihrer Tochter vorbereiten kann.«

»Gewiß. Und Sie können der Mutter mitteilen, daß sie ihre Tochter zuweilen wiedersehen kann. Dora wird ihre alte Heimat doch wohl öfter besuchen. Auch im Briefwechsel können die beiden Damen bleiben – ich will nicht Gleiches mit Gleichem vergelten.«

Der Kommerzienrat rang sich einige Dankesworte gegen Hans Lind ab.

Mit einer kurzen Verbeugung verließ dieser dann das Zimmer – ein edler Sieger.

Auch der Kommerzienrat hatte sich verneigt. Nun fiel er in seinen Sessel zurück. Ein tiefer Atemzug hob seine Brust.

Es hätte schlimmer ablaufen können, dachte er.

Und er mußte sich eingestehen, daß er an Hans Linds Stelle anders und weniger edel gehandelt hätte. Den Kopf in die Hand stützend, grübelte er darüber nach, wie er seiner Frau alles möglichst schonend beibringen konnte. Das war ihm das wichtigste.

Die Kommerzienrätin hatte sich in den Garten begeben, da ihr Mann nicht für sie zu sprechen war. Sie hatte beim Verlassen des Hauses dem Diener Bescheid gesagt, wo sie zu finden sei. Dann war sie hinüber zur Gärtnerwohnung gegangen. Der Gärtner und der Kutscher wohnten in einem hübschen kleinen Gebäude neben dem Stall und der Autogarage.

Sie besprach mit dem Gärtner allerlei wegen des bevorstehenden Gartenfestes und ging dann beruhigt zur Villa zurück.

Aufrecht, in ihrer noch sehr anmutigen, jugendlichen Haltung, kam die schöne Frau den breiten Kiesweg entlang und erreichte das Haus gerade in dem Augenblick, als Hans Lind aus dem Portal trat. Die Augen der beiden Menschen trafen einen Augenblick zusammen. Hans Lind erkannte sofort seine einstige Gattin; aber er war auch auf diese Begegnung vorbereitet und zuckte nicht mit der Wimper. Fremd und kühl sah er sie an, und nichts verriet, daß er sie erkannte. Nur einen Schein blasser war sein Gesicht geworden.

Frau Helene sah mit einem ihr selbst unerklärlichen Interesse auf die hohe Erscheinung des Fremden. Etwas in seinem Gesicht mutete sie seltsam bekannt an, und seine Augen schienen ihr bis ins Herz zu dringen. Sie stand einen Augenblick betroffen still, doch kam ihr keine Ahnung, wen sie vor sich hatte. Sie rechnete Hans Lind längst zu den Toten.

Mit einem förmlichen Gruß schritt der Fremde an ihr vorbei, als sähe er in ihr nur eine fremde Person.

Sie blieb stehen, als er an ihr vorüber war, und sah ihm nach. Und etwas in seinem Gang, in seiner Haltung fiel ihr auf. Eine Erinnerung wurde plötzlich in ihr wach. Sie schauerte im warmen Sonnenlicht zusammen, als friere sie bis ins Herz hinein.

Wie sich besinnend, strich sie sich über die Augen und ging dann schnell ins Haus. Mit der ihr eigenen Leichtlebigkeit schüttelte sie schnell den unbehaglichen Eindruck ab. Sie wollte diese Begegnung vergessen. Aber in der Halle fragte sie doch den Diener: »Wer war der Herr, der eben das Haus verließ?«

»Der Herr hieß Stone und war bei dem Herrn Kommerzienrat«, erwiderte dieser.

Der Name war ihr völlig unbekannt. ›Ich bin eine Törin und sehe Gespenster am hellen Tage‹, dachte sie. Und sie richtete sich doch auf, als würfe sie eine Last von sich. Nun wollte sie ihren Gatten aufsuchen, aber der Diener meldete ihr, daß dieser jetzt nicht gestört werden wolle; er habe wichtige Geschäfte zu erledigen.

Wichtige Geschäfte — Frau Helene wußte, daß sie da nicht stören durfte. So suchte sie ihre Zimmer wieder auf und vertiefte sich in einen leichten Roman.

Hans Lind war inzwischen durch den großen

324

Garten nach dem Tor gegangen. Auf seinem Gesicht lag ein nachdenklicher Zug. Als eben der Gärtner, aus seiner Wohnung kommend, an ihm vorbeigehen wollte, hielt er ihn an. Er reichte ihm ein Geldstück.

»Wollen Sie ein Billett an Fräulein Dora Planitz abliefern?« fragte er.

Der Gärtner fühlte befriedigt das ansehnliche Geldstück, und da er einen alten vornehmen Herrn vor sich sah, sagte er dienstwillig: »Gewiß, gnädiger Herr.«

»So warten Sie einige Minuten«, sagte Hans Lind. Er nahm eine Visitenkarte aus seiner Brieftasche und schrieb einige Worte mit einer Füllfeder darauf. Dann steckte er die Karte in ein schmales Kuvert, das er bei sich trug, schloß es und schrieb darauf: »Fräulein Dora Planitz«.

»So — das tragen Sie, bitte, sofort zu dem gnädigen Fräulein, sie ist auf ihrem Zimmer. Aber geben Sie es nur ihr oder der Dienerin Christine; es handelt sich um eine Geburtstagsüberraschung für die Frau Kommerzienrat.«

Der Gärtner nahm das Kuvert mit einer Verbeugung entgegen. Da tatsächlich der Geburtstag der Kommerzienrätin in wenig Tagen bevorstand und der Gärtner das sehr wohl wußte, weil er dann immer die schönsten Rosen bereithalten mußte, so erschien diesem die Angelegenheit nicht verdächtig. Außerdem hatte ihn das gute Trinkgeld willfährig gemacht. So führte er prompt und ohne Zögern den Auftrag aus.

Der Kommerzienrat hatte lange gebraucht, um einen Entschluß zu fassen, nachdem ihn Hans

Lind verlassen hatte. Dieser unentschlossene Zustand war bei ihm äußerst selten. Er pflegte sonst die schwierigsten Lagen zu beherrschen. Endlich war er aber doch im klaren, was zu tun sei.

Er erhob sich und schritt durch das Haus, hinauf zu den Zimmern Doras.

Diese hatte soeben einige Kleinigkeiten in eine Handtasche gepackt, als er bei ihr eintrat. Sie sah ihm an, daß er unsicher und erregt war. Ruhig wandte sie sich ihm zu und fragte: »Was wünschst du?«

Er legte einigemale vergeblich an zu reden, ohne daß er ein Wort herausbrachte. Endlich rang es sich von seinen Lippen: »Ich habe mit dir zu sprechen.«

Sie deutete auf einen Sessel. »Bitte, nimm Platz.«

Er ließ sich nieder, schwer und müde. Einen Augenblick zögerte er noch. Dann warf er die Unsicherheit gewaltsam ab und überwand seine Verlegenheit.

»Ich bin gekommen, um dir zu sagen, daß ich dich nicht zu einer Verbindung mit Baron Kranzau zwingen werde. Wir wollen nicht Versteck miteinander spielen. Du bist ja sicher von allem unterrichtet, was geschehen ist, um mich in meinem Entschluß wankend zu machen.«

Dora neigte das Haupt. »Ja, ich weiß alles«, sagte sie ernst zum Kommerzienrat. Ihrer edlen Natur widerstrebte es, über einen besiegten Gegner zu triumphieren.

Er holte tief Atem. »Nun gut. Dein Vater war bei mir. Ich habe ihm versprechen müssen, daß du spätestens um fünf Uhr bei ihm im Hotel sein wirst. Er will noch heute mit dir nach Hamburg abreisen. Es steht dir also frei, mein Haus zu verlassen, und Christine soll mit dir gehen.«

»Es ist gut so«, erwiderte Dora.

Er strich sich über die Stirn. »Da ist aber noch eins zu bedenken, deshalb komme ich selbst zu dir. Wie soll ich deiner Mutter dies alles erklären? Sie darf nicht wissen, daß dein Vater lebt — hilf mir, daß sie es nicht erfährt.«

Das kam wie ein Stöhnen aus seiner Brust. Dora sah, wie die Angst in ihm wühlte, daß seine Frau dieser Schlag treffen könne. Das spülte viel Groll und Bitterkeit aus ihrem Herzen fort. Leise sagte sie:

»Unsere Wünsche begegnen sich in dieser Angelegenheit. Auch ich möchte es Mama ersparen. Laß uns zusammen beraten, wie wir ihr alles am unverfänglichsten erklären können.«

Er atmete auf, da er sich in diesem Bestreben mit ihr einig wußte. Und sie berieten nun, was sie Frau Helene sagen wollten. Als sie darüber einig waren, erklärte sich Dora bereit, selbst zu ihrer Mutter zu gehen und ihr zu sagen, was nötig war, denn der Kommerzienrat fühlte sich vorläufig seiner selbst nicht sicher.

Als er sich dann zurückziehen wollte, sagte Dora leise: »Laß mich dir gleich jetzt Lebewohl sagen. Es hat keinen Zweck, wenn wir uns noch einmal begegnen. Ich danke dir, daß du mir in deinem Haus eine sorglose Heimat botest. Es tut mir leid, daß du erfahren mußtest, daß mein Vater noch am Leben ist. Hättest du mich mit Frank Marlow ziehen lassen, wäre es dir erspart geblieben. Aber es sollte wohl so sein. Leb wohl — und Gott mag mit dir sein.«

327

Er sah sie mit etwas trüben Augen an. Sein Blick weidete sich noch einmal an ihrer stolzen, jungen Schönheit.

»Ich habe immer nur dein Bestes gewollt, auch als es dir nicht so scheinen mochte. Und wenn ich schaffte und strebte, und Geld zusammenscharrte, so tat ich es nicht zuletzt für dich, du solltest die Erbin meines Reichtums sein. Ich war so stolz auf dich – zu stolz vielleicht. Doch lassen wir das. Das ist nun zerbrochen. Was soll ich nun mit all meinem Geld beginnen? Du nimmst es doch nicht an, wenn ich eines Tages aufgehört habe zu leben.«

Sie sah ihn groß und ernst an. »Nein, ich habe schon viel zu viel von dir annehmen müssen. Aber es gibt so viel Not und Elend zu lindern. Du kannst mit deinem Reichtum viel Gutes tun.«

Er machte eine heftig abwehrende Bewegung. »Nein, das ist kein Trost für mich. Was gehen mich fremde Menschen an? Wenn ich selber ein Kind hätte! Aber das ist mir versagt geblieben. Nun – man muß sich bescheiden. Also – leb wohl, und – sei glücklich. Und nun geh zu deiner Mutter. Mach es ihr so leicht wie möglich.«

Sie nickte. »Das will ich tun.«

Er reichte ihr unsicher die Hand. Aber sie legte die ihre sofort hinein. Seine kleinen Augen, die sonst so hart und scharf funkelten, waren glanzlos. Mit einem krampfhaften Druck umschloß er ihre Hand. Dann ging er schnell hinaus. So teuer, wie ein Mensch seinem kalten Herzen werden konnte, war ihm Dora doch geworden, und leicht wurde es ihm nicht, sie von sich gehen zu lassen.

328

Dora sah ihm eine Weile nach.

>Und ist auch keiner vollkommen gut,
So ist doch ganz ohne Gutes auch keiner.«

Diese Worte aus der Edda sagte sie leise vor sich
hin. Und damit begrub sie in ihrem edlen Herzen
allen Groll gegen den Stiefvater.

Gleich darauf trat Christine ein. »Ist der Herr
Kommerzienrat fort, Dorchen?«

»Ja, Christine, und wir beide verlassen noch
heute das Haus. Aber jetzt muß ich erst zu meiner Mutter.«

»Warte nur einen Augenblick, Dorchen – hier
habe ich ein Briefchen für dich. Der Gärtner
brachte es, gerade als der Herr Kommerzienrat
dein Zimmer betreten hatte. Es soll wegen einer
Geburtstagsüberraschung sein. Ein vornehmer, alter Herr hat es ihm gegeben. Ich denke mir, es ist
von deinem Vater.«

Dora nahm das Kuvert, öffnete es und zog das
Kärtchen hervor.

Nachdem sie es gelesen hatte, legte sie die Karte und das Kuvert in ihren Schreibtisch.

»Es ist gut, Christine. Jetzt gehe ich zu Mama.«
Damit ging Dora hinaus.

Als sie bei ihrer Mutter eintrat, sah diese von
ihrem Buch auf. Viel Interesse hatte es ihr nicht
abgenötigt, sie hatte immer wieder an die Begegnung mit dem Fremden draußen am Portal denken müssen.

»Du, Dora?« sagte sie erstaunt. »Papa hatte dir
doch verboten, dein Zimmer zu verlassen.«

329

Dora trat zu ihr. »Er hat es mir jetzt erlaubt, Mama. Es ist noch einmal zu einer Aussprache zwischen ihm und mir gekommen, und es ist mir gelungen, ihn zu überzeugen, daß ich mich nicht mit Baron Kranzau verloben kann. So hat er denn endlich eingewilligt, daß ich Frank Marlows Gattin werde.«

Ungläubig sah Frau Helene zu ihrer Tochter empor. »Das hat er erlaubt?«

»Ja, Mama, aber natürlich ist er mir sehr böse — und — ich soll nun sein Haus gleich heute verlassen. Es ist ja auch das beste so. Sieh mal — es kam zu einer heftigen Aussprache. Er drohte mir, mich zu enterben, und sagte mir, daß er nicht mein rechter Vater sei. Ich habe auf das Erbe verzichtet und werde nun heute schon abreisen.«

Frau Helene war zusammengezuckt und wurde ein wenig bleich. »Das hat er dir gesagt — daß er nicht dein Vater ist? Mein Gott, wie mußt du ihn gereizt haben.«

»Es ging nicht anders, Mama. Und schließlich sind wir auch in Ruhe und Frieden auseinandergegangen. Nur wollen wir uns nicht mehr begegnen, und um allen peinlichen Situationen aus dem Wege zu gehen, reise ich heute noch ab. Christine wird mich als Ehrendame zu meinen Schwiegereltern begleiten; außerdem reisen wir unter dem Schutz eines alten Freundes der Familie Marlow, der zufällig hier ist.

Wir reisen heute noch nach Hamburg«, fuhr Dora fort. »Dort steht ein Schiff zur Abfahrt bereit. Sobald ich bei Franks Eltern eintreffe, findet unsere Vermählung statt. Unsere Verlobungsanzeigen werden

330

morgen hier herumgeschickt, so, wie ihr dann später hier auch unsere Vermählung bekanntgeben werdet, damit alles unnütze Gerede vermieden wird.«

Frau Helene sah ihre Tochter starr an. Es zuckte nun doch ein wenig schmerzhaft in ihrem Herzen.

»Und du bringst es fertig, so von mir zu gehen — von uns?«

»Es ist das beste so, Mama. Sieh, es würde doch alles so peinlich und unangenehm werden. Nun ich weiß, daß ich nicht die Tochter deines zweiten Gatten bin, komme ich mir hier wie ein Fremdling vor. Und ihm ist es auch lieber, wenn ich ihm aus den Augen komme. Außerdem würden sich peinliche Situationen mit Baron Kranzau ergeben. Dem entgeht ihr am besten, wenn ich fort bin. Da findet sich ihm gegenüber leichter eine Entschuldigung, ein Vorwand. Ihr könnt ihm ruhig sagen, daß ich mich gegen euren Willen mit Frank Marlow verlobt habe, und ihr seid mir so böse, daß ihr eure Einwilligung nur zu meiner Vermählung drüben gegeben habt. Meinst du nicht auch, daß es so am besten ist?«

Frau Helene seufzte tief auf. »Ach, mein Gott, was sind das für unangenehme Geschichten! Wenn du wenigstens hier bleiben würdest, bis du dich mit Frank Marlow vermählt hast.«

Dora streichelte scheu und zart über den Scheitel der Mutter. »Das geht aber nicht an, Mama. Mein Stiefvater will nicht, daß diese Hochzeit in seinem Haus stattfindet. Glaube mir, es ist am besten so, wie wir es beschlossen haben.«

In Frau Helenes Augen traten ein paar Tränen.

331

»Die Trennung von dir kommt so plötzlich – man müßte sich doch erst an den Gedanken gewöhnen können.«

Dora wurde das Herz weich, als sie die Tränen der Mutter sah.

»Ist es dir so schwer, Mama an unsere Trennung zu denken?«

Frau Helene sah vorwurfsvoll zu ihr auf. »Du bist doch mein Kind, Dora, wenn Papa auch nicht dein rechter Vater ist. Ich muß wieder sagen, du mußt Papa furchtbar gereizt haben; sonst hätte er dir nicht gesagt, daß du nicht seine Tochter bist. Er wollte nie, daß du es erfährst, damit du ihm nicht entfremdet würdest. Er hat dich trotz allem sehr lieb. Und ich habe dich natürlich auch sehr lieb, wenn ich auch nicht viel Worte darüber machen kann. Wenn ich daran denke, daß du so weit fortgehst, tut mir das Herz weh.«

»Wir werden uns zuweilen wiedersehen, Mama. Im nächsten Jahr komme ich mit Frank zu Besuch herüber. Solch eine Reise ist ja jetzt nicht mehr so umständlich.«

»Ach, so eine Seereise ist doch immer gefährlich. Dein Vater kam auch dabei ums Leben.«

»Daran mußt du nicht denken, Mama. Mein Leben steht überall in Gottes Hand, und ohne seinen Willen fällt kein Sperling vom Dach. Bitte, mach uns den Abschied nicht schwer. Wir korrespondieren fleißig miteinander. Und nun laß uns die wenigen Stunden gut nützen, die uns noch bleiben. Ich möchte dir noch viel zuliebe tun in dieser Zeit. Sei auch du lieb und gut zu mir.«

Frau Helenes Oberflächlichkeit wollte in dieser

332

Stunde nicht standhalten. Die Stimme ihres Kindes, die so warm und herzlich klang, machte sie weich.

Sie zog Dora zu sich hernieder, nahm sie in ihre Arme und weinte sogar ein wenig, obwohl sie sich sonst sehr vor Tränen hütete, weil sie der Schönheit schadeten. Dazwischen jammerte sie freilich, daß ihr nun die Freude an dem bevorstehenden schönen Gartenfest verdorben wäre.

Im tiefsten Innern blieb Dora auch in dieser Stunde der Mutter fremd, obwohl sie sich Mühe gab, ihr gerecht zu werden und ihr viel Liebes zu erweisen.

Sie besprachen nun allerlei. Dabei erwähnte Dora auch den Namen Mr. Stone, unter dessen Schutz sie reisen wollte.

Ihre Mutter sah sie mit einer leisen Unruhe an. »Mr. Stone? Dieser Herr war doch vorhin bei Papa. Ich sah ihn das Haus verlassen und erinnerte mich an jemand«, sagte sie.

Dora hatte sich in diesem Moment nicht ganz in der Gewalt. Sie zuckte leise zusammen und wagte die Mutter nicht anzusehen. Im Augenblick wußte sie nicht, was sie erwidern sollte.

Da beugte sich Frau Helene vor. »Was wollte Mr. Stone bei Papa?« forschte sie, mißtrauisch geworden.

»Ah – er – er wollte nur für Frank und mich ein gutes Wort einlegen, er ist ja ein guter Freund der Familie Marlow.«

»Und – er hat mit seinem Vorhaben Erfolg gehabt bei Papa?« fragte Frau Helene erstaunt weiter.

Dora preßte verstohlen die Hände zusammen.

333

»Ich weiß nicht, ob er Erfolg hatte. Aber laß doch Mr. Stone, Mama, wir haben doch noch so viel von uns selbst zu sprechen.«

Gewaltsam riß Frau Helene ihre Gedanken los von einem toten Punkt, um den sie wie wilde, aufgescheuchte Vögel flatterten. Sie ahnte, fühlte plötzlich, daß bei der ganzen Angelegenheit etwas rätselhaft und unbegreiflich war, etwas, was man ihr verbergen wollte. Zugleich war ihr aber auch zumute, als tue sie gut daran, den Schleier nicht zu lüften, der über dieser Angelegenheit lag. Es war etwas wie die Furcht eines bösen Gewissens, das sie zwang, die Augen zu schließen und nicht weiter zu forschen. Dora brachte nun schnell ein Thema auf, das die Mutter sonst unfehlbar interessiert hätte: sie sprach von ihrer Aussteuer.

Frau Helene ließ sich auch scheinbar fesseln. »Du wirst ja alles drüben haben können, und wenn du etwas nicht bekommst, schreibst du es mir. Ich besorge es dir dann hier und sende es nach«, sagte sie.

Dabei kamen sie auf den Geldpunkt. »Laß mich das nur ordnen mit Papa, eine reichhaltige Aussteuer wird er dir sicher zubilligen. Überhaupt, mit der Zeit wird er schon milder denken lernen, und er wird seine Drohung, dich zu enterben, nicht wahrmachen. Wem soll er denn seinen Reichtum hinterlassen, da er selbst keine Kinder hat?«

Es zuckte leise in Doras Gesicht. »Darum gib dir keine Mühe, Mama, ich bedarf des Geldes nicht. Mein Verlobter ist der einzige Sohn sehr reicher Eltern, und er fragt nicht nach Geld und Gut bei mir.«

»Aber du kannst ihm doch nicht wie eine Bettlerin folgen und dir gar von seinen Eltern die Aussteuer schenken lassen.«

Dora lächelte. »Das wird nicht nötig sein, Mama. Ich muß dir ein Geständnis machen. In den letzten Jahren habe ich ganz heimlich einen Beruf ausgeübt. Ich bin Schriftstellerin geworden und habe mir damit einiges Geld verdient. Erst kürzlich habe ich einen großen Roman vollendet und an einen vornehmen Verlag gut verkauft. Man erbittet dort auch neue Arbeiten von mir. So komme ich doch nicht ganz als Bettlerin zu meinen Schwiegereltern.«

Das interessierte Frau Helene ungemein. »Heute ist ein Tag der Überraschungen für mich«, sagte sie und staunte ihre Tochter an wie ein neues Wesen. »Wie hast du das nur fertiggebracht, Dora? Romane kann man doch, wie ich meine, nur schreiben, wenn man selbst welche erlebt hat.«

Dora lächelte. Sie war froh, daß die Mutter abgelenkt war. »Man kann auch andere Menschen die Romane erleben lassen, Mama, und muß nur mit offenen Augen in die Welt sehen und die Menschen studieren und beobachten.«

»Und das hast du getan?«

»Ja, soviel ich konnte.«

»Nun verstehe ich auch, weshalb du manchmal stundenlang geschrieben hast. Also einen wirklichen Roman hast du geschrieben, und er wird gedruckt?«

»Ja, erst in einer vornehmen Zeitschrift und dann als Buch.«

»Nein — wie mich das interessiert! So werde ich schließlich noch eine berühmte Tochter ha-

335

ben. Wird denn der Roman unter deinem Namen herauskommen? Oder hast du einen Decknamen gewählt?«

»Ja, Mama, er kommt, wie meine früheren kleinen Arbeiten, unter dem Namen Dora Lindner heraus.«

Wieder stutzte Frau Helene. »Dora Lindner? Wie seltsam – warum kamst du gerade auf diesen Namen?«

Dora war auf diese Frage vorbereitet. »Es fiel mir gerade ein. Ist etwas Seltsames daran?«

Frau Helene strich sich über die Stirn. ›Heute ist ein schlechter Tag für mich‹, dachte sie, und laut fuhr sie fort: »Hat dir Papa nicht gesagt, daß dein verstorbener Vater Lind hieß?«

Dora sah an ihr vorbei. »Ja – er erwähnte es. Und nun kommt es mir auch zum Bewußtsein, Lind und Lindner klingt sehr ähnlich. Das sind so Zufälle, Mama.«

Und schnell wechselte Dora das Thema. Kurze Zeit darauf trat ein Diener ein und meldete, der Herr Kommerzienrat sei soeben hinaus nach den Fabriken gefahren, wo er dringend erwartet würde. Die Damen möchten allein zu Mittag speisen, er käme erst am späten Abend wieder heim und lasse daher dem gnädigen Fräulein nochmals eine glückliche Reise wünschen.

Dora wußte, daß sich der Kommerzienrat vor einem Zusammentreffen mit seiner Frau fürchtete, bevor er seine Ruhe nicht wiedergefunden hatte. Frau Helene nahm an, daß ihr Mann zu zornig auf Dora sei und ihr nicht noch einmal begegnen wollte. So sprachen sie nicht weiter darüber.

Dora blieb bei ihrer Mutter, bis die Zeit gekommen war, daß sie ins Hotel zu ihrem Vater gehen mußte.

Frau Helene wollte ihre Tochter begleiten, aber Dora legte die Arme um sie und sah sie bittend an. »Nein, Mama — laß uns hier Abschied nehmen, wo wir allein sind, nicht vor fremden Menschen.«

»Aber ich möchte doch deinem Verlobten noch Lebewohl sagen. Ich habe ihn immer sehr gern gehabt und möchte euch meinen Segen mit auf den Weg geben.«

»Den nehme ich mit, Mama, und werde auch Frank sagen, daß du ihm gut bist und ihm Lebewohl sagen läßt. Aber bleib du hier, geh nicht mit mir, mein Stiefvater würde es dir vielleicht übelnehmen. Da er sich zürnend fernhält, mußt du es wohl scheinbar auch tun.«

Das sah Frau Helene auch ein. Sie hatte plötzlich überhaupt ein Gefühl, als sei es besser für sie, nicht zuviel zu fragen.

Dora wurde der Abschied von der Mutter doch schwerer, als sie gedacht hatte. Sie war noch einmal oben in ihren Zimmern gewesen und hatte von diesen Räumen Abschied genommen. Überall sah man hier Spuren von der bevorstehenden Abreise. Zuletzt entnahm Dora ihrem Schreibtisch einen ganzen Stoß alter Briefschaften, die sie schon vorher durchgesehen und für den Feuertod bestimmt hatte. Sie legte diese Papiere in einem Haufen auf den Schreibtisch.

»Das verbrennst du nachher alles, wenn du hier aufräumst, Christine. Du bleibst bis sieben Uhr hier. Dann fährst du mit den Koffern zum Bahnhof. Dort erwarten wir dich!« sagte sie zu der alten Dienerin.

Christine packte noch ihre letzten Habseligkeiten in ihrer Kammer zusammen. »Ja, ja, mein Dorchen, ich werde alles besorgen!« sagte sie.

So ging Dora, zum Ausgehen angekleidet, hinunter. Sie trug ein schlichtes, vornehm wirkendes Straßenkleid, das ihr bis Hamburg als Reisekleid dienen sollte. Noch einmal trat sie in das Zimmer ihrer Mutter. Weinend lagen sie einander in den Armen und küßten sich so herzlich, wie das seit langen Jahren nie mehr geschehen war. Dann riß sich Dora schnell los und ging hinaus.

Die Mutter sah ihr vom Fenster aus nach und winkte ihr noch einmal zu. Und als die schlanke Gestalt verschwunden war, da hatte Frau Helene ein leeres, beklemmendes Gefühl im Herzen, als habe sie etwas Köstliches verloren, dessen Wert sie bisher nicht erfaßt hatte. Und sie weinte – weinte lange und schmerzlich, wie sie noch nie in ihrem Leben geweint hatte. Als endlich ihre Tränen versiegten, kam wieder das unbehagliche Grübeln über sie. Was war nur heute geschehen, was man ihr verbarg?

Sie fühlte, daß dies der Fall war. Und sie mußte auch wieder an den fremden Mann denken, dem sie am Portal begegnet war.

So schrecklich einsam fühlte sie sich heute wie nie in ihrem Leben, und mit müden Schritten ging sie hinauf in die Zimmer ihrer Tochter, als sei ihr diese dort näher.

Christine war in ihrer Kammer. Sie hatte noch

nicht Zeit gefunden, aufzuräumen. Auf dem Schreibtisch lagen auch noch die Briefschaften, die verbrannt werden sollten. Gedankenlos trat Frau Helene an den Schreibtisch heran. Hier hatte Dora oft stundenlang gesessen und geschrieben. Sie blätterte in den Briefschaften. Es waren sicher nicht Sachen von Wichtigkeit. Da ein Brief des Verlegers, da eine Gutschrift eines Lieferanten. Und schließlich hielt sie eine Visitenkarte in der Hand, die aus einem schmalen Kuvert herausfiel.

Zerstreut blickte sie darauf hernieder. Es war die Karte, die Hans Lind mit dem Gärtner zu seiner Tochter geschickt hatte. Kaum hatte Frau Helene einen Blick auf die Karte geworfen, da zuckte sie zusammen und fiel kraftlos in den Sessel vor dem Schreibtisch. Ihre Augen starrten auf den gedruckten Namen, den die Visitenkarte trug.

»Hans Lind.«

Die Karte zitterte in ihren Händen. Was war das für eine Karte? Wie kam sie hierher?

Mit furchtsamen Augen sah sie um sich und schauerte zusammen. Sie sah, daß die Karte beschrieben war, und diese Schriftzüge steigerten ihre Erregung. Sie erschienen ihr bekannt. In ihrem Schreibtisch verwahrte sie noch ein Päckchen Briefe, die ihr Hans Lind als Bräutigam geschrieben hatte. Sie las sie in eitlem Wohlgefallen noch jetzt zuweilen durch und sonnte sich in der heißen Liebe und Bewunderung, die darin zum Ausdruck kamen. Und sie zeigten dieselbe Schrift, die sie hier auf dieser Karte sah; ein wenig fester und steiler war sie geworden, aber doch unverkennbar dieselbe. Frau Helene sah darauf nieder, als steige ein Gespenst vor ihr auf. Sie wollte lesen, was auf der Karte stand, und konnte nicht. Die Buchstaben tanzten vor ihren Augen einen wilden Reigen. Ihr war, als müsse sie diese Karte weit von sich werfen und aus diesem Zimmer fliehen; aber sie blieb sitzen und hielt die Karte fest.

Und endlich hatte sie sich so weit in der Gewalt, daß sie lesen konnte, was auf der Karte stand:

»Meine geliebte Tochter! Sei ganz ruhig, es ist alles geordnet. Spätestens um fünf Uhr erwarte ich Dich im Hotel. Um sieben Uhr muß Christine am Bahnhof sein. Hoffentlich kann Deiner Mutter erspart werden zu erfahren, daß ich am Leben bin. Sie begegnete mir im Garten, aber sie erkannte mich nicht. Mag sie nie erfahren, wer Mr. Stone war. Auf Wiedersehen, mein teures Kind. In Liebe und Sehnsucht Dein Vater.«

Und darunter stand der Name, der sie so entsetzt hatte: »Hans Lind«.

Sie saß wie betäubt. Auf ihrer Stirne stand kalter Schweiß. Nun wußte sie, was sie heute wie ein Geheimnis umgeben hatte, wußte, daß es Hans Lind gewesen war, ihr totgeglaubter Gatte, dem sie am Portal begegnete.

Diese Erkenntnis ließ sie zusammenschauern. Die Zähne schlugen ihr wie im Frost aufeinander. Sie verstand nun auf einmal alles — die plötzliche Nachgiebigkeit des Kommerzienrats, Doras überstürzte Abreise, ihr seltsames Verhalten — alles wurde ihr blitzähnlich klar. Sie sagte sich, daß Hans Lind bei dem Kommerzienrat gewesen war, um seine Vaterrechte an Dora geltend zu machen

340

und ihr zur Vereinigung mit Frank Marlow zu verhelfen. Nur das verstand sie nicht, wie es kam, daß Hans Lind noch am Leben war, woher er plötzlich kam und wie er mit Frank Marlow zusammenhing. So saß sie noch lange. Krampfhaft umklammerte sie die Karte. Als nach einer langen Zeit Christine eintrat, um aufzuräumen, sah sie Frau Helene bleich und elend mit starren Augen noch auf derselben Stelle sitzen. Sie erhob sich nun langsam und müde und schritt mit glanzlosen Augen aus dem Zimmer. Die Karte nahm sie mit sich. Christine sah ihr beklommen nach und nickte mit dem Kopf. ›Ja, ja — nun regt sich doch das Mutterherz in ihr, nun ist sie doch unglücklich, daß sie ihr Dorchen hergeben muß‹, dachte sie mit einer wahren Befriedigung. Und sie nahm sich vor, Dora zu sagen, wie bedrückt und traurig die Mutter nach ihrem Fortgang gewesen war. Sie ahnte nicht, was es gewesen war, daß die Kommerzienrätin so elend und bedrückt aussehen ließ. Und schnell machte sie sich nun daran, die Papiere zu verbrennen.

Dora wurde von ihrem Vater und Frank im Hotel erwartet. Die beiden Herren halfen ihr über die bedrückte Stimmung hinweg, die der Abschied von ihrer Mutter hinterlassen hatte. Nachdem sie noch allerlei besprochen hatten, bat Dora, zu Raina gehen zu dürfen. »Ich muß Raina noch erzählen, wie sich alles geregelt hat und will noch ein Weilchen mit ihr allein sein. Ihr beiden holt mich dann dort ab und könnt euch bei dieser Gelegenheit auch gleich von Raina verabschieden«, sagte sie. Frank zog sie in seine Arme. »Du bist so ernst und still, meine Dora, gehst du nicht gern mit mir – mit uns?« Sie sah ihn mit leuchtenden Augen hingebungsvoll und zärtlich an. »Wo du hingehst, da will ich auch hingehen, mein Frank. Ich folge dir freudigen Herzens, zumal mein lieber Vater mit uns geht, dem ich so viel Liebe schuldig geblieben bin und den ich für so viele schmerzliche Entbehrungen entschädigen muß. Laßt es euch nicht bedrücken, wenn ich jetzt ein Weilchen ernst und still bin; man reißt sich nicht ohne Schmerzen los, wo man so lange Wurzeln geschlagen hat.«

Frank und ihr Vater umfaßten sie zugleich. »Wir wollen dich in unsere Liebe einhüllen, wie in einen warmen, goldenen Mantel, mein geliebtes Kind«, sagte Hans mit rührender Zärtlichkeit. Dora küßte ihn und Frank und ging dann lächelnd davon.

Sie fand Raina, wie sie gehofft hatte, allein zu Hause. Arnulf hatte wieder Dienst. So konnte Dora ungestört alles berichten, was heute geschehen war. Als Raina hörte, daß Dora schon heute abreisen würde, weinte sie schmerzlich. »So soll ich dich lassen, vielleicht für immer, meine Dora?«

»Nein, Raina, wir sehen uns wieder. Weine nicht! Du wirst ja nun nie mehr einsam sein, wirst mich entbehren können, denn ich weiß, dein Glück ist gesichert. Dein Gatte weiß nun, was er an dir hat, und ich denke, du kannst ihn von seiner Prüfungszeit erlösen. Wir beide aber schreiben uns recht oft und sagen uns in unseren Briefen, wie sich unser Leben weiter gestalten wird, nicht wahr?«

Raina nickte unter Tränen. »Ja, Dora, das wollen wir tun. Die Trennung von dir würde mir ja noch viel schwerer werden, wenn ich nicht die beglückende Gewißheit hätte, daß Arnulf mich liebt. Nun will ich alle Vernunft beiseite lassen und mich an sein Herz flüchten. Ich hoffe, daß ich da in Zukunft meine Heimat und ein warmes Plätzchen finden werde. Und ich werde dafür sorgen, Dora, daß Arnulf meiner Liebe nie müde wird. Jetzt traue ich mir die Kraft zu, ihn zu halten für immer.«

Dora küßte sie herzlich. »Meines Herzens innigste Wünsche bleiben bei dir, liebe Raina. Gott schenke euch ein reiches, volles Glück. Und sag deinem Gatten von mir ein herzliches Lebewohl, morgen, wenn ich fort bin. Sag ihm, er soll nicht vergessen, daß du sein kostbarstes Kleinod bist. Ich werde ihm meine ehrliche Freundschaft bewahren, solange er dir treu ergeben ist. Das wird, so hoffe ich, auf immer der Fall sein.«

Sie hatten sich noch so viel zu sagen. Die Zeit verging im Flug. Dann kamen die beiden Herren, um Dora abzuholen und sich von Raina zu verabschieden. Sie baten auch, Raina möge sie ihrem Gatten empfehlen, und Dora sagte lächelnd: »Ihr habt ja keine Hochzeitsreise gemacht, Raina, vielleicht holt ihr das nach und kommt zu uns herüber. Ihr solltet unsere lieben Gäste sein.«

Raina lächelte unter Tränen. »Wer weiß, ob ich dich nicht eines Tages beim Wort nehme, meine Dora. Jedenfalls sage ich: Auf Wiedersehen.« Die Freundinnen umarmten sich noch einmal herzlich und küßten sich innig.

343

»Wenn ich es möglich machen kann, komme ich noch zum Bahnhof, um dir ein letztes Lebewohl zu sagen!« rief Raina noch vom Balkon aus nach. Dora nickte erfreut.

Raina ging in ihr Zimmer zurück und brach in Tränen aus. Der Abschied von Dora schmerzte sie sehr.

Als Arnulf bald darauf nach Hause kam, sah er an ihren Augen, daß sie geweint hatte. Unruhig sah er sie an. »War jemand hier, Raina?« forschte er.

»Ja, Arnulf, Dora war hier mit Herrn Warlow und Mr. Stone.«

»Schon wieder!« entfuhr es recht ungastlich Arnulfs Lippen.

»Ja, die beiden Herren kamen, um sich zu verabschieden. Sie lassen sich dir empfehlen. Noch heute reisen sie ab.

Arnulf richtete sich hastig auf. »Frank Marlow auch? Nach Kalifornien zurück?«

»Ja.«

Arnulf hätte sich über diese Nachricht so recht von Herzen freuen können, wenn Raina nicht so verweinte Augen gehabt hätte. Sicher weinte sie um den Kalifornier. Und dann war es wohl schon zu spät — dann nahm er Rainas Herz mit, und ihm würde es nun nicht mehr gelingen, dies Herz für sich zu erobern. Er war sehr still und bedrückt.

Raina konnte sich das nicht recht erklären. Sie hatte geglaubt, er würde sehr froh sein über Frank Marlows Abreise. Das war aber nicht der Fall. Arnulf schien eher verstimmt. Sollte sie sich getäuscht haben? War Arnulf am Ende gar nicht eifersüchtig gewesen? Daß ihre Augen von Tränen

344

gerötet waren, wußte sie nicht. Sie konnte sich nicht enthalten zu fragen: »Hast du Unannehmlichkeiten im Dienste gehabt, Arnulf?«

Er schrak aus seinem Brüten auf. »Nein. Warum?«

»Du bist so still.«

Er strich sich über die Stirn. »Achte nicht darauf, Raina. Es liegt jetzt eine ernste Stimmung in der Luft. Heute noch fällt die Entscheidung zwischen Österreich und Serbien. Man ist auf alles gefaßt.«

Sie sah ihn mit großen, bangen Augen an. »Heißt das, auch auf einen Krieg?«

»Ja.«

Da senkte Raina den Kopf, und nun wurde auch sie sehr still.

Seit ihrer Verheiratung hatten sich die beiden Gatten nicht so schweren Herzens gegenüber gesessen, wie heute. Arnulf mußte vor dem Abendessen noch einmal ausgehen.

»Bleibst du lange?« fragte sie ihn.

»Eine Stunde etwa«, erwiderte er.

Da Raina in dieser Stunde den Weg zum Bahnhof und wieder zurück machen konnte, machte sie sich schnell fertig, als ihr Mann fortgegangen war, und fuhr zum Bahnhof. Unterwegs kaufte sie in einem Blumengeschäft einen Strauß Rosen.

Der Zug stand schon bereit. Frank Marlow, Hans Lind und seine Tochter trafen faßt in derselben Minute ein wie Raina. Dora begrüßte Raina erfreut und dankte ihr für die herrlichen Rosen. Sie zog Rainas Arm durch den ihren und ging plaudernd mit ihr zum Zug. Die beiden Herren folgten.

Niemand achtete auf eine in einem langen, schwarzen Mantel gehüllte, dichtverschleierte Frau, die neben dem Eingang zum Bahnhof hinter einer Säule verborgen stand und die Ankommenden musterte.

Diese verschleierte Dame sah auch Dora und die beiden Herren kommen, sah, wie Dora von Raina begrüßt wurde und von ihr Blumen empfing. Und ihre Augen hingen an dem edlen Gesicht von Hans Lind, als er mit Frau von Reckenberg sprach und sich dann mit einem zärtlichen, liebevollen Lächeln zu seiner Tochter wandte. Im Gedränge gelang es der Verschleierten, unbemerkt dicht hinter die vier Personen zu kommen. Und da hörte sie, wie Dora, sich umwendend, sagte: »Da ist Christine, lieber Vater.«

Es ging wie ein Stich durch das Herz der verschleierten Frau — Doras Mutter. Sie hatte dem Wunsch nicht widerstehen können, Hans Lind, den Totgeglaubten, noch einmal zu sehen. Ihre Augen brannten in sein Gesicht und suchten die Züge, die ihr einst so vertraut gewesen waren. Das Leben hatte tiefe Runen hineingegraben; er hatte sich mehr verändert als sie, die stets ihre Schönheit gepflegt und sich vor jeder Aufregung gehütet hatte.

Unbemerkt hielt sie sich in der nächsten Nähe der vier Personen. Sie sah, wie Hans Lind Christine begrüßte, wie dieser die Tränen aus den Augen sprangen. Sie war Zeugin, wie Vater und Tochter sich zärtlich in die Augen blickten, wie Hans Lind sorgsam seinen Arm um Dora legte und sie in den Wagen hob.

Alles sah sie mit an. Ihre Augen waren groß und starr auf die Gruppe geheftet. Niemand achtete ihrer. Sie kam sich vor wie eine Verdammte, eine Ausgestoßene. Und ihr graute, als sie an ihr leeres, glänzendes Heim dachte, in das sie zurückkehren mußte, an die Seite des Mannes, den sie so wenig liebte wie einen anderen Menschen. Wie arm sie war. Reglos stand sie, bis der Zug die Bahnhofshalle verließ. Raina von Reckenberg, die den Abfahrenden noch einen letzten Gruß zugewinkt hatte, ging an ihr vorüber, ohne sie zu erkennen. Frau Helene sah dem Zug nach, bis er verschwunden war. Dann ging sie langsam, mit schweren Schritten davon. Und sie fror bis ins Herz hinein.

Einige Minuten vom Bahnhof entfernt hielt ihr Wagen. Sie sank müde in die Polster zurück und fuhr nach Hause. Während sie ablegte, hörte sie das Auto vorfahren, das ihren Gatten heimbrachte.

Der Kommerzienrat hatte endlich seine Ruhe wiedergewonnen. Er kam soeben von Kranzau, wo eine peinliche Auseinandersetzung zwischen ihm und dem Baron stattgefunden hatte. Zum Schluß dieser Unterredung hatte sich der Kommerzienrat bereit erklärt, dem Baron eine größere Summe als Darlehen zu gewähren, da dieser bereits auf die reiche Braut gerechnet und enorme Schulden gemacht hatte. Er verpfändete dem Kommerzienrat die nächste Ernte für dieses Darlehen.

Der Kommerzienrat war froh, daß die Aussprache hinter ihm lag. Nun trat er mit leidlicher Fassung in die Zimmer seiner Gemahlin. Er fand sie noch nicht, wie er gehofft hatte, in großer Toilette, bereit, ihre Gäste zu empfangen, die bald eintreffen mußten, sondern in dem schlichten Straßenkleid, das sie auf ihrer Fahrt zum Bahnhof getragen hatte.

Mit lächelndem Gesicht wollte er seinem Erstaunen Ausdruck geben. Aber das Lächeln erstarb auf seinen Lippen, als sie bleich, mit starren Augen auf ihn zukam.

Er wollte etwas sagen, aber die Kehle war ihm plötzlich wie zugeschnürt. »Ich weiß alles«, schluchzte sie auf und reichte ihm die beschriebene Visitenkarte, die sie auf dem Schreibtisch ihrer Tochter gefunden hatte.

Bis ins Herz hinein erschrak er. Aber in seiner Herzensangst um sie fand er dann doch die rechten Worte, sie zu trösten und zu beruhigen. Er sagte ihr, daß niemand etwas davon erfahren würde, daß Hans Lind noch am Leben war. Sie möge es vergessen, wie einen bösen Traum. Die Sache sei längst verjährt, und sie sei vollkommen rechtmäßig seine Frau, da Hans Lind gesetzlich für tot erklärt worden sei. Es wäre ja alles noch gut abgelaufen; sie möge sich trösten und wieder seine stolze, schöne Frau sein. Morgen würde er ihr einen wundervollen Schmuck kaufen, und den Hermelinmantel, den sie sich gewünscht hatte, sollte sie auch bekommen. Sie möge sich nun schnell ankleiden, damit sie ihre Gäste empfangen könne, ohne daß jemand etwas merke. Er werde heute abend noch Doras Verlobung mit Frank Marlow verkünden und ihren Gästen mitteilen, daß seine Tochter mit Freunden der Familie Marlow und ei-

348

ner Ehrendame — als solche müsse Christine gelten — bereits nach Kalifornien unterwegs sei — weil er befürchtet habe, daß Deutschland in politische Unruhen verwickelt würde und seine Tochter dann drüben bei ihren Schwiegereltern in Sicherheit sei. Denn Österreich habe soeben Serbien den Krieg erklärt, und man würde es ganz verständlich finden, daß Dora sofort abgereist sei.

Kurzum, der Kommerzienrat bot alles auf, seine Gattin zu trösten, und es gelang ihm auch.

Als die Gäste eintrafen — sie kamen etwas später, weil die Kriegserklärung Österreichs an Serbien die meisten in Unruhe versetzt und aufgehalten hatte —, kam ihnen Frau Helene etwas bleich, aber schön und liebenswürdig, wie immer, entgegen. Der Baron fehlte unter den Gästen. Als der Kommerzienrat von Doras Verlobung mit dem Kalifornier berichtet hatte, mit der ganz glaubhaften Erklärung über ihre Abreise, flüsterte man sich lächelnd zu, daß man nun sehr wohl das Fernbleiben des Barons erklären könne. Der Baron hatte in den letzten Wochen zu viel von seiner bevorstehenden Verlobung mit der reichsten und schönsten Erbin der Stadt renommiert. Da er wenig beliebt war, gönnte man ihm die Abfuhr.

Daß Frau Helene ein wenig bleich und ernst war, konnte man auch verstehen. Es war doch keine Kleinigkeit für eine Mutter, ihr einziges Kind so weit fortzugeben.

Man bedauerte Frau Helene wortreich, wünschte ihr jedoch Glück zur Verlobung ihrer Tochter mit dem reichen und liebenswürdigen Kalifornier.

Langsam schüttelte Frau Helene im Laufe des

Abends den Mann von sich ab, der sich auf ihre Seele gelegt hatte. Sie wurde lebhafter, und schließlich erinnerte sie sich, daß Dora ihr von ihren schriftlichen Erfolgen erzählt hatte.

Sie berichtete nun ihren Gästen, daß demnächst ein großer Roman ihrer Tochter unter dem Pseudonym Dora Lindner erscheinen würde. Man staunte und fragte, und Frau Helenes Eitelkeit bekam neue Nahrung. Sie fühlte sich schon als Mutter einer berühmten Tochter. Und so half ihr schnell ihre Oberflächlichkeit über die Aufregungen dieses ereignisreichen Tages hinweg.

Als ihr am nächsten Tag ihr Gatte einen wundervollen, kostbaren Schmuck mit nach Hause brachte, war sie schon wieder im schönsten Gleichgewicht. Sie drapierte sich noch ein wenig vor ihren Bekannten mit ihrem Trennungsschmerz um ihre Tochter, aber ein nachhaltiges Leid empfand sie nicht bei dem Gedanken, daß in Zukunft die halbe Welt zwischen ihr und Dora lag. Nur den Gedanken an Hans Lind mußte sie immer wieder gewaltsam von sich weisen. Doch mit der Zeit kam sie auch darüber hinweg.

Als Raina vom Bahnhof nach Hause kam, war Arnulf bereits zurückgekehrt. Er empfing seine Frau mit einem düsteren Gesicht. Ein Bekannter war auf der Straße mit ihm zusammengetroffen und hatte ihm gesagt: »Ich habe soeben Ihre Frau Gemahlin am Bahnhof begrüßt. Sie betrat die Halle gerade, als ich sie verließ.«

Das hatte Arnulf wie ein Schlag getroffen. Er wußte, daß um diese Zeit der Hamburger D-Zug abging. Raina hatte keinen Grund, zum Bahnhof zu fahren als den einen, den er sogleich zu erkennen glaubte. Sicher hatte sie nur Frank Marlow noch einmal sehen wollen.

Als nun Raina eintrat, sah er sie scharf und forschend an. »Du warst noch aus, Raina?«

»Ja«, antwortete sie.

»Und darf ich wissen, wo du warst?« fragte er weiter, seine Unruhe bemeisternd.

Sie zögerte. Und als sie ihn ansah, merkte sie, daß ein Zug von Schmerz und Qual auf seinem Antlitz lag. »Du weißt es wohl schon, wo ich war?« fragte sie.

Er biß die Zähne zusammen. Dann sagte er tonlos: »Ja, man sagte mir, du seiest auf dem Bahnhof gewesen. Und ich weiß, daß jetzt der Hamburger Zug abging.«

Sie stand vor ihm, ganz still, mit gesenkten Augen. Fast erinnerte sie ein wenig an die alte, scheue Raina. Aber dann richtete sie sich doch auf und schlug die Augen groß und voll zu ihm empor.

»Und doch bist du mit dem, was du meinst, sehr im Irrtum, Arnulf. Heute muß ich noch schweigen — aber morgen sollst du alles erfahren; dann wirst du wissen, daß du dich getäuscht hast in deiner Annahme.«

Er faßte ihre Hand und preßte sie so fest in der seinen, daß sie schmerzte. »Raina — du weißt nicht, was ich leide, weißt nicht, wie lieb ich dich habe!« stieß er hervor. Und dann verließ er schnell das Zimmer.

Sie sah ihm nach, die Hände auf das klopfende Herz gepreßt und in den Augen ein strahlendes

351

Leuchten. »Du mein geliebter Mann!« flüsterte sie zärtlich. Dann ging sie, um sich für die Abendtafel zu schmücken.

Als sie aus ihrem Ankleidezimmer wieder in den Salon trat, kam Arnulf mit beunruhigtem Gesicht zu der anderen Tür herein. Er hatte soeben eine telephonische Nachricht erhalten, die ihn sehr erregte.

»Was ist geschehen, Arnulf?« fragte Raina erschrocken.

Er blieb dicht vor ihr stehen. »Österreich hat Serbien den Krieg erklärt. Das heißt auch für uns in Bereitschaft sein.«

Sie schrak zusammen und wurde totenbleich. Ihre Augen sahen ihn so bang und schmerzerfüllt an, daß es ihn bis ins Herz traf.

»Nein — ach nein, Arnulf — das kann, das darf nicht sein!« stammelte sie.

Er sah sie forschend an.

»Es wird sein, Raina. Ich muß darauf gefaßt sein, daß ich schon in den nächsten Tagen mit meinem Regiment ausrücken muß. Ich ahne es schon lange, daß auch für Deutschland die Schicksalsstunde schlagen wird.«

Da sank sie haltlos, zitternd in einen Sessel. »Mein Gott — nur das nicht, nur keinen Krieg!« kam es von ihren Lippen.

Er sah auf sie hinab mit einem schmerzlichen Blick. »Um wen zitterst du, Raina?«

Da tastete ihre Hand nach seinem Arm und umklammerte ihn. Ihre Augen sahen mit einem erschütternden Blick zu ihm auf.

»Um dich — um dich allein.«

Er zuckte zusammen. Mit einem fast rauhen Griff faßte er ihre Hand. »Was sagst du, Raina? Du zitterst um mich? Wirklich um mich? Was bin ich dir denn?«

Sie sah ihn mit der ganzen zärtlichen Hingabe eines Weibes an, so wie sie ihn noch nie angesehen hatte. »Weißt du es nicht?«

Er sank plötzlich an ihr herab, als trügen ihn seine Füße nicht mehr. Und seine Hände umfaßten die ihren und zogen sie an sein wildklopfendes Herz. »Raina! Raina! Kann es möglich sein? Darf ich mir deuten, was ich in deinen Augen lese — zum erstenmal — das, was ich so lange heiß ersehnt?«

Ihre Augen strahlten ihn an, ihre Lippen glühten ihm entgegen. Lächelnd nickte sie.

Er umfaßte sie mit leidenschaftlicher Innigkeit. »Raina — ich liebe dich, wie ich nie ein Weib geliebt habe —, ich sehne mich unaussprechlich nach deiner Liebe. Darf ich denn glauben, daß sie mir gehört — endlich mir?«

Ihre Augen wurden feucht. »Ach, Arnulf — ich habe dich geliebt, solange ich dich kenne. Nur meine Liebe gab mir Kraft, mich frei zu machen von allem, was dir an mir mißfiel. Dora lehrte es mich, ich selbst zu sein. Aber nur in meiner Liebe zu dir fand ich Kraft, so zu werden. Ich liebe nur dich — dich allein.«

Da barg er sein Gesicht in ihrem Schoß. Sie sollte nicht sehen, wie es in seinen Zügen zuckte vor Erregung. Ein tiefer Seufzer hob seine Brust, dann sah er wieder auf.

»Und Frank Marlow, Raina? Deine Tränen? Ich sah doch, daß du geweint hattest, als ich heute vom Dienst nach Hause kam. Und seine häufigen Besuche, die mich so gequält haben?«

Sie strich sanft und liebevoll sein Haar aus der Stirn. »Das soll dir morgen alles klarwerden, Arnulf. Nur so viel will ich dir jetzt sagen zu deiner Beruhigung: Dora und Frank Marlow sind ein Brautpaar, und ich war die Schützerin ihrer Liebe in diesen Wochen.«

Da zog er sie mit einem Aufatmen in seine Arme und sah ihr tief in die Augen. »Mein geliebtes Weib — wie unnötig habe ich mich gequält.«

Sie lehnte ihre Wange an die seine. »Nun könnten wir so glücklich sein, mein Arnulf, wenn nicht neue Schatten an unserem Glückshimmel aufstiegen.«

Er küßte sie heiß und innig. »Nicht daran laß uns jetzt denken, Liebste. Heute halten wir uns noch, heute bist du mein — ganz mein. Und wenn das Ärgste kommt und wir uns trennen müssen — das kann nur vorübergehend sein. Unsere Herzen gehören zusammen. Dir, meine Raina, werde ich treu sein bis zum Tod.«

Sie hatten sich endlich gefunden in starker heiliger Liebe. Und diese Liebe wirkte Wunder. In allen späteren Gefahren schien Arnulf von Reckenberg wie gefeit zu sein. Es war, als ob ihn die Liebe seiner jungen Frau wie ein Schutzgeist begleitete. Und er fühlte, daß dieser Schutzgeist mächtig war.